Presque toutes les femmes

Du même auteur

Rhésus, P.O.L, 2006 (Prix Lire du meilleur premier roman, Prix Madame Figaro/Le Grand Véfour, Mention spéciale du prix Wepler, Prix du 15 minutes plus tard) ; Folio, 2008.

Le Degré suprême de la tendresse, Héloïse d'Ormesson, 2008 (Prix Jean-Claude Brialy) ; Le Livre de poche, 2009.

Fantaisie-sarabande, Flammarion, 2014 ; Folio, 2015.

Les Ennemis de la vie ordinaire, Flammarion, 2015 ; Folio, 2017.

Héléna Marienské

Presque toutes les femmes

Flammarion

Publié avec l'accord de l'Agence Astier-Pécher.
ISBN : 978-2-0802-5793-2

À la mémoire de ma mère

I

LE PROBLÈME

J'ai vingt-huit ans. En ce temps de grand trouble, une femme me guide, enfin. Elle m'a déjà évité plusieurs murs vers lesquels je fonçais, tout droit. Je confie une attirance pour une femme une fois encore. Mme Michelangeli, lacanienne orthodoxe, m'interrompt :

— Vous plaisantez ? Les lesbiennes sont des perverses. Tenez-vous-en éloignée.

Je ne négocie pas, j'obéis. J'arrête les femmes comme on arrête une drogue.

Cependant, voilà bien un autre piège, plus redoutable encore. Enfermez une femme dans une cage mentale. Laissez-la y croupir. Elle a de bonnes chances de s'y perdre. Dans cette prison, je fuis quelque chose d'essentiel en moi. Mais les geôliers ne prévoient pas les ruses de la vie. J'ai quarante ans, et une femme aimée vingt ans plus tôt resurgit. Quelle était la probabilité pour que nous nous retrouvions ? Infime. La vie a fait son œuvre facétieuse. Face à l'amazone de ma jeunesse, j'ai aimé aussitôt, sans retenue, désiré tout autant. Rien n'était possible – trop tard, pour elle. Mais cette fois, j'ai su, sans équivoque : j'aime les femmes.

Et les hommes.

Le problème

Ça ne va pas être simple, cette vie. Pas simple à raconter, non plus. Moi qui mens toujours, par réflexe pavlovien pour échapper à l'inquisition maternelle, mais aussi par habitude acquise et cultivée – jeu, amour de la fiction –, comment dire la vérité, rien que la vérité, toute la vérité je le jure ?

Claudine

J'avais fui l'ennui du dortoir. J'en partageais un coin avec trois adolescentes qui, pour une raison qui m'échappait et me désolait, me faisaient conjointement la gueule. J'avais dû dire quelque chose, avoir un geste qui avait déplu. Ou l'inverse, n'avoir pas dit ce que l'on attendait. Comme toujours, quelque chose en moi clochait. J'étais décalée.

J'allais avoir quinze ans, et même si je connaissais déjà mon goût pour la solitude, j'avais l'âge où l'on est bluffée par les filles qui sont à l'aise entre elles, se parlent, se confient, rient ensemble, font des projets. Leur complicité m'envoûtait. Pourquoi n'étais-je pas comme elles ? Normale ? Qu'est-ce que je ne savais pas faire ? Une fois de plus, j'avais essayé de me glisser dans l'intimité du groupe : Corinne, leader (car je voyais bien que la règle des clans est d'assigner tacitement un rôle à chacun de ses membres), m'avait à la bonne. J'avais cru que j'étais admise, cette fois. Mais j'avais dû gaffer. Comment, pourquoi, je ne savais. Avais-je été trop assertive ? Ou trop servile ? Avais-je coupé la parole de la chef ou de sa lieutenante, une Sylvie à qui je déplaisais ?

Des bandes de filles émane un langage fluide dont je connais la mélodie sans savoir la reproduire. La parole est distribuée naturellement, comme par une règle écrite que je n'ai jamais lue. J'entends, j'observe, spectatrice muette d'une pièce de théâtre qui se donne sans moi. Les rôles sont attribués, les répliques paraissent apprises. Elles fusent. Certains propos sont autorisés, et même attendus, selon qu'il s'agit d'une comédie (railleries sur les parents, les profs, les membres d'une autre bande) ou d'un drame sentimental (amour impossible, rupture). Dans cette chambrée de la colo, la banalité des dialogues me faisait bâiller, mais je m'étais appliquée à imiter les personnages en action. J'avais accepté de jouer les utilités, tenté une brève réplique au milieu d'une scène. Une fois, deux fois, à la troisième, le spectacle s'était interrompu. Silence gêné. Le rideau allait-il tomber ? Du tout : après quelques raclements de gorge, le rire aigu de Sylvie, relayé par celui de Corinne, avait sanctionné la réplique absurde. La scène avait repris, sans moi.

Mon rôle éternel : persona non grata.

Mesure de survie. Autour de moi, ces filles étaient des personnages de fiction. Autant retrouver la mienne : un livre entamé dans lequel replonger.

Mais lassée du silence tenace qui paraissait emplir la chambre et peser sur mon thorax comme une chape d'hostilité, au point de m'empêcher de penser, de me sentir exister, et même de respirer, ne parvenant plus à lire sur mon lit, j'avais filé me réfugier dans la cantine – une heure à tuer avant le repas.

J'ai oublié le titre du roman : sans doute Vian ou Salinger. Le texte enfin emportait au loin la tristesse ressentie dans la chambre. J'avais des amis, en somme, et qu'ils fussent des êtres de mots plutôt que de chair ne me gênait pas. Ils ne me condamnaient pas, ils m'invitaient ailleurs, dans un monde que je construisais au fil des phrases. Je respirais à nouveau.

Assise au fond de la grande pièce déserte, côté banquette, je lisais donc, courbée sur la table. J'avais résolu de ne plus porter les lunettes de myope qui m'enlaidissaient, pensais-je, et me débrouillais pour déchiffrer le texte en plissant les yeux. Un bruit se fit de l'autre côté de la table. J'entendis une question :

— Vous êtes lesbienne ?

Je lève à peine les yeux et replonge dans ma lecture, rouge de confusion. Une jeune femme, rousse, s'assoit en vis-à-vis et me fixe. Que se passe-t-il ? Que me veut-elle ?

Malgré moi, je me redresse et observe la questionneuse, qui m'apparaît dans un halo de lumière jaune. Elle me dévisage gravement et répète sa question.

— Est-ce que vous êtes lesbienne ?

— Je ne sais pas.

Je n'ai pas hésité. N'ai pas été choquée. Je n'ai jamais envisagé que j'étais cela, lesbienne, je n'en connais aucune. Mais les livres m'avaient appris qu'elles existaient. Dans ceux dont j'ai le souvenir, Colette, Vivien, ces amours m'exaltaient. Et Ange, je l'avais aimée, elle. Nous étions enfants : ça comptait, ou pas ?

L'inconnue insiste :

— Vous êtes sûre ?

Réfléchir. Ou, plutôt, paraître réfléchir. J'ai su dès que je l'ai vue, dès que j'ai senti ses yeux sur moi, que j'ai vu sa bouche articuler des mots comme dans un rêve, comme si le son et l'image étaient dissociés et se percutaient dans mon corps. Le frisson qui me parcourait et me paralysait confirmait que oui, je savais.

— Vous lisez quoi ?

J'adore le vouvoiement. L'autorité. Les yeux d'un vert foncé, presque noirs avec des éclats d'or. L'air de provocation. Le chant du rire.

Évidemment, je me vexe. Ce rire est charmant mais se moque.

— Je ne vois pas ce qu'il y a de drôle.

— Votre tête. Vous faites une tête à mourir de rire. Vous avez quel âge ?

— Seize ans.

Je me suis vieillie d'un an et demi. Elle s'amuse encore. Il faudra que je m'habitue à être comique.

— Et vous ?

— Dix-huit.

J'exulte. Une grande, une femme. Qui s'intéresse à moi, m'aborde et me sourit. Oubliées, les rabat-joie de la chambre et la dirlo qui me houspille souvent. Je me réveille de la torpeur où je m'étais réfugiée. Je vis. Je referme le livre.

— Vous faites quoi, ici ?

Il était grand temps d'inverser le sens de l'interrogatoire, non ?

— Duègne. J'accompagne ma petite sœur.

Claudine a obtenu l'autorisation de participer à cette colonie de ski en Andorre, réservée aux moins de dix-sept ans, pour chaperonner sa sœur qui se relève d'une mauvaise bronchite. Elles dorment dans la même chambre, avec une amie de la petite. Comme elle me voit soupirer, elle me pousse aux confidences. Je perds ma timidité, dresse un portrait au vitriol des pestes que j'ai fuies. Magie du langage, qui permet d'inverser le réel : soudain, les trois ados qui m'ont prise de haut deviennent des personnages loufoques. Je fais le récit de leurs petitesses, en les exagérant, de leurs ragots et de leurs facilités de pensée. Raconte aussi ma piètre tentative pour me faire accepter. La grande s'amuse de ma verve, m'encourage à la méchanceté et au mépris puis m'interrompt :

— Vous vous appelez comment ?

— Nathalie.

— Vous dînerez à notre table, Nathalie. Je vais me changer.

Tout oublié de ce dîner. Mais pas de l'*after*… Claudine me demande comment je vais supporter les trois dindes dont je partage la chambre. Je lui réponds : assez bien, car je vais m'en éloigner. Je dors dans votre chambre.

Objection de Claudine, qui n'avait peut-être pas envisagé que je prendrais les devants : tous les lits sont occupés. Sa sœur Valou est là avec sa copine. Ce n'est pas simple.

Pas question de lui laisser le monopole de la provocation. Elle veut savoir si je suis lesbienne ? Autant vérifier, *the sooner, the better.* Tous les lits sont pris, répète-t-elle, navrée.

J'enchaîne et pulvérise toutes ses objections. Je dormirai *sous* un lit, à même le plancher. Je suis un vrai yogi (j'improvise) et j'ai l'habitude de dormir n'importe où. Accepterait-elle ma présence silencieuse, sous son sommier ? Elle s'amuse, hésite : mais Mme Espeluque, la dirlo ?

Je me fiche de cette Espeluque et de sa moustache. Claudine est mise devant le fait accompli : je vais passer la nuit à quelques centimètres d'elle.

Ambiance de chahut dans la chambre de mes nouvelles amies, qui m'accueillent à demi nues, se disputent une chemise de nuit, se poursuivent en bondissant d'un lit à l'autre. Claudine me prend dans ses bras et feint de gronder les « petites », qui ont en fait presque mon âge. Des chocolats circulent. Des chaussettes sèchent sur le radiateur. Claudine caresse mes cheveux, les petites chantonnent « Oh, oh, oh, les amoureuses ! ».

Puis Valou :

— Tu vas vraiment rester ici ?

Sans lui répondre, je me glisse sous le lit où Claudine vient de prendre une pose de Titienne.

La porte s'ouvre brusquement, interrompant le tohubohu. Espeluque a rappliqué, et la voilà qui, pour occuper l'espace, réunit les chaussettes qui fument pour les brandir sous le nez de Claudine :

— Interdit, ça, mademoiselle !

— Bien, madame.

Depuis mon poste d'observation en contre-plongée, je la vois esquisser une révérence ironique. Espeluque se pince le nez et continue l'inspection, ramasse une peluche, un soutien-gorge. Puis :

— Vous n'auriez pas vu Nathalie Galan ?

Silence dans les rangs.

— Elle a disparu de sa chambre en prenant quelques effets et sans un mot pour ses camarades. Nous avons cherché partout cette demoiselle, comme si nous n'avions que ça à faire… Introuvable. Elle a dîné à votre table. J'ai pensé que…

— J'étais ici ?

J'ai pris une voix d'outre-tombe qui a fait sursauter la daronne. Tout le monde rit, sauf elle et moi.

— Vous m'expliquez ce que vous fichez ici ?

— Je me prépare au sommeil.

— Sous un lit ?

— C'est indéniable.

— Vous pensez vraiment pouvoir dormir sur le sol ?

— Vous savez, quand on est jeune… on dort partout.

Les rires reprennent. Espeluque me menace d'appeler mon père, qui dirige non loin une autre colonie de ski réservée aux garçons.

— Mon Dieu, je tremble. Vous lui transmettrez mon profond respect.

La vieille bique considère la situation. Que peut-elle faire ? Les menaces des représailles familiales n'ont pas fonctionné. Sans doute pourrait-elle me priver de ski : elle sait que je m'en consolerais avec des bouquins. Alors… la force ? Il n'y a pas de service d'ordre dans les colos pyrénéennes de la Fédération des œuvres laïques… Elle pourrait essayer de m'attraper par les cheveux et m'éjecter de la chambre. Il faudrait qu'elle en ait la force et le courage. Les deux lui font défaut. Elle capitule.

Je suis arrivée à ce moment de ma vie où les adultes n'ont plus aucune prise sur moi. Quelle loi fonde l'autorité qu'ils prétendent exercer sur moi ? Je pense, donc je suis, donc je suis libre de faire ce que je veux de ma vie. Elle m'appartient, ne leur déplaise. C'est jouissif, mais moins que de sentir Claudine se glisser à mes côtés, sous son lit. Nous chuchotons, attendons que les petites se calment, s'endorment. Claudine rampe sur moi, légère et déterminée. Émotion de sentir ses seins sur les miens, et son ventre pareil. Elle m'embrasse doucement. Le cou, les joues, les lèvres.

J'apprends.

Sous la douche, aussi, lorsque nous revenons du ski le lendemain soir. Souvenir ébloui de son corps nu, lisse, brillant. De sa poitrine très ronde et fière que j'ose à peine toucher. Elle me montre les gestes qu'elle aime. Mes seins sont minuscules, j'ai peur qu'elle se moque à nouveau. Mais non. Je me souviens, pour cette première fois, d'un mélange complexe de gêne – montrer mon corps nu – et d'effervescence du désir. Étrangement, c'est le seul instant érotique avec Claudine dont j'ai un souvenir précis, geste après geste. Comme si, par la suite, le discours avait effacé les corps.

Fin des vacances : elle retourne chez ses parents, près de Montpellier, moi chez les miens, dans un village qui se dresse entre les vignes. Nous nous écrivons. Elle m'envoie des lettres surprenantes : entre les lignes et dans les marges, des dessins – bouches, yeux, cuisses ou seins de femmes mêlés à des animaux psychédéliques aux membres épars – envahissent le texte et débordent sur l'enveloppe, où mon nom (Nathalie Galan) et mon adresse, réduite au minimum (34 Montagnac), sont à peine lisibles. Le courrier m'arrive malgré tout.

Ses lettres papillonnent d'un sujet à l'autre, ses cours, ses parents, son envie de me voir au plus vite, son fiancé Arnaud, son amour pour moi, ses exams, sa sœur, mes « cheveux de soie », son régime, des poèmes d'Apollinaire, des filles qui l'ont draguée, l'ineptie de certains cours. Le propos est volontairement décousu, insolite. Elle revendique une philosophie postsurréaliste. Et lit Freud : les lettres qu'elle m'écrit, m'explique-t-elle, traduisent donc le parcours capricieux de son inconscient.

Je suis déroutée. Suis-je sa muse, ou un prétexte à son envie d'être l'auteur de lettres originales ? Joue-t-elle ? Est-elle sincère ? Cet amour dont elle me parle, existe-t-il ? Est-il une chimère, comme les corps morcelés tracés au stylo Bic bleu qui occupent plus de place que le texte ?

Nous nous retrouvons à Montpellier, plusieurs fois. Chez elle, où sa mère me reçoit comme une « amie de la colo » et ne semble pas s'inquiéter des bruits qui montent de la chambre de Claudine, où nous passons l'après-midi. À Pézenas, dans mon lycée, où elle vient passer une journée. Pendant les cours, elle m'attend au parc Sans-Souci tout proche. Pendant les récréations, nous nous retrouvons dans un lieu reculé, où personne ne nous voit, normalement. Je retourne à Montpellier : à la fac ! Très impressionnée, j'assiste avec elle à un cours de chimie. Dans un amphi. Je suis aux anges, mais me fais toute petite : et si je me faisais virer ? Le prof ne paraît pas noter ma présence. Il pose une question à laquelle je ne comprends rien. Le reste de l'amphi non plus, semble-t-il. Silence prolongé. Claudine, de sa voix de soprano, donne la bonne réponse. Elle est la meilleure, je suis fière.

Elle est fière de moi quand je me distingue au concours général de français. Elle revient au lycée. En récompense de mes hauts faits scolaires, elle m'offre un collier. Nous ne nous cachons plus et nous embrassons à bouche que veux-tu au lycée puis dans les rues de Pézenas.

La grosse

Notre correspondance devient presque quotidienne. Tout nous dire, voilà notre pacte. Mais je ne lui raconte pas ce qui a changé au lycée depuis que certains ont aperçu nos privautés. Les commentaires chuchotés fort quand je passe : tiens, la gouine ! Bien sûr, je hausse les épaules dans un geste de mépris. Mais à ce mépris se mêlent de la peine, de la honte, de la rage. Je tais aussi les moqueries dans le public quand je joue avec la troupe de théâtre animée par M. Courtois, mon professeur de français. Je suis Chérubin, et lorsque j'entre en scène en costume de petit page, veste courte de soie bleue ouverte sur un jabot de dentelles, assortie à une culotte prolongée par des bas blancs, chapeau chargé de plumes et épée au côté, cheveux retenus dans un catogan, des rires fusent. Je ne suis pas une mauviette, je serre les dents et la poignée de mon épée avant de lancer joyeusement le texte. Mais lorsque je dois confier à Suzanne ma passion pour la Comtesse : « Que tu es heureuse… À tous moments, la voir, lui parler… L'habiller le matin *(rires redoublés)*, la déshabiller le soir *(chahut)*, épingle à épingle », je voudrais rentrer sous terre. Il était prévu que, chenapan audacieux, je pousse un grand soupir sur « déshabiller » et que, mimant le fantasme provoqué par la

Comtesse, je défasse une à une les épingles qui tenaient le voile occultant la ravissante gorge de Suzon – puisque après tout, Chérubin a l'âge des émois amoureux qui rendent désirables et quasi interchangeables toutes les femmes. Aux répétitions, j'en rajoutais, faisais durer l'effeuillage, jouais avec les épingles, piquant parfois, très légèrement, la poitrine de Suzon, qui surjouait le plaisir ou la colère, selon l'inspiration. Devant le public, paralysée par les quolibets, je zappe la mise en scène. Suzanne, surprise, attend, les spectateurs aussi. Une nausée, une fatigue terrible m'accablent. Immobile, geste suspendu, je parais imbécile. La suite pourrait s'écrire comme une scène en abyme ou en vertige, où abonderaient les didascalies, le texte ayant presque disparu : *Suzanne foudroie du regard Chérubin, puis, celui-ci restant les bras ballants, elle enchaîne. Chérubin s'approche d'elle pour la serrer dans ses bras. Il bute sur les pieds de la malheureuse, qui jure. Le public s'esclaffe. On attend une réplique de Chérubin, qui reste muet. En coulisse, le professeur fait des signes d'encouragement, suivis de mimiques de désespoir, avant de tourner le dos. Chérubin murmure enfin* : « Mon cœur palpite au seul aspect d'une femme », *tandis que les rires redoublent, puis plus bas encore* : « Les mots amour et volupté le font tressaillir et le troublent. » *Huées, claque en triomphe, sortie de scène de Chérubin, chapeau de travers et larmes aux yeux.*

Le ridicule ne tue pas, pas plus que la honte qu'il provoque. Mais je voudrais mourir. C'est entendu : je ne remonterai plus sur scène, je partirai loin, au plus loin de ces abrutis. Je ne dis rien de cette avanie à Claudine et ne mentionne pas les appels anonymes reçus chez moi.

L'un d'eux m'a marquée : une inconnue m'affirme à voix chuchotée que je lui plais. Elle ajoute qu'elle veut me rencontrer. Je voudrais savoir qui m'appelle. « Tu me reconnaîtras tout de suite, t'inquiète. Tu n'as pas vu comment je te regardais ? » Est-ce Mylène, dont je contemple parfois les yeux rêveurs ? Ou Martine, pas très jolie, mais brillante ? L'inconnue me donne rendez-vous le samedi soir suivant. Je raccroche, tourneboulée. Envie d'y aller, crainte d'un traquenard. Mais je n'ai peur de rien, je m'en persuade.

Maman entre dans ma chambre :

— N'y va pas. Ce serait une grosse bêtise.

— Tu as écouté ?

— C'est mon devoir de mère. Te protéger. Tu es d'une naïveté confondante. Tu n'as donc pas compris ? Cette fille se moque de toi. J'entendais des bruits derrière. Elle n'était pas seule.

Interdite, je reste sans réponse. Ma mère m'espionne, alors ? Je voudrais l'étrangler, je l'envisage, l'examine de pied en cap. Par où attaquer ? Elle triomphe. J'avais compris qu'elle lisait mon journal, où je consignais, pour la punir, des fables effrayantes. Elle fait son devoir, dit-elle. Que répondre ? Elle n'a peut-être pas tort. Sans elle, je me serais « jetée dans la gueule du loup », comme elle me le répète. Humiliée, je me tais.

Je me persuade que je me fiche des moqueries, des regards outrés des unes et des autres. Je sais, de source sûre, qu'il arrive que des femmes s'aiment. Je l'ai lu, voilà. Les livres de Colette disent la vraie vie, la vie loin du lycée. La réprobation de mes camarades, cette clique d'incultes, vaut ce que valent tous les conformismes : mon mépris. L'important ? Ma vie, libre, mes lectures, quelques cours au lycée qui me passionnent et surtout Claudine. Mais je n'aime pas être la risée du lycée. Je hais le ton mi-outré mi-blagueur que prend Helen, ma correspondante anglaise venue de Lincoln, qui ne m'adresse la parole qu'une fois pendant son séjour : *Are you a lez ?* Devant mon hésitation, elle tourne les talons et se dirige vers sa chambre, qu'elle ferme à clé.

Je rejoins Claudine pour un week-end chez elle. Ses parents sont partis, emmenant sa jeune sœur. Nous faisons l'amour, rien que l'amour – à peine le temps de manger ou dormir. Nous dansons nues, dans sa chambre, sous la douche, dans le jardin la nuit. La vie est douce, drôle, vibrante. Mes déboires théâtraux ou téléphoniques ou british sont oubliés.

Des mois passent ensuite sans que nous nous voyions. Claudine m'écrit : elle m'aime plus que jamais, je suis sa Natachat, sa Natalionne, sa Natendresse, sa Natafolie. Elle prépare ses examens de médecine et potasse en binôme avec Arnaud. Il est question de mariage. Rien n'est sûr mais ça ne change rien pour nous : qu'est-ce qui nous empêcherait de nous aimer ? Rien, je suis d'accord, et surtout pas ce petit Arnaud qu'elle peut bien épouser. Il ne me gêne pas, sauf quand je le rencontre : il raille à peu près tout ce que je dis, et férocement mes propos « crypto-communistes ». Ah bon, j'ai ma carte des Jeunesses communistes ? C'est la meilleure… Il s'entête à me prendre en défaut, ce qu'il parvient à faire assez facilement. Je l'emmerde, lui, ses airs condescendants et son petit esprit de toubib réac, vieux avant l'heure : c'est dit. Je suis rouge de colère, lui, blême. Claudine prétend adorer nos chamailleries – chien et chat, dit-elle. Je m'enorgueillis d'avoir le rôle du chat et me tiens à distance du toutou.

Je reviens de Londres, où j'ai passé l'été. Pendant deux mois, j'ai financé mon séjour en travaillant comme jeune fille au pair, sans enthousiasme – puis en divers jobs assez saugrenus. Je me suis nourrie de granny smith, de *fish and chips*, de salades, de pizzas, et de *rhubarb pies* nappées de *custard cream.* J'ai pris huit kilos. La gamine malingre est devenue une ado boulotte. Je suis effarée. D'ailleurs, je ne suis pas la seule. La mère d'une amie, me croisant dans la rue, s'arrête tragiquement, m'observe en silence et murmure : Ma pauvre… Mais tu as un problème, une maladie ! Il faut consulter.

Je me regarde nue dans le miroir de la salle de bains. Je suis joufflue, ventrue, méconnaissable. Il faut agir avant de revoir Claudine, pour qui je suis une héroïne des *Rhénanes* : élancée, légère comme un songe. Je cesse de manger. Ne vais plus à la cantine. Je tiens une semaine et dégonfle de trois kilos. Je suis encore dodue, totalement épuisée, mais toujours aussi déterminée. Les cours me paraissent infinis, je plane. En sortant du lycée, je passe devant une boulangerie, achète du pain au seigle. J'entame l'objet du désir dans le bus. Juste le quignon… Quand j'arrive chez moi, j'ai tout englouti, sans même m'en apercevoir. Rien de grave, le boulanger m'a assuré que ce pain était excellent pour la santé.

Le soir suivant, je garde le pain de seigle dans mon cartable. Le sort en cachette, dans ma chambre. Descends dans la cuisine, pique de la crème de marrons. Je termine le pain et le tube de crème. À ce rythme, en quelques semaines, j'ai repris les kilos anglais, et bien d'autres. Je ne me pèse plus. Ne porte plus de pantalon – je n'entre dans aucun. Je cache ce corps de cachalot dans des chemises de nuit brodées, vêtements de brocante que j'ai teints. Ma mère me dit que je suis mignonne aussi, avec des rondeurs.

Claudine m'écrit à nouveau. Pourquoi ai-je cessé de donner des nouvelles ? Suis-je fâchée à cause de cet idiot d'Arnaud, qui est jaloux de moi ? Elle m'attend, n'en peut plus de m'attendre.

Lorsque j'arrive chez elle, un silence, puis des rires. Des mots que je ne comprends pas. Claudine ne m'embrasse pas. Que s'est-il passé ? Pourquoi ai-je doublé de volume ? Bravache, je lui réponds que je me fiche des diktats de la mode : qui a dit qu'une femme devait être maigre ? L'est-elle, elle ? Je la déshabille et envoie voler ma robe teinte. Elle rit. De moi, de mes arguties, de mon bide. Ai-je vraiment cru qu'il me suffirait de changer de canons esthétiques pour être séduisante tout en étant boudinée ? (Je me souviens, des décennies plus tard, des termes exacts de sa repartie.)

— Tu ne m'aimes plus alors ?

— Si on allait au cinéma ?

On marche en silence vers le centre-ville. Claudine veut revoir *Cria cuervos*, mais je n'en démords pas : ce sera *À la recherche de Mister Goodbar*. Quand le noir se fait, Claudine s'efface dans le fauteuil, dans l'ombre. Je voudrais caresser sa main, elle la retire. Il faudrait mourir, là, tout de suite.

Ma détresse m'effare. Dans le noir, quand je pleure, rien ne se voit. Je pense à courir, loin d'elle, de son regard, de son dégoût. Heureusement, Diane Keaton est sublime. Dans la pénombre de la salle, Claudine s'estompe de plus en plus. Éblouie par la dégaine de Diane, son élégance, sa double vie, je n'existe plus que dans sa contemplation. Fascinée par son rire, ses silences. Son mystère. Sa liberté, son audace, son corps de femme.

Je regarde à peine Claudine lorsque nous sortons du cinéma. Je voudrais disparaître, ne plus avoir à subir son regard mi-attristé mi-moqueur sur mon corps transformé. Il fait froid, son nez est rouge, ses yeux absents. Je ne lui plais plus : me plaît-elle, au fond ? M'a-t-elle jamais plu ? Je me persuade qu'elle ne m'intéresse plus vraiment. Ce que je veux désormais, ce sont de vraies femmes, adultes, obscures, des démones, des tigresses. Je suis sûre qu'elles aimeront mes formes rondes. Sinon, je maigrirai.

Plus jamais je n'ai revu Claudine. Une amie m'a appris, quelques années plus tard, qu'elle avait deux enfants. Mariée, médecin, installée.

M'a-t-elle oubliée ? A-t-elle seulement imaginé le trouble dans lequel m'a jetée son dégoût soudain ? Je n'étais aimable qu'en adolescente à la David Hamilton, alors ?

Sans doute n'a-t-elle pas deviné ma détresse. J'avais, dans l'instant où la rupture paraissait entendue, donné à voir une telle indifférence qu'elle a dû penser que, comme elle, j'avais joué aux amours adolescentes : pour voir, pour essayer, pour provoquer. Sans l'aimer. Je note d'ailleurs que l'écriture de ce texte reproduit l'indifférence feinte d'alors. Évoquant le trouble, je glisse, je provoque, j'escamote et fais de l'humour.

Quand ferai-je tomber le masque ? Quand parviendrai-je à m'autoriser cette indécence ?

Albertine

Après Claudine, peu de rencontres. Des hommes, oui – mes rondeurs adolescentes les attendrissaient. Il me semble qu'il était si facile, alors, de rencontrer des hommes… Mais les femmes ? Les lesbiennes, j'entends, les seules qui m'intéressaient ? Hélas, elles ne me voyaient pas. Ne m'envisageaient tout simplement pas, dissuadées sans doute par mon apparence hétéro. Car la lesbienne invisible en rajoutait. Pour me consoler de l'indifférence femelle et de la cruauté des Claudine, je m'étais tournée vers la facilité : l'autre sexe. Sans doute ai-je alors donné une inflexion particulière à ma « féminité ». Comme on le sait, une construction.

Et donc, exagération des signaux. Maquillage, jupes marquant la taille, décolletés pigeonnants, talons hauts. L'adolescente excentrique s'était métamorphosée en jeune femme aguicheuse. La bête noire, dans le ghetto, où l'on se doit de manifester quelque signe de reconnaissance : cheveux courts, ou jean, ou Dr. Martens, ou blouson d'aviateur, tatouages, piercings, suivant les époques. Les modes changent, l'esprit demeure : on est dans un entre-soi et on montre patte saphique.

Dans ce désert de femmes, une exception quatre ans plus tard, lorsque j'arrive à Paris.

Une jeune beauté toujours vêtue de noir, en prépa... On m'apprend, dans un rire qui fustige, qu'Albertine est lesbienne. Comme je tombe des nues, on s'étonne aussi de ma naïveté : mais enfin, on ne voit que ça ! Je n'avais rien perçu, juste épatée par sa beauté de Diane très blonde et cet air de fierté toute romaine qui accompagnait naturellement son excellence. Car Albertine surclassait la cohorte des héritiers et brillait impérialement dans toutes les matières, au grand dam de ses compétiteurs, petits messieurs fils de diplomates et jeunes oies bosseuses qui jouaient les modestes en rêvant de lauriers.

De façon occulte, nous nous manifestons de l'intérêt. Une correspondance de petits mots transmis à la barbe des profs est lancée. Des rivales s'en mêlent. Ou des rivaux. Les billets se multiplient, se perdent puis se retrouvent. Qui est Valmont, qui est Merteuil ? Des petites Volange ou des Danceny semblent se déchaîner. Il faut agir. En avoir le cœur net. Je glisse une brève missive dans le cartable d'Albertine : Vous vous dérobez ? Rendez-vous place Saint-Sulpice, vendredi, 14 h 30. Soyez ponctuelle ou nous ne nous verrons pas.

Nous allons peut-être nous rencontrer, nous approcher, nous embrasser, alors que jamais nous ne nous sommes parlé. Il me semble même qu'Albertine ne m'a jamais regardée. Viendra-t-elle ? Ou bien le jeu est-il déjà terminé ? Offrant l'opportunité d'un rendez-vous secret, je lui ai peut-être concédé ce qu'elle, ou les autres, souhaitaient. Ma reddition.

Elle vient pourtant, à l'heure dite. Nous marchons sans échanger ni regard ni mot. Diantre, ce silence... Cette indifférence ! se dit Valmont (car en cet instant, piquée au vif, je suis le terrible vicomte de tout mon être, prêt à conquérir l'impudente, la faire frémir d'amour, à obtenir ses dernières faveurs, puis la laisser languir de douleur comme une Présidente).

Toujours aussi mutiques, nous prenons un café boulevard Saint-Germain, dont le tracé incurvé qui s'origine pont de la Concorde pour couler jusqu'au pont de Sully forme comme une parenthèse au sud de la Seine.

Je parviens à lui délier un peu la langue. De quoi débattons-nous dans ce bistrot qui fait l'angle avec la rue de l'Ancienne-Comédie, dont nous occupons seules le premier étage ? J'ai oublié le sujet, pas le ton : vif, enthousiaste, parfois ironique. Un silence enfin, qui s'éternise. Je lui demande de fermer les yeux, elle hausse les sourcils dans une expression d'étonnement qui vient brutalement dissiper l'impassibilité qu'elle affecte, puis s'exécute. Je l'embrasse, elle rougit, se détourne, hésite. Me rend le baiser. Ses lèvres sont douces, sa langue aussi habile que dans le débat, mais d'une manière qui me semble plus délicieuse encore. À mon tour de fermer les yeux. Cœur qui bat, exaltation, frisson qui emporte tout l'être. Si je ne me tenais pas, je me précipiterais sur elle.

Autour de nous rôde depuis le début de la conversation et de ses prolongements tendres un serveur au gilet malpropre. Il remue des chaises, fait claquer le cul des tasses sur le comptoir. Il me dérange, enfin, introduit des bruitages dans le film où je viens d'entrer. J'ai quitté le roman du XVIIIe pour m'incarner dans une comédie très Nouvelle Vague. Je ne veux qu'une musique : le souffle d'Albertine. Ou sa voix, ou son rire bref. Je commande un second café, Albertine paraît hésiter : et puis, oui, si je veux. Le gilet malpropre s'éloigne : deuxième baiser. Albertine voudrait parler : un troisième. Sur ces entrefaites rapplique d'un pas vraiment très vif celui qui ne devrait être qu'un figurant, mais qui revendique le premier rôle : notre sonore serveur, qui s'incline avec un empressement surjoué. Sa voix et ses yeux n'expriment aucune sollicitude, plutôt une muette réprobation.

Va-t-il me gâcher le film des baisers volés ? Je m'éloigne à regret de la bouche d'Albertine et observe le fâcheux. On le dirait pris dans une pantomime dont la chorégraphie se serait emballée. Il s'applique à enchaîner ses mouvements comme s'ils étaient des mécanismes se commandant les uns les autres, mais n'y parvient plus. Il improvise, ce guignol. Le voilà qui renifle, pose nos tasses de traviole, oublie le sucre, sourit exagérément en lorgnant mon décolleté. L'obséquiosité vicelarde n'est pas burlesque, elle nous teste. Pire, on dirait qu'il veut un clash. Que lui arrive-t-il ?

Je lui pose la question.

Il déclare que c'est une honte.

J'éclate de rire, Albertine s'empourpre. Je lui caresse la joue puis la main, et me retourne pour demander au questionneur ce qui le gêne. Non, mais franchement ? Serait-il *vraiment* choqué, le pauvre homme ? Nous sommes seules, en plus : qu'il regarde donc ailleurs ! Bordée d'insanités du pignouf qui s'étouffe d'indignation, stimulant mon penchant à la provocation. Prudente, Albertine propose d'abdiquer. Va-t-on fermer la parenthèse de Saint-Germain ?

Nous marchons silencieusement. Ou plutôt, Albertine se tait tandis que je tente une conversation qui tombe dans le vide. J'habite alors tout près, rue du Vieux-Colombier, presque en face du Katmandou. Connaît-elle cette discothèque *for women only* devant laquelle je passe tous les jours, rêvant d'y descendre sans l'oser ?

Rien ne l'indique. Albertine l'ignore tout à fait. Une brusque inquiétude ralentit mon pas : aime-t-elle vraiment les femmes ? Ou bien ai-je été la dinde d'une farce forgée par les comploteurs de la prépa ? Serait-elle au centre de ce complot ? J'entre dans un autre film dont les acteurs imitent les railleurs de Pézenas.

Montagnes russes de la paranoïa et du désir. Ma belle Albertine se tait de plus en plus, ayant compris que je l'entraîne chez moi. Elle semble hésiter : quand bien même aurait-elle de l'attirance pour les femmes, et même pour moi, ce dont ses baisers *caliente* pourraient attester, sans doute n'a-t-elle pas envisagé que l'aventure aille si loin si vite. A juste calculé de caser entre deux dissertations un petit flirt. Hors de question de l'abandonner à ses atermoiements : il faut que je sache. Si elle s'est payé ma tête, autant le vérifier tout de suite.

Tandis qu'elle fait mine de s'attarder devant la devanture du bouquiniste de seconde zone qui tient boutique en bas de chez moi, je tape le code, saisis sa main, l'entraîne dans ma chambre au fond de l'appartement.

Nous nous regardons : elle paraît terriblement farouche. Attirante, aussi. Douce, puissante, inflexible. Je lui ôte ses lunettes noires. Elle semble ne plus respirer. Je l'embrasse à nouveau, plus fougueusement qu'au café, l'attire sur le lit, la câline en dézippant son jean noir. Elle ne bouge pas. J'envoie voler mes talons, ma robe, et ris de son effarement lorsqu'elle découvre mon porte-jarretelles. N'en a-t-elle jamais vu autrement qu'en photo ? Elle tremble et cite Barthes. Je ris de plus belle, tente de lui couper la parole par un nouveau baiser. Quelques caresses encore : Valmont est à son affaire. Mais voilà que ma Présidente (ou ma Merteuil ?) se lève, comme importunée. Et part en hâte, sans explication.

Le lendemain, en cours, je l'attends, cœur battant. Elle m'ignore. D'abord interdite par sa posture hautaine, je lis du mépris et m'empresse de la mépriser en retour. Vous manquez de couilles, petite allumeuse : tel est le message muet que mes poses dégagées et mes regards amusés lui envoient. Ou bien… c'était donc cela ? Un jeu de dupes pour moquer mon attirance pour les femmes ?

Autre hypothèse : comme Claudine, elle m'a trouvée trop grosse ? Repoussante ?

Mortifiée, je la boude. Mais nous nous voyons tous les jours. Le désir revient et m'obsède. Sa bouche, ses yeux, son corps… Je regrette de l'avoir laissée s'enfuir. Sa peau, son odeur, les débats à peine entamés qui promettaient des échanges passionnés. Les baisers, dont je revis chaque seconde. Je tente des approches. Des mois à espérer un mot, un geste. Ou un sourire ? Un vrai regard, un seul.

Je n'en aurai aucun. La parenthèse s'est vraiment refermée.

Exit les femmes.

Madame Michelangeli

— Votre problème, c'est les femmes !

Ainsi parlait Michelangeli. Consultée, à Paris, dès mes vingt-trois ans, pour une analyse qui en a duré dix.

Marie Michelangeli est LA femme de ma vie. Celle qui m'a guidée, aidée, quand je me perdais. Bousculée.

M'a permis de renaître, d'échapper à la répétition. Celle sans qui la vie que je raconte ici n'aurait pas eu lieu, tout simplement. Ni la vie avec Olivier, ni les enfants. Je n'arrivais pas à aimer durablement un homme : elle mit le doigt sur ce qui bloquait – et il me semble que c'est moins la doxa freudienne que son expérience de la vie qui s'exprimait. J'avais peur d'avoir des enfants : trouille énorme d'avoir des filles surtout, moi qui avais subi les rigueurs de ma mère, laquelle avait subi celles de la sienne, et on continue jusqu'à la nuit des temps. Lorsque j'ai attendu mon premier enfant et que l'échographie a révélé une fille, une toute petite mouflette qui déjà dans mon ventre tétait son doigt, je me suis évanouie : crise de panique. Michelangeli m'a maternée, elle m'a montré que j'y arriverais et que cette fillette, j'allais l'aimer et l'aider à « devenir une femme ». Michelangeli, on le verra bientôt, avait une approche du genre très canonique. Mais à l'époque, peu m'importait. Il s'agissait de vivre et de donner la vie, à un moment où je le souhaitais vraiment mais le redoutais plus que tout.

L'enfant est née. À la première seconde, ce bébé tonique et rempli de vie, expressif et joyeux, je l'ai aimé comme jamais je n'avais aimé. Elle est adulte. Elle est extra.

Sans Marie Michelangeli, ni ce livre ni les précédents n'auraient été publiés. J'ai toujours écrit, et parfois maladroitement. Le premier roman qui eut une forme montrable, à vingt ans, eut deux lecteurs – un ami, un amant. Ils ne se connaissaient pas mais eurent la même réaction : une expression gênée, un silence. Quand j'ai demandé des précisions (et Dieu sait que j'ai dû insister), on a évoqué des maladresses, une construction contestable. En clair, c'était mauvais. J'avais mis toute ma fougue, toute mon énergie dans ce texte : six mois d'écriture, balayés par quelques heures de lecture et la formule couperet : bof.

Je dis un jour à Michelangeli que j'avais pensé un temps à l'écriture, mais que j'y avais totalement renoncé.

— Et pourquoi ça ?

— Parce que je ne suis pas bonne. La France est un pays d'écrivains, je me suis rêvée écrivain comme tout le monde, mais je n'en serai jamais un.

— Et pourquoi ça ? (Entêtée comme une mule de la garrigue corse.)

— Je ferai autre chose. Je ne veux pas devenir de ces auteurs qui passent leur vie à écrire et à ne pas être publiés.

— Vous plaisantez, j'espère ?

— ?

— Vous êtes juste une flemmarde. (Elle était vraiment gonflée, je travaillais tout le temps et elle le savait parfaitement.) Vous allez arrêter d'avoir peur de votre ombre, d'avoir peur de ce que vous appelez vos surmoi littéraires (il avait été question des grands auteurs lus, aimés, admirés, après lesquels, vraiment, il était difficile d'oser prendre la plume) et vous allez travailler. L'écriture, c'est comme tout : du travail.

— Et si je n'ai aucun talent ?

— Nous n'en sommes pas là.

Je n'ai pas écrit tout de suite. J'ai eu peur longtemps (ça continue). Mais j'y arrive, comme en témoignent ces pages.

Cette petite femme frêle était la Zarathoustra du divan. Toute-puissante, surfemme souvent silencieuse, parfois véhémente, elle me parut très âgée lorsqu'elle me reçut, déjà un peu voûtée, dans son appartement haussmannien aux pièces exiguës. L'immeuble était situé à deux pas de l'Assemblée nationale, à la naissance du boulevard Saint-Germain. De sa voix mélodieuse, de silences en questions, elle me transmit son élan vital et son gai savoir. Car une thérapie avec cette femme relevait du défi permanent, et je pouvais à juste titre me dire : tout ce que me balance Michelangeli me fortifie au lieu de me ratatiner – on va voir pourquoi.

Quittons le discours pseudo-philosophique, acceptons le référentiel et ses pactes, et pour l'aborder, la forme que nous offrent les fictions modernes.

Mon aventure analytique m'apparaît aujourd'hui comme une série en trois saisons. Mme Michelangeli en est la showrunneuse expérimentée, reine de la *punch-line* et du *cliffhanger*. J'en suis la protagoniste, j'en paie le prix. Mais je m'aperçois vite que même si c'est de ma vie qu'il est question, c'est elle qui choisit les personnages. Elle en convoque certains, en répudie d'autres. Décide qui jouera un rôle principal ou secondaire : elle est la Loi.

Prégénérique

Je quitte le domicile familial à dix-sept ans, fuyant à Paris sans un sou vaillant. Depuis, je navigue à vue. Ça tangue. Jour et nuit – nuit surtout. Je souffre d'insomnies chroniques qui rendent ma vie professionnelle difficile – j'euphémise : je me gave de benzodiazépines. Ajoutons que ma vie amoureuse est un chaos. J'ai épousé en premières noces, à vingt ans, un amateur de nymphettes, Daniel. Il a l'âge de mon père mais lorsque je rencontre Michelangeli, je suis à vingt-trois ans déjà une vieille chose à ses yeux. À qui parler ? J'ai rompu en visière avec mes parents, je n'ai aucune amie. Je veux divorcer et comme mon époux me complique la tâche, je multiplie les aventures – c'est l'époque merveilleuse de l'insouciance pré-sida. J'ai arrêté mes études et je n'ai aucun métier.

L'effet le plus marquant de cette vie d'incertitude est donc une insomnie tenace qui me conduit à prendre de méchantes doses de médocs. Avec un cerveau en compote, comment trouver un job ? Je fais moi-même l'analyse suivante : je suis dans une impasse. Il faut en sortir fissa. Comment, je ne sais. J'envisage pour finir une thérapie. Où trouver l'argent ? Je donne des cours (de tout, de français, de maths, de philo et même, c'est un comble, de physique, alors que je n'ai que quelques bases). Je constitue un pécule qui m'ouvre la porte du cabinet de Mme Michelangeli.

Elle m'écoute. Six mois d'onomatopées. Je l'engueule. Elle me secoue. Me renvoie systématiquement à mes contradictions. Elle y va fort.

Elle m'emmerde, avec ses principes de vieille catho. Je mets fin à l'analyse : je n'ai plus besoin d'elle, en tout cas je m'en persuade. J'ai compris deux trois trucs qui devraient me permettre de rebondir.

Direction le nord de Paris : le miroir aux alouettes.

Saison 1

Avant le nord de Paris, où je vais m'attarder, errances dans la capitale. Car je tente d'abord de devenir mannequin, comme des milliers de gamines à Paris. Beaucoup sont plus grandes que moi, il faut bifurquer : je suis miraculeusement engagée à la télévision. C'est drôle, inattendu. Étrangement, la plongée dans l'artifice est une découverte du réel : un univers de paillettes, certes, mais où se côtoient des « vedettes » et des techniciens, des starlettes et des costumiers, les puissants et le petit peuple qui leur est plus ou moins soumis, bref, un monde à mille lieues de celui de mon enfance, passée parmi des professeurs fils d'instituteurs et habitant dans une école – assez loin du monde réel, en somme.

J'ai pour mon âge un salaire qui me paraît assez astronomique, mais supporte de moins en moins *la persona*, ou, pour être plus moderne, le faux self que m'imposent mes différents rôles de comédienne ou d'animatrice d'émissions de télé bling-bling, tous ces expédients pour survivre que je prenais pour une étape vers des programmes moins racoleurs, mais non. Je comprends que je suis étiquetée. Définitivement coincée dans un rôle que j'ai à peine choisi.

Dans le même temps, je reprends les études abandonnées à dix-huit ans. Passe à la va-vite, à la session de rattrapage de septembre (car je n'ai assisté à aucun cours), des unités de valeur à la Sorbonne qui me permettront de me constituer, peu à peu, une licence de lettres complète. Passeport, je l'imagine alors, pour une carrière de journaliste. Mais il me manque FR310, épreuve reine de langue française. Grammaire et stylistique, l'heure de vérité. L'enthousiasme et même l'érudition sur les textes littéraires ne suffisent plus. Il me faudrait du temps pour relever ce défi, mais je n'en ai pas. Tantôt je travaille à la télé, tantôt je cherche du travail parce qu'on m'a virée. Ou que j'ai claqué la porte : je n'imagine pas que #MeToo existera un jour, mais je n'accepte pas d'avaler toutes les couleuvres.

Il n'empêche… Je suis épuisée par les hauts et bas professionnels ou financiers, assortis de cette impression d'être à la merci du bon vouloir d'un producteur ou d'un obscur associé.

Retour sur le divan. Michelangeli ne commente pas mon absence : elle savait que je lui reviendrais. Lors des premières séances, je parle peu de ma vie à la télé qui tantôt m'amuse et toujours m'instruit sur les bizarreries de l'âme humaine, tantôt me remplit de gêne et de rage mêlées. Rien sur cette étrange carrière, donc, car le temps des séances est occupé par deux récits récurrents dont j'ignore pourquoi ils s'enchaînent.

J'ai deux ou trois ans. Maman est revenue. Elle pleure, et ses yeux bouffis, son visage dévasté, ses gémissements m'envahissent tout entière, du haut du crâne jusqu'au bout des doigts, des orteils : sa détresse coule en moi. Impuissante à la consoler, je la regarde, silencieuse. Je pleure aussi. Elle erre dans une chambre dont on a déplacé les meubles pendant son séjour en clinique. J'entends comme si j'y étais Papa qui lui parle d'un ton apaisant, mais je le sens inquiet, malheureux lui aussi. Il lui explique que Mamée, en réagençant les meubles, a voulu bien faire, juste ranger la chambre pour qu'elle soit plus pimpante et que sa belle-fille y soit heureuse à son retour. Mais Maman ne comprend pas, elle dit : Je me sens désorientée. Elle pleure, pleure, elle court aux quatre coins de la chambre, s'effondre sur le lit.

Pieds nus, sur le pas de la porte, je regarde et entends toujours, statue. Maman se redresse et marche avec des gestes déments, dans tous les sens, sanglots, cris, coups sur les murs. J'ai peur. Je n'ose pas aller la consoler. Mon regard s'obsède sur l'édredon carré en Nylon bleu, motifs de roses, puis je revois Maman amaigrie, le rimmel qui barbouille ses joues, ses narines rougies et gonflées par le chagrin qui coule, larmes et morve. Elle dit qu'elle veut mourir, Papa la regarde, perdu.

L'autre souvenir qui survient juste après se déroule dix ans plus tard. J'ai douze ou treize ans. Un homme de ma famille surgit à l'aube dans une tente de camping où je dors, seule. Je sens qu'il me tire à lui, j'entends ses hurlements. Il me traîne par les pieds puis les mains puis les cheveux, et me fait avancer à coups de baffes et de pieds au cul jusqu'à un feu de camp dont il ne reste que des cendres. La veille, j'ai chanté là avec des jeunes de mon âge dont j'ai oublié le nom et le visage. L'homme me roue de coups, j'ignore pourquoi. Mon cœur éclate, mais je me tais : je pense qu'il va me tuer.

Je l'ai déjà vu chez lui battre son chien, qui aboie parfois comme un fou, en bas, dans une cour, au bout de sa laisse. L'homme grommelait alors qu'il n'en pouvait plus, qu'il allait l'achever. Il descendait en trombe les escaliers, le cognait, le chien hurlait, puis gémissait, puis se taisait. Était-il mort ? Non, sage.

Pour éviter le sort du chien, je ne hurle ni ne gémis. Je me roule en boule. Quand les coups s'arrêtent, je ne peux plus bouger. Est-ce que je suis morte ?

Je retourne m'allonger sous la tente.

Je vomis longtemps. Reste prostrée des jours.

Étrangement, Michelangeli ne commente pas. Pourquoi ce silence ? Je voudrais qu'elle m'entende, me réponde, m'aide à chasser ces souvenirs, et surtout cette seconde scène qui hante mes nuits. Qu'elle établisse en somme le sens du *trauma*, pour reprendre sa phraséologie, afin de le dépasser. Donc, en dépit de son mutisme et de ses onomatopées difficiles à interpréter, je redis et redis ce souvenir. Elle s'en agace. Pas de récit, madame. Vous êtes là pour associer. Ces images me rongent pourtant. J'y reviens, j'insiste : je pense que je ne dors plus depuis parce que j'ai peur d'être tuée dans mon sommeil. Que faire ? Elle élude encore.

« Souvenir écran », diagnostique-t-elle enfin.

Pourquoi ? veux-je savoir. L'explication de Michelangeli, confuse, lève en moi une immense colère. Je la traite d'incapable, de suppôt de la phallocratie, de honte à la psychanalyse. Souvenir écran, comment peut-elle en être sûre ?

Enchaînons, propose-t-elle.

Là a lieu notre première engueulade. Elle l'attendait, cette renarde. Elle me lâche : Pourquoi croyez-vous que vous avez choisi une femme pour faire votre analyse ?

Pur hasard.

Il n'y a pas de hasard, énonce angéliquement Michelangeli, je dois me le tenir pour dit.

Enchaînons, associons.

Bon.

Depuis ce matin déjà lointain où j'ai cru mourir, je ne sais pas si c'est lié, mais… j'ai comme un problème avec les hommes en général. Plutôt un empêchement. Je m'entends bien avec eux, j'aime leur côté direct, leur sourire, leur esprit. Leur corps, je m'en fiche un peu. Leur truc, si vous voyez ce que je veux dire ? Ben, un joujou extra, sans plus. Non, ce que je préfère, c'est les séduire. (*Hum ?* grommelle vaguement Michelangeli.) C'est la chasse et non la prise que je recherche, vous voyez ? Les conquêtes sont comme un divertissement qui me détourne de l'essentiel. Et, dans cette course folle, « je me sens une âme à aimer toute la terre », comme le Dom Juan de Molière. Hélas, hélas, une fois conquis, un homme ne perd aucune de ses qualités, j'apprécie sa présence, son esprit, sa rassurante chaleur, éventuellement son charme, mais je ne le désire plus. Du tout. C'est désolant, j'ai beau me forcer, je m'ennuie. Je jouis en bâillant. (*Et ?*) Du coup comme j'ai besoin d'aimer et d'être aimée (*surtout d'être aimée, à l'évidence, madame*), j'ai trois ou quatre petits amis en même temps, car en plus je ne sais pas rompre. Donc, je continue, je fais l'amour avec plaisir, certes, mais sans aucun entrain. L'appétit vient en mangeant, mais je me mettrais volontiers à la diète. Bref, plusieurs relations simultanées, et pas de grand amour. Je vous rassure, cela ne me pose aucun problème moral, tous ces hommes en même temps. Il existe des hommes polygames, je suis une femme polyandre. Pour les râleurs, les exclusifs, c'est à prendre ou à laisser. Ces libertés font jaser, on me traite de grande chaude, mais je laisse les esprits chagrins à leurs commentaires prudes ou salaces. Les normes bourgeoises me font doucement rigoler.

(*Ouiiii...* Grand silence de Michelangeli, qui, je l'ai compris depuis longtemps, est attachée, elle, aux traditions. Et que mes libertés, ou mon libertinage, irritent et pas qu'un peu.)

Bref, j'ai un problème avec les hommes.

Comme cette conclusion n'est pas commentée, je considère qu'elle est avalisée. Je continue, parle vite, je voudrais décoincer ce qui doit l'être le plus vite possible. Autant mes relations avec les hommes sont faciles – trop, sans doute, mais enfin harmonieuses –, autant du côté des femmes… Ma mère, mes grands-mères, les amies avec qui je me fâche bêtement, mes profs qui parfois me saquent, les vendeuses dans les magasins, les directrices de casting… Je m'entends mal avec les femmes. C'est une règle générale, valable en tout lieu et depuis toujours. Hélas, trois fois hélas ! Je fais tout pour m'en faire aimer, ou au moins accepter. J'aimerais tant avoir des amies. A minima, des rapports apaisés. Je m'y prends mal.

Vous pouvez développer ?

Oui, en deux points. Primo, elles ne me font pas de cadeau. Des piques, des sous-entendus, et ça ricane, et ça juge… De deux, elles m'emmerdent. Toujours à gémir parce que leur bonhomme n'est pas assez ceci ou cela. Mais, leur dis-je, s'il n'est pas bien, changes-en ! Elles me regardent comme si j'étais une demeurée. Alors que nous n'avons pas la même logique, c'est tout simple.

C'est bien ça, triomphe Michelangeli. Votre problème, c'est les femmes !

Si on veut… Il me semble que c'est tout autant les hommes, non ? Sans doute même beaucoup, beaucoup plus. La scène traumatique, l'incapacité à s'attacher, on peut considérer que ce sont des problèmes majeurs, non ?

Elle n'en démord pas. Reprend, une par une, les femmes que j'ai évoquées depuis le début de l'analyse, laquelle court maintenant depuis plusieurs mois. Je me demandais souvent ce qu'elle faisait, dans mon dos, à rester silencieuse et à maugréer quelques encouragements. Rêvait-elle ? Lisait-elle *Le Figaro* ?

Elle notait, tout.

Elle a des arguments.

D'abord, la mère.

Qu'a-t-elle dit au sujet de l'homme qui m'a battue ? Rien, car je ne lui en ai jamais parlé : je n'ai même pas envisagé cette confidence.

Confidence ou confiance ? Vous pensez qu'on veut vous tuer, et vous ne lui en dites rien ? Vous avez un gros, un énorme problème avec votre mère. Vous la plaignez, oh ça oui, j'ai l'impression à vous entendre de l'avoir là, en personne, sur mon divan, en train de chouiner. Vous êtes la caisse de résonance de la plainte de votre mère. Faut travailler ça. Saisir la complexité de votre lien.

Soit, un problème avec la mère. Du classique en somme.

Pas seulement, embraye Michelangeli. Vous devez bien vous rendre compte que vous avez des difficultés quasi quotidiennes avec les femmes. Vous me dites en substance que, globalement, vous en avez peur.

Je ne la contredis pas : je crains, et j'ai souvent craint par le passé, que les femmes ne me comprennent pas. Plus précisément, qu'elles ne le veuillent pas. Qu'elles soient malveillantes. Injustes. Jalouses. Sont-elles jalouses ou suis-je paranoïaque ? Cette question me ronge. Je suis peut-être folle, après tout.

Cet indécidable augmente mes maladresses : je suis empotée et gaffeuse, comme une gamine qui, redoutant de fâcher mais ne voulant pas se faire piétiner, agit en dépit du bon sens. Je suis souvent tétanisée de trouille quand je dois prendre la parole devant une femme plus âgée que moi – une prof, une formatrice : toute femme ayant autorité sur moi. Je vois de la rivalité là où il n'y a sans doute qu'indifférence. Mais j'ai quand même en tête une tripotée de femmes qui m'en ont objectivement fait baver. D'autres continuent.

Mais peut-être que je délire (*peut-être en effet*, abonde Michelangeli). Ou peut-être qu'elles agissent normalement, et que c'est moi qui prends tout mal (*faudrait creuser*, approuve-t-elle). De toute façon, faut en sortir (*nous y voilà*).

J'accepte donc le parcours analytique qui m'est imposé : faire le tour du problème des femmes.

Et de votre féminité, conclut ma psy. Qui ajoute sur un ton de pythie : un jalon, la question de votre féminité. Vous y réfléchirez ?

Saison 2

Michelangeli était une délicieuse Corse au caractère bien trempé dont la doctrine évoquait les Saintes Écritures. L'Ancien Testament, sans cesse invoqué : Freud. Et le Nouveau, cité d'une voix plus flûtée, mais presque aussi souvent : Lacan. Évidemment, je résistais à sa vulgate. Tout n'était pas réductible à une explication par l'Œdipe et l'amphigouri du gourou au cigare m'emmerdait. Mais au fond, peu importait : Michelangeli était une artiste de la psyché, et quelle que fût son obédience, je constatais qu'elle savait dénouer des névroses que je croyais indépassables. J'ai appris grâce à elle à m'éloigner de toutes les personnes ambivalentes qui m'entouraient, celles qui me recherchaient mais dans le même temps multipliaient les discours de dévalorisation ou manifestaient une totale indifférence à ce que je vivais… beaucoup de femmes, en effet. Je fis le tri, au point de me retrouver bien seule mais moins torturée. Ce fut le temps des ruptures amicales et familiales. J'ai appris à dire non à ma mère, à mon père aussi d'ailleurs, puis à quiconque abusait d'une position de pouvoir. Je me croyais libre depuis toujours, je me trompais : des devoirs et des interdits hérités me ligotaient. Je défaisais les liens qui m'asphyxiaient, patiemment, un à un. Je respirais, je revivais.

Michelangeli me mit aussi sur la piste qui me permit d'échapper à la compulsion amoureuse : grâce à elle, j'arrêtai d'attraper au lasso les hommes (séduction, consommation, consternation) et de me retrouver avec un troupeau de malheureux que j'oubliais aux pâturages. Là encore, une affaire de lien. Non pas à délier, mais à créer, cette fois. Elle me fit découvrir, et quelle révélation ! qu'une relation amoureuse se construit. Qu'il faut dépasser l'effervescence des débuts, apprendre à aimer l'autre, à s'en faire aimer vraiment, pas seulement désirer. Écouter, entendre, être présente, attentionnée. Patiente. J'allais devoir vaincre mon naturel impétueux, mais de nouvelles perspectives s'ouvraient.

On imagine l'ascendant que Michelangeli eut sur moi. Elle me sauvait ! Grâce à elle, une vie commençait.

Saison 3

Vint ce moment où, ayant enfin divorcé de Daniel et rencontré un homme dont j'étais amoureuse, j'avais ensuite croisé une femme qui me plaisait. Elle exerçait sur moi, sans s'en douter, une sorte de fascination. En fait, une attirance toute physique m'avait bouleversée. J'en parlai sur le divan.

— Extraordinaire… Elle ressemble à Virginia Woolf.

— …

— Des yeux d'une douceur… En même temps, du caractère, de la poigne. Et de l'humour…

— …

— Une forme de sensualité, vous voyez, sans ostentation, mais…

Michelangeli ne me laissa pas m'attarder sur le récit de mes émois et de mon hésitation entre Olivier, qui me plaisait, et Lydie, qui me troublait.

— Elle est lesbienne ?

— Oui, elle vit avec une femme, en tout cas.

— Tenez-vous-en éloignée.

— Mais, c'est qu'elle me plaît…

— Taratata.

— Je pense à elle souvent, très. Je fais des rêves explicites, du genre…

— Les lesbiennes sont des perverses,

— …

— Des femmes dangereuses,

— C'est-à-dire ?

— Pour en avoir eu un paquet sur le divan, je peux vous affirmer : des perverses, infréquentables, toxiques.

— Perverses ? Vous y allez carrément !

— Per-verses, c'est tout.

Elle n'en doutait pas. Son Freud avait bien montré que l'homosexualité était un refus pathologique de l'hétérosexualité, et son Lacan n'avait pas hésité à qualifier les participants du *Banquet* de Platon de vieilles tantes. Pour Michelangeli, les homosexuels étaient des malades qu'elle s'employait à soigner. Avec plus ou moins de succès, avoua-t-elle avec un soupir. Pour certains, il n'y avait vraiment rien à faire, ils étaient obsédés par le pénis, les pauvres.

Je fis valoir que mes premières amours avaient été des femmes. Claudine, Albertine, ah, Albertine ! D'un rire attendri, elle mit fin à mes évocations exaltées : ces amourettes étaient à ranger au chapitre des expériences attendues à l'adolescence. La sexualité s'éveille, les hormones sont en surchauffe, le désir ne sait pas où se fixer. Mes passades d'autrefois ne signalaient en rien un goût profond.

J'étais perplexe. Il me semble que c'était vraiment bien, avec Claudine et les autres. Que je n'avais pas envie de les quitter une fois que je les avais conquises (ou l'inverse). Que j'avais vécu avec elles des moments merveilleux et que, sexuellement, c'était vraiment, mais vraiment… Je pensais encore beaucoup à Albertine, qui n'avait pas voulu de moi. Si elle avait été là, à côté de moi, sur le divan, je crois bien que je l'aurais…

Michelangeli coupa court : Des per-verses ! je vous dis. Épargnez-vous cette épreuve, vous avez déjà assez de problèmes avec les femmes : vous ne savez pas du tout où vous en êtes, avec elles. N'allez pas en plus vous mettre dans les griffes des lesbiennes, voyons !

Je ne savais pas très bien ce qu'elle entendait par « perverses » – et combien je regrette aujourd'hui de ne pas le lui avoir demandé, tout simplement. Mais le mot fit l'effet escompté : celui d'une bombe. Ma vie était toujours un innommable bordel, mieux valait éviter les êtres toxiques. Fussent-ils des femmes qui m'attiraient.

Et puis Olivier me plaisait, vraiment. Allais-je saboter cette relation ? Avais-je envie d'aller me fourrer dans les rets d'une femme dangereuse, une femme-problème de plus ? Alors que lui était beau, drôle, brillant, et totalement dépourvu de perversité ?

J'ai donc suivi l'injonction lacanienne : pendant vingt ans, oui, vingt ! je suis restée hétéro, fuyant perversité, vilenie saphique et tous les dangers de celles qui me faisaient fantasmer.

Le temps passe. Je suis mariée, et il se trouve que j'aime mon mari. Le temps passe encore, et je ne me lasse pas de lui. Rarement j'ai connu un tel accord des corps, des cœurs et des esprits. Je lui suis fidèle. Nous avons deux filles : des merveilles.

Résumons. Je suis entrée dans l'ordre. Le bon, le dur, du béton. L'hétéronormé. J'en suis presque un modèle : je ne suis plus polyamoureuse, je vis avec mon époux, notre union a été célébrée dans les formes, nous croissons et nous nous reproduisons.

Nous vivons en Auvergne. Éden bucolique : potager, poulailler, et cabanes dans les arbres pour les filles.

Je suis fonctionnaire.

Je paie mes impôts.

Comble de l'affaire, je suis heureuse.

Dans ce ciel bleu, je ne vois pas arriver le scud.

Vingt ans après

De notre histoire, je retiens des dialogues – c'est dire si le verbe était au centre de ce qui jamais n'advint entre nous –, le discours, ses fulgurances, ses curiosités, ses pièges aussi. Comme si nous n'avions en somme existé que par cela : l'enchantement des mots. Les siens d'abord, que je découvris imprimés. Mon amie Marie-Lys me signala un jour que je figurais en bonne place dans un livre tout juste publié.

— Moi ?

— Toi.

Marie-Lys affirmait qu'elle avait reconnu l'appartement décrit – le mien, rue du Vieux-Colombier, où je m'étais établie lorsque j'étais en prépa et où elle avait séjourné quelques fois. Pour elle, aucune hésitation possible : tous les meubles étaient en place et parmi le mobilier, moi, qui étais désignée par une initiale ne laissant guère de doute sur mon identité cryptée. Il semblait que l'on n'y était pas allé de main morte, relatant tous les détails de notre relation express. Aux dires de Marie-Lys, était évoquée dans ce chapitre l'étrange guerre amoureuse à laquelle se livrait notre prépa – mon amie y avait personnellement participé. Si je comprenais bien, la blitzkrieg de l'auteur à mon endroit, fomentée par une armée d'hypokhâgneuses qui lui avaient demandé, en guise de gage sans doute, ma conquête était très précisément décrite.

Je crus à une plaisanterie, Marie-Lys étant coutumière de ce genre de canular. J'achetai toutefois le bouquin. Et en effet.

Albertine parlait de moi ! La mystérieuse amazone rencontrée à dix-sept ans lors de quelques instants furtifs n'ayant laissé qu'un goût de regret, en somme une trace presque effacée sur la trame de ma mémoire, intempestivement se rappelait à mon souvenir. Elle dont j'avais pensé qu'elle s'était jouée de moi, comme naguère la Claudine de mon adolescence... Nos vies avaient pris des directions tellement éloignées que je pensais ne jamais la revoir. Mais voilà qu'elle faisait irruption par voie littéraire...

Je lis, la gorge serrée : le ton parfois féroce va-t-il envahir le texte qui m'est consacré ? Mais dans le chapitre où elle relate notre rencontre, Albertine n'exerce son ironie que sur elle. Surprise de découvrir la version de la scène depuis l'autre regard. Étrange stupeur de voir dilatés et analysés des instants qui m'avaient paru fugaces, sans suite ni sens. Je suis saisie par la minutie des descriptions, ma chambre, mes vêtements, mes gestes, qui me sont rendus, intacts, vibrant de ma jeunesse enfuie : vingt ans plus tard. Le tout avec une douceur, une tendresse presque, qui me prennent au ventre.

Me bouleverse le dernier paragraphe. Comme un reproche que l'auteur se fait, celui de s'en être tenue aux facilités du libertinage.

Je relis. Une joie monte en moi, qui se mue en enthousiasme. Le récit d'Albertine me plonge dans les années d'une insouciance et d'une liberté déjà enfuies et lève une nostalgie délicieuse. Je la contacte, elle me propose de lui rendre visite à Paris, *for memories sake*. Je quitte l'Auvergne, les cours, mon mari, mes filles. Prends un train, un taxi, me trouve devant sa porte. Dans un état de mortelle terreur et d'excitation tout à la fois, je sonne. Tant d'années ont passé. Quelle figure fera-t-elle à celle que je suis devenue ? Elle a l'élégance de ne marquer aucune déception. Nous parlons, dînons, buvons. Je la découvre enfin – car autrefois, nous nous étions croisées, soit, mais si peu. Nos corps et nos esprits s'étaient à peine effleurés. Albertine s'exprime avec assurance, une arrogance presque, vite infléchie par l'humour. Il me semble que je parle peu. Je suis comme dissociée : car mon esprit entend ses raisonnements, qu'il goûte, tandis que mon corps est surpris par un désir brutal, aveugle, irrépressible. Je me prête au jeu d'une conversation de bon aloi (que suis-je devenue, ai-je un mari, un chien, un métier, des enfants ?), ces considérations factuelles sont vite réglées et nous entrons dans le vif du sujet.

Un débat philosophico-littéraire s'improvise, dont le sujet m'échappe à l'instant. Je n'en retiens que l'exaltation. Mon intelligence, comme assoupie depuis l'hypo-cloud de nos dix-sept ans, frémit, s'ébroue et trépigne. Je suis prête à en découdre. Les joutes de jadis, esquissées un vendredi de printemps, reprennent comme si elles avaient sombré dans une faille temporelle que la présence et la parole d'Albertine suffisent seules à abolir.

Elle parle, son discours me fascine mais ne me détourne pas, hélas, du corps qui le profère. J'observe ses yeux, ses gestes, sa silhouette puissante. Je bois ses paroles dans le même temps que je sens son odeur de femme. Ses gestes larges et affirmés me happent, mon regard glisse de ses yeux à sa bouche occupée à proférer des aphorismes sidérants (Dieu que cette femme est brillante, comment avais-je pu l'oublier ?), mais ce sont les lèvres qui m'hypnotisent, son sourire froid qui parfois se mue en un grand rire qui fait vibrer mes entrailles. Mon corps pulvérisé touche son corps pourtant situé à bonne distance, irrésistiblement attirée je suis, limaille de fer jetée sur l'aimant.

Icelui ne semble pas conscient de mon état.

Je lui saute dessus.

Elle me résiste. Un peu, beaucoup. Je ne lâche pas l'affaire. Me fais tendre et câline. Albertine, rien qu'une fois si tu veux…

Elle m'explique que rien n'est possible.

Elle aime. Est aimée en retour.

Mais heureuse ? Es-tu sûre d'être heureuse ?

Elle refuse, dit-elle avec un calme qui dissimule mal un trouble (devant quoi : mon désir ? mes avances sans fard ? la crainte de me blesser à nouveau, deux décennies plus tard, en m'éconduisant trop brutalement ? une tempête sous un crâne causée par l'obscurité de la notion de bonheur ?) – elle refuse, dit-elle dans un souffle, de répondre idiotement à une question simpliste.

Craignait-elle que, faisant retour longtemps après dans la vie l'une de l'autre comme il arrive dans certains romans, les femmes que nous étions devenues soient déçues par la différence entre l'objet du souvenir et l'objet actuel ?

Était-elle une femme profondément, définitivement fidèle ?

Me perdant en hypothèses, je ne cessais de la regarder silencieusement. Ce visage que j'avais enfin retrouvé, ces bras, ces seins pleins, ces cuisses solides, tout ce corps que j'avais à peine caressé dans notre folle jeunesse, je le désirais bien plus violemment qu'autrefois. Comme si ce désir avait grandi à bas bruit pendant tout le temps de son absence, pendant les longues années de mon abstinence. Comme si, à mon insu, dans des rêves refoulés, il avait atteint un paroxysme et que, me retrouvant devant celle qui l'avait suscité, il m'explosait littéralement à la figure.

Il fallait pourtant s'y résoudre : rien, jamais, ne se passerait avec cette femme qui me plaisait lorsque j'avais dix-sept ans et n'était pas sérieuse, et tout autant lorsque j'en avais quarante et sentais ma raison défaillir. Pourquoi m'était-elle à jamais interdite ?

Albertine perçut sans doute ma consternation. Est-ce par bonté d'âme qu'elle m'offrit son amitié ? Toujours est-il qu'elle formula la proposition si joliment que j'en fus touchée.

Certains lots de consolation valent de l'or.

Plusieurs problèmes

La vérité me percute. Je ne plais pas à Albertine, mais elle me plaît. J'aime les femmes et je n'y puis rien.

Comment vais-je faire pour continuer à vivre avec Olivier, avec mes filles, dont rien ne saurait me séparer, et pour m'autoriser ce désir profond : les femmes ?

Et si je me laisse emporter par cette lame de fond, comment faire accepter à une femme que j'aime et qui m'aime un attachement à un homme qui perdure malgré l'amour que je lui porte à elle ?

Et comment faire accepter à Olivier que je l'aimerai toujours, mais plus exclusivement ?

Allais-je en rester là : aux femmes, éternel problème de ma vie ?

Pas seulement… Comme si avec elles, avec ELLE, j'étais enfin moi.

Diva

Elle va te plaire…

Plusieurs amies qui, à quarante ans, vivaient librement leur goût pour les femmes me l'avaient assuré : je *devais* tomber sous le charme de Coline. Et oublier enfin Albertine. Elle était prise, et alors ? Mon désespoir agaçait, on se mobilisait pour me permettre d'en rencontrer une autre, avec qui je pourrais vérifier si, vraiment…

Si les femmes n'étaient qu'un fantasme ou si l'attirance était réelle. Marie, Claire, la Gazelle et Catherine s'employaient charitablement à arranger des rendez-vous. Lesquels se suivaient et se ressemblaient : non, je n'étais pas séduite. Et lorsque je l'étais, même rien qu'un peu, c'est celle qu'on me présentait qui n'était pas emballée.

Coline, ce fut autre chose : sportive, futée, rieuse… Il est prévu que nous nous rencontrions dans un petit restaurant de la rue de Bretagne où elle vit, surtout la nuit. Elle prend les choses en main, me vante un cocktail, commande pour deux et engage la conversation. Nous nous découvrons des affinités… De celles qui conditionnent le « Et plus si ».

Parmi nos points communs : notre métier. Nous enseignons toutes les deux et sommes également agrégées. De quoi est-elle agrégée ? De technologie. Je crois bien qu'un rire m'échappe, j'ai déjà trop bu. Elle a assez d'humour pour m'expliquer que cette agrégation n'a dû exister qu'un an, aussitôt annulée par l'Éducation nationale, où l'on se demandait pourquoi on l'avait créée. Une aberration de plus en somme. Elle a certainement eu beaucoup de chance d'avoir pu en profiter. Cela étant, l'enseignement de la technologie était pour elle une voie toute tracée : elle est passionnée de bricolage. La lesbienne idéale, non ? Elle me plaît de plus en plus... Lorsqu'elle m'apprend qu'elle est en poste à Louis-le-Grand, et qu'elle me fait le récit de ses cours sur les usages de la scie égoïne (la scie gouine, chantonne-t-elle) et du marteau-piqueur devant tous ces fils et filles de grands bourgeois, le rire scelle notre entente.

La fois suivante, nous nous retrouvons dans un restaurant où l'on danse. Il en existe encore, dans le Marais en tout cas. Coline bouge divinement, avec un rythme, un élan, une grâce alliée à une détermination qui – comment dire ? – donnent à penser que.

Ce que je ne tarde pas à vérifier, car elle m'entraîne chez elle. La première nuit, je ne vois rien du décor, tellement occupée par le corps superbe de cet étrange animal : élastique, joyeux, soyeux. Coline donne et s'abandonne avec la même grâce et le même élan que sur les dancefloors. Vais-je oublier Albertine ? Coline est là.

Tandis que nous nous découvrons, puis que nous approfondissons, avant d'envisager l'infini des possibles, j'entends à peine quelques jappements dans la pièce à côté. Ce n'est que le matin que je découvre, piaffant dans l'entrée, un tout petit être, museau écrasé, poil bouclé d'un beau roux, qui ouvre de grands yeux dans ma direction. Je regarde le drôle d'animal.

— Qu'est-ce que c'est ? veux-je savoir.

— Un cavalier king-charles. Une femelle.

— Le chien de Paris Hilton ?

— Ne dis pas de bêtise. Elle a des chihuahuas. Rien à voir. La mienne, une cavalière, s'appelle Diva.

Je reviens vite, promet Coline, qui glisse légère et nue vers la salle de bains. Diva... Que tu es étrange, bestiole ! Viens me voir... Nous jouons. Diva a tout d'une star, en effet : malgré sa petite taille, elle en impose. Elle saute comme un diable sur ressort, me lèche les mains et la bouche, m'engage à jouer. Coline sifflote sous sa douche, je file dans la cour précédée de ma nouvelle amie, qui m'a convaincue, en langage muet mais efficace, d'aller lui lancer la baballe. Moi qui n'avais jamais songé à m'intéresser à ces toutous, ces épagneuls de poche pour citadins friqués, je ne peux m'empêcher de répéter : mais qu'elle est vive ! et futée ! et belle !

Le quotidien avec Coline est délicieux. Elle va à ses cours, ce qui me laisse le temps d'écrire – sauf lorsque Diva m'impose des promenades, ce qui arrive souvent car elle est d'un naturel gambadeur. Lorsqu'elle rentre, Coline se jette sur moi avec gourmandise. Plus de doute. J'aime les femmes. J'en redemande.

Le reste du temps, Coline bricole en se déhanchant sur du hip-hop. Son appartement est un modèle d'agencement astucieux. Elle a conçu mille merveilles, un lit à baldaquin escamotable, des étagères Mondrian, et nous arrivons à cuisiner à deux dans la pièce minuscule dévolue à la préparation des repas tant elle a mis d'ingéniosité dans la conception et la réalisation de placards, d'encastrements et autres trouvailles. Ses outils occupent deux cantines rangées dans l'entrée, entre lesquelles est niché le panier de Diva. A priori, c'est là que bébé dort.

— Mais dis donc, elle t'adore, remarque Coline.

Je n'ai pas touché au repas, passant mon temps à glisser des petits bouts de viande à ma cavalière, à la caresser, à la faire marcher sur deux pattes. Je devrais faire attention, m'explique sa maîtresse : ces chiens sont plutôt inoffensifs, mais il faut les tenir. Ne pas tout autoriser. Ne pas leur donner à manger, par exemple. Surtout pas de sucré, de chocolat : les king-charles ont le cœur fragile. Je laisse dire. Diva est si gourmande… Et puis toute menue. On ne va pas la mettre au régime, tout de même !

Souvent, lorsqu'elle n'a pas cours le lendemain matin, Coline veut, dit-elle, « bouger » (on l'a compris, elle adore ça) : on sort boire un verre dans le Marais ?

— D'accord, mais on prend Diva ?

Coline sursaute :

— Tu es sûre ? c'est la nuit…

— Mais regarde-la ! elle en meurt d'envie.

Je la convaincs que bébé a besoin de prendre l'air. On dirait qu'elle a compris. Elle frétille devant la porte.

Je pense que Diva était un cavalier king-charles rare : elle comprenait tout, tout de suite. Elle fut parfaitement sage, Coline n'eut jamais à se plaindre ni d'elle ni de moi. Elle fut surtout la star du bar.

C'était une boîte gay. Des mâles – très peu de filles. En général, la non-mixité est de règle dans ces lieux, sauf entre amis. Les garçons sont là pour draguer, les filles viennent plutôt en couple pour se changer les idées. Mais ce soir-là, un très beau spécimen mâle tout en muscles et tee-shirt moulant s'intéresse à Diva ma divine, m'adresse la parole, voudrait savoir son âge, son nom, etc. Une conversation s'engage ainsi avec la table de droite. Même scénario table de gauche, avec les propriétaires moustachus, très cuir, d'un carlin. Nous bavardons toute la soirée, trinquons à Diva et au Marquis, le divin carlin, et nous quittons les meilleurs amis du monde.

Le lendemain, je sors un peu tard faire quelques emplettes pendant que Coline est en cours. Quelle n'est pas ma surprise de voir que des inconnues m'abordent volontiers : toujours au sujet de Diva, qui accueille les hommages sans aucune modestie. C'est une boule d'énergie, qui fait de petits sauts sur place, comme pour s'élancer vers les humains qui s'intéressent à elle, et donne la papatte si on lui en fait la demande. Je découvre ainsi, tandis que Diva me promène dans le Marais, un fait sociologico-anthropologique qui m'avait jusqu'alors échappé : dans les sociétés postmodernes où tous les liens humains se sont hélas distendus, les toutous sont de formidables vecteurs de socialisation. Des inconnus viennent vous parler, du chien bien sûr, mais il n'est pas rare qu'une conversation s'engage ensuite. Même à Paris où tout le monde se snobe, même dans le Marais où les snobs sont snobissimes, un propriétaire de chien est à peu près assuré d'être fêté. S'il est de belle race, les plus arrogants sont à ses pieds.

Grâce à Coline, grâce à Diva, j'intéressais des inconnues. Certaines prolongeaient la conversation. Toujours les mêmes questions : Vous habitez dans le quartier depuis longtemps ? Je ne vous avais jamais vue, il me semble.

— C'est que... Je suis nouvelle ici.

Certaines me dévisageaient :

Une petite brune à bichon anglais, toujours habillée de rouge :

— Si vous voulez en découvrir les coins secrets, je suis votre femme : je connais le Marais par cœur.

Une autre brune à berger du Caucase, très tatouée, très piercée, très culottée :

— Je kiffe la nouveauté. J'habite tout près, à côté du 3W, tu vois ? Ma meuf s'est barrée (hystérique et alcoolo, ça m'arrange). Si tu t'ennuies toute seule (elle sort un Bic de son perfecto, saisit doucement ma main, en caresse la paume où elle inscrit son 06)…

Une blonde à levrette, très bon chic :

— Vous êtes nouvelle, ou vous êtes novice ? J'ai une âme de pygmalion.

Elles me plaisaient toutes. J'avais pu avoir jadis des doutes sur mes attirances ? Dans ce village qu'est le Marais, où se concentre la communauté gay la plus dense de la capitale, je désirais toutes les femmes qui m'entreprenaient. Je délirais de bonheur.

Je suis d'un naturel sauvage. J'ai peu d'amis, parle rarement. Ignore tout du *small talk*. Je découvrais grâce à Coline une autre forme de vie. Je sortais de mon silence pour débiter des banalités, et avec quel plaisir ! J'étais intarissable au sujet de Diva et des chows-chows, des golden retrievers ou des shetlands de mes interlocutrices. Je ne m'en lassais pas. Jamais je ne fus aussi sociable. Je découvrais les humains grâce à leurs chiens. Et mon attirance pour les humaines, homos ou pas, par le même biais.

J'avais enfin oublié Albertine.

Il se passa aussi que j'avais de plus en plus tendance à oublier Coline. Une foule s'était interposée entre nous. En plus des promeneurs (je voyais surtout les promeneuses) qui nous abordaient pour vanter les charmes de Diva, les amies de Coline. Nous recevions souvent. Ainsi vivait-elle, improvisant en toute occasion des apéros, des dîners à la bonne franquette, des parties de poker. J'aimais ces petites troupes bruyantes. Je fuis la bande en général. Là, j'accueillais volontiers ces amis d'un soir, curieuse de tester l'effet sur ma psyché de ces découvertes incessantes. Lorsque je voulais m'isoler un peu, je m'asseyais par terre dans un coin pour câliner ma splendeur douce et rousse.

Coline me reprochait parfois de la négliger, à mots couverts. De ne plus lui parler autant qu'au début. Je n'entendais rien. De ne pas assez la regarder – nous n'avions plus fait l'amour depuis dix jours. Je ne m'en étais pas aperçue. Surtout, il me semblait que les cohortes d'amis qui s'invitaient le soir avaient pu différer des moments plus intimes. Coline me rappela deux occasions où j'avais clairement refusé ses avances. J'étais désolée, vraiment. D'ailleurs, je la désirais toujours autant et proposai de le lui prouver derechef. Elle accepta que je répare l'offense à condition que Diva fût consignée dans l'entrée. Je compris qu'il fallait faire profil bas. Les jeux amoureux reprirent de plus belle. J'expérimentais les fantasmes que m'avaient inspirés la brune en rouge, la tatouée délurée et la blonde à levrette. Coline était rassurée, j'étais ravie : son corps était toujours aussi satiné, puissant et joueur. Elle avait eu raison de me bousculer un peu. Et de me ramener à elle, adorable compagne qui encourageait mon esprit inventif.

Un soir que par exception nous étions seules, Coline et moi, la cavalière gronda alors que je lui refusais une friandise. Un grognement puissant qui montait du ventre et la faisait trembler toute, accompagné d'un regard un peu trop fixe. Les babines se relevaient. Elle était prête à bondir. Coline se leva précipitamment : Elle va te mordre ! Et en effet, Diva n'était plus elle-même. La bestiole s'était transformée en molosse miniature, et toutes dents dehors me menaçait. Coline m'expédia d'un geste sur le canapé et de quelques coups de *Libé* sur le museau calma la bête.

Qu'elle chassa dans l'entrée. Tous gestes qu'elle exécuta concentrée, et visiblement mécontente.

Elle ferma la porte sur le toutou mignon devenu pitbull et revint me parler. Très prof, tout d'un coup. Les chiens n'étaient pas des jouets, il fallait qu'ils aient toujours en tête qui était le maître : pour Diva, elle, Coline. Nous venions de frôler un incident, plus sans doute. Tandis qu'elle débitait sa leçon, je hochais une tête de gamine disciplinée – mais bien sûr, ma chérie, je ferai attention, promis. Et dans le même temps, je tendais l'oreille vers Diva, qui geignait. Elle pleurait, comme un tout petit enfant ! Déjà, j'ouvrais la porte pour la rejoindre, la rassurer, la gronder un peu et lui pardonner : Viens là, Diva ma divine. Tu as compris, tu seras sage, maintenant ? Et me retournant vers Coline : On la sort un peu pour se changer les idées ?

C'en était trop : Coline voulut rompre, et rien n'y fit.

Voilà une importante difficulté souvent rencontrée avec les femmes. Elles prennent sur elles. Encaissent. En réalité, Coline ne me supportait plus depuis longtemps. Marre de ma passion pour Diva, plus que marre de ma puérilité. Si je croyais qu'elle n'avait pas vu que je dévorais tout le Marais femelle des yeux…

Elle avait l'impression de m'avoir envoyé assez de signaux. Je n'avais rien vu. Vraiment novice… Car les femmes sont fières, je le découvrais. Les hommes sont plus directs, plus lisibles dans cette étrange partie de poker qu'est aussi l'amour. Quand ils s'éloignent, ça se voit : ils sont fatigués quand on voudrait coquiner, irritables pour un rien et de mauvaise foi pour tout. Lorsqu'ils commencent à regarder ailleurs, soit les yeux leur sortent de l'orbite, soit leur façon de ne pas regarder est tellement excessive qu'elle les trahit.

Mais avec les femmes… c'est une tout autre affaire. Elles sont *poker face*. Se croient patientes. Répugnent à insister et jouer les mégères. Coline souffrait en silence, considérait qu'elle m'en avait assez dit pour que je change de cap. Je devais l'aimer elle, et pas Diva, elle, et pas les dragueuses. Elle n'avait pas envie de s'abaisser à m'accabler de reproches. Mais les déceptions et les colères rentrées s'étaient accumulées. Et lorsque je voulus vraiment la reconquérir, il était trop tard. Elle en était au flirt poussé avec une autre.

Chassée, je dus me résoudre à quitter aussi ma belle cavalière. Elle m'oublia sans doute aussitôt.

II

DÉLICES

L'AMOUR

Danièle a dix-huit ans et découvre pour la première fois de sa vie une grande ville, Montpellier.

Elle a dix-huit ans et c'est une splendeur. Elle ne le sait pas : on ne le lui a jamais dit, à Saint-Benoît, où ses parents sont instituteurs. Ni même au collège Victor-Hugo, à Carmaux, où elle se rendait à pied depuis le village. Dans la grande ville, elle se sent perdue, reste un peu à l'écart des bandes de filles, intimidée par cette foule moderne et tapageuse, par la majesté du lieu. Elle est là pour emprunter le chemin de sa mère : suivre les cours de l'école normale d'institutrices, passer le brevet supérieur, enseigner. Élève-professeur appliquée, elle se lie peu donc, étudie des livres sérieux que lui fournit la bibliothèque, bouquine aussi tous les romans qui lui tombent sous la main et écrit des poèmes. Ses cours préférés : le dessin du mercredi, et l'espagnol du vendredi. Ce jour-là, sa classe quitte les bâtisses imposantes de l'école laïque, remonte toute la rue des Sourds-Muets pour se rendre à l'école normale des garçons, rue Boutonnet, où ont lieu les cours d'espagnol. Elle découvre Cervantès, Lope de Vega et Calderon, mais aussi Lorca. Elle voyage entre les pages. Parfois, sur le chemin du retour, le petit groupe, qui avance en rangs de deux, croise une troupe plus dissipée : de jeunes hommes aspirants instituteurs venus suivre les cours d'anglais qui se déroulent aux mêmes horaires à l'école des filles et qui retournent au bercail où pendant quelques heures flottera l'odeur des inaccessibles jeunes femmes. On n'est pas censé regarder. Mais parfois, on le fait. Danièle ne voit pas la troupe, mais un seul garçon. Le plus beau, le brun aux yeux bleus, qui a le rire facile, une autorité naturelle. Il est champion d'athlétisme et marche comme un chat : prêt à bondir. Lui ne regarde pas les filles, il blague avec ses copains. Il paraît qu'il fait de la politique.

Mlle Blanc, la directrice, veille sur la vertu des filles. Mais enfin, les temps changent. Et lorsque les gamines se réunissent dans une annexe où elles ont caché un pick-up et imitent les danses d'Amérique, elle ferme les yeux. Il faut bien que jeunesse se passe.

En première année, la non-mixité est respectée intra et extra-muros. Mais après… Bien sûr, aucun jeune homme ne pénètre dans le bâtiment des jeunes filles, excepté pour les cours d'anglais, deux heures le vendredi. Mais le samedi après-midi, les filles, bien que mineures, sont autorisées à sortir en ville si elles ont fait leurs devoirs le matin. Ce n'est pas quartier libre, mais presque. Mlle Blanc leur a conseillé d'acheter les cartes postales qu'elles enverront à leurs parents et de faire quelques courses. Ce que Mlle Blanc ne sait pas, le grand secret, c'est que les anglicistes ont glissé des petits billets dans les mains pures des filles : rendez-vous au Peyrou, samedi, 2 heures.

Les garçons attendent les filles près de l'Arc de triomphe. Ils sont endimanchés : un costume cintré, une cravate. Les filles portent des jupes vichy et des ballerines. On se parle, un peu. Des cours, des profs, de rien, de tout. Et puis : on y va ?

Ils y vont : descendent en bavardant jusqu'à la Comédie, tournent à gauche et pénètrent dans un bar situé à l'angle du boulevard Bonne-Nouvelle et de la rue de l'Arquebuse. Dans l'arrière-salle, une grande piste de danse. Les musiques rythmées remplissent l'espace : le bal des normalos commence. Les garçons fument, les filles papotent, sauf Danièle. Elle regarde André.

Celui que veulent toutes les filles. Ils ne se sont jamais parlé. Il ne semble pas la voir. Il ne l'a sans doute jamais remarquée, elle si timide, comme si elle voulait s'effacer. Elle se sent trop coincée, n'arrive pas à corriger une attitude raide qui refroidit. Lui, il blague, il parle révolution, il refait le monde, et puis il danse. C'est celui qui danse le mieux, avec Jean-Claude Pouget. Dès qu'il se lance sur la piste, il est encore plus beau. Il n'est que rythme, énergie, joie.

Quand il rit, elle fond.

Cet après-midi, il s'approche d'elle. Cache sa timidité derrière un sourire un peu moqueur. Il connaît son prénom. L'invite à le suivre sur la piste.

Ils dansent jusqu'à l'aube, font le mur pour regagner leur école normale où ils n'apparaîtront bientôt plus assez normaux.

Je suis l'enfant de ce regard, de ce rock endiablé, de cet amour fou.

La vie est là

Mes premiers souvenirs amoureux coïncident avec un mot qui claque : Montagnac. Première passion pour une femme. Une fillette, si l'on veut, ou un garçonnet, selon certains.

Le cadre de l'idylle est un village dressé quelque part entre Béziers et Montpellier, ou, si l'on zoome sur l'œil du cyclone, entre Pézenas et Mèze. Le centre du Midi rouge.

J'ai sept ans, mes parents ont une nouvelle affectation dans ce village où ils deviennent professeurs de collège. Ce déménagement coïncide avec le moment où j'entre au cours préparatoire. La grande école. Je change de statut, puisque j'échappe à l'école des petits, et de village. Nouvelle maison aussi, et je m'aperçois vite que ce changement présente des perspectives inespérées. Je suis alors, m'a-t-on dit, une fillette farouche et déterminée.

Recontextualisons cette affaire amoureuse. À sept ans, je vis dans un lieu double. Sa moitié secrète est l'épicentre de ma première passion. Deux appartements identiques se font face, au dernier étage d'un haut bâtiment de pierre blonde et régulière, l'école des filles Jules-Ferry où mes parents disposent d'un logement de fonction. On y arrive par un escalier central.

Si on prenait de l'altitude, on verrait cet espace comme les deux parties d'un cerveau humain : cerveau gauche et cerveau droit. L'escalier figurerait les cervicales, et les étages inférieurs un corps dont on ne saurait pas grand-chose, sinon qu'il est massif, solide et peuplé d'individus vivants et jacasseurs.

Pénétrons dans le cerveau gauche, l'antre familial. Un couloir obscur, probablement éclairé d'une applique imitant le Louis XV, dessert plusieurs pièces : cuisine, salon-salle à manger, chambre des parents puis celle des enfants. Au bout du couloir, deux pistes : une salle de bains, aveugle, et des WC où je me garde bien de tourner la clé, car l'enfermement pourrait être définitif, jusqu'à ce que mort s'ensuive.

Dans ce cerveau gauche, ma famille semble vivre paisiblement. Moi, je n'y ai pas ma place. Je n'aime pas qu'on me dise quoi manger, ni quand. Qu'on m'interdise de marcher pieds nus. Qu'on décide de ce que j'ai le droit de dire. Qu'on m'ordonne d'aller me coucher, je n'ai jamais sommeil. Qu'on me dise d'arrêter de lire, le soir, alors que je n'aime que ça : lire, lire, lire, jusqu'à l'aube, lire jusqu'aux yeux brûlés, lire parce que là est la vie. Bref, on me réserve dans le cerveau gauche ce que subissent tous les enfants : une vie d'obéissance. Il paraît que c'est raisonnable. Pour mon bien : dans cet hémisphère prévalent Raison, Ordre et Boustifaille. C'est insupportable. Pour moi, c'est ailleurs et autrement que la vie se passe, comme on va le voir. Je n'habite pas chez mes parents : eux ignorent qu'ils habitent dans la moitié de mon cerveau dont j'ai la bonté de leur accorder la jouissance.

À moi, le cerveau droit. L'appartement d'en face qui, je l'ai constaté, était vide depuis plus d'un an et dont j'ai obtenu la clé grâce à Maman. Où elle m'a autorisée à installer un lit. Je vis là, je reçois là. À Paris, de jeunes chevelus font la révolution en scandant des slogans libertaires. À Montagnac, je fais la mienne en silence. Je m'organise une vie débarrassée des adultes, je suis délicieusement seule dans l'hémisphère des émotions, de la création et de la passion, et rien ne pourrait mieux contenter mon naturel sauvage et rêveur et liseur. Je dispose de l'appartement, et c'est à peine si mes parents viennent contrôler si tout va bien, si le lit a été fait. Car *tutti va bene*, le lit est au cordeau, mes affaires ne traînent pas, et cet arrangement familial comble tout le monde, puisqu'on a plus de place dans l'autre appartement où l'on était un peu à l'étroit, tandis que je me dis satisfaite de mon sort. Je suis aux anges, mais je me garde bien de le dire trop fort.

Personne ne songe à me poursuivre là pour m'infliger ordres, reproches et autres tocades de dresseurs d'enfants. Mes parents oublient que j'existe, ou presque. De temps en temps, je viens chercher un quignon de pain, un reste de gruyère, un croque préparé par Ernestine, du chocolat, des tubes de crème de marrons ou de lait concentré sucré. Je vis comme une orpheline, je me nourris vautrée sur le lit, je m'habille avec ce qui me tombe sous la main. J'ai sept ans et je suis libre. Le paradis.

Plus qu'une chambre à soi : un appartement à soi.

Il est spartiate. Ni électricité, ni chauffage, ni eau chaude. Et alors ? Je chipe des bougies et des couvertures dans le cerveau gauche et les douches froides m'enchantent : je sens mes os.

Mon domaine est magnifique. Les parois des murs sont blanches et étrangement beaucoup plus élevées que dans le cerveau gauche. Au sol, des carreaux noirs et blancs vernissés, glacés l'hiver et si doucement frais l'été. Je marche pieds nus, mais à vrai dire très peu. Pourquoi s'agiter quand un lit, immense, est là pour m'accueillir, moi, entourée de livres d'enfants que je lis par collections entières et successives ?

Ce lobe du cerveau est encore plus calme que son voisin. Le silence a empli l'espace, il est la chair vivante du lieu, muscles, tendons et ligaments irrigués de vaisseaux sanguins. C'est un peu particulier, un cerveau musclé : mais là, au dernier étage de la grande école, c'est ce que l'on trouve si l'on veut bien chercher.

En cherchant aussi, en fouinant dans cette pièce (et Dieu, qu'il est bon de farfouiller partout), on dégotera, au fond, un réduit, tout en longueur, où s'empilent cartons, vieux cadres, candélabres et livres à la reliure rouge et or, déjà lus, mais que je reprendrai peut-être si je n'ai rien de nouveau sous la main. Parfois s'y déroulent des cérémonies secrètes avec un personnage qui va bientôt apparaître.

On pourrait dire que, très tôt, j'ai eu une garçonnière. Et en effet, personne ou presque n'entre dans mon appartement, si ce n'est un petit garçon. C'est mon amoureux, il est ravissant, bouclé comme un mouton, des taches de rousseur, de vifs empourprements. Il adore les expérimentations chimiques – nous faisons régulièrement exploser les cornues, et chaque fois, il commente, d'un ton neutre : boum ! Nous rions et nous recommençons. Mon chimiste farceur a le bon goût d'être une fille, mais cela ne se voit pas.

Revenons à la chambre. Après le lit, on observera attentivement deux grandes ouvertures : deux fenêtres hautes du sol au plafond, qui doivent donner au nord, ce qui est anecdotique. Ce qui l'est moins, c'est que l'une des fenêtres permet d'apercevoir la fenêtre d'une maison voisine, située rue Jean-Jaurès. Dans cette petite bâtisse en ligne de mire réside mon amoureux. Mon appartement a des pouvoirs. Depuis le balcon, je vois la fenêtre de sa chambre. La nuit, nous communiquons en morse grâce à une lampe électrique.

Car, à part les livres, une seule chose m'intéresse : l'Aventure avec mon amoureux, nommé Ange. Elle s'organise dans notre appartement, et de là se déploie. Je partage le goût d'Ange pour les vélos, car ils permettent d'abandonner un temps la forteresse du cerveau, de s'extraire du corps balourd du bâtiment et de se jeter à l'assaut du dehors, de l'espace, du monde et de ses dangers, de la mer de vignes qui encercle cette île étrange qu'est le village.

Les bicyclettes filent rapidement, aller plus vite que l'autre, toujours, pour glisser, ouvrir la bouche et se remplir le ventre d'air et de nuages. Ou expulser des cris de joie et de triomphe, quand on a gagné cette course qui conduit tout en haut d'une colline, en un lieu où il est interdit d'entrer : le mas d'Entéril.

Les vélos abandonnés sous un pin (si haut, il n'y a plus de vignes), on fait le tour du mas. Les adultes l'ont appelé « mas » par erreur : c'est un château fort, évidemment. Les murs d'enceinte sont des remparts où les Sarrasins recevaient autrefois des chaudrons d'huile bouillante sur la figure, les pauvrets. On saute au-dessus des murailles et vite, vite, on court vers la haute bâtisse. Inquiétante et même tout à fait lugubre, comme tous les lieux secrets et interdits, fermée par de lourdes cadènes, elle nous résiste. Mais Ange trouve toujours une entrée secrète : viens, c'est là. Des chauves-souris nous arrachent des cris. Des fantômes rôdent, c'est sûr. On se faufile dans une pièce humide. La vie pulse dans le noir. C'est l'autre vie, celle qui ne se passe pas dans les livres. Elle a aussi ses charmes et ses délices.

Lesquels, on va le voir, peuvent être assez genrés.

TRADITIONS

C'était un temps où je ne remettais pas en cause la monogamie : Ange et moi formions un couple très uni.

Ange était ravissante, petite, regard décidé, peau laiteuse de rousse et bouche rouge comme un coquelicot. Ses mains étaient habiles à tout réparer, à tout construire. Elle était la dernière de quatre filles : ses trois sœurs, déjà adultes, avaient quitté le village. En souriant, sa mère disait de sa benjamine deux choses : qu'elle était l'enfant du bon Dieu et un garçon manqué. Je la trouvais en tout point réussie et divine en effet.

J'avais eu pour elle un vrai coup de foudre. Mon premier.

Nous nous étions regardées à la dérobée toute une matinée, le jour de la rentrée. J'avais fait des repérages, n'ayant que les escaliers à descendre pour explorer la cour déserte. J'avais joué, seule, en faisant des huit à cloche-pied autour des platanes dont les larges feuilles commençaient à tomber. Ce jour de septembre, une autre vie commençait, qui m'effrayait. Je ne connaissais personne et j'allais me retrouver seule, comme d'habitude. Nouveaux visages, nouveaux rituels, nouvelle maîtresse, celle de l'école des grands qui allait enfin m'apprendre à écrire.

Cette maîtresse au regard sombre ne me plaisait pas, ni le cahier ni le porte-plume. La fillette assise à côté de moi, une brune appliquée, était une cruche. Mais Ange, installée à la table de droite… Une merveille ! J'étais sous le choc et ne cherchais pas à le dissimuler. Ses yeux ignoraient l'estrade où se tenait Mme Buttigieg et se fixaient sur moi, rieurs et graves tout à la fois. Le visage était sérieux, presque sévère, tandis que les yeux se moquaient. Dieu que ses mains occupées à tracer des lettres étaient jolies, blanches, nerveuses, musclées ! Elle était aussi maigre que moi, et l'on ne pouvait pas imaginer que ce fût une fille. Ni fille ni garçon, une extraterrestre.

À la récréation, les grandes frimaient, régnant impérialement sur toute la cour en menant grand tapage. Nous, petites manantes du CP, étions refoulées vers les marches de l'Empire : les grilles du fond de la cour ou un bout de préau. Ange avait dégoté près des grilles un recoin au sud-est qui regardait vers la colline de la Vierge : un bord de fenêtre dont le volet roulant beige était fermé. D'un coup de reins, elle s'installa sur l'assise lisse comme du marbre. Tu viens ?

Je m'assis à côté d'elle, silencieuse. Il y avait trop de bruit, tout était inhabituel, la tête me tournait. Être forte. Se retenir de pleurer. Je fermais les yeux.

Et je sentis.

Son odeur. Sa chair et l'odeur du savon. D'un coup, j'étais loin des gamines piailleuses et des maîtresses grondeuses. L'odeur d'Ange était exactement celle de Mamée, mon adorée, chez qui la toilette se faisait au broc et à la cuvette, avec du savon sur un gant. Ange, et c'était merveilleux, sentait comme Mamée et comme moi chez Mamée.

Elle replia une de ses jambes et posa son menton sur son genou. Elle inclina la tête vers moi :

— Où t'étais ?

— Dans une autre école, à Saint-Thibéry.

— Connais pas.

Elle regardait les gamines qui jouaient à la balle ou à la corde.

— Elles sont bêtes.

Envie de bouger. Je glisse du banc et cours vers un platane :

— Regarde !

De l'ongle, je fais sauter un bout d'écorce. Je le tends vers elle :

— Qu'est-ce que c'est ?

— Une écorce avec trois trous.

— Regarde bien.

— Un nuage.

— Tu as droit à trois essais.

— Une tête de pirate. Il a plus de dents.

Voilà ! Elle a trouvé.

Elle enchaîne, prélève une autre écorce, me questionne. Nos jeux sont lancés.

Nous étions inséparables. Ensemble nous passions toutes nos récréations, ensemble tous nos jeudis, puis lorsque ce fut possible, tous nos week-ends et nos vacances d'été.

Après la classe, j'avais tout loisir de jouer dans la cour de récréation, seule avec Ange. Ma mère pouvait nous avoir à l'œil depuis la fenêtre, au deuxième étage. Mais c'était un temps où l'on surveillait peu les enfants. Ils étaient en âge de jouer, ils jouaient, voilà tout.

Ange m'apprit à monter à vélo. J'étais un peu maladroite quand elle faisait déjà des figures, mais c'était drôle. Un soir, elle me déclara : Si tu veux, ton vélo, je te le transforme en moto.

J'avais un amoureux magicien.

Elle me demanda de m'éloigner : elle devait se concentrer. Je m'adossai à un platane et observai. Pas peu fière, elle sortit de la poche de son pantalon tout un attirail de fils de fer, petites cisailles et autres babioles bizarres. Elle s'installa ostensiblement entre le vélo et mon champ de vision.

— C'est bon, elle est prête.

Le vélo était toujours un vélo. Où était la moto ?

— Tais-toi et roule.

Je m'exécutai. Et en effet, lorsque je prenais de la vitesse, un bruit régulier, qu'on pouvait comparer avec beaucoup d'imagination à un vrombissement de moteur, résonnait dans la cour. Je descendis pour observer de près le phénomène. Ange avait fixé un rectangle de carton sur la fourche de la roue avant, qui venait battre vivement sur le rayon. Elle me regarda, triomphale.

J'étais affreusement déçue. Tout le temps de l'attente, j'avais cru sans douter que j'allais avoir une superbe moto, rapide, chic : un bolide. Ce vélo encartonné n'avait aucun intérêt. Je me gardai bien de le lui dire. Les garçons, c'est bien simple. Ils aiment qu'on les admire en général, et en particulier pour leurs prouesses techniques. Les louanges peuvent être disproportionnées, et même outrageusement irréalistes et tout à fait insincères, ils gobent tout. Ange eut ses compliments et son bécot, et on fit la course, moto-vélo. Elle me laissa gagner.

Qu'est-ce que je vous disais ? Tout simple.

Toilette

Parfois, Ange m'invitait à dormir chez elle. Il me semble que je n'ai jamais vu son père, toujours à la vigne. Sa mère me recevait à la bonne franquette. C'était une famille étrange : ils étaient pauvres mais ne parlaient pas de révolution. Je me diluais dans leur univers étrange, leur chaleur douce et paisible. J'adorais la grange en bas, appelée magasin, où s'entassaient parmi les toiles d'araignées un capharnaüm de comportes, de vieux sièges, d'outils un peu rouillés mais qui pouvaient faire de l'usage, de hautes armoires sans portes remplies de confitures ou de nippes anciennes. Au printemps, les hirondelles se perchaient par dizaines sur les fils tendus près du plafond.

Derrière, la basse-cour, avec poules et lapins. Odeurs fortes comme chez Mamée, mais plutôt odeurs de campagne en plein village.

On mangeait des coquillettes et du jambon blanc, un morceau de gruyère, et on filait dans la chambre nichée sous les toits. C'était bizarre, de voir la fenêtre d'où Ange m'envoyait des messages en morse, avec sa lampe. Parfois, on lisait toutes les deux, allongées à plat ventre sur le lit. J'aimais bien les jeux, les parties de Monopoly ou de jeu de l'oie. Ange bâillait. Elle préférait les expéditions. Et les explorations. Comme c'était la nuit, elle explorait ce qu'elle avait sous la main : moi.

Une scène se recompose par étapes dans ma mémoire. Des instantanés. Les ai-je rêvés, fantasmés, vécus ? Ange me montre un objet bizarre : une poche constituée d'une extrémité de bas mousse, dans laquelle des restes de savons multicolores ont été agglomérés. Je vois ses yeux briller : plutôt que de jeter tout, comme les riches, déclare-t-elle gravement, ma mère met tous les petits bouts de savons ensemble, les glisse dans un vieux bas, et ça fait un nouveau savon. Demain, on fera la toilette. Tu verras, dit-elle.

— Je verrai quoi ?

Elle prend des airs mystérieux et se tait. Pour l'instant, elle a décidé qu'on jouait à celle qui se déshabille le plus vite. Je gagne. Que je crois. Ange enlève sa culotte – il faut que ça respire.

Les vêtements sont au sol. Lumière vive sur la douille nue. Nous nous observons, silencieuses. Nos corps maigres, face à face. Je la vois en entier pour la première fois. La première chose que je vérifie, c'est le robinet. Elle n'en a pas. Ça m'arrange. Celui de Bruno, à Saint-Thibéry, m'avait paru ridicule, un macaroni mou. Ou un escargot sec. Ange est comme moi, et regardant ses petits coussinets blancs séparés par une ligne sombre bien droite, j'ai l'impression de me voir. De me découvrir en entier, en vrai, projetée dans ce miroir vivant dont l'image gigote de froid. Je me vois comme je ne me suis jamais vue.

Plus tard, nous sommes assises, nues toujours, sur le lit. J'entends encore un rire qui démarre après un geste que j'ai oublié, rire à deux qui enfle vers le fou rire. Les pas de la mère d'Ange, dans le couloir. On se glisse dans le lit, rapides comme des belettes. Elle ouvre :

— Tout va bien ?

Je prends mon air angélique :

— Tout est parfait, madame.

— J'éteins, alors.

Impossible de dormir. Ange refuse de lire, de jouer. Elle a découvert quelque phénomène que je ne peux pas ignorer plus longtemps. Elle prend une peluche, la glisse sur son ventre puis entre ses jambes.

— Quand j'appuie, c'est bon.

Un silence. Je retiens mon souffle.

— T'as déjà essayé ?

— Non.

Ange me passe le nounours :

— Vas-y.

— Ça fait rien.

— Mais si, t'es bête. Appuie ! Frotte.

Elle a raison, comme toujours.

Au réveil, la toilette, décide Ange. Comme chez Mamée, pas de salle de bains : une cuvette, de l'eau froide.

— J'attaque, déclare Ange.

Avec un gant, Ange lave mon front, mes joues, mon menton, ma nuque. Puis : À toi. Je l'imite. Elle grogne parce que j'ai touché les yeux, j'ai un gage.

Il fait froid, nous tremblons, mais nous continuons, ravies de cette nudité au grand jour et des expériences qu'elle autorise. Ange me lave énergiquement les épaules, les bras. Puis avec douceur, lentement, les mains, le ventre, les fesses. Je frissonne, de froid, d'enthousiasme.

— Écarte les jambes, c'est ton gage.

Je proteste :

— Pas là, ça va piquer.

— Mais non. Je mets pas de savon si tu veux.

Lentement, elle rince le gant. Ça pique pas. Au contraire, ça creuse quelque chose dans mon ventre, chaud, sourd, comme si mon cœur battait là. Ange me regarde sans ciller. Elle arrête trop vite la toilette : À toi !

J'oublie les bras, les mains, je vais directement où je veux. Elle me fixe toujours puis ferme les yeux. Je vois qu'elle aime, je reste longtemps. Et je me rends compte, souffle coupé, que je ressens, la lavant, la même chose que lorsque c'était elle qui me lavait. Comme si par magie, ce qui se passait dans son corps que j'effleure se transmettait au mien par des ondes secrètes et me procurait une sensation beaucoup plus intense que celle de la peluche de la veille.

Une chose est sûre. Les explorations avec Ange sont beaucoup plus enthousiasmantes que celles avec Bruno. Quand j'ai examiné son escargot, c'était amusant. Comme un joujou miniature, un truc qui pendouillait, qui lui paraissait très important et très fragile – je n'avais pas eu le droit de trop tirer dessus, par exemple. Mais comme c'était moi le docteur, j'avais eu toute liberté de palper, tripatouiller, examiner l'intéressant bidule, soulever le petit tuyau pour voir ce qu'il y avait dessous. Il m'avait affirmé qu'avec « ça » il pourrait plus tard me faire des bébés. Je ne voulais pas le vexer, mais enfin, ses extrapolations ne m'avaient pas convaincue. Bref, je m'étais bien amusée, plusieurs fois, mais il ne s'était rien passé dans mon ventre, vraiment. Là, plus je caresse les lèvres blanches d'Ange, plus je sens la petite langue au milieu, plus j'ai envie de me fondre en elle.

Ange proposait souvent qu'on joue à la toilette. Il me semble qu'elle avait toujours l'initiative. J'ai dû oublier. Peut-être refoulé-je certains souvenirs (l'un d'eux me revient, expérience profonde et pour tout dire trouduculière, qui, au moment de l'évoquer ici, me fait encore rougir, cinquante ans plus tard... Bizarreries de la pudeur). Mais je sais avec certitude que c'est moi qui ai considéré qu'il fallait alors officialiser notre union.

Mariage

J'avais prévu d'organiser la cérémonie dans mon appartement. Nous devions nous cacher, les grands ne comprenant rien. De toute façon, les adultes étaient nos ennemis – Ange adorait compter ses adversaires, rivaux, traîtres et reîtres, qu'elle était prête à combattre. Moi-même, je me sentais une âme de guerrière.

Fuyant l'inquisition toute théorique des adultes, c'est donc dans le petit réduit sombre du fond de ma chambre qu'au terme de quelques mois de vie commune informelle nous organisâmes le mariage. J'avais revêtu pour la cérémonie une jupe blanche de ma mère, qui lui arrivait aux genoux mais couvrait mes chevilles, et d'un rideau tout aussi blanc mais un peu troué Ange m'avait fait un voile. Elle arborait une veste et une cravate sombres. J'étais d'ascendance communiste, mais elle était issue d'une famille catholique, probablement de droite. Il fallut faire un choix. Nous décidâmes de faire les choses dans les formes. Du fait de la préséance incontestable du mari, il fallait transformer le réduit en église, y mettre des cierges, trouver un curé qui donnerait la bénédiction nuptiale. Ange faisait le mari et le monsieur le curé, moi la femme et la princesse. Elle posait les questions et y répondait. Je me contentais de sourire et de dire oui. Lorsque nous fûmes mari et femme, elle m'embrassa. Ce n'était certes pas notre premier baiser, mais celui-là fut particulièrement solennel. Dans l'élan nuptial, je murmurai à l'oreille d'Ange :

— Mon amour, fais-moi un bébé !

Elle n'attendait que ça.

— Descendez dans la cour, femme, je vous rejoins.

Car Ange avait le droit de me donner des ordres.

Pour la bonne raison que j'adorais ça. En plus, elle ne haussait jamais le ton et prenait toujours cet air de sévérité comique qui m'enchantait.

J'attendais patiemment mon mari, adossée à un pilier. Je regardais le ciel, la lumière bleue, cette lumière du Sud qui me semble la plus belle de toutes et qui, aujourd'hui encore, lorsque je la retrouve, me saute aux yeux et au ventre comme une évidence : la lumière, la vraie, est là.

Je rêvai quelque temps, jouant à observer les formes changeantes des nuages, à deviner quel nouveau visage, vaisseau ou monstre, allait se dessiner, tout doucement, dans le ciel, quand Ange se dressa devant moi et me déclara :

— Je suis prête. Viens !

Je la suivis sous le préau, où devaient avoir lieu les opérations. Ange avait tout prévu. D'une couverture arrachée à mon lit, elle fit une couche à la tête d'un banc qui courait tout le long du bâtiment.

— Installe-toi.

Ravie, j'obéis.

— Ferme les yeux.

Je fermai délicieusement les paupières.

Je sentis ensuite qu'elle soulevait ma jupe et mon tee-shirt et me glissait quelque chose d'assez volumineux en haut et en bas, sur le ventre et le bas-ventre. Ça grattait un peu, mais je me gardais bien de me plaindre. On sait que les femmes enfantent dans la douleur.

Comme il ne se passait plus rien, je risquai :

— Je peux rouvrir les yeux ?

— Surtout pas. Il faut attendre.

— Ah non !

— Si. Très exactement cent secondes. Pas une de plus, pas une de moins.

Cette fois encore, j'obéis. Enfin presque. Par instants, j'entrouvrais un tout petit peu les yeux, pour voir ce qu'elle traficotait. Les sourcils froncés, elle surveillait son chronomètre. Je m'abandonnais à l'attente, tranquillisée.

Les cent secondes écoulées, elle me réveilla d'un baiser. J'étais à la fois sa femme parturiente et sa belle au bois dormant, sauf que je n'avais pas attendu cent ans, ce qui m'arrangeait. Je n'aimais ni dormir ni perdre mon temps.

— Bon, maintenant, tu vas faire le bébé, décida-t-elle.

— Comment je fais ?

— T'inquiète.

Elle me plaqua le dos contre le banc et me demanda de faire la respiration du petit chien, comme ses grandes sœurs. Je ne voyais pas très bien ce qu'elle voulait dire. Elle me montra :

— Tu souffles des petits coups, comme ça, pff-pff, pff-pff.

Je m'exécutai, elle se montra satisfaite et déclara :

— On attaque.

Elle remonta jusqu'à la taille la jupe de ma mère qui couvrait mes chaussures vernies, tellement haut qu'elle découvrit ma culotte, puis releva aussi le tee-shirt. Elle se mit ensuite à tirer, tout doucement.

C'est là qu'intervient M. Nougaret, qui avait une belle tête bouclée, la voix de Jean Ferrat, et qui était, me semble-t-il, professeur de mathématiques. Lui aussi vivait dans l'école, au premier étage. Il n'était pas tout à fait communiste mais sympathisant et voulait savoir ce que nous fabriquions. Plus exactement, ce que je fabriquais, à moitié nue, sous ce fichu préau.

— Elle accouche, expliqua Ange très concentrée, sans même se retourner.

Le sieur Nougaret déclara dans un rire qu'on aurait tout vu et je continuai à faire le petit chien. Ignorant les sarcasmes de l'Ennemi, Ange tirait toujours, et je vis sortir un petit pied mignon, des gambettes, un ventre rose rebondi et une grosse tête avec une houppette blonde.

— Voilà !

Je me redressai pour admirer notre enfant. Pas de zizi, c'était une fille. Certes, elle était en plastique et n'avait qu'un pied. Je la jugeai parfaite.

— Tu me la donnes ?

— Pour toujours.

Et pendant que notre douce enfant dormait sur le banc après la tétée, nous retournâmes dans la cour tandis que la nuit descendait, à courir et rire et jouer avec la patinette jusqu'à ce qu'il fît tout à fait noir.

Ernestine

Dans l'appartement qui fait face à celui de mes parents, je bivouaque et fais de la magie. Avec l'index, je dessine des mots sur le plafond blanc très haut. Ils s'allument et s'éteignent comme je veux. Je marche pieds nus. Je mène des expéditions compliquées pour n'avancer que sur les carreaux blancs. Je suis très superstitieuse : si je marche sur un noir, un malheur m'arrivera.

Je ne fais des incursions dans le cerveau gauche que pour rassurer tout le monde – qui n'est pas bien inquiet. J'emporte parfois sur un plateau des nourritures préparées par Ernestine. Maman n'aime pas cuisiner, du tout. Cuisine et ménage sont des aliénations, elle le pense et le dit. Comme toutes les femmes de sa génération qui considèrent qu'elles ont mieux à faire, et comme je les comprends. Ernestine, qui s'occupe du ménage, a pris en charge les repas, sans qu'on le lui ait demandé. Parfois, je m'attarde avec elle : elle est douce, ronde, rassurante. De beaux yeux bleus et des seins qui me paraissent énormes. Elle sourit, mais elle est ferme. Ernestine, j'aime ton odeur, ton tablier, ton assurance calme. Tes confidences, aussi. Car depuis toujours, les grandes personnes, des femmes d'âge mûr, me murmurent leurs secrets. Je les écoute, pose des questions, console. J'apprends le monde qui entre dans mes oreilles d'enfant silencieuse.

Je t'aide à préparer des croque-monsieur. Sur la plaque du four que tu as largement beurrée, tu disposes les tranches de pain de mie que j'ai eu le droit de faire tremper dans du lait : attention, petiote, ni trop peu ni trop longtemps. Je joue à la grande, nous bavardons, je te questionne sur ta fille Marilyn, qui est la plus belle du village et à qui je n'ai jamais osé parler. Elle est grande, au moins quinze ans. C'est une Marilyn brune, une splendeur, peau de porcelaine. Je veux tout savoir sur elle, et tu m'en parles volontiers en attendant que les croque-monsieur embaument l'appartement. C'est un souci, tu sais, petite, d'élever ses enfants toute seule, surtout les filles, faut les tenir. Mais pourquoi toute seule, je veux savoir. Mon mari est mort trop tôt, c'était pas une bonne idée qu'il a eue là. Tu ris, tes yeux s'humectent. Comment il s'appelait ? Tu soupires, que tu es curieuse, fifille, et tu me racontes. Antoine, ton mari, votre rencontre, et qu'il ne te plaisait pas au début, avec son nez trop long. On rit. Mais tu l'as épousé avec son nez d'un kilomètre ? Mais oui, ma fille, et plutôt deux fois qu'une. Je n'en reviens pas. Mais pourquoi, toi si mimi et si gentille (et si travailleuse, ajoute-t-elle en hochant gravement la tête), mais pourquoi tu l'as pris avec ce nez ? Je ne pouvais tout de même pas le lui couper ! Tu ris, tu pleures quelques larmes. Mais tu l'aimais, quand même, alors… Mais bien sûr, asticot, que je l'aimais, mon Tony. Tu sais, le nez, ça fait pas l'homme. Le mien, il était un peu bourru, mais brave, bien brave. Tiens, ils sont prêts, nos croque-monsieur.

J'en prends deux, trouve un yaourt, un verre que je remplirai chez moi. Tu m'accordes un baiser sur le front, me chasses (allez, vaï, j'ai à faire).

Parfois, quand j'avais un chagrin, je traversais le palier et je venais te tourner autour, mon Ernestine. Tu connaissais mon manège. Tu attendais toujours que je parle, tu avais tout ton temps. Je t'expliquais l'affront subi, les méchantes à l'école, les mots idiots qu'on me répétait. Tu me regardais en souriant. « Le monde est dur, pas vrai ? » Un peu moqueuse... Tu en avais vu d'autres... Le mari parti, tu en avais bavé pour nourrir tes enfants de tes ménages. Et tu me racontais les rosseries des patronnes qui pour te tester, au début, laissaient une pièce de dix francs sous une commode. Si tu crois que je ne voyais pas leur cirque... Et tu en faisais quoi, de la pièce, tu la leur rendais, pour leur montrer ? Oh non, j'avais ma technique : je la posais sur la commode, sans rien dire, et je continuais ma tâche. Tu sais, les gens, je les juge vite.

Je te regardais, admirative. Et tu m'ouvrais tes bras : raconte-le, ce chagrin.

Je t'ai retrouvée, Ernestine, des années après avoir quitté le village. On venait d'enterrer Maman, elle qui était morte mais qui ne devait pas mourir, j'étais ravagée. Je ne comprenais pas, je me disais, ce n'est pas possible, elle va revenir, on va rembobiner ce mauvais film, je vais lui parler, je vais l'aider, je serai là, et tout va changer.

Je t'ai vue, Ernestine, moi qui ne voyais plus, moi qui étais dans le noir. Je t'ai reconnue aussitôt, tu étais si petite... Je me suis glissée dans tes bras : quarante ans avaient passé, tu étais la même, même odeur, même sourire, le même chignon, juste des cheveux blancs. Tu as essuyé mes larmes, comme autrefois, j'ai pleuré encore plus fort, serrée contre tes seins, à ne plus pouvoir bouger de toi. Tu m'as caressé la tête, je me suis laissée faire, je t'ai serrée plus fort encore, à t'étouffer, agitée de sanglots, éperdue, et tu m'as dit assieds-toi, ma fille.

— Écoute bien, Natou, je vais t'en dire une. Après ça, tu ne pleureras plus.

— Tu crois ?

— Tu sais ce qui s'est passé quand je t'ai vue la première fois ?

— Non.

— Tu t'étais grimpée sur la table de la salle à manger, chez tes parents, et tu dansais, ma belle. Tu tapais des pieds, tu faisais des gestes de castagnettes... Une folle, un diable. Tu avais quoi ? Cinq, six ans... Je te demande de descendre, tout de suite. Et tu sais ce que tu m'as répondu ?

— Non.

— NE ME DONNE JAMAIS D'ORDRE. Une mouflette de six ans qui me dit, sérieuse comme un pape, sévère, même : Ne me donne jamais d'ordre.

J'ai oublié de pleurer et j'ai ri.

— Et tu sais quoi, Ernestine ?

— Dis-moi, petiote.

— Je suis toujours pareille. Jamais d'ordre ou ça pète.

— Quel numéro, ma Natou.

Et elle m'a reprise dans ses bras.

J'écris, je revois la scène, et une autre resurgit. J'ai huit ou neuf ans, je suis chez moi, en face. J'ai ouvert l'une des grandes fenêtres, devant laquelle court un balcon qui longe toute la façade, et j'ai grimpé sur la rambarde. C'est de là qu'on voit la terrasse d'Ange. La rampe est en pierre, plus large que mes pieds dans leur longueur, je sais que je ne risque rien. Mais je sais aussi qu'il ne faut pas regarder la rue : six mètres en dessous de moi, elle pourrait m'attirer. Cela n'arrivera pas : je vais apprendre à voler. J'entends Ernestine qui entre dans mon appartement, s'approche. Elle dit tout bas : « Descends, tout de suite. » Je ne bouge pas. Je regarde le sol bitumé, deux étages plus bas, je voudrais fermer les yeux, je ne le peux pas. Petit vertige, frissons, plaisir, je vais voler ou mourir, le ventre gargouille.

Ernestine monte sur le balcon, m'attrape par la taille, me fait rentrer en pivotant, me pose par terre, me gifle, fort. Je la regarde, interloquée. Outrée :

— Tu es folle ?

— Je préfère que ce soit toi qui pleures que moi.

— Ne leur dis pas.

— Je ne dirai rien. Mais plus jamais tu ne feras ça, c'est compris ?

Elle part, l'air fâché. Je suis heureuse : si je meurs en tombant, elle pleurera.

Marie-Louise

J'aime l'odeur des vieilles gens. Je l'ai toujours aimée. Je ne sais pas pourquoi.

Et pourtant si. J'aimais ton odeur, Mamée, Mamée Mimi. J'aimais ce « sent-bon », cette eau de Cologne simple et pimpante dont tu glissais en riant quelques gouttes derrière tes oreilles, parce que tu aimais te faire belle pour moi. Et que tu étais belle ! Même toute vieille, barrée de rides franches, déjà courbée, les pieds grossis à l'articulation du gros orteil d'un terrible oignon qui t'aurait empêchée de marcher, presque. Sauf que tu aimais trottiner, et d'un bout à l'autre du village.

À l'odeur d'eau de Cologne se mêlaient tant d'autres variations. Le linge que tu lavais à la main, dans ta cuisine sombre, odeur de lessive, de savon blanc. Odeur de sueur aussi car tu y mettais de la fougue, dans ce récurage des draps et des torchons ! Odeur du poulet aux olives que tu faisais mijoter, un peu inquiète : tu crois que tu vas aimer, Natoune ? Odeur chimique des couleurs que tu te faisais appliquer par Maryse, la coiffeuse qui donnait à tes cheveux blancs des reflets violets qui me ravissaient. Tu étais si jolie, ma Mamée.

Odeur de ta maison, coincée dans l'étroite rue de l'Église – pas de trottoir, juste un caniveau. Cette masure aux murs épais crépis de gris où tu jouais le rôle, sans jamais te plaindre car ton rôle allait de soi : à disposition de ta mère, de ton mari, de tes fils, tes belles-filles, de tes petits-enfants.

Odeur de tes quelques robes dans l'armoire de la chambre : parfums de lavande et de naphtaline auxquels se mêlaient d'étranges relents chimiques qui s'échappaient des sirops et comprimés que tu entassais là, car sans cesse patraque tu appelais tous les trois jours le docteur Génieys pour qu'il te sauve d'une mort imminente, te faisais établir une infinie prescription, filais comme une fusée chez le pharmacien, et revenue chez toi, observais en souriant toutes ces panacées, les reniflais avec gourmandise, puis établissais invariablement qu'elles allaient t'empoisonner. Tu planquais alors toutes ces drogues un peu partout dans la maison.

Odeur du charbon que tu jetais dans la cuisinière, qui seule chauffait toute la maison. Odeurs fortes des corps, des déjections, de la souillarde cachée à côté de la cuisine. Je revois cette petite pièce à peine éclairée… Même pas de porte : un rideau en perles de bois en forme de fuseau. J'avais tout loisir d'explorer cette pièce sombre et malpropre, lieu plein de mystère. C'était un réduit tout en longueur, avec à sa droite le bac à charbon, une construction en ciment, je pense, où l'on stockait les pépites noires pour l'hiver et dont le rebord était plus haut que moi. Pour atteindre les boules de charbon qui étaient grosses comme mes poings et luisantes comme des comètes, je prenais en cachette une chaise et me munissais de la pelle en fer-blanc dont tu te servais. Tu fermais les yeux sur mes larcins. Mais jamais tu ne me laissas approcher du fourneau : trop peur que je me brûle. À droite de l'entrée de cette pièce si noire, un seau en fer-blanc émaillé, coiffé d'un couvercle bleu à motifs de fleurs, et tout de suite après, par terre, les restes qui pourrissaient doucement. Ta mère avait-elle eu une poubelle ? Non. Eh bien, toi non plus. Quand les épluchures et autres rebuts constituaient un monticule conséquent et trop puant, on repliait les bords des pages du *Midi libre*, et on allait jeter les ordures dans une poubelle près de l'église.

Jamais je ne fus incommodée par ces odeurs : elles faisaient partie de ta maison, de toi en somme, et c'était tout toi que j'aimais.

Et tu m'aimais aussi : j'étais la fille que tu n'avais pas eue, tu étais la mère que ma mère ne pouvait être. Et tu me confiais tout, comment tu avais rencontré Papé, qui fonçait avec son frère sur une moto, et combien tu avais aimé travailler à la ville, avant de te marier. « Quand tu étais fille », disais-tu en rêvant un peu. Tu n'étais pas pressée de prendre époux. Tu étais blanchisseuse à Béziers. C'était au temps de la splendeur de la ville, immeubles haussmanniens, théâtres, opéras, châteaux pinardiers et cafés montants dont tu ne t'approchas jamais, car tu avais de la vertu. Mais petite Marie-Louise que tout le monde appelait la jolie Mimi, tu étais si futée et charmante que ton patron t'avait choisie pour que tu ailles chercher et rapporter le linge chez les pratiques, qui te donnaient parfois quelques sous pour te remercier de ton agilité à grimper la rue Tourventouse, monter les escaliers des immeubles cossus des allées Paul-Riquet, de la rue de Pézenas ou de l'avenue Alphonse-Mas, encaisser avec modestie le prix du blanchisseur et celui de la course, avant de redescendre à l'ombre de la rue du Touat boire un sirop place des Trois-Six ou au café de Pépézut, et retrouver les lingères attachées à leur arrière-boutique qui te jalousaient un peu, friponne qui baguenaudait dans toute la ville… Et tu ajoutais, embarquée dans tes souvenirs : tu sais que j'ai vu la Mistinguett, au théâtre des Variétés… Oh, quelle gueuse…

Les cheveux courts, comme un homme… Et presque nue, tu sais ! Des plumes, des fourrures, des petits shorts en soie, des bas qui brillaient… Quelle canaille ! Mais bien drôle… Un diable ! Tu hochais doucement la tête, tu y étais, dans ce Béziers du travail et des fêtes, ce Béziers rempli de cabarets où les Parisiens descendaient parfois. Tu me chuchotas que l'un d'eux te faisait les yeux doux. Un homme marié, Natoune, tu vois un peu…

Tu aimais danser la java : si tu savais, ma Nine, je ne pouvais plus m'arrêter, ça tournait, ça tournait ! Et tu interrompais la confidence par un petit rire, comme si c'était péché… Et je t'imaginais alors, toute jeune, vêtue de satin blanc et de dentelles, droite et fière et effrontée comme la Mistinguett, je te sentais parfumée d'une odeur de rose et point encore chargée des relents de la rue de l'Église, fraîche, joyeuse. Et libre, Mamée, avant ta servitude.

AVEC TOI

Tu es sans doute la femme qui m'a le mieux connue. Je passais chez toi tous mes dimanches après-midi : les jeunes (mes parents, mon oncle et ma tante) étaient partis voir un film à Béziers, et je restais avec toi. Où était Papé, je ne sais, je ne le revois plus dans le tableau. Mais nous, nous étions installées dans la petite salle à manger, et tu me trouvais toujours une occupation. Tu m'avais offert un coffret en plastique blanc rempli de perles imitant des topazes et des saphirs et des rubis : j'enfilais patiemment cette joaillerie sur le fil transparent, te confectionnais un collier, un bracelet, ou même une tiare : que tu t'appliques, ma Natoune ! Parfois, je revêtais la parure de verroterie et comme il n'y avait pas de miroir chez toi, je me regardais dans tes yeux : tu es belle, ma Nine ! t'exclamais-tu. Une reine !

J'appris avec toi mille petites choses du quotidien qu'on ne m'enseignait ni à l'école ni chez mes parents. Je voulais que tu me montres la vie. Tu me formas à la couture, et je t'entends encore me donner des conseils. « Long fil, mauvaise couturière », disais-tu sentencieusement. J'appris à recoudre un bouton, à rouler les ourlets, à creuser les boutonnières. Plus tard, le repassage. Tu prenais à ces leçons, je crois, autant de plaisir que moi : je faisais la grande, et tu redevenais jeune fille. Tu n'as jamais voulu entendre parler d'une table à repasser ou d'un fer électrique (Tu te rends compte ? Ils vont se tuer à mettre l'électricité partout !). Tu nettoyais soigneusement la table à manger, dépliais sur la toile cirée une vieille couverture blanchâtre, faisais chauffer le fer en fonte sur le poêle. Quand il était à point, tu glissais un chiffon épais autour de l'anse pour ne pas te brûler et tu m'inculquais les gestes précis de la repasseuse. Il fallait y aller tout doucement : un linge roussi est perdu. J'en ai troué, de ces mouchoirs en tissu rayé que tu me confiais pour que je m'entraîne… Tu ne me grondais jamais : simplement « tu vois, tu veux aller trop vite ! Tu prends le train ? ». Quel miracle que les pattemouilles. Ce linge humide que tu trempais dans un saladier et me laissais glisser entre le fer et le tissu, la petite vapeur qui se dégageait, parfois parfumée d'amidon… Mais je n'eus pas droit d'en faire tout de suite : pas avant dix ans. Et pendant toutes ces menues occupations, nous parlions. Je te racontais l'école, tu savais tout sur Ange, et tu me racontais le village et tes amies. Car toujours tu as eu une Madeleine, une Charlotte ou une Sidonie chez qui tu filais, ma Mamée, des femmes de ton âge dont je ne savais rien et qui habitaient à l'autre bout du village parfois, mais chez qui tu allais passer tous les après-midi de la semaine. Parfois, ces ancêtres t'enquiquinaient, tu les trouvais vieux jeu ou geignardes – celle-là, toujours à se plaindre, et j'ai mal ici, et j'ai mal là… Si tu savais comme elle m'énerve, l'Anselmine… Ah Mamée ! toi qui étais si douillette, toi qui t'inventais toujours de nouveaux bobos ! Mais geignarde ou pas, tu filais les retrouver.

Nulle chaleur de canicule, nulle pluie, nulle neige ne t'arrêtait : tu as toujours aimé trotter, et à quatre-vingt-dix ans tu traversais le village au moins trois fois par jour, menue dans ton tablier fleuri acheté au marché : pour aller chercher un steak, car toi qui mangeais si peu, tu courais tous les matins jusqu'à la place de la Mairie choisir ce que tu appelais de la « bonne viando », ou te faire couper une tranche de jambon blanc ou de pâté. Vers midi, tu descendais chez Denis, en bas de la rue de l'Église : l'épicier du coin de la rue, qui était si laid qu'il faisait peur, le pauvre. Et l'après-midi, chez tes mystérieuses copines : ton jardin secret. Ton plaisir de courir les rues, comme quand tu étais jeune, à Béziers.

Parfois, pendant l'été, mes parents partaient avec ma sœur et me déposaient chez toi un mois entier. Je me gardais bien de m'en offusquer. Je t'avais pour moi, et j'étais la plus heureuse des enfants. Le temps s'arrêtait : une éternité de bonheur. Dans cette ruelle sans gamins, jamais je ne me suis ennuyée. L'horizon bas m'était interdit : gare aux voitures. Mais pas l'horizon du ciel : dans la rue du Petit-Plan, je jouais à ma guise, marelle, toupie, yoyo et corde à sauter. Surtout, je passais des heures sur la Montagnette, une minuscule colline haute de deux mètres cinquante et guère plus large nichée dans un angle, un arpent abrupt couvert de buissons et d'arbustes odorants, et qui me paraissait un monde. Je me faisais des cachettes, je jouais avec des bestioles, je suivais les processions de fourmis, je parlais tout haut, j'étais, une fois de plus, la reine de mon royaume. Toutes les heures, tu venais t'assurer que je ne m'étais pas blessée : c'était ta hantise, que je me casse quelque chose. Parfois, je te revenais avec un air stoïque et un genou râpé. Et très sérieusement, tu me soignais : tu nettoyais la plaie, tu la tapotais avec du Mercurochrome, tu mettais bien du rouge partout pour qu'on voie comme c'était grave, et j'avais droit à un gros pansement.

À quatre heures, le goûter : moi qui détestais manger, chez toi, je dévorais. Tu ne te cassais pas la tête à me gaver de légumes ou de viande, toi ! Tu me donnais ce que j'aimais. Alors, c'étaient des régals de pain beurré que tu recouvrais d'une neige de sucre ou d'une tornade de chocolat en poudre, selon mon caprice. Et le soir, qu'est-ce que tu allais me préparer, le soir ? Tu me posais toujours la question, inquiète : tu voulais que je mange, quand même ! Invariablement, je lançais : des macaronis, Mamée ! Tu glissais dans ton four un plat de pâtes très cuites baignant dans une béchamel et tu nous faisais gratiner tout ça. Je n'ai rien mangé de meilleur. Tu me proposais, pour la forme, un petit bout de viando. Je riais, tu riais, ma Mamée : tu avais tout compris.

Les trois siècles

L'été, deux rituels du soir : le frais et l'ascension de Terre-Rousse.

La vaisselle faite, vers huit heures du soir, toi et moi, ma Mamée d'amour, toi pour qui je gagate ici éhontément, nous prenions chacune une chaise paillée, descendions la rue tout doucement, car elle était pentue à se rompre le cou, et nous installions devant chez Paulette pour « prendre le frais ». Cette vieille bique réunissait là toute une société de mémettes qui n'auraient manqué pour rien au monde cette cérémonie. La nuit tombait doucement et éteignait la chaleur du jour. Dans ce coin de rue se côtoyaient des muettes et des potinières. Celles qui jacassaient parlaient de tout et de rien, du temps qu'il allait faire, des voitures qui passaient trop vite et qui occasionnaient des commentaires sur le conducteur et ses passagers, des derniers ragots du village, de ce qu'on avait lu dans *Midi libre*, et de ce qui devait être l'actualité *people* de l'époque, qui passionnait la rousse Paulette, toutes informations dont Mamée se moquait bien : d'ailleurs, elle se taisait. Approuvait pour la forme, mais ne se risquait pas à médire, même des célébrités. Toujours la peur de fâcher… Les autres jacassaient de plus belle. La conversation bruissait d'un patois qui n'avait déjà plus cours à Béziers, la ville voisine. C'était cette bonne langue d'oc, rocailleuse et solaire, et qui pour moi restera toujours la vraie langue, même si c'est celle du nord de la Loire qui l'a officiellement supplantée. Toujours se méfier des gens du Nord. Ils vous imposent leurs mots avec leur accent pointu et croient vous clouer le bec.

Qu'ils le croient.

Paulette pépiait, on encourageait ses vacheries d'un rire rentré. Parfois, on ne disait plus rien, le temps passait, tout doucement, avant qu'arrivent le sommeil et la nuit. On ne refaisait pas le monde, on se fichait de la dictature du prolétariat et des lendemains qui chantent, on vivait, heureuses.

Allez, vaïe, au lit ! Paulette annonçait l'heure du repli. Mamée et moi, nous n'avions pas fini notre journée que couronnait l'expédition à Terre-Rousse. Pendant longtemps, Nissan-lez-Enserune n'a pas entendu parler du tout-à-l'égout. On n'imaginait même pas que le confort moderne débarquerait un jour au village, et on s'en passait fort bien. Pour la toilette : une cuvette en porcelaine assortie à son broc d'eau tiède. Une serviette en coton, un gant. C'était une toilette de chat, mais on était propre, enfin il me semble.

On remisait les chaises paillées et on filait à Terre-Rousse. Il fallait attendre que la nuit fût tout à fait tombée. Alors commençait l'expédition. Le seau à la main (j'avais parfois le droit de le porter), on remontait la rue, on tournait à droite devant chez Lignon, puis on longeait à gauche la minuscule rue du Cinéma où il n'y a jamais eu de cinéma, et encore à gauche. C'était à presque dix minutes de marche. Nous n'étions pas pressées. Au bout de la route se dressait un édicule maçonné : la cuve publique. Tout le village venait vider ses affaires. Mamée saluait d'un mot les autres trimballeurs de pot et, au moment de vider le sien (car jamais je n'eus ce privilège), elle me glissait à l'oreille une petite remarque maligne sur le contenu des récipients voisins qui me faisait rire aux larmes.

Elle me chiffonnait la frange et me disait : Vite, Natoune ! on file. Que le diable de Terre-Rousse t'attrape pas maintenant. Nous rentrions, le diable riait, comme nous.

Dans la maison de Mamée, donc, l'eau du puits, l'électricité, mais pas de toilettes ni de frigidaire ou de machine à laver. C'était au début des années 70, mais nous vivions comme au milieu du XIXe siècle. J'aime bien me dire que grâce à toi, Mamée, j'ai vécu trois siècles : le XIXe dans le Nissan de mon enfance, le XXe chez mes parents à la même époque, et le XXIe que tu as connu, certes, car ta méfiance à l'égard du progrès t'a permis de vivre jusqu'à quatre-vingt-quatorze ans. Mais de cet étrange XXIe siècle, tu n'as bien sûr jamais utilisé les ordinateurs ni les smartphones, de peur de te rendre malade, à cause de l'électricité et des ondes.

Partir

Tu sais.

Mais tu y vas.

Tu as décidé de partir seule, un jour plus tôt. Tu rejoindras le lendemain Olivier et les filles à Marseille, où vous passez les fêtes de Noël. Route à part, deux voitures, c'est exceptionnel, mais tu en sens la nécessité. Tu vas aller la voir.

Il y a longtemps que tu y penses, longtemps que tu sens qu'elle vieillit. Tu as l'âge qu'elle avait quand tu es née : tu sais que la vie ne dure pas toujours. Tu sens qu'elle s'éloigne de l'autre côté. Tu l'appelles souvent au téléphone : elle a toujours une bonne oreille. Toujours cette façon inattendue (mais que tu attends tellement, chaque fois, pour t'assurer qu'elle est toujours la même, bien vivante, bien heureuse d'être encore en vie, alors qu'elle est si vieille et menue maintenant), cette façon de rire d'un rire léger de jeune fille.

C'est le 19 décembre, tu as quitté l'Auvergne juste après tes cours, tu ne voudrais pas arriver après la fermeture des portes, surtout pas la fatiguer. Mais toi et les départs, c'est tout un poème, t'arracher de chez toi est une torture, tu n'y arrives pas, tu es une sédentaire, au fond, une sédentaire toujours partie, et quand tu démarres la vieille 205 ou ce qu'il en reste, il est déjà quatre heures. Dans moins d'une heure il fera nuit.

Tu l'as appelée : Mamée, je viens te voir ce soir, je viens. Elle t'a dit, Ma Natoune, c'est vrai, tu es sûre ? Tu ne sais pas si elle s'en souviendra quand tu arriveras. On te dit qu'elle perd la mémoire, qu'elle oublie, qu'elle baisse. Tu le vois bien, au téléphone. Elle dit « ton mari », elle a oublié son prénom. Camille et Armande, perdues aussi. Elle hésite, honteuse, puis : tes petites. Elle répète des phrases déjà dites au début de la conversation. Tu penses que c'est un peu normal, à quatre-vingt-quatorze ans. Mais tu es triste.

Pendant que tu conduis, tu gardes tes pulls et ton manteau, parce que le chauffage ne fonctionne plus depuis les années 80 dans cette voiture, et il fait si froid que tu en viens à mettre un bonnet et des gants de laine. Tu peines à lutter contre la buée qui s'accumule sur la face intérieure du pare-brise, aucun bouton ne marche dans ce truc préhistorique, alors régulièrement, tu passes un coup de mouchoir, un petit tourbillon blanc qui te permet de voir la route.

Mais la route tu ne la verras pas beaucoup pendant ce voyage de quatre heures. Tu t'assureras juste de garder la distance de sécurité et de surveiller ta vitesse, tu préférerais éviter de perdre encore des points, mais dans le fond tu t'en fous et tu fonces, vers elle et son institution.

Cette maison, tu ne veux pas lui donner de nom, tu vas passer une heure à lui tourner autour sans la trouver, parce que tu es contre, radicalement contre. Ta grand-mère a toujours dit qu'elle ne voudrait jamais, au grand jamais, finir dans une maison de retraite. Je veux mourir tranquillement chez moi, tu vois, Natoune, c'est tout ce que je demande. Elle te le dit depuis longtemps, depuis ton adolescence : ça la préoccupe. Marie-Louise est libre, elle déteste les contraintes, les heures fixes, les questions auxquelles elle est obligée de répondre. Elle aime sa petite maison à elle, où elle se sent bien même quand elle est patraque. C'est son nid. Elle y a gardé sa mère jusqu'au bout. Alors jamais, jamais de maison de retraite ! Ta Mamée si petitoune et si effacée, elle te l'a toujours dit haut et fort, pour que tu comprennes et fasses passer le message au besoin : qu'on la laisse finir en paix.

Tu roules et tu penses à Mamée. Mamée aux pieds douillets et abîmés, et tout tordus, et à toute l'histoire que c'était pour ton père de l'emmener chez le pédicure. Tu as tout fait, tout, pour qu'elle reste chez elle jusqu'à la fin, elle y tenait tant, et tu la comprends si bien. Tu sais que ton père et ton oncle ont tout fait aussi. Tu sais leur patience, tous les jours, toutes les nuits. Tu sais qu'à un moment ils n'ont pas pu continuer. Ce n'était plus possible, voilà tout.

Et tu penses à elle, au moment où tu la retrouveras, où elle se blottira contre toi, comme tu te blottissais contre elle, enfant, petite Mamée si douce, si drôle, si farouchement libre, si vieille. Tu roules et tu revis les dimanches de l'enfance, quand ton père conduisait la DS grise vers ce qu'il appelait tendrement la capitale : Nissan. Tu étais bébé, enfant, adolescente, et tout le voyage se passait à attendre le moment où tu allais te jeter dans ses bras.

Quand tu sors de l'autoroute, les choses se compliquent, tu n'as pas de carte, juste le nom d'un village. Tu vas de rond-point en rond-point, tu traverses des villages déserts, puis tu tombes sur une dame en manteau gris qui te dit : « Ah Sérignan… Mais ma petite dame, c'est de l'autre côté de Béziers », et tu notes ses indications sur un bout de papier froissé, tourner à droite, continuer à gauche après le bourg, tu ne comprends plus rien, tu ne mémorises aucune direction, droite, gauche, tu notes tout sinon tu en as pour des heures à la chercher.

Tu la trouves enfin, cette maison de retraite, et c'est vrai qu'elle présente bien. C'est propre et il y a des reproductions d'aquarelles figurant des fleurs et des oiseaux dans le hall d'entrée. Tu dis, j'arrive tard, je suis désolée, la voiture, la route, les ronds-points. Ce n'est pas grave, entends-tu. On te répond poliment. Tu ne vois pas la dame qui te conduit, tu as l'esprit tout occupé de Mamée, ta petite Mamée qui t'attend assise sur le fauteuil malgré l'heure, patiente, docile, en chemise de nuit, dans cette chambre dont elle n'avait jamais, au grand jamais, voulu être la prisonnière. Elle te dit : Tu es venue, Natoune. Elle n'a pas oublié. Elle veillait.

Ses yeux clignent, puis brillent. Sa tête dodeline. Elle a vieilli, oui, mais c'est toujours elle. Tu lui donnes les chocolats que tu as achetés, tu sais qu'elle ne les mangera pas, elle a toujours l'estomac retourné pour un oui ou pour un non. Très vite, la conversation reprend entre vous comme si elle n'avait jamais été interrompue, la même connivence, les mêmes inflexions, on peut tout se dire, elle est là, si fragile mais pleine de vie, encore. Tu lui demandes si on est gentil avec elle, elle hausse les épaules, résignée, on me fait attendre tout le temps, mais c'est pas de la méchanceté, regarde, elles ont voulu me faire les ongles, tu le crois, ma Nine ! Et en effet, pour la première fois de sa vie, Mamée a les ongles roses, et vous riez. Ensuite, elle te parle, et sa voix et son souffle font resurgir un monde, tous les bonheurs auprès d'elle, la maison, la rue, la Montagnette, le frais et Terre-Rousse. Tout ce qu'elle t'a donné, son temps, son amour. Elle est fatiguée, mais curieuse, Natou, raconte-moi, tout, qu'est-ce que tu fais maintenant, tu es toujours à la télévision ? Tu lui rappelles que tu es professeur, tu lui racontes les élèves, les collègues, les copies… Tu as raison, ma Nine, c'est plus sérieux, c'était pas joli, de te montrer toute nue. Alors tu continues à lui parler de toi et de tes filles, tu lui dis la vérité, et parfois tu inventes des récits bien troussés pour la faire rire, elle sourit. Puis, une ombre sur son visage : Tu sais, on me prend tout, ici, tout, même les sous.

Tu te dis que tu dois lui donner de l'argent, cherches ton sac, tu hésites, elle va oublier où elle l'a rangé, on va le lui voler, et elle enchaîne. Tu le lui donneras avant de partir, Parle-moi encore des petites, encore, montre des photos. Elle plisse les yeux : Elles ressemblent au père, pas vrai ? C'est vrai. Tu vois, Mamée, elles sont bien de lui, et elle rit, Oh Natoune, quelle coquine, quel numéro… Tu la blottis dans tes bras, tu la serres fort, fort, Attention, ne me tue pas, elle rit, et on vient te chercher pour te dire qu'il faut partir, il est vraiment tard.

Il est si tard.

Elle te regarde d'un air triste. Puis te sourit : Vaïe, Natoune, ne tarde pas. Je suis fatiguée, tu sais.

Tu sors, tu vois les murs vert d'eau et le lino gris, les infirmières somnambuliques, les brancards qui attendent, tu marches de plus en plus vite, tu cours vers la sortie, tu retrouves l'autoroute les yeux brouillés de larmes, tu dois arriver à Marseille ce soir, tu ne voudrais pas rouler trop tard. Au péage, tu te souviens que tu as oublié de lui donner de l'argent, tu te maudis : quel réflexe d'avarice t'a fait hésiter ? Tu roules, tu pleures le chagrin et la rage contre toi, et la peur, car tu sais que tu conduis mal la nuit. Vingt kilomètres plus loin, la 205 crachote, elle roule bizarrement, tu appuies sur l'accélérateur, elle s'arrête. Tu as tout juste le temps de la glisser sur le bas-côté, arrêtée, immobile comme un cadavre.

DÉLICES

Tu es complètement affolée, que fait-on avec une voiture en panne, la nuit ? Tu appelles le 17. On t'explique que tu dois marcher jusqu'à ce que tu tombes sur une borne, tu te lances, tu as froid, tu as peur, tu chiales, tu dégoulines, tu maudis la voiture, tu trouves la borne, on va venir te dépanner.

Tu t'en retournes à la voiture, tu penses à elle, si petite maintenant, si fragile, si seule, et tu sais.

III

CRUAUTÉ

Naomi

Elle me résistait. Me courtisait, puis me fuyait. Revenait vers moi, et j'étais effarée par son parfum léger comme un songe, ses yeux de rivière qui disaient « tu me plais ».

Ses gestes comme une question : tu veux ?

Je voulais. J'avais compris en retrouvant Albertine que les femmes faisaient partie de ma vie, et que je n'entendais plus renoncer aux plaisirs du corps découverts avec la délicieuse Coline. Mes maladresses l'avaient détournée de moi. Mais aucune Diva ne se mettrait maintenant entre une femme et moi.

Je voulais, donc. Mais elle ? Elle aussi était attirée, me semblait-il. Sinon, pourquoi nous serions-nous retrouvées par le plus grand des hasards aux mêmes fêtes de filles, aux mêmes soirées Primanotte, aux mêmes anniversaires de copines, lorsque j'étais à Paris ? Elle qui aimait si peu sortir, qui était *épouvantablement* occupée, disait-elle avec cet accent affecté qui aurait dû me déplaire, elle qui ne descendait à Paris qu'à contrecœur, préférant Versailles où elle vivait et travaillait ?

C'était comme si elle avait peur. Un pas en avant, trois pas en arrière, et je te tire ma révérence Pompadour. Je disparais, je reviens. Je te parle je te snobe je te souris je regarde ailleurs. Les signes s'accumulaient pour se contredire. Voulait-elle me rendre folle ?

Je m'enguirlandais. Il n'était pas normal qu'elle me plût. Trop bourgeoise, trop jeune, trop snob. Pas assez cérébrale.

Aucune conscience politique, merde !

Versaillaise jusqu'à la caricature.

Cent fois j'avais fait la liste des incompatibilités, arrivant toujours à la même conclusion. Il était urgent de la chasser de mes pensées. Je l'observais, qu'elle fût là ou pas, j'examinais le personnage de visu ou en pensée : j'étais vraiment la dernière des cruches. Naomi était une séductrice, elle avait voulu s'assurer qu'elle pouvait m'avoir et cela lui suffisait. Je devais l'oublier.

Il faut croire que le corps a ses raisons. À la fin d'un dîner chez des amies communes où nous nous étions rencontrées, nous restions là, à plaisanter, à boire, à nous contredire, tandis que le monde était parti depuis longtemps et que les amphitryonnes, Carmen et Maylis, commençaient à s'impatienter et rangeaient déjà la cuisine. Il fallait y aller, mais Naomi parlait toujours, me souriait, et lorsqu'elle eut enfilé son imper beige, élégante bien qu'un peu éméchée, elle m'avait embrassée, un kiss, et sur ma joue sa bouche s'était attardée quelques secondes de trop. Le temps s'était suspendu. Sa main soudain s'était glissée sous mes cheveux, faisant ployer ma nuque. Et cette caresse inattendue, moins d'une seconde, cette intimité secrète avait été d'une sensualité à ce jour jamais ressentie, quelque chose qui se creuse dans tout le corps, une surprise, un ravissement. J'étais clouée au sol, lourde soudain d'un désir qui me submergeait. Ce geste subreptice avait-il échappé à Carmen et Maylis ? Elles ne manifestèrent rien. Lorsque j'avais rouvert les yeux, Naomi avait filé, tirant doucement la porte. Elles avaient juste souri un peu trop :

enfin, je me sentais prête à oublier celle dont j'étais persuadée qu'elle m'avait brisé le cœur, Coline.

Ensuite, plus rien. Naomi semblait se dérober. Chaque fois que je quittais l'Auvergne pour séjourner à Paris, nous nous croisions. Je multipliais les occasions, la revoir, vite, toujours, mais elle me fuyait. J'avais dû rêver. Ou bien l'alcool l'avait désinhibée, un geste lui avait échappé qu'elle avait regretté. Ou encore c'était sa façon d'embrasser. Peut-être glissait-elle toujours sa main comme ça, sous les cheveux, tout doucement. Ou alors ma nuque était une zone érogène et je le découvrais enfin. Ô vertiges de l'analyse des signes amoureux et des fragments du discours non verbal.

Un soir, un message sur mon répondeur : sa voix de soprano modulait Tiens, j'ai ton livre entre les mains, une patiente en fait qui lisait ça dans la salle d'attente. Un hasard. La dame avait cru le glisser dans son sac au début de la consultation, mais le bouquin était resté sur le siège. Acte manqué. Naomi n'avait pas eu le temps de s'en apercevoir qu'une autre patiente avait pris place sur ledit siège. Elle avait failli s'asseoir sur mon bouquin, l'avait récupéré, le lui avait tendu au début de la consultation et c'était comme ça que.

Bref, elle me lisait. Elle me l'apprenait dans son message vocal, elle commençait à. Elle m'en reparlerait un de ces jours, quand je serais à nouveau parisienne. Mon cœur en chamade (elle veut me lire ? je l'intéresse, alors ? elle va aimer, détester ? plutôt détester, j'écris plus communarde que versaillaise…). Elle hésita, un blanc, puis elle raccrocha sur un je t'embrasse murmuré qui me coupa à nouveau le souffle. Comme une nouvelle caresse inattendue. Dix fois j'écoutai le message, dix fois elle me sortait cette craque de bouquin qui avait atterri miraculeusement entre ses mains, dix fois elle m'embrassait d'une voix détimbrée, puis sa main comme une tempête légère qui effleurait mon cou, levait à nouveau en moi ce désir sauvage que je voulais juguler. Mais dompte-t-on un ouragan ?

Il fallait cesser d'attendre : court-circuiter le sens de la séduction : partir à l'assaut.

Elle allait m'appeler, elle l'avait promis, mais différait. Je le fis : téléphonai à son cabinet et lui demandai s'il fallait prendre rendez-vous pour obtenir une consultation.

— Êtes-vous sûre d'avoir besoin d'une psychologue ?

— Et combien ! Tout va mal. Je souffre de pensées obsessionnelles. C'est grave, docteur ?

— Ça peut. Vendredi, dix-huit heures ?

— Parfait.

Mes cours s'arrêtaient le jeudi soir. Je sautai dans le train le lendemain matin. Et je me retrouvai enfin face à elle, seule avec elle, dans son cabinet, à une heure qui paraissait être un possible début de soirée. Nous jouâmes à la consultation. Sans jamais la nommer, elle… Je lui exposai mon « obsession » pour une femme, le souvenir de sa main qui, venant effleurer ma nuque, avait levé d'abord du désir, puis une sorte d'amour incontrôlable. Mes propos étaient lyriques et crus. Il faut croire que le mélange plut : la consultation fut suivie d'un dîner, le dîner d'un week-end, puis de cinq-à-sept réguliers à Paris ou à Versailles, puis d'une relation suivie.

Naomi était farouche. Soucieuse de sa liberté et se refermant comme une huître lorsque je voulais connaître quelque épisode de sa vie. Elle n'avait pas de famille et semblait ne pas avoir de passé. Ce n'est que très progressivement que je sus. Élevée par des Témoins de Jéhovah, elle avait à l'adolescence éprouvé des doutes sur sa foi, dont elle avait parlé à sa mère. Dans les enseignements, on lui demandait d'accepter tous les dogmes, et notamment de prêcher le « temps de la fin » et de se réjouir des catastrophes qui survenaient de-ci de-là dans le monde, ces tremblements de terre, fusillades, marées noires et ouragans qui apparaissaient comme autant d'heureux présages annonçant le règne de Jéhovah après la destruction du monde. Mais ces perspectives qui la terrorisaient, enfant, l'avaient révoltée lorsqu'elle avait pris la mesure de leur folie. Elle le fit savoir. Refusa de continuer à être le chien savant qu'elle était devenue, analysant dans la « Salle du Royaume » la Bible selon les croyances des Témoins. Refusa ensuite d'y remettre les pieds et vécut plusieurs jours sans manger, allongée dans son lit, dévorant *Le Deuxième Sexe*, des morceaux choisis de penseurs révolutionnaires et les romans de Violette Leduc. Sa mère réunit un conseil familial. Naomi fut sommée de s'expliquer. Elle évoqua la religion « opium du peuple », sa volonté de vivre selon ses propres convictions et le dégoût que lui inspirait l'enthousiasme des Frères pour les hécatombes. Le père et la mère la condamnèrent unanimement et requirent des excuses, exigence à effet immédiat. Elle se leva, alla chercher quelques effets qu'elle avait réunis dans un grand foulard noué en baluchon et partit sans se retourner. Jamais ils ne cherchèrent à la retrouver.

Nous avions en somme beaucoup de points communs. Ma famille vivait aussi dans la foi : celle d'un monde meilleur. Cette religion était beaucoup moins délétère que les croyances apocalyptiques qu'on lui demandait de partager, car enfin, ce qui était annoncé, c'était l'avènement d'un monde sans exploitation, une société égalitaire et conçue pour le bonheur de tous. Mais si l'on marquait une réserve sur les méthodes pour faire advenir ce monde parfait, on pouvait être excommunié. J'entends encore Papi

Camille rugissant « Je te déshérite ! », « Rrrrrenégat ! » quand son fils exposait ses croyances libérales. J'étais moins « capitaliste pratiquante » que mon oncle, mais j'avais affirmé et démontré haut et fort que j'allais tenter de penser par moi-même et d'agir selon mes goûts avant de tout subordonner au bien collectif. Parce que, si l'on voulait créer, avais-je fièrement expliqué, il fallait aussi accepter d'avoir un ego. L'individualiste-nombriliste-narcissique s'était puissamment fait remettre à sa place. J'avais éprouvé moi aussi le besoin de partir et l'avais fait pratiquement au même âge que Naomi.

Et je m'émerveillais de tout ce qui nous rapprochait, déchiffrant dans chaque ressemblance le signe que nous devions nous rencontrer : nous étions faites l'une pour l'autre.

Vue de près, Naomi n'avait rien de la Versaillaise que j'avais imaginée. Elle s'amusait des us et coutumes du microcosme bien-pensant, catho et réac dont elle recevait la bonne société dans son cabinet. Ma chérie, me confiait-elle sans briser le secret médical, ils ont les mêmes chagrins et angoisses et deuils et névroses que le reste du monde. Simplement, ils montrent leurs petites misères autrement. Je me suis adaptée, je leur ressemble maintenant, comment faire pour constituer une clientèle, sinon ? De loin, elle était versaillaisissime. Mais de près, dans l'intimité de l'amour… Une démone. La caresse dans la nuque n'avait été que le prélude de bien d'autres, et il se passa qu'elle parvint, je ne sais comment, à ce que je m'abandonne tout à fait à elle. Sans rien dire ni théoriser, sans m'expliquer que j'étais « dans le contrôle » – ce que d'autres hommes ou femmes m'avaient fait remarquer, et à raison. Mais elle avait obtenu que je baisse la garde, que je me laisse surprendre. J'allais de révélation en révélation, acceptant des sex-toys qui me laissaient perplexe et en redemandant. M'engageant dans une réécriture du Kama-sutra, façon Grand Siècle, prolotte ou catin.

Je l'aimais et le lui disais. Me chagrinais que sur ce point elle fît toujours silence.

Plus son silence se prolongeait, plus je tentais de me raisonner et veillais à ne pas trop m'enflammer. Hélas... Je lui trouvais mille qualités rares qui me ravissaient. Mais nos rendez-vous, je m'en rendais compte, s'espaçaient. Parfois, lorsque j'étais à Paris et avais projeté de la voir, elle m'apprenait au dernier moment qu'elle était prise. Lorsque je redescendais en Auvergne, des semaines se passaient avant qu'elle ne réponde à mes mails. Les cruautés se répétaient. Silence, disparitions, annulations. Je devais l'accepter comme elle se donnait, me disais-je, comme une femme qui avait été violemment rejetée à la fin de l'adolescence et qui ne voulait pas « s'engager » – ce mot-clé qu'elle avait plusieurs fois prononcé sans s'attarder. Il fallait que je comprenne que la présence en pointillé de Naomi était trop peu mais que le trop peu d'un être comme elle était un trésor. Je devais me taire et ne pas lui infliger mes peines de cœur de femelle inquiète.

Mais non. Je ne maîtrisais plus rien. J'aimais à quarante-cinq ans d'un amour adolescent. Naomi était rodée aux histoires de cœur et de corps avec les femmes, tandis que je les découvrais avec émerveillement. Albertine avait été inaccessible, je m'étais comportée comme une idiote avec Coline, mais cette fois, j'aimais. J'aimais et voulais vivre avec Naomi un amour complet. Je le désirais avec frénésie : j'avais à nouveau dix-sept ans, l'appétit de plaisirs et des effusions sentimentales qui vont avec. Cristallisation, idéalisation, aveuglement amoureux tout ensemble. Égarements du cœur et de l'esprit.

Et si elle ne m'aimait pas, mais pas du tout, dans le fond ? Si je n'étais qu'une figure sans épaisseur, comme sans substance ? Une présence agréable parce que rare ? Une parenthèse libertine dans sa vie de psychologue bien réglée, une échappée dans son emploi du temps répétitif au cabinet ? Un divertissement ? Cette fois encore, comme vingt-cinq ans plus tôt avec Claudine ?

Je m'en persuade.

Je souffre. Je boude. Je fais des scènes.

Naomi me déclare qu'un week-end en amoureuses nous fera le plus grand bien. Elle prendra l'avion jusqu'à Clermont et nous dénicherons un petit coin calme où nous nous retrouverons, enfin. Nous viderons l'abcès. On imagine mon enthousiasme, et le bonheur qui suit, lorsque tout se passe bien, qu'elle se montre câline et n'évoque en fait rien de mes récriminations.

Le lundi, alors qu'elle est rentrée la veille et que je suis en cours à Langeac, je reçois vers onze heures un texto : « Je vais t'apprendre quelque chose qui ne va pas te faire plaisir et j'en suis désolée. Mais je mets fin à notre relation. Bonne continuation. »

Fin, continuation, désolée, les mots tournent en boucle pendant que j'essaie de faire cours, mais n'y parviens pas vraiment. « Fin », pourquoi « fin » ? Tout donnait à penser qu'elle avait trouvé agréables nos retrouvailles, ses rires, nos étreintes. Elle avait été très tendre, sinon amoureuse. Je l'aimais plus qu'elle ne m'aimait, soit. Mais de là à rompre ? Si brutalement ?

Dès mon cours de français terminé, je tente de la joindre : elle ne répond pas. Je laisse ensuite des dizaines de messages : Je t'en prie, parle-moi. Si tu veux en finir, je n'insisterai pas. Mais explique-moi, juste un peu, mon cœur.

Rien.

Je ne lâche pas. Cela frôle le harcèlement, tant pis. Je ne comprends pas comment une psychologue peut ignorer la violence d'une telle rupture : un simple SMS. Le lui reproche. Ajoute que je suis prête à faire un aller-retour le week-end suivant, juste pour pouvoir lui parler. Elle finit par m'octroyer une brève rencontre.

Lorsque je la retrouve, je suis déterminée à ne pas faire de reproches, à la reconquérir et surtout, surtout, à être digne. Je fonds en larmes dès que je l'aperçois. Je suis secouée de sanglots, dois m'asseoir, n'importe où. Elle paraît désolée. M'entraîne chez elle et accepte de parler.

Depuis le début, avec moi, elle hésite. Je ne l'ai pas remarqué ?

— Mais si, bien sûr, tu semblais même me fuir. Je croyais que tu jouais.

— Un peu. Mais en fait, ce n'était pas ça, c'était…

Elle a du mal à en parler. Puis lâche tout : elle ne supporte pas que je vive avec mon mari. Que je l'aime. Que je n'envisage pas de le quitter et le dise sans hésiter.

On rira de ma naïveté. Je découvrais les femmes. Et mon problème avec les lesbiennes.

Au moment de cette discussion, j'essayais d'en établir les prémices.

— Mais tu voudrais que je le quitte ? Pour vivre avec toi ?

Ce n'est pas si simple. Elle n'est pas sûre de vouloir vivre en couple. Ça n'a jamais été son « truc ». Mais le fait de savoir qu'il y aura toujours l'autre bloque tout. Elle n'arrive pas à se projeter.

Je relève sa contradiction : elle apprécie finalement que je ne lui impose pas la vie commune et que, contrairement au cliché lesbien, je n'aie pas débarqué chez elle au bout d'un mois avec un camion de déménagement pour m'installer chez elle et démarrer une existence parfaitement fusionnelle. Mais dans le même temps, elle ne supporte pas que j'aie une vie de mon côté. Or cette vie, elle voudrait juste qu'elle soit sans amour ?

— Mais oui. Ce que je ne supporte pas, c'est que tu l'aimes.

— Ah.

— Que tu l'aimes vraiment, et même que tu ne t'en caches pas.

— Tu ne crois pas qu'on puisse aimer deux personnes en même temps ?

— Non.

— Tu as tort. J'ai deux filles, et je les aime pareillement. En tout cas avec la même intensité, même si les modulations de cet amour s'accordent à leurs tempéraments différents. Pourquoi est-ce que je ne pourrais pas aimer à la fois un homme et une femme ?

— Que tu le puisses, toi, je veux bien le croire. Que je le supporte...

Je la regarde, enfin. Et découvre dans ses yeux une colère, une lassitude jamais perçues jusqu'alors.

— En fait, c'est absolument insupportable. Quand on aime, on veut être aimé, exclusivement, totalement. Je ne veux pas partager. Ton histoire, là, ce n'est pas de l'amour.

Tout se brouille alors dans mon esprit. Pourquoi n'avoir jamais abordé le sujet, depuis le début ? M'avoir envoyé mille signaux pour me mettre à distance sans me permettre de les comprendre ? Je saisis pourtant sa logique. Est-ce que je ne souffrirais pas si elle aimait, en même temps, une autre femme ? Ou un homme ?

Bien sûr que si.

Aurais-je envie de récriminer, de me plaindre ?

Non.

— C'est bien fini, alors ?

— Fini, et ça n'aurait jamais dû commencer. Tu m'as fait du mal, figure-toi. Et je t'en veux et ne veux plus te voir.

Autant se taire, partir.

Je suis sous le choc. Submergée par le chagrin : je t'aimais vraiment, ma Naomi, ma Versaillaise rebelle, ma farouche, ma câline.

Je ne m'en remets pas.

Devant Olivier, j'éclate en sanglots. Alors que j'avais réussi, jusqu'alors, à tout dissimuler.

Il faut parler.

Il tombe de haut. A perçu des silences, trouvé étrange que mes rendez-vous à Paris pour rencontrer des éditeurs ou des journalistes aient lieu des week-ends. À me voir si heureuse ou si bouleversée, il commençait à soupçonner qu'il y avait quelqu'un d'autre. Il n'avait pas imaginé que ce fût une femme.

Il se fâche. Oh, pas de cris, non. Pas son genre. Simplement, je l'ai trahi. J'ai rompu notre pacte. Il m'a rencontrée quinze ans plus tôt alors que je batifolais d'homme en homme et m'a bien fait comprendre qu'il n'accepterait pas ce mode d'amour libre. Que si je voulais que notre relation devienne sérieuse, je devrais sérieusement réfléchir. Et être sûre que je pouvais, en quelque sorte, me contenter de lui.

Je n'avais pas beaucoup hésité : j'étais amoureuse, le désirais durablement, lui découvrais sans cesse de nouvelles qualités qui m'attachaient vraiment à lui. Pourquoi ne pas lui être fidèle, après tout ? Notre amour ensuite avait été si riche de joies et de peines partagées, d'enfants délicieuses, de carrières compliquées mais pour lesquelles nous nous soutenions, et de maisons bâties à deux, et de vacances à Kavala et Thassos, à Salamanque, à Londres, de lectures partagées, de cinéphilies antagonistes, que je n'avais jamais songé à regarder ailleurs.

Jusqu'à Albertine. Le retour en boomerang de mon attirance pour les femmes.

Mais désormais, il n'acceptera plus d'incartade. Homme ou femme, c'est une autre personne que j'aime. Lui m'est fidèle. Et souhaite que je le sois aussi. Je le lui promets.

Me le promets.

Mais je ne puis m'empêcher, dans les jours qui suivent, de rêver de Naomi, son sourire, sa caresse dans la nuque, nos corps ensemble. De repenser aussi notre amour. Elle m'a quittée brutalement, soit. Mais je comprends alors que la plus cruelle des deux, c'était peut-être moi. Avoir ignoré que mon amour pour Olivier la blessait autant.

Et quelle cruauté vais-je m'infliger, si je renonce à mon penchant pour les femmes ? Si je le mets au placard à nouveau, parce que ma vie est construite et qu'aucun retour en arrière ne me paraît possible ?

Redevenir hétéro bien rangée, en sachant que je suis tout autant lesbienne ?

Dans cette vie de bi qui commence, rien ne sera simple. Ni avec la femme que j'aime, car je n'arriverai pas à renoncer à ces amours-là, ni avec Olivier.

Je dis bien amours. Je ne suis pas bisexuelle, je suis bi-amoureuse. Je n'aime pas les femmes pour les seuls jeux du corps. Quand j'aime, j'aime tout : l'esprit et le reste. Idem avec Olivier.

Comment vivre sans se mutiler ? Les débuts dans cette nouvelle vie sont difficiles, et nous ne savons pas si notre amour y survivra. Lorsque je rencontre une autre femme dont je m'éprends, Olivier s'inquiète à nouveau, craint que je rompe notre accord. J'argumente, tombe souvent à côté, ne parviens pas à le convaincre. Pour le coup, c'est l'évocation du corps qui me permet un jour d'infléchir sa position. Je lui pose cette question :

— Que ressentirais-tu si tu apprenais que désormais, plus jamais dans ta vie, tu ne pourrais toucher un corps de femme ? Plus jamais ce bonheur ?

Il réfléchit.

— Tu aurais envie de continuer à vivre ?

Les choses se mettront en place petit à petit. Pas de pacte miracle. Sartre et Beauvoir, impraticables. Trop péremptoires, parfois glauques. Pas question d'amours nécessaires et contingentes qui permettent d'utiliser le corps des autres et de s'en parler et parfois s'en gausser. Il faut inventer autre chose.

Le seul argument qui portera, avec le temps, sera le temps lui-même, d'un amour qui ne fléchit pas, et même s'approfondit.

Les lois du désir

Étrange femme, rencontrée au temps de ma jeunesse folle. Je tente encore ma chance à la télé, je n'ai pas envisagé d'enseigner. Je suis à la fin d'une de mes vies.

Miléna : je te revois marcher comme une star, toi qui, selon une légende dont les épisodes variaient au fil de tes récits, avais choisi d'exercer tes talents en France, renonçant à une carrière de danseuse étoile au Bolchoï pour fuir les sbires du KGB : tu t'étais compromise avec un proche du pouvoir qui risquait le goulag. Pour survivre, tu n'avais eu d'autre choix que d'exhiber ton corps dans des boîtes de strip-tease, plusieurs par nuit dans le Pigalle de toutes les déchéances. Tu soupirais en caressant ta chapka, tout habitée encore par les épisodes trash de ta bohème, et enchaînais sur les circonstances qui t'avaient conduite d'un cabaret miteux à la Nouvelle Ève, puis au tout proche Moulin-Rouge. Là, tu avais remplacé une compatriote affligée d'une gastro, puis, tes talents de danseuse éclatant enfin, tu t'étais retrouvée meneuse de revue. Empyrée que tu n'avais condescendu à délaisser que pour entrer dans le Graal du nu, ce cabaret célèbre dans le monde entier qui exhausse le corps des femmes par des jeux de lumière, sphères lignes zébrures roses rouges ou dorées, soulignant à se damner la splendeur et les mystères du corps féminin : le Crazy Horse ou, plutôt, le « Crazy », selon l'abréviation en cours chez les déesses du lieu, et dans ce mot soupiré comme en une extase se lovaient toutes tes folies, mystérieuse Miléna…

Comment as-tu pu faire intrusion dans ma vie aussi totalement ? Moi qui suis si farouche, si méfiante envers les femmes, si secrète… Nous nous étions rencontrées sur le tournage d'une fausse pub pour Canal+, puis fortuitement retrouvées chez une amie commune, autre ex-danseuse du Crazy devenue, elle, coco-girl comme toi. Tu avais visiblement jeté ton dévolu sur moi. Pourquoi, je ne sais. Peut-être riais-je plus que les autres à tes saillies – je n'ai jamais su résister aux gens qui savent me faire rire. Tu en avais rajouté et, me trouvant décidément bon public, tu m'avais proposé de me déposer chez moi après la soirée. Tu conduisais à toute berzingue ta grosse voiture rouge dans les rues tortueuses du Sentier où je vivais. Et tu chantais à tue-tête, avec l'accent russe, le générique de *Starsky et Hutch*. Un peu ivre, je riais follement, et lorsque tu pilas dans la rue d'Aboukir, tu me regardas dans les yeux : on se revoit quand ?

Très vite, en fait. J'avais enfin réussi un casting quelques semaines auparavant, pour un premier rôle. Joie, trac, espoirs. La préparation avait commencé, les essayages étaient bouclés. Je connaissais mon texte par cœur. Mais je venais d'apprendre, cinq jours avant le tournage, que la production avait finalement préféré une actrice connue. On m'avait proposé d'être sa doublure. Malgré ma déception et mon dépit, j'avais accepté : j'étais sans le sou, ne savais pas comment j'allais payer mon loyer, et mes craintes se confirmaient. Jamais je ne ferais carrière au cinéma et je devrais me contenter de miettes.

Je te retrouvai chez toi, ma belle Miléna : je n'avais pas d'amie, tu m'ouvris les bras. Je pleurais, le jour où j'appris que je ne serais jamais qu'une doublure. Tu relativisas : peut-être pas toujours… Allez viens, j'ai du fric, on va faire un shopping. Et tu m'entraînas sur les Champs-Élysées. Au moment de descendre dans le métro, tu me glissas : Viens demain chez moi. On papotera. Ça te changera les idées.

Je n'ai jamais su comment tu avais pris un tel ascendant sur moi. Pourquoi j'avais accepté que tu me malmènes autant. Quelque chose de confus se jouait sans doute. Je ne t'en dis jamais rien mais tu me rappelais ma mère. Même visage fin, même chevelure brune ondulée, mêmes yeux très bleus. Je m'aperçus assez vite que, comme elle, tu me houspillais volontiers, me donnais des ordres, me manipulais. Tu étais cruelle mais j'étais sous le charme. Tu adorais te raconter, je ne me lassais jamais de tes récits : quelle vie tu avais eue…

Tes frasques de strip-teaseuse surtout me passionnaient. Tu avais aimé te montrer ainsi, au Crrrazy, murmurais-tu avec un accent russe que tu cultivais, et avec une forme d'excitation rétrospective, corps chosifié, cambré, abstrait et livré à la concupiscence des mateurs devant et pour toi rassemblés dans le noir, toi qui parlais de toute cette foire avec une nostalgie joyeuse et d'une voix que le plaisir voilait,

Et je m'enchantais de tes confidences : le spectacle et l'*after*, les répétitions, les séances de maquillage (tout, absolument tout le corps enduit de fond de teint), les loges et les coulisses où il s'en passait de belles, parmi toutes ces filles nues ou presque, épilées intégralement, maquillées, perruquées, augmentées de faux ongles et de doubles faux cils, tout seins dehors – des gros, des petits, mais toujours des vrais, c'était là une règle jamais enfreinte,

Tu me détaillais les guerres insoupçonnées derrière le lourd rideau rouge de la piste de danse, pendant le solo d'une Lova Moor, d'une Rita Renoir ou d'une Rosa Fumetto, des histoires de magie noire étrangement centrées sur des chaussures, ces plateformes de quinze centimètres sur lesquelles les danseuses ne pouvaient pas vraiment danser, mais se déhancher suffisait amplement, tenir miraculeusement en équilibre sur le vide et le plein du désir des hommes tapis devant elles, sous leurs cuisses presque,

Ces chaussures dont une tradition rapportait que certaines danseuses d'Afrique subsaharienne pratiquant le vaudou du 8e arrondissement les dérobaient vilement pour les exfiltrer du cabaret, sort jeté par métonymie en somme, et qui décidait du renvoi par le dirlo d'une rivale, pieds nus sans doute,

Étrange femme qui me contais tes émois d'effeuilleuse et qui t'offusquais de ma vie libre d'alors, tout en te renseignant sur le cheptel mâle du moment, ces hommes que je voyais en trop grand nombre – mais pourquoi tous ces mecs, Natouchka ? Toujours trois, quatre en même temps, c'est mal, tu es dingue, mais dingue !!! Tu dis les aimer, mais aimer plusieurs hommes c'est du flan, ça n'existe pas, ça ne se fait pas, ça mène à quoi je te le demande ?

Et ce mystère te taraudait,

Et malgré cette réprobation sur le principe, tu me faisais mille questions concrètes (et avec untel tu fais comment, et avec tel autre tu aimes ceci ? Et cela ? Et pour le 69, t'es forte – ça doit rester exceptionnel, Miléna –, et les pipes, ça te plaît les pipes ? Pas vraiment ? Pourquoi t'aimes pas ? Je te donnais tous les détails techniques et ma crainte de l'asphyxie (tu pleurais de rire). Et par-derrière ? Ah oui ? Vraiment ? Comment ça, ça dépend ? Je comprends rien, explique,

Et lorsque je te renseignais sur les subtilités à envisager,

Ah ben ma salope ! résumais-tu d'un ton où pointait une nuance d'admiration, et multipliant les synonymes de l'insulte en russe, tu partais d'un rire strident et te tapais les cuisses, et moi-même je riais, ravie de la crudité de nos bavardages et de ta curiosité inextinguible, mon étrange et superbe Ruskova…

Tu venais d'avoir un enfant (de qui, jamais tu ne me le dis – secret d'État, roucoulais-tu) et Bernardin, l'illustre boss du Crazy, t'avait fait comprendre que tu étais de facto à la retraite. Dans ta hâte de rebondir, tu m'avais recrutée. Tu m'avais convaincue de planter la production : qu'ils trouvent une autre doublure, tu vaux mieux, non ? « Donnant, donnant… » Et tu avais ajouté une autre loi du Crazy : « Pour un œil, les deux yeux, pour une dent, toute la gueule. » Et tout naturellement, tu m'avais confié la mission d'écrire le roman de ta vie. Tout, je dirrrai tout ! m'avais-tu prévenue. Connaissant ton caractère difficile, j'avais hésité : toi qui pinaillais sur tout et comptais tes sous comme si tu craignais la ruine, tu allais me mener la vie dure. Me critiquer, me railler, m'exploiter et me rabaisser. Mais pouvais-je laisser passer l'occasion inespérée de gagner pour quelques travaux d'écriture l'équivalent d'un an de loyer ? Je signai.

La matière était riche, et s'il était convenu que mon nom n'apparaîtrait pas, ma rémunération était assez confortable pour que je me sois mise au travail d'arrache-pied, selon ma mode : je fais tout à fond, comme si ma vie en dépendait. Je passais donc tous les après-midi chez toi, ou plutôt chez ton amant du moment, avenue Foch, et tandis que tu me livrais les détails de ton existence farfelue, je prenais des notes, essayais de rétablir une chronologie, un sens aussi à tout ce parcours. Sacrée gageure : tu parlais vite, dans un sabir franco-russe haut en couleur, tu t'interrompais parfois pour arracher le petit Igor aux bras de sa nounou philippine et le couvrir de baisers enflammés avant de le lui refourguer sans un regard. Surtout, la logique des enchaînements entre tes différentes vies m'échappait. Tu te contredisais souvent et je me demandais si tu n'affabulais pas l'essentiel de ton récit.

Nous avions prévu trois mois de travail, nous en étions au double. Ton éditeur s'impatientait, voulait lire des chapitres – aucun n'était terminé. Le ton s'était durci : il menaçait de réclamer le remboursement de l'à-valoir. Je bouclai acrobatiquement une première partie qui sembla le calmer, juste un peu. Il attendait la seconde pour la fin du mois. C'est le moment où tu m'annonças que tu devais t'absenter quinze jours. Où ? voulus-je savoir… Tu m'enfumas un moment (une histoire de Babouchka mourante à Moscovi) puis m'avouas que le directeur d'un magazine dévolu au plaisir masculin t'avait convaincue de poser. Tu serais en couverture et présentée comme la star du Crazy, que tu prétendrais avoir quitté en claquant la porte. C'était excellent pour ta carrière. Mais quelle carrière, Miléna, tu viens quand même de te faire lourder… Tu me fusillas du regard, retins un crachat avant de m'assurer dans un rire : comédienne, bébé ! Tu serais bientôt comédienne, et tu me citas le nom de plusieurs actrices ayant débuté dans des magazines *for men only* – avais-je oublié les débuts de Marilyn dans *Playboy* ? Et tu savais déjà que tu ne jouerais pas les doublures, toi.

Le reportage photo était prévu au Mexique. Que faire ? Renoncer au bouquin ? Au magazine ? C'était un temps où l'on n'imaginait même pas qu'Internet permettrait d'envoyer au bout du monde des textes en un clic. Si nous voulions terminer ton autobiographie, il fallait rester ensemble. Je te conseillai de négocier avec le directeur du magazine de reporter les photos quelques semaines plus tard, lorsque le livre serait terminé : nous mettrions les bouchées doubles, si tu voulais. Tu as raison, je vais négocier, m'annonças-tu.

Tu obtins bien mieux. Tout simplement que je sois du voyage. Aux frais de la princesse dévêtue. Le directeur de *Lui* s'était étonné, puis indigné : ce caprice coûtait un bras, deux billets, deux hébergements et autres frais – tu n'y pensais pas ! Mais ébahi par ta beauté et ton aplomb, voyant que tu n'en démordais pas, surpris même par une obstination qui tournait au chantage (Nathalie reste avec moi ou je ne viens pas, *pravda* !), il en déduisit que nous étions inséparables et plus précisément ensemble, ou plutôt, comme il le formula poétiquement, que nous nous gouinions, que tu ne pouvais te passer de ma présence, même quelques jours, et que sans doute tu prévoyais de transformer ce voyage loin de ton amant en escapade avec ta maîtresse, moi. Ah, les femmes…

L'hypothèse nous amusa profondément : pour une fois nous étions d'accord, les hommes étaient des brêles. Il me semble avoir perçu alors comme une hésitation dans ton regard. Tu m'envisageais, tu paraissais au bord d'une confidence. Nous nous envolâmes sur ce silence vers Mexico, avec une étape d'une nuit à Los Angeles.

J'avais alors un petit ami acteur, assez célèbre, une sorte de montagne de muscles qui s'illustrait dans les films d'action américains. Il avait la peau douce d'un tout petit enfant et un cœur à l'avenant. Un mélange de virilité superlative et de juvénilité charmante. Notre aventure à Paris s'était arrêtée au flirt. Sachant qu'il habitait la cité des Anges, je l'informai que j'y serais de passage, très brièvement. Voyons-nous, proposa-t-il lors d'un appel *long distance*. J'avais accepté sans rien dire à Miléna, qui aurait bien été capable de m'interdire cette sortie – elle était si capricieuse, si possessive.

À dix heures du soir, une black limo m'attendait devant l'hôtel. J'entrais dans un film. Le chauffeur me conduisit jusqu'à Bel-Air, où mon amoureux vivait dans une villa moderniste posée dans un jardin d'inspiration zen. Il m'embrassa, m'offrit du champagne, et puis... Il ne se passa pas grand-chose : un staff nombreux s'activait, passait des coups de fil, le requerait sans cesse... Navré et fataliste, il m'invita dans sa chambre. J'avais imaginé un autre scénario, mais au fond, c'était parfait, je tombais de sommeil. Juste le temps d'apercevoir dans sa salle de bains des dizaines de flacons (*You don't tell, promise ? – Of course, sugar* – et puis, qui pouvait imaginer qu'une musculature pareille s'acquérait en faisant des pompes ?). Ma vraie déception se produisit quelques heures plus tard. Il me retrouva, au petit matin, avec des *french* croissants. Il était en peignoir entrouvert sur son torse de colosse, et j'eus d'autres idées en tête, que je manifestai dans le langage muet que l'on imagine. Il m'avoua en rosissant qu'il ne pouvait plus – son manager avait chargé les doses avant le prochain film. Mais après le tournage... Désintox, Parisss et la belle vie ! Je fis semblant de le croire, sans pouvoir m'empêcher de constater que son bidule n'était pas très différent de celui du petit Bruno de mon enfance : important et fragile... Je croquai poliment son croissant californien et, après de tendres baisers, retournai à l'hôtel.

Terrible Miléna ! Tu m'attendais sur le perron, l'air furieuse. À peine la limousine eut-elle démarré que tu m'envoyas une gifle mémorable (je vous dis : ma mère, en plus jeune...). Interloquée, je me trouvai incapable de protester, sur le moment. C'est toi qui parlas : est-ce que je me rendais compte de l'angoisse dans laquelle je t'avais jetée ? J'avais disparu sans prévenir ! Pas un mot ! Et tu avais passé la nuit à tenter de me retrouver, avais appelé la police, les hôpitaux. Je savais que tu affabulais encore. Lorsque je m'étais glissée dans la voiture, la veille, tu m'observais depuis le bar où tu buvais quelques vodkas pour t'aider à dormir. Pour la limousine, tu savais. Je t'avais parlé de mon amoureux baraqué, à Paris, incidemment : un flirt sans lendemain, sans doute. Mais lorsque je t'avais montré un Polaroid pris sur un tournage qu'il m'avait alors offert, où son superbe corps bronzé était sublimé par un costume de gladiateur (cuir, lanières sur le torse et les cuisses, slip et épaulettes en cuir), tu avais examiné cette belle bête un long moment, comme fascinée. Avant de lâcher dans un rire : Le rrrroi du kitsch !

Je ne comprenais pas ce qui te mettait dans une fureur pareille. Je me convainquis que tu étais sottement jalouse et, reprenant mes esprits, t'informai que, premièrement, j'avais accepté tes entourloupes et tes vacheries, mais qu'avec les baffes tu avais dépassé toutes les limites, et que, deuxièmement et subséquemment, préférant être doublure que souffre-douleur, je retournais à Paris par le premier vol. Marre des hystériques. Le mot de pervers narcissique n'était pas encore répandu : je me contentai donc de te traiter de tordue. Il fallait te fuir, ne jamais te revoir.

Je te plantai donc devant l'hôtel pour courir faire mes bagages. Sous la douche, je tentai de me calmer. Rien à faire, la colère montait, montait.

Tu m'attendais toujours sur le perron. Sortis le grand jeu pour me convaincre de te suivre au Mexique. Les larmes d'abord. Les sanglots. Je te tendis un Kleenex et regardai ma montre : le taxi n'allait pas tarder. Lorsqu'il arriva, tu jouas ton va-tout : Attends, ma chérrrrie ! Farfouillant dans ton immense sac Vuitton, tu en sortis une liasse de biftons. Compte !

Tu doublais mon à-valoir. Une autre année de loyer… Cela valait bien quelques concessions. Et pendant tout le vol qui nous conduisit à Puerto Vallarta, tu t'évertuas à me faire rire. Je tins bon une heure. Mais je dus bien renoncer à bouder lorsque tu t'avisas de gratouiller le crâne frisotté du passager assis devant moi. Arrête, Miléna, voyons. Le pauvre homme se caressa un moment la tête, qu'il dodelina, dubitatif, et tu repris ton manège. J'étais coincée près du hublot, tu chatouillais à qui mieux mieux, ta victime tressautait, je sentais un fou rire monter, et lorsqu'il se retourna vers nous, tu lui offris une *poker face* parfaite. Tu n'avais pas tort : tu avais des dons de comédienne.

Nous en riions encore lorsqu'on nous installa dans une suite du condo, à Puerto Vallarta. Tu me glissas à l'oreille : Va te reposer, vilaine, après la nuit que tu as passée…

Tu partais faire les shootings sur la plage à l'aube et au crépuscule – ces deux moments où la lumière est si douce qu'elle sublime les corps (Photoshop n'existait pas…). Et le reste du temps, nous écrivions. Disons que tu parlais, et que j'écrivais. Il me restait à boucler cinq chapitres, c'était jouable, si l'on se concentrait.

Ce n'était pas toujours le cas. Il y eut cette nuit où nous avions commandé un *room service*, bu pas mal de vodka, de tequila et de mezcal. Nous parlions en riant de tout, de rien. Tu m'entraînas vers la salle de bains où je devais t'aider à t'enduire d'autobronzant. Tu m'avais confié le dos. Nue devant le miroir, superbe, tu te pommadais les seins et le ventre en t'observant cliniquement pendant que je m'appliquais à enduire tes fesses. Il fallait que la crème fût répartie de manière parfaite. Happée par tes rondeurs charmantes, et essayant de faire taire les pensées qu'elles suscitaient, je n'entendis pas très bien tes confidences. Avec cette autorité qui te caractérisait, tu m'enguirlandas.

— T'as saisi, ou pas ?

Je te regardai dans le miroir. Tu rougis. Je suspendis le massage :

— Dis, qu'est-ce qui se passe ?

Tu te raclas la gorge et m'avouas, plus fort, que tu ne connaissais rien du désir ni du plaisir. Que jamais tu n'avais aimé faire l'amour. Que l'orgasme n'était même plus un but : tu avais renoncé depuis lurette. La chose d'un bout à l'autre t'écœurait.

Devant ma stupeur (mais comment tu fais, avec tes mecs ?), tu m'exposas comme une évidence que tu simulais. Tout, depuis toujours. Du souffle court de l'excitation, au premier baiser, au plaisir des caresses et jusqu'aux spasmes de l'étreinte.

— Et ça marche, ils y croient ?

— Je te l'ai dit : je suis très bonne comédienne. Ils n'y voient que du feu.

Je compris. Ta méchanceté qui virait vite à la cruauté. Ta vénalité, ton égoïsme... Quelque chose d'essentiel en toi avait été détruit, tu passais à côté de ta vie. J'aurais pu t'abandonner à ton malheur. Mais un je-ne-sais-quoi me pousse à vouloir le bien de mon prochain et de ma prochaine, fût-elle une peste de première catégorie. J'entrepris de te sauver. De te convaincre que tu ne devais pas renoncer, et en premier lieu de cesser de faire semblant.

— Pfff. Je m'en fous.

— Mais enfin, folle que tu es... Si tu simules, comment veux-tu qu'ils comprennent qu'ils s'y prennent mal, les pauvres ?

Résignée, tu hochais la tête :

— Non ça n'a jamais marché... J'ai essayé, tu sais, mais je n'ai jamais aimé, ça me débecte, les acrobaties les cuisses écartées les bruits les odeurs le trou la mouille la queue, berk.

— Mais avec les femmes ?

Elle me regarda trop longtemps, puis se détourna.

— Avec les femmes, ce serait pareil.

Tu l'affirmais en enfilant un peignoir.

Aurais-je dû te dévêtir ? Tenter de te convertir ? Je n'étais pas encore revenue aux femmes, à leur odeur, leur corps, mais de plus en plus je songeais à elles.

Je n'ai rien osé. Sans doute sentais-je que le blocage était tenace et que mes caresses seraient vaines. Autant m'éviter ton rire strident. Surtout, tu ne m'attirais pas. Trop cruelle. Trop féminine.

Le livre ne s'est pas écrit, en tout cas pas avec moi. Nous nous sommes fâchées, perdues de vue, puis retrouvées, beaucoup plus tard. Notre jeunesse et ses folies étaient derrière nous. Quelle ne fut pas ma surprise alors, ô femme sidérante, lorsque je découvris que tu vivais non plus de tes charmes exhibés mais de la vente de tes photos qui représentaient, je le donne en mille, des nus. Des femmes dévêtues ou à peine couvertes d'un string, d'un corset et de cuissardes, modèles jeunes comme tu l'étais à ta grande époque du Crazy dont tu donnais à voir les seins les cuisses les ventres les culs hyperréalistes, les soutiens-gorge en dentelle transparente que venait transpercer la pointe d'un téton, ou des petites culottes renflées par une indiscernable protubérance, un clito légèrement gonflé, excité, ou excitant. Des corps de femmes sursexualisées, formes sans regard toutes conçues pour fouetter le désir des hommes. Ou des femmes ? Ou le tien ?

Quel est donc ton plaisir, étrange femme ?

S.M.

Elle était incroyable. Parlait trop fort, bougeait tout le temps. Son rire, au restaurant, faisait retourner toute la salle comme un seul homme – qui est cette folle ? Elle hurlait pour un rien, elle pleurait pour tout, elle jouissait dix fois d'affilée et en réclamait encore, elle buvait quand elle était gaie, se pochtronnait quand elle était triste.

Elle était romancière et avait décrété la mort du roman.

Ce qui ne l'avait pas empêchée de fêter la romancière que j'étais, et plus précisément « l'audace claquante » de mon style, pour reprendre son étrange expression, lors d'un cocktail où j'avais été conviée un peu par hasard chez son éditeur, alors qu'elle venait de recevoir un joli prix.

Lilas était follement attachante. Elle avait passé son enfance dans je ne sais quel État paumé des États-Unis et s'exprimait dans un français parfait avec une pointe d'accent US qui me charmait. Son énergie hors du commun m'épatait. Elle me semait quand on joggait, elle me pliait quand on jouait au backgammon et me plumait au poker. Elle me disait ses sentiments en anglais, parlait à son chien en mandarin, négociait avec son banquier en arabe et déclamait du Racine sous sa douche avec un accent d'Albuquerque. Sur tout sujet d'actualité, d'histoire ou d'économie, elle se lançait dans des démonstrations inattendues mais, au bout du compte, convaincantes. Elle me sidérait, me faisait fondre aussi. Je la revois, au début de notre amour, incapable de contenir sa fureur parce que j'étais arrivée un soir en retard – très. Je me confondis en excuses, puis en explications, mais elle continuait à trépigner sa rage. Et tout d'un coup, l'orage était passé. D'un rire fier elle me lança :

— Tu vois, je redescends vite, quand tu es là. Et se glissant contre moi : Tu me plais, Queen Héléna, *you know that ? I l…*

— Chut Lilas, c'est trop tôt.

— Oui, mais tu m'as manqué.

Certains gestes lui avaient manqué.

Lilas aimait les amours cruelles.

Sans que je voie venir l'affaire, elle m'entraîna dans un univers BDSM dont j'ignorais à peu près tout. Je me pris au jeu. Pourquoi ? Pourquoi aussi loin… Mon corps, mon esprit se trouvèrent tout entiers engagés dans cette entreprise où je devais transformer ma compagne en esclave. Une si belle esclave… comment résister ? Du regard, du geste, des mots, elle me provoquait à la soumettre. Prétendait que je n'en serais pas capable, car elle avait l'habitude de régner. Elle terrorisait son attachée de presse et avait son éditeur à ses pieds. Je suis une boss, tu comprends ? On m'obéit. J'ai le leadership dans le sang. Rares, bien rares sont celles qui ont su prendre le dessus.

Tu me défies, ma jolie ?

Je la fis un peu attendre, histoire de la tester et de différer des gestes qui m'effrayaient. Qui me rebutaient, même. J'aime la douceur, la tendresse, la fantaisie, le sexe joyeux.

J'essayai de convertir Lilas à des érotismes que je connaissais mieux, pour voir. Elle s'ennuyait tellement que mon orgueil en fut blessé. Motivée, je décidai de lui donner la punition qu'elle méritait.

Je n'avais guère d'expérience. Ne connaissais ni les codes ni les procédures. Et c'est cela, il me semble, qui me conduisit vraiment à cette aventure. L'attrait de l'inconnu et la bizarrerie des protocoles qui piquèrent au plus vif ma curiosité.

J'appelais Lilas le matin pour lui dicter la conduite que j'attendais d'elle. La tenue, la coiffure, le parfum, les instruments. Elle ne savait pas ce que j'avais prévu. Pouvait tout imaginer. Dans la journée, j'élaborais un scénario. Mon esprit romanesque y trouvait sans doute son compte, le sien aussi, *I guess*. Mon désir grandissait tout au long du jour, me détournait de mes tâches en cours. J'imaginais ses seins sortis du soutien-gorge, attendant la morsure. Le porte-jarretelles blanc et les bas de soie assortis, portés sans culotte. Lilas m'attendant dans l'entrée, dans cet équipage, maquillée, parfumée, ouvrant la porte et me conduisant sans un mot dans la chambre où j'allais exiger qu'elle ouvre les cuisses, pour moi. Qu'elle se branle, pour moi. Qu'elle me lèche. Mieux que ça, et comme ce n'était jamais assez bien, elle aurait droit à sa punition. D'une badine j'allais faire rougir ses cuisses, son ventre. Ses joues, son cul. Elle allait crier. Elle allait pleurer, demander grâce. Je serais alors plus cruelle encore.

Ces imaginations m'occupaient tellement l'esprit que j'arrivais chez elle dans un état d'excitation délicieuse et féroce.

J'exigeais qu'elle soit nue sous sa jupe lorsque nous sortions dîner. Elle me précédait aux Éditeurs ou à la Closerie, moulée dans une jupe portefeuille à mi-cuisse, perchée sur des talons vertigineux, et dans l'état de nudité en dessous que j'avais choisi. Ses jambes fines étaient hallucinantes, la situation piquante. D'un mot, après avoir passé la commande pour deux, j'ordonnais qu'elle entrouvre les cuisses lorsque nous nous faisions face. Écarte ! La voir obéir à tous mes caprices m'excitait. Je la voulais plus ouverte, plus soumise, plus mouillée encore. Sans cesse je lui demandais de baisser les yeux, ce qu'elle faisait en murmurant, comme convenu : « Oui, Maîtresse Héléna. » « Maîtresse Héléna »... Nos ridicules ne m'échappaient pas. Mais j'étais malgré moi hypnotisée par l'étincelle de volupté qu'allumait dans cet œil la profération de mon titre, juste avant le moment où la lourde paupière s'abaissait. Quand elle se relevait et que la prunelle bleue de Lilas me fixait, ou plutôt me provoquait – *and now, what ?* –, j'étais décidée à la molester au-delà du raisonnable. Elle avait su faire monter en moi une cruauté à l'état latent, endormie mais toute chaude, prête à se déchaîner.

Je la promenais en laisse dans l'appartement. Dévêtue, en talons, à quatre pattes.

Je la menottais, la ligotais, la fouettais, la giflais, l'écartelais pour la faire souffrir au plus intime de son intimité. Je multipliais les contraintes et les caprices. Elle gémissait, j'adorais, elle haletait, elle criait, je devenais folle. Elle hurlait « encore » ! Je redoublais les coups et fignolais les tortures.

Lilas était une forcenée du supplice. Elle exigeait, par un jeu de soumissions inouïes et de provocations bien pensées, que je la piétine, et si possible, chaussée de talons aiguilles qui iraient meurtrir la chair, la noircir, la déchirer. Frapper, encore et toujours : il fallait flageller plus fort, griffer au sang, humilier salement. Elle voulait que je la dresse, que je fasse d'elle ma chose, mon jouet. Que je la méprise, lui crache à la figure ma salive et les injures les plus ignobles.

Que je l'oblige à boire ma pisse. J'expérimentais, soit. Étais-je prête à aller aussi loin dans l'exploration des bizarreries de l'âme humaine ?

Je m'aperçus un jour que je devenais le pantin de cette folie. Car, effet prévisible de la dialectique du maître et de l'esclave, elle était tyrannique dans son exigence d'être domptée. Elle me voulait Domina, reine de cruauté, chienne lubrique, salope en latex, toujours, toujours plus sévère ! Elle dessinait un personnage que je n'avais jamais été, chimère hybridant des conventions du genre et des fantasmes plus personnels. Le tout excédant largement mon désir.

Cette aventure me mettait dans un état étrange. Je sentais monter en moi une folle excitation, certes. Mais plus dans l'anticipation que dans la réalisation, même si j'étais parfois fascinée par l'esthétique des mises en scène. Lilas, déjà belle, était magnifiée dans ses cambrures, ses dentelles, ses froufrous en bataille, ses lanières et ses abandons. Donner un coup ne me chauffait pas particulièrement, mais sa peau rougie en haut de la cuisse me faisait chavirer. Ses gémissements, ses supplications, ses cris, ses larmes me tournaient la tête.

Hélas, au fil des nuits, je me surpris à avoir l'esprit ailleurs tandis que je la battais comme plâtre et qu'elle hurlait des « plus fort ». Je me lassais des rituels, même si je m'ingéniais à les renouveler, et en accomplissant les gestes barbares qu'on exigeait de moi je me prenais à bâiller. Fesser, cravacher, lacérer… il fallait que l'action fût prolongée au-delà du tolérable, et venait un moment où j'avais envie de tout planter là et d'aller lire *Paul et Virginie*.

Comment me motiver ? Je ne voulais pas perdre Lilas, à laquelle j'étais vraiment attachée, sans jeu de mots. Elle en voulait toujours plus ; mon endurance était mise à l'épreuve. Tu te muscles le haut du corps, me disais-je in petto. Allez, cent coups de plus de la main droite, ça te fera des biceps de nageuse olympique. Cent de la gauche, pour équilibrer le galbe. Ma soumise frissonnait sous cette ardeur nouvelle et me suppliait dans le même temps pour que je la prisse par-derrière avec un gode ceinture d'une taille qui me paraissait démesurée. Disons le mot : un méga plug. Soit ! j'expirais pendant l'effort, à chaque coup de reins rentrais le ventre... Je sculptais mes abdos, fortifiais les muscles profonds. Corriger Lilas devenait un formidable *workout*. La version hard du gainage.

Étrangetés de l'esprit humain ! Pour arriver à lui faire l'amour, j'étais obligée de convoquer un corps à venir, le mien, celui que je me fabriquais. Le sien, celui que j'étais forcée de malmener, était un objet que je ne voyais plus. Or, plus j'étais froide, plus elle s'attachait à moi, m'avouant que les châtiments que je lui avais imposés l'affectionnaient davantage encore à celle qui les lui avait imposés. Pour moi, je sentais qu'à ce rythme toute forme de sentiment allait disparaître. Je m'en tenais à la fouetter et fouettais dans le même geste ma libido en m'imaginant un corps plus désirable. Plaisir solipsiste, en somme. À quoi étais-je réduite ?

J'avouerais ici que d'autres pensées me stimulaient plus encore. Je m'emmerdais à martyriser Mizz Lilas, mais elle n'y voyait que du feu et m'imaginait dominante satisfaite. L'intuition me vint que je tenais là un filon. Ce fut un soir, alors que je venais de consulter en ligne mon compte La Poste, en rouge (sang). Le chiffre alarmant était assorti d'un message de mon conseiller m'intimant de l'appeler ASAP. J'avais rejoint Lilas en transports, me creusant la tête pour trouver une solution : allais-je reprendre un poste de prof, qui m'assurerait un revenu correct mais exigerait que je mette entre parenthèses écritures et luxures ? Je me gardai bien d'en parler à mon amante, me contentant de la fouetter avec la colère que m'inspirait mon impécuniosité. Je l'entendis jouir. Elle hurlait son plaisir, en redemandait, comme toujours elle exagérait et m'épuisait, je m'activais devant, derrière, histoire de multiplier les orgasmes, et ce faisant me livrai à un petit calcul. Combien seraient prêts à payer, en euros ou dollars sonnants et trébuchants, pour recevoir de tels soins ? Peu de femmes, sans doute, trop fières pour monnayer mes services. Mais les hommes ? Je soupçonnais que certains recherchaient des Maîtresses aguerries et pour tout dire professionnelles. À ce stade, je considérais que je l'étais devenue. Le prix élevé que j'exigerais était comme un supplément érotique aux coups administrés à Lilas. J'allais me documenter, m'organiser... Trouver le réseau. Je n'étais pas toute fraîche, mais j'avais de beaux restes, on me le faisait parfois remarquer. Mon âge pouvait même être un atout. Car enfin, il fallait s'y résoudre, la Littérature payait de moins en moins. Les jeux sadiens étaient sans doute beaucoup mieux rémunérés que des cours à l'Éducation nationale. De formidables perspectives pécuniaires se profilaient, devant le cul ouvert de mon esclave.

J'entrepris de m'entraîner à ce futur gagne-pain en fignolant mes sévérités. Lilas m'idolâtrait et me fournissait en matos toujours plus sophistiqué et effrayant. De quoi lancer mon business, en somme. Je ne devais sans doute pas avoir vraiment la vocation. De plus en plus souvent, je me sentais, dès que je l'approchais, nauséeuse. Pas très assurée sur mes jambes, comme avant un malaise vagal. Que m'arrivait-il ?

Une peur m'avait saisie et ne me lâchait plus. Crainte que dans sa folie de me faire aller si loin je la blesse vraiment. Elle exigeait, juste avant l'orgasme, une pression forte autour du cou. Oui, que je l'étrangle... *just a little*, qu'elle disait, c'était *sooo goooood !* – Mais dangereux aussi, Lilas, tu le sais, ça ? Du tout ! Elle n'en démordait pas. Je cogitais de plus belle. S'il lui arrivait vraiment du mal ? Elle avait en son temps abusé de diverses drogues et elle buvait parfois démesurément. Et si le cœur lâchait, de plaisir, de peur, de fatigue, à un moment où je l'aurais ligotée et frappée aussi fort qu'elle le voulait ?

J'imaginais la scène : Lilas, cagoulée de latex, le corps rougi par les coups de fouet, entravée sur une croix, sans vie. La tête ballait, les pinces à seins s'entrechoquaient. Mon imagination carburait. J'essayais de la ranimer, pas un souffle, je m'affolais, sa langue pendait, c'était cuit, je m'obstinais, des gifles (encore ! même post mortem !)... Je faisais quoi ? Je fuyais, après avoir effacé mes empreintes et nos messages ? On me retrouverait.

Ma carrière littéraire allait en prendre un coup. La presse people allait s'en donner à cœur joie. Je voyais déjà les gros titres. LA ROMANCIÈRE HÉLÉNA MARIENSKÉ ÉLIMINE UNE RIVALE APRÈS L'AVOIR TORTURÉE À MORT.

Ça la foutait mal.

Mais la littérature n'est pas tout. Dans la vraie vie, je faisais quoi, avec un cadavre encore chaud ? J'appelais les flics, leur présentais ma victime ?

Coups et blessures ayant entraîné la mort, ça allait me coûter quoi ? Si j'arrivais à prouver que la mort était accidentelle, mon crime valait quinze ans de réclusion. Mais si j'imaginais le pire, ça pouvait donner « actes de barbarie ayant entraîné la mort, avec circonstances aggravantes » : perpète.

Very bad trip indeed.

Je tentai une descente. Car Lilas me plaisait, vraiment. J'éprouvais pour elle de la tendresse, un début d'amour, je voyais sous ses folies l'enfant blessée et molestée, je voulais l'aider, la reconstruire. Et faire l'amour, pour de vrai. Tendrement, passionnément. Pas cette guerre folle. Je ne voulais plus m'engluer dans les rites macabres. Dans le fond, c'était clair : ma mère avait été torturée – j'en parlerai, il le faudra bien. Je ne me sentais pas l'âme d'un bourreau.

Inutile d'expliquer les tenants et les aboutissants à Lilas – toute approche psychanalytique lui hérissait le poil. Je l'invitai au Comptoir du Relais – il faut qu'on parle. Tu me fais peur, avoua-t-elle. Du tout, écoute : pourrions-nous envisager de passer à un autre type de jeux, plus doux ? Elle parut déconcertée. C'est que… j'aime vraiment ça.

Mais pourquoi ? Tu vois bien que ce n'est pas anodin.

Un silence d'une seconde. Le temps pour Lilas d'analyser une situation qui me paraissait infiniment complexe : cela me permet un « lâcher-prise » auquel je n'arrive jamais, sinon. Je sors de ma tête. Grâce à tes coups, je m'incarne.

On aurait dit un titre de roman. Excellente piste. Il suffisait donc d'inventer autre chose, une façon de faire l'amour qui soit assez puissante pour qu'elle ressente le plaisir de nos corps ensemble. Qu'elle s'incarne sans badine. Je m'ingéniais à la surprendre, car je sentais que je risquais de la perdre, elle, sa tendresse, ses fulgurances de pensée, sa fantaisie. À chaque tentative, elle me regardait tantôt tristement, tantôt avec une sorte de mépris : c'était tout ce que j'étais capable de lui faire ?

Je quittai Lilas. Elle pleura.

— Je souffre, m'avoua-t-elle.

— Tu aimes ça, non ?

Cela m'avait échappé : j'étais vraiment devenue cruelle.

LES MÉTAMORPHOSES DE L'OGRE

Le genre de femme pour qui j'éprouve d'emblée un peu de peine. Elle semble vouloir s'effacer. Un air de vieille femme alors qu'en fait, combien ? Trente-cinq, quarante ans ? Peu importe, tu es vieille comme le deviennent très vite ces femmes qui se négligent, se voûtent, se sadisent, portant des lunettes orthopédiques et gardant leurs cheveux blancs. L'âge venant, les plus fines s'avachissent.

Depuis toujours, elles renoncent.

Toi, je te rencontre dans le Sud mais pas le vrai, j'entends, pas le mien. Le Sud friqué de Biarritz invite une petite douzaine de romancières en lice pour un prix distinguant un roman dont « la forme doit égaler le fond ». Dans ce nec plus ultra du chic basque que j'ai rejoint en voiture, quittant pour quelques jours mes cours dans un très modeste collège auvergnat, je te découvre couverte de nippes informes, probablement sorties du sac à dos qui te tient lieu de bagage et de doudou.

Et je t'ai plainte, tout de suite. J'ai imaginé ta vie, ton enfance, les affres de ton adolescence raillée. Toi qui malmenais tant ton apparence, toi qui semblais aimer t'enlaidir, j'ai vu dans les yeux que gravement tu plantais sur moi la douleur de ce qui t'avait conduite à être la femme que tu étais. Par quelle mère, par quel père, par quelle énorme névrose en étais-tu arrivée là ? Tes polars, étrangement, tournent autour de la psychogénéalogie. Visiblement, tu cherchais moins l'origine du mal que l'origine de ton mal. Quelque part dans ton enfance, ou celle de tes ancêtres.

Étais-tu touchée par la bienveillance que tu percevais en moi – ignorant sans doute que par un trait idiosyncrasique inexpliqué je l'offre au monde entier ? Tu vins à moi.

Nous étions voisines dans une de ces foires aux livres qui se tiennent dans les mois suivant la rentrée de septembre. Pour toi, je n'étais pas Nathalie, mais l'autre moi que je suis devenue, en parallèle du premier : Héléna Marienské. Des centaines d'auteurs avaient été parqués comme nous sous un grand hangar bâché, non loin du palace où nous devions retrouver le soir la bande des romancières en lice pour le prix Fond/Forme. Il faisait là une chaleur qui assommait tout ce bétail écrivain – sauf toi. Tu me parlais, Dieu que tu y allais ! Un torrent. Mais ma foi, ce flux m'était agréable, car tu m'avais déjà découverte, m'appris-tu : mon petit *Rhésus*, tu l'avais lu, relu et adoré. Ahah, fis-je, mais je n'écoutais qu'à peine les compliments que je croyais convenus, m'interrogeant sur la femme que tu étais. Travaillais-tu, étais-tu aimée ?

Tu parlais de mon premier roman comme d'un chef-d'œuvre. Tu n'avais rien lu de tel depuis… depuis quand ? Tu as évoqué un nom illustre, tellement panthéonesque que je l'ai oublié. J'ai souri, soupçonnant que tu te fichais de moi, à la fin, et qu'aussi bien tu n'avais pas ouvert le bouquin, juste glané quelques formules dans des recensions en ligne pour venir à moi et copiner. J'ai testé ton bluff, abattant quelques cartes, citant des figures maîtresses du roman et intervertissant leur importance, leur rôle ou leur parcours, mais tu m'as pliée au premier tapis. Ah non, ce n'est pas Raphaëlle qui plonge sa canne à pommeau dans les testicules du musclé du GIGN, c'est Céleste, on est bien d'accord ? Tu as enchaîné. La fin, HÉLÉNA, NON MAIS LA FIN ! Franchement, LA FIN !!! Le retournement, l'audace, que sais-je... Je t'avais cueillie. Tant de savoir t'impressionnait et t'aurait presque rendue jalouse, si tel avait été ton caractère. Tu me rassuras : ce n'était pas le cas.

C'était bien simple : je m'imposais comme un auteur qui allait compter. D'un geste alerte, tu saisis un *Rhésus* sur la pile derrière laquelle je me planquais pour le tendre, impériale, vers une promeneuse de la foire – Lisez cela, madame, ça, c'est de la littérature ! La dame s'exécuta, et tandis qu'elle découvrait avec perplexité la quatrième de couverture, je t'ai demandé en riant qui de toi ou de moi écrirait la dédicace : tu connaissais mon livre mieux que moi. « Je l'aime plus que toi », ajoutas-tu dans un ultime élan d'enthousiasme.

Confuse de n'avoir pas lu ton roman et de ne pouvoir pas t'en faire l'éloge-retour que tes effusions interprétatives appelaient, j'en fis bien vite l'acquisition auprès de la libraire qui tenait ton stand et me plongeai dans la lecture de ta prose pour préparer mon dithyrambe en attendant le lecteur-chaland, arborant cette patience et ce fatalisme souriant qui sont de mise dans ces circonstances. Je te lus, ou tout du moins m'y essayai-je. Deux obstacles puissamment s'y opposaient.

Le premier était que je n'arrivais pas à entrer dans ton bouquin. Trêve d'euphémisme : il me tombait des mains. Le rythme haché, un style de polar à peine amélioré, toute cette inspiration à la Stephen King.

Simultanément, un tumulte décourageait tous mes efforts de concentration : le spectacle qui se jouait à ma droite, sur ton stand, et dont tu tenais le rôle principal. Tu faisais un barouf qui aurait diverti le lecteur le plus obstiné. Tu continuais à haranguer les badauds, non plus pour mon roman – pour le tien désormais. Tu vendais ton livre comme d'autres des salades, avec l'aplomb de la maraîchère qui sait la qualité de son produit, projetant d'un air modeste quelques phrases bien tournées sur le suspense qu'il était si difficile de tenir, mais qui allait emporter le lecteur ailleurs, très loin, dans les cavités obscures de l'âme humaine, et tu t'enthousiasmais, levais les bras, refoulais un rire, évoquais les années passées à l'ouvrage toujours remis sur le métier, bref, tu en faisais des tonnes et, lorsque la pétulante organisatrice vint nous chercher pour nous rapatrier à l'hôtel du Palais, face à l'océan, tu me glissas dans un soupir où se mêlaient l'épuisement et un plaisir proche de l'extase : Je les ai tous vendus. Tous.

J'en avais signé trois et me sentais un peu minable.

Le soir, au cours du dîner qui nous avait réunies dans un restaurant de tapas, tu m'interrogeas tout de go, entre le chorizo et le manchego : Tu sais combien tu as de pages Google à ton nom ?

Je l'ignorais. Pas toi.

Tu m'as cité un chiffre tellement astronomique que j'ai cru une fois de plus à une plaisanterie et suis passée à un autre sujet moins comptable, n'osant pas te demander quel était ton score.

J'ai vérifié cette affaire le soir. Je constatai en effet que j'avais pas mal d'entrées Google, mais avec des redites, des fausses pistes. Tout de même, pas mal de « buzz », comme tu disais, autour de mon premier roman. J'entrepris ensuite d'estimer quelle était ta notoriété à l'aune du Net : tu existais déjà bel et bien, et si l'on voulait comparer, mais le voulais-je vraiment ? Eh bien, s'il le fallait, tu existais plutôt moins que moi. Devais-je en avoir quelque chose à foutre ?

Nous nous retrouvâmes au petit déjeuner : tu n'avais pas dormi et avais les traits tirés. Tu m'appris que des pronostics circulaient : monsieur le député-maire avait ADORÉ *Rhésus*, et il allait remettre le prix en personne. Tu me juras d'une voix rauque que la récompense me revenait. À moi, à moi seule ! Je te rassurai en toute sincérité. Mon roman et ses vieillards indisciplinés, ripailleurs, anarchistes et érotomanes avait peu de chances de faire l'unanimité dans cette ville de notables. J'étais même encore surprise d'avoir été conviée en un tel lieu.

— Arrête un peu, tempêtas-tu, soudain moins amicale. Qu'est-ce que tu fiches ici, si je peux me permettre ? Tu savoures les embruns ? Tu surfes ?

Je ne m'étais pas encore essayée aux sports de glisse nautiques, mais t'avouai qu'un peu de tourisme en ces lieux enchanteurs, *like a kingdom by the sea*, à l'automne, me délassait agréablement de la correction de copies qui occupait mes week-ends. Tu me tournas le dos.

Tu obtins le prix à l'unanimité. Tu eus l'élégance de m'inviter à déjeuner, plus tard, un jour que je passais à Paris : tu avais reçu d'autres distinctions, certaines assez marquantes pour lancer ta carrière, qui prit alors belle tournure : tu devenais la reine du polar chic. Ton score Google était épatant. Je te le fis remarquer. Tu hochas la tête et me fis cette confidence : Tu sais quoi ? Je vais mal, en fait... Je faillis te plaindre à nouveau. Tu développas dans un souffle : J'en veux plus. Il m'en faut plus, plus, toujours plus. Je désamorçai : Tu vois un psy ? Et nous avions ri et trinqué à nos futurs succès.

Je ris moins lorsque nous nous retrouvâmes, deux ou trois ans plus tard, à l'occasion d'un autre rassemblement littéraire en province. Tu avais publié trois polars en trois ans, je ramais pour mon deuxième roman. Vêtue d'un jean ultra slim et d'un cuir enfilé sur un tee-shirt quasi transparent, tu étais presque méconnaissable. Le succès t'avait transformée. Lookée, liftée, carré court parfait. Tu avais perdu dix kilos et rajeuni de dix ans, le vilain petit canard s'était métamorphosé en un magnifique cygne blanc qui entendait prendre son envol et ne pas se laisser emmerder par les volatiles encombrants de mon espèce. Je n'allais pas tarder à en faire la rude expérience.

Je me souviens notamment d'un repas où quelques auteurs et journalistes avaient été réunis à la fin des festivités. C'était un dîner semi-assis un brin languissant que tu avais sans doute entrepris de réveiller, sinuant entre les tablées avec aisance et détermination. Me revint une information que tu m'avais donnée en battant des cils, comme un aveu confus, lorsque nous nous étions naguère rencontrées et que tu avais voulu copiner à mort : tu avais tenté jadis une carrière au théâtre qui avait tourné court. Tu sortis ce soir-là le grand jeu. Prenant tel romancier ou telle blogueuse à partie, enroulant ton bras autour d'une épaule, chuchotant fort comme une duègne au palais des Papes, tu me fis savoir que tu n'avais pas aimé mon second bouquin, ce recueil de pastiches pour lequel j'étais invitée. Du tout du tout, et tu étais désolée d'avoir à me le dire – tu me devais la vérité, en toute amitié.

Le silence se fit dans la salle, comme au théâtre après le lever de rideau. Tu enchaînas. Les pastiches avaient jeté rétrospectivement un doute sur la valeur de mon premier roman. À bien y repenser, réfléchissais-tu tout haut devant l'auditoire conquis par ce show inespéré, à bien y repenser, le succès de *Rhésus* te paraissait très surprenant. Tu hésitas et gloussas : Un peu surfait, peut-être ? Je savais imiter, soit – n'importe quel agrégé en était capable, non ? (Ah bon ?

tu as essayé, ma vieille ? Mais les objections me vinrent hélas avec l'esprit de l'escalier et je demeurai coite.) Ce premier roman qui t'avait emballée était-il autre chose qu'un patchwork de pastiches ? Franchement… Tu te le demandais et le demandais à l'assemblée.

Rhésus, un pastiche ? Je voulus comprendre ce que tu racontais. Tu ricanas. J'insistai.

— Tu y tiens ?

Tu sortis de ton sac Céline un exemplaire usé de mon bouquin. L'ouvris à la dernière page, celle où, à la façon de Perec à la fin de *La Vie mode d'emploi*, je rendais hommage aux auteurs cités. Stendhal, Balzac, Baudelaire, Yourcenar… N'en jetez plus… Si on mettait bout à bout toutes les citations, que restait-il de mon texte ? J'étais où, moi, Héléna-Marienské-auteur-singulier-dont-on-avait-vanté-le-ton-nouveau ? Là encore, théâtralement, tu répétas la question que tu m'adressais à la cantonade, selon un procédé dont l'habileté n'échappait à personne : à moi, la question était vraiment posée, mais avec une telle violence que je n'avais pas le temps de concevoir une réponse à la hauteur de la charge. Pour les autres convives dont la sagacité était aussi convoquée, la question répétée devenait oratoire, n'appelant qu'un silence complice. Tu eus donc tout le loisir de m'infliger publiquement ton analyse. J'avais publié un ramassis de citations grossièrement rafistolées sur la trame d'une idée plutôt drôle mais qui n'était même pas mienne puisque j'étais allée chercher une histoire racontée dans un journal. Franchement, si tu avais su à quel point mon bouquin était laborieux… Devant tant de mauvaise foi (car enfin, qui ne sait que le fait divers alimente la littérature depuis le XIXe siècle – voulais-tu des exemples), j'hésitais entre les sarcasmes et la baffe, ce qui te permit d'enchaîner : Tu m'as bien eue…

On ne t'y reprendrait pas.

Tu tombais à pic, chère salope. Jalouse jeteuse de sorts. Reine des cruautés mentales. Je traversais une phase de doute. Tes accusations d'imposture littéraire m'atteignirent au plus profond – au point de tarir mon écriture pendant plusieurs années : j'ai failli ne plus y revenir.

Je me demande encore comment j'ai pu me laisser démolir comme ça.

Comment avais-tu flairé la plaie sous le masque de santé que je porte toujours ? J'avais failli renoncer à ce maudit salon où nous nous retrouvions. J'étais partie avec fracas de chez P.O.L. La décision, sur laquelle je ne me suis jamais publiquement exprimée, n'avait pas été comprise et m'avait valu quelques puissantes inimitiés. Avais-tu perçu dans les dîners en ville que tu hantais assez d'ondes mauvaises et de ragots déferlant sur moi pour penser que j'étais à terre et que tu pouvais m'achever ?

Avais-tu flairé les douleurs de l'enfance ?

J'étais alors trop ébranlée pour comprendre ton manège. Tu avais sans doute raison. Je n'étais pas un écrivain, pas un vrai… Seulement ça, ce rien : quelqu'un qui recycle. Plusieurs années sans arriver à écrire, ensuite. Ça s'est joué à quoi ? Un rien, une malveillance un peu trop poussée. Aujourd'hui, quand j'y repense, j'enrage.

Le temps a passé, la roue tourné. Tu as eu quelques succès éclatants. Tu as frôlé les sommets dont tu rêvais. La reconnaissance internationale. Un de tes polars a inspiré une série Netflix. Plus, toujours plus… Pourquoi as-tu fini par lasser ? Je l'ignore, mais ton éditeur mise désormais sur une plus jeune, au style plus moderne. Je ne doute pas que tu aies d'abord flirté avec cette rivale. Je te vois, l'encensant, la caressant des yeux, t'enthousiasmant. Tu attends sans doute ton heure, lorsqu'elle subira quelque revers, pour l'achever. Patience et longueur de temps... Pas sûr quand même que tu y arrives : le monde littéraire est versatile et ton étoile a beaucoup pâli, si j'en crois les data accessibles en ligne. Plus tellement d'entrées Google à toi consacrées, de récentes s'entend.

Tu resteras dans mon souvenir l'ogre des contes. Celui qui dévore tout, mû par on ne sait quelle faim. Un de ces êtres malveillants qui ont le pouvoir, en quelques phrases, d'anéantir toute ma créativité... J'ai parfois l'impression que sans eux, j'aurais sans cesse créé. Écrit peut-être des dizaines de livres.

Pourquoi t'accorder tant de place ? Tu résumes, dans l'impitoyable champ littéraire (mais on pourrait en envisager d'autres, où tes clones pullulent), toutes les femmes avec qui la rivalité transforme des liens qui paraissaient amicaux en relation ignoble. Je leur ai donné un nom générique : elles sont mes sorcières.

Sorcière, non pas au sens des femmes libres qui furent accusées de sorcellerie, torturées et brûlées vives parce qu'elles étaient libres et irritaient l'ordre du monde tel que les hommes de la Renaissance le concevaient : à leur profit. Mais sorcière au sens où l'on parlait de la très méchante femme dans les contes de l'enfance : la cruelle qui avec un malin plaisir jette des sorts ou fait croquer la pomme empoisonnée. Sorcière au nez crochu, chapeau pointu, qui d'un rire sardonique survole sur son balai ses victimes, les petits enfants.

Tu seras la seule que j'évoque. Je n'aime pas gratter les plaies. Il fallait faire cet effort toutefois, qui me permet d'élider les redondances : silence donc sur tes semblables. Mais tu m'accorderas que ce livre échouerait à son projet – évoquer toutes les femmes de ma vie – si je taisais que parmi elles figure en bonne place une catégorie remarquable. Celles qui m'ont fait connaître l'enfer sur terre.

Shame on you, bros.

IV

DÉSARROIS

ABANDON

Ange, Albertine, Coline : des *tomboys*. Elles me subjuguent.

Année de mes dix ans, juin : les fillettes se sont lancées dans la cour de récréation avec une frénésie de carnaval. Dans deux heures, les vacances d'été. Nous formons une grande ronde, les gamines de toutes les classes affolées de joie, un cerceau humain qui cavalcade autour des huit platanes de la cour, et qui crient à tue-tête, ivres de bonheur et d'impertinence : vive les vacances, fini les pénitences, les cahiers z'au feu, les maîtresses z'au milieu.

Je me souviens du regard triste de Mme Buttigieg. Elle m'a appris à lire, écrire et compter. Et tellement plus. Je croise ses yeux, la défie. Mme Garrigues regarde ailleurs.

On s'essouffle, Ange me dit : Viens, on va s'asseoir au fond. Là se trouve la fenêtre d'un réduit dont le rebord en ciment lisse offre un banc doux et frais à la fesse. Nous nous asseyons, en tête à tête, pieds contre pieds, pour parler. Nous sommes grandes maintenant, presque. Cinq ans passés dans l'école des filles : après les vacances, nous irons au collège. Tout sera différent, nous en parlons souvent, des heures, entre peur et désir.

Tout de suite se pose la question des vacances : Tu viendras avec moi, chez Mamie, à Pieusse ? On aura la grande chambre. Des vélos neufs. Et on pourra aller au grenier.

Ange tergiverse, elle ne sait pas encore, ses parents n'ont rien dit. Elle ira peut-être chez sa sœur, cette année. Devant ma consternation : Mais c'est pas sûr. Un bécot, puis : On va au mas, après les cours ?

On pédale sur nos vélos trop petits parce que nous avons grandi, sans le savoir vraiment. On est ensemble, mais je ne m'amuse pas. Je suis peut-être trop vieille pour avoir peur des fantômes du mas d'Entéril. Surtout, j'ai une autre peur, une pour de vrai. Qu'Ange ne vienne pas à Pieusse pendant l'été.

Les vacances se passent sans elle, qui est ailleurs. Je me console en lisant, en parcourant la colline où nous avons vécu tant d'étés de gosses, entre les figuiers odorants et les vignes qui grimpent sur les coteaux, partout, puis je m'enfouis dans le creux des chemins de chèvres.

Je m'ennuie, malgré les livres et notre colline où tout me rappelle nos jeux. Ange me manque. Je lui écris. La retrouve une semaine avant le début des cours. Comme elle ne vient pas chez moi, je traverse la rue et sonne chez elle. Ses vacances ont été formidables, et elle a une nouvelle formidable à m'annoncer : elle va au collège ailleurs. À Pézenas.

Mon cœur s'affole, j'ai dû mal comprendre. Aucun enfant de Montagnac ne quitte le village pour aller au collège ailleurs.

— Mais si, je vais faire de l'allemand. Y'a pas ça, ici.

— Mais on s'en fout de l'allemand !

Elle, non. La décision est prise et irrévocable. L'allemand est très important, il ouvre des portes. Elle a l'air si heureuse… Comment peut-elle se réjouir autant de me quitter, d'abandonner notre paradis ?

— On se verra toujours ?

— Mais oui.

Je respire à nouveau.

— Il paraît que l'allemand, c'est très difficile. J'aurai du travail. Et de nouvelles amies. J'y vais avec Lydie.

Lydie est un cloporte à lunettes épaisses. Elle a déjà des seins. Elle est bête.

Un monde s'effondre. Ange est mon unique amie. Une des seules personnes avec qui je parle, à part Mamée et Ernestine. Mais je les vois peu, elles sont gentilles mais très vieilles. Alors que je vis presque avec Ange. Je l'aime, plus qu'une amie, plus qu'une sœur : elle est la famille que je me suis choisie, celle qui est seule admise dans mon appartement, celle de la liberté, de l'aventure, des rires, des confidences, des jeux dans le lit. C'est mon mari, après tout ! On s'embrasse souvent, quand on dort ensemble. Elle est si jolie, avec ses cheveux courts, ses yeux de chaton et son air de garçon. Son odeur de savon. Plus elle grandit, plus elle me plaît. Et elle part, et elle est heureuse de partir ! Elle me montre sa joie, me lance Lydie au visage plusieurs fois. Je tremble.

C'est fini, alors ? Pourquoi cette cruauté, cette joie méchante à me montrer qu'elle va m'effacer de sa vie ? Je pars sans bruit, tandis qu'elle s'affaire à ranger sa chambre. Notre chambre des jours heureux.

Je reste allongée des heures, dans ma chambre vide. Je prends mon coussin dans mes bras. C'est Ange, à qui je dis ne pars pas. Reste, reste toujours avec moi.

C'est comme si la vie s'arrêtait. Qu'est-ce que j'ai fait pour qu'elle me chasse comme ça ? Que lui a-t-on dit ? Cinq ans ont passé, cinq ans dont elle était le centre et la saveur – ma force secrète. Il est donc possible, dans la vie, que tout disparaisse d'un coup ? Je repense à notre mariage, à notre bébé en plastoc, à nos fous rires, à nos bêtises en classe, aux heures passées à pédaler ou à lire côte à côte, à nos silences heureux. La fois où nous nous sommes retrouvées toutes les deux au coin, au fond de la salle de Mlle Sauclières, l'une à l'est et l'autre à l'ouest, et où nous nous faisions des signes obscènes qui mimaient les jeux dans sa chambre.

À qui dire que je suis abandonnée ? Que ma vie s'effondre ? J'en parle à Ernestine, à Mamée. Elles tiennent des propos raisonnables, les mêmes. On dirait qu'elles se sont concertées, alors qu'elles ne se connaissent pas : tu auras d'autres amies, Pitchoune, tu verras. Elles y croient, vraiment. Elles riraient presque, attendries par mes pleurs. C'est tellement charmant, un chagrin d'enfant. Ça ne peut pas vraiment faire mal. Elles ne se rendent pas compte.

Il n'y aura plus d'autre Ange, plus d'autre amie. Elle m'a quittée. C'est ma première rupture. Elle me dévaste et m'endurcit.

Ange, sais-tu que tu as été mon premier amour ? Que tu as divorcé de moi, d'un mot, sans imaginer la détresse dans laquelle tu m'as plongée ? Imagines-tu que si je me suis si longtemps détournée des femmes, si j'ai cru Michelangeli qui voulait me convaincre de me tenir éloignée de ce qu'elle appelait les perverses, c'est parce que j'étais intimement convaincue qu'elles me feraient toujours souffrir ? Tu me l'avais prouvé.

Tu m'as appelée, il y a quelques années. C'était à Montagnac, après le décès de Maman. On avait refermé le cercueil, son visage fardé avait disparu, j'étais hébétée, le téléphone a sonné, on m'a dit que c'était toi. J'ai pris le combiné. Que pouvais-je dire ? Je ne savais plus parler. J'ai raccroché.

Sait-on parler à ceux qui abandonnent ?

Le gigot

Ange est loin, que vais-je devenir ? Nous étions dans notre bulle, je n'ai pas d'autre amie. Je n'envisage pas de la remplacer.

Une gamine vient me tourner autour. Me fait des avances. Une peste, elle le porte sur le visage. Mais je suis si seule. Avec Ange, elle partage une petite taille. Elle aussi a des yeux noisette, très vifs. Elle est effrontée, fonceuse. Elle me plaît bien, à sa façon.

Je tente de l'entraîner dans de grandes tournées à vélo : nous grimpons au mas d'Entéril. J'organise une excursion archéologique au Petit-Puech : j'y ai trouvé des trésors avec Ange, des fossiles, des vestiges romains. Karine a d'autres envies. Nous sommes au collège, maintenant. Les gamineries, ça suffit. De toute façon, nos vélos sont trop petits.

Je ne sais pas à quoi elle pense, mais elle me guide dans sa caverne secrète. Elle sait me parler : une caverne… Mon imagination s'enflamme. Je me retrouve dans un grenier que ses parents ont tapissé et où ils ont remisé un canapé en cuir. Cette énorme vieillerie est pour moi un vaisseau. Pour Karine, un siège confortable où nous pouvons papoter, boire un Cacolac et savourer les esquimaux rangés en abondance dans le congélateur. Seule contrainte : je ne dois parler à personne de cette machine moderne. La seule du village, un secret. Karine m'explique que dans ce gros coffre blanc, son père, qui est boucher, stocke la viande lorsqu'elle n'est pas vendue. Ça ne pourrit pas ? Elle rit et soulève l'abattant : des morceaux énormes de chair, plus gros qu'un chat ou un bébé, durs comme de la pierre. Mais ça redevient normal, après ? Tout à fait. Tendre à cœur. Ni vu ni connu. Mais on n'a pas le droit, donc chut.

Je me fiche de la viande, je n'en mange jamais. Karine m'entraîne dans un coin de la caverne, derrière le vaisseau, qu'elle a aménagé en salon de beauté. Un miroir, une tablette, et des dizaines d'ombres à paupières, de tubes de rouge à lèvres, de vernis à ongles à peine entamés. Nous passons des après-midi à faire des tests, comme elle dit.

Elle aime bien que je lui serve de mannequin. Je me prête au jeu. Elle fait sa commandante, elle qui m'arrive sous le menton. Je ne bronche pas : tout cela est assez amusant, après tout. Sauf les remarques sur mes yeux, mon nez, mes cheveux. Si je comprends bien, la nature ne m'a pas gâtée. Mes yeux sont bleus mais petits, trop remontés. Regarde, ils sont comme ça : de ses deux index, elle étire les siens vers le haut. Je vérifie dans le miroir : elle a raison, j'ai « l'œil d'une Chinetoque ». Mon nez est un peu trop long – nouvelle vérification. Franchement, elle est sûre ? Oui, regarde, mets-toi de trois quarts. En effet, dans cette posture, il pointe trop. J'encaisse. Comme j'ai l'air triste, elle rit : C'est pas grave, t'es pas mal, tu sais. Un esquimau ?

Un soir, je demande à ma mère pourquoi j'ai des yeux de Chinoise. Qu'est-ce que c'est que cette histoire ? Je lui sors le chapelet de mes défauts. Elle me gronde. Mais que je suis bête ! Je ne vois pas que Karine dit n'importe quoi ?

— Non, du tout, c'est vrai, mes yeux sont bizarres.

— Mais enfin, ils sont en amande, comme les miens. C'est très bien. Tu n'as donc pas compris ? Elle est jalouse.

— Jalouse ? Mais pourquoi ? De quoi ? Je suis affreuse, regarde !

— Tu n'es pas affreuse, tu es à l'âge ingrat. Bientôt, tout ira bien. Et apprends à t'aguerrir. Ne sois pas naïve, ne crois pas tout ce qu'on te dit. Elle t'en veut parce que tu as de meilleures notes qu'elle.

Je ne suis pas convaincue. Karine se moque bien des notes : ses copies recouvertes de rouge, elle les déchire. Elle est drôle, quand même !

Il fait beau, j'arrive à l'entraîner au-dehors, vers les vignes, par les chemins. On s'arrête sur un bas-côté, et assises cul par terre on discute garçons. Karine aime bien Gilles, le fils du gendarme. Et moi, moi j'aime qui ? Gilles aussi ?

Elle pépie, je laisse dire. Puis :

— Ferme les yeux.

— Quoi encore ? proteste Karine.

— Tu vas voir, j'ai une surprise.

— Quel genre ?

— Un bonbec. Tiens, ouvre-le, ton bec !

C'est moi qui fais la commandante, elle hausse les épaules. Elle ouvre la bouche, tend son museau vers moi. J'y glisse trois petites boules brunes.

— C'est bon ?

Elle croque, puis couine. C'est affreux ! Je suis une folle ! J'ai flanqué dans sa bouche dont ne sortent que des horreurs des crottes de bique parfaitement rondes, joliment formées. Et je ris, comme une folle, en effet.

Karine boude quelques jours, puis m'absout. Je lui manque, en somme. Dans notre caverne, elle me passe du vernis. Elle bougonne :

— Ma pauvre…

Ma réponse fuse :

— Qu'est-ce qu'il y a, encore ? Qu'est-ce que j'ai de tordu, mademoiselle Parfaite ?

Surprise par ma réaction, elle rétorque :

— Tu as des ongles cannelés, tu n'as pas remarqué ?

Je ne connais pas ce mot. Les siens sont lisses, les miens font de petits traits. C'est bizarre, ça ne fait pas propre. Là encore, elle a raison. Mais bon, je dois m'aguerrir. La traite de jalouse, de garce. Elle rit.

— Jalouse ? Mais de quoi ? Tu t'es vue ?

Que dire ? Je suis dans l'âge ingrat.

On reprend une séance de maquillage. Au moment d'essayer un rouge, elle demande, me fixant dans le miroir :

— Tu sais pourquoi ta mère a voulu avorter ?

Encore un mot que je ne connais pas.

— Elle a voulu te faire partir, avant ta naissance. Avec des aiguilles à tricoter. Ça n'a pas marché.

Mon cœur s'est arrêté. Je m'assieds.

— Tu veux dire qu'elle a voulu me tuer ?

— Oui, mais ça n'a pas marché, t'étais accrochée, il paraît.

— Me tuer ?

— On dit pas comme ça. On dit avorter, et puis c'est arrivé à plein de femmes. C'est depuis toujours que ça existe, mais on dit rien. C'est pas tuer parce que c'est pas encore un bébé, c'est avant, alors c'est pas vraiment un meurtre, mais faut rien dire. Elle l'a raconté à Maman qui m'a expliqué. Quand un enfant arrive et que les parents de la dame sont fâchés, on le fait partir avec des aiguilles ou des remèdes. Surtout, tu répètes pas, c'est un secret.

Comme le congélateur.

Je pars. Plus envie de maquillage, plus envie de rien.

C'est pour ça, alors… Souvent, j'ai l'impression que Maman ne m'aime pas. Que je la dérange toujours. Elle me gifle sans raison, s'agace d'un rien.

Et j'ai souvent entendu cette formule : tu es un bébé Ogino. Longtemps, j'ai entendu « au ginot » et demandé ce qu'était un ginot. On riait. Un gigot ? Comme ceux du congélateur de Karine ?

Maman m'avait expliqué l'affaire de la contraception ratée. Que j'avais été un accident. Comme tant d'autres. Toute mon enfance, j'ai pensé que j'étais un accident. On me le rappellera souvent, en plaisantant : « tu-as-zé-té-un-ac-ci-dent », sur une petite mélodie taquine. Être un accident est assez déconcertant. Celui dont on me parle en chantonnant ne me fait pas rire du tout. Je me suis toujours représentée comme un crash de voiture : il y a des morts, des blessés, du sang partout, de la tôle froissée, une odeur âcre de chair carbonisée, une ambulance, des malheureux qui pleurent. S'incarner en accident, même au stade fœtal, ça vous modèle.

Je comprends à cet instant que j'aurais dû mourir. Maintenant, tout s'éclaire, la dureté de Maman, sa tristesse, ses départs, les cliniques : j'arrivais au mauvais moment, elle allait se faire gronder par ses parents et a voulu se débarrasser de sa bêtise.

Ça continue ? Elle veut toujours me faire partir ?

J'entre dans son bureau sans frapper. Surprise, elle lève la tête de ses copies – que se passe-t-il ? Pourquoi ce drame, encore ?

— C'est vrai que tu as voulu avorter ?

Elle blêmit, se fâche tout de suite, crie. Où suis-je allée sortir cette histoire ?

— Je sais, c'est tout.

Je n'ai rien dit à propos du congélateur, je ne dirai rien des confidences de Karine. J'ai promis, je dois me taire. Je dis juste qu'on m'a mise au courant. Maman nie farouchement. M'assure qu'elle a été follement heureuse à ma naissance, Papa aussi. Que je suis « un bébé désiré ». Elle me prend dans ses bras. Pourquoi est-ce que j'invente cette histoire sordide ? Tu as tellement d'imagination, ma petite !

Elle me blottit fort, me berce un peu. Je pleure encore sans le montrer, je dis :

— C'est pas vrai, dis ? T'as pas voulu me tuer ?

— Mais non, ma Nine…

Elle pleure aussi, je l'entends.

Je lui rapporte pour finir les propos de Karine. L'avortement, les aiguilles à tricoter. Sa mère lui a tout dit, pourquoi elle aurait tout inventé ? Maman se fige, s'éloigne de moi, comme pour sortir de la pièce. Se retourne et lâche :

— Quelle garce, cette femme ! Elle me fait parler, cette maligne, et puis…

Ne rien dire. Elle me regarde, navrée d'avoir avoué dans son accès de colère. Elle se reprend, se contredit, bâtit un bobard. Je ne l'écoute plus. Je sais.

Tacita et Jupiter

La fin de mon adolescence et le début de ma vie d'adulte ont été marqués par deux phénomènes concomitants. J'ai perdu la voix et l'appétit. Je suis, en quelques mois, devenue à la fois aphasique et anorexique.

Deux cruautés que j'exerçais sur moi. Bourreau de moi-même, je subissais, cherchais des issues à la chambre de torture, n'en trouvais pas.

À l'époque, je ne faisais pas le lien entre ces paroles gelées au fond de ma gorge et la nourriture exécrée que je refusais d'ingérer. Plus tard, cela a fait sens, un peu, grâce à Michelangeli. Mais un certain mystère entoure encore pour moi la coïncidence de ces deux pathologies.

Je ne parlerai que de la première. L'anorexie qui me réduisit à l'état de quasi-cadavre chauve et édenté appellerait d'autres développements qui, certes, me conduiraient sans doute à une femme de ma vie, ma mère, entre autres. Mais un chapitre n'y suffirait pas – un livre entier, peut-être un jour de grand courage ? Et puis non. Tout a été dit sur le sujet, rien de nouveau sous le soleil noir de la mélancolie.

Du reste, cette anorexie, je n'en avais pas conscience : pas encore mis de mots dessus. J'avais arrêté de manger, je perdais du poids et me sentais libérée, légère, réconciliée avec mon apparence gracile, celle qui avait plu à Claudine, à d'autres. Pour l'aphasie, c'était autrement ennuyeux. Un esprit du mal m'avait tranché la langue, une nuit. Je n'avais rien senti, je n'avais pas saigné. Mais ma torture commençait.

Cela se manifesta en prépa.

J'avais dix-sept ans et j'avais rompu en visière avec mes parents. Maman et Papa étaient communistes pratiquants. Mamie et Papi l'étaient plus encore : ils étaient dévots. Mamée et Papé l'étaient aussi, sans chichis, par tradition familiale SFIO. Tous appelaient de leurs vœux la révolution prolétarienne.

Sauf Mamée, qui s'en foutait.

À l'âge où l'on n'est pas sérieux, j'avais déchiré ma carte des Jeunesses communistes pour devenir hédoniste militante – il me semble d'ailleurs que je le suis toujours et le serai jusqu'à mon dernier souffle. Le bonheur de l'individu était à mes yeux un préalable à celui de la collectivité. D'après ce que j'avais découvert, dans des livres bannis de la bibliothèque familiale, les lendemains qui chantent me paraissaient s'assortir de pratiques politiques passablement contraires à ma morale anarcho-épicurienne. Nous étions arrivés à l'époque où plus personne ne pouvait ignorer goulag, Guépéou, KGB et autres petites erreurs soviétiques. J'en débattis avec ma mère. Elle m'expliqua qu'on ne faisait pas passer tout un peuple du Moyen Âge à la modernité en un claquement de doigts. Je répondis camps en Sibérie et purges, un débat débuta et tourna court, elle me traita de petite réactionnaire vendue à la droite, je lui renvoyai dans les gencives et avec toute la fougue de mon adolescence révoltée le PCF à la botte de l'URSS et le pacte germano-soviétique. Staline associé à Hitler, elle pouvait m'expliquer ?

— Petite-bourgeoise !

— Stalinienne !

— Déviationniste !

— Andouille !

— File dans ta chambre ou tu t'en prends une.

Bref, une guerre froide familiale s'engagea. Elle dura deux ans : plus un mot ne fut échangé entre mes parents et moi. Ils militaient. Je vivais.

Je vivais follement. Je lisais. J'aimais. Je pianotais. Je rêvais. Je rêvais d'ailleurs : de Paris ! Du Paris des écrivains, des artistes, de la liberté, de la fête, de la nuit et de la bohème.

Je rêvais et je lisais. Beaucoup, jusqu'à l'aube. Mon lycée se trouvait à Pézenas, où devait me convoyer un bus si matinal que je le ratais une fois sur deux. L'auto-stop s'imposa. Je fis ainsi cent rencontres, dames et messieurs ensommeillés – plus souvent des messieurs en fait. Ils trouvaient en moi une oreille attentive : je découvrais la psyché masculine. Elle me passionnait : les hommes avaient le pouvoir, non ? Autant s'informer. Mon enthousiasme redoublait les confidences de mes chauffeurs.

Il m'apparut bien vite que mon enquête anthropologique sur la gent masculine pouvait se poursuivre après les cours : je rentrais donc au village comme j'en étais partie, en stop. Un soir de printemps, une Corvette, que je pris pour une Porsche, s'arrêta. Elle était immatriculée dans le 75. Je bondis. Mon conducteur du soir fut soumis au même traitement questionneur que les autres : que faisait-il ? Qu'aimait-il ? Où vivait-il ? Mais il était rusé et se déroba à mes curiosités en quelques pirouettes. Et il me fit parler.

Ce que je lui racontai dut le surprendre car, le lendemain matin, il m'attendait au virage où je lui avais indiqué que je recrutais mes chauffeurs du matin. Et le soir, il vint me cueillir à la sortie du lycée.

Daniel avait trente-cinq ans. Il était snob et amateur de lolitas et de tapis vert. Il se disait éditeur. Il jouait du piano, merveilleusement. Il était drôle – mieux : spirituel. Il vivait dans le 15e, à Paris. Il m'invita à venir passer mes vacances de Pâques chez lui. Ce que je fis. Ainsi débuta une liaison avec un homme qui savait m'amuser et me surprendre, et qui sans cesse me provoquait. Bien que révoltée par le discours stalinien de mes père et mère et de toute la parentèle (excepté Mamée, on l'a bien compris), j'étais restée très à gauche. Il fallait refaire le monde et je comptais bien y contribuer. C'était simple, il suffisait de dire adieu au goulag et à toutes les erreurs dictatoriales. Staline avait merdé, ce n'était pas une raison pour renoncer à un monde égalitaire. Et donc à la révolution. Daniel était de droite, habile orateur et ironiste féroce : il démontait toutes mes généreuses idées en trois mots. Il me piégeait. Je le haïssais, je l'admirais, je m'installai chez lui, à Paris.

Je n'avais pas encore mon bac : je venais tout juste de passer les épreuves de français. J'avais eu un excellent professeur, à l'ancienne, très Lagarde-et-Michard-au-galop, mais aussi très Proust-Gide-Cocteau, un incroyable monsieur Courtois qui regardait étrangement les jouvencelles qui assistaient à son cours : jamais dans les yeux, mais au milieu du front. Il nous dictait les corrigés des dissertations mot à mot, d'un ton docte et monocorde, pendant quatre heures sans une pause. Seules les plus endurantes résistaient à ce traitement à l'antique, mais il me valut un accessit au concours général et un double 18 à l'oral et à l'écrit des épreuves de français. M. Courtois félicita mon front et me parla d'études et d'avenir. Je ne l'écoutai guère : seuls comptaient le présent et ses plaisirs.

Mon année de terminale se passa en allers-retours Paris/Daniel-Pézenas/lycée. Va-et-vient en stop, toujours. J'assistais à quelques cours de philo, où je jargonnais à qui mieux

mieux avec Maurice, un jeune prof semi-hégélien semi-nietzschéen à Ray-Ban et pattes d'éph', et logeais à Pézenas chez la délicieuse Mariette, échappée d'un tableau de Botticelli, elle aussi en rupture de ban. Je voyais Claudine à Montpellier, mais de moins en moins souvent – ses cours et son Arnaud l'accaparaient. Le reste du temps, j'étais à Paris, parfois chez Daniel qui passait ses nuits dans les cercles de jeux de la rive droite. Je m'attardais peu dans son studio perdu dans un coin vieillot du quartier Vaugirard – le nom me revient, et tout ce passé resurgit : la rue Ferdinand-Fabre, sombre et lugubre, dont je filais pour découvrir les trésors de la capitale. Et seule ou accompagnée (les Parisiens ne sont pas farouches), je dévorais Paris, ses terrasses, ses restaurants, ses cinémas mythiques, ses cent villages. J'allais de merveilles en merveilles. Je les voyais comme dans un rêve. J'étais très myope et coquette à proportion. Les lunettes me donnaient des airs d'institutrice de province. Je ne les portais donc pas et parcourais la ville dans un flou artistique, une sorte de bulle autiste. Ce n'était pas Paris : c'était mon Paris, aux contours estompés, aux formes devinées. Un Paris à demi rêvé, un décor où j'évoluais dans le film de mes dix-sept ans.

Je ne croisais que des adultes dont le commerce me paraissait beaucoup plus intéressant que celui des gamins de mon âge. J'aurais bien fréquenté quelques gamines, ou même quelques vraies femmes : elles ne me voyaient pas.

Je finis ainsi l'année sans remettre les pieds au lycée, descendis à Montpellier passer le bac et attendis les résultats en dansant toutes les nuits. C'était une vie comme je la revendiquais, libre, individualiste et foutraque : la nuit se passait chez l'un ou chez l'une ou chez l'autre.

Un coup de fil interrompit cette trêve enchantée. Ma mère avait fini par mettre la main sur le numéro de téléphone de Daniel et m'apprit, après quelques réprimandes que je n'écoutai pas, que M. Courtois, le très Lagarde-et-Michard monsieur Courtois, m'avait de son propre chef et sans en informer ni mes parents ni sa hiérarchie inscrite en prépa au lycée Henri-IV (Quésaco ? Le meilleur lycée de France, ma fille !), et que, sur dossier, j'y avais été admise. Moi qui venais d'un obscur lycée de province et ne savais fichtre pas ce que j'allais bien pouvoir faire après mon bac... j'allais entrer en hypokhâgne en un lieu mythique où de toute éternité soufflait l'esprit.

Déménagement : nous nous installons rue du Vieux-Colombier, à deux stations du grand lycée.

Trouille, certes, plusieurs jours. Ensuite, jubilation. À nous deux, Henri IV, le Vert Galant, se disait la petite Nathalie Galan. On se lance ? On casse la baraque ?

Hélas. Si mes résultats à l'écrit étaient plutôt prometteurs, je me trouvai vite, dans cette société de beaux parleurs, infoutue d'aligner deux mots, oralement s'entend. Certes, je pouvais parler avec une personne que je connaissais, avec qui j'étais en confiance. Avec deux ou trois, même, les jours de grande forme. Les organes de la phonation n'étaient donc pas atteints – en témoigne ma relation éclair avec la cruelle Albertine. Mais lorsqu'un professeur me demandait de lire le passage d'un texte devant mes camarades, j'étais incapable de prononcer plus de deux phrases de façon cohérente. Les mots se chevauchaient devant mes yeux, couraient une sarabande de carabosses, grosses bestioles compactes et bondissantes dont je m'épuisais, en vain, à faire retentir la matière sonore. Quant à en saisir le sens... Vite, je fermais la bouche. Indulgents, mes professeurs acceptèrent de m'épargner ce calvaire. Je me croyais libre, à Paris, sans parents, débarrassée de toute idéologie collectiviste ? Je me retrouvais dans une cage mentale dont les barreaux invisibles m'emprisonnaient.

Quand ma langue avait-elle été coupée ? Quel Jupiter moderne, furieux comme celui de la Rome antique contre la naïade Tacita qui avait trop parlé, m'avait rendue aphone en tranchant brutalement ma langue trop bavarde ? La Tacita d'Ovide dévoilait les déboires d'une ravissante nymphe qui, voyant le dieu libidineux la pourchasser alors qu'elle passait de doux moments avec ses amies, avait refusé ses avances. Elle avait parlé, on l'avait mutilée.

Pourquoi étais-je à mon tour rendue mutique ? Quel secret avais-je trahi ou étais-je sur le point de rendre public ? Qu'avais-je compris, confusément, en quittant à dix-sept ans le domicile familial ?

Quelle hubris se trouvait soudain sanctionnée ? Ma parole était-elle illégitime ? Avais-je le droit, moi, fille de communistes souvent assez circonspects envers les intellectuels (trop critiques, parfois parjures, toujours dangereux), de m'exprimer ici ? Avais-je ma place dans ce temple de la reproduction des élites ? J'entends encore plusieurs membres de ma famille, devant mes propos jugés abscons, me traiter de « snobinarde ». Étais-je encore sous leur emprise ?

Je sentais bien que j'exerçais sur moi une censure, mais ne parvenais pas à l'identifier.

Je résolus de poursuivre muettement mes études. Lovée contre un radiateur du fond de la salle, je notais, j'écoutais et engrangeais de la culture à fabriquer du normalien à peu près paisiblement. Puis vint la khâgne et ses cours de philo : la spécialité que j'avais élue, tout mon être n'étant que pensée stimulée, recherche de sens, lutte contre le non-sens, le sentiment d'absurde qui minait ma vie. Dialectique vertigineuse et cabrioles conceptuelles, j'étais silencieusement à mon affaire.

Le professeur, M. Jacerme, nous apprit lors du premier cours que, d'une part, nous étions requis à faire régulièrement des colles (et l'idée d'avoir à parler devant un professeur me glaça les os et les sangs avant de geler définitivement mes paroles, car enfin, ma langue n'avait pas repoussé). Et, d'autre part, que nous ferions tous, les uns après les autres, un exposé en cours. Un bref commentaire en vingt minutes, pas une de plus, sur les *Méditations métaphysiques* de Descartes.

Nous étions un petit groupe de sept « philosophes ». Mon nom arrivait en deuxième position dans la liste alphabétique. Dans quinze jours, dans deux lundis, moi, quasiment aphone, j'allais devoir parler tout haut devant un public. Pas simplement articuler des phrases tout haut, exploit dont j'étais incapable, mais m'exprimer sur un texte pour judicieusement en éclairer les enjeux, faire entendre une pensée pendant vingt minutes, autant dire, pour une aphasique, un siècle. L'extrait me paraissait ardu (Jacerme était phénoménologue et attendait évidemment une lecture pointue et carrément phénoménologique de la page qui m'avait été attribuée).

J'ignorais tout de la phéno. Je passe rapidement sur les nuits blanches qui ont précédé ce que je voyais arriver comme une catastrophe. Je travaillais le texte, je ne faisais que cela, je le prenais par tous les bouts, j'en décortiquais la substantifique moelle, je me documentais : qu'avaient dit Hegel, Heidegger, Husserl de cette petite *Méditation* livrée à ma sagacité ? Bref, je préparai cet exposé autant que je le pus et me présentai en cours le lundi fatidique avec une liasse de vingt-cinq pages recto verso. Je montai sur l'estrade comme on monte à l'échafaud, car nul n'ignorait que Jacerme, tout admirable qu'il fût dans ses enseignements et plutôt humain, dans le fond, pouvait aussi être brutal : il avait massacré le candidat de la semaine précédente en lui demandant par quel miracle premier il avait eu son bac et par quel miracle second et scandaleux il se retrouvait dans ce lycée prestigieux.

Livide, sans souffle, effarée, je plongeai mon nez dans mes notes et restai coite. Je levai les yeux vers l'assemblée prête à prendre des notes et observai, mutique, ces camarades que je connaissais bien et qui me paraissaient des inconnus, des êtres irréels. Jacerme se racla la gorge, façon d'interroger mon silence pythagoricien. Il attendait un exposé husserlien, je n'avais pas le choix et me lançai, à l'aveugle. Je débutai tout bas l'introduction, dans laquelle la science eidétique et le moi transcendantal eurent peut-être la place qu'ils méritaient. Ce prologue dura quinze minutes.

— Il vous reste cinq minutes pour annoncer votre plan et éventuellement conclure, annonça jupitériennement le professeur.

Je bredouillai trois phrases et me tus tout à fait. Incapable d'un mot de plus. Tacita *forever*.

Une intro disproportionnée, et tout le reste, le fruit de jours et de nuits de recherches, restait bâillonné dans la liasse aussi muette que moi. Silencieux, inutile. La catastrophe avait eu lieu.

C'était la fin du cours, la salle se vida, certains de mes condisciples me firent un clin d'œil de connivence, Sophie, alors une amie, me caressa doucement la main et me glissa à l'oreille : Je t'attends devant le lycée. Je baissai la tête vers mes notes pour masquer ma confusion tandis que le professeur s'approchait de l'échafaud. Il me parla, mais ses paroles se transformèrent en obus propulsés par sa bouche. Je n'entendais rien qu'un vacarme incompréhensible, j'étais muette et sourde, je chialais aussi silencieusement que possible, mon nez coulait, je n'avais pas de mouchoir et j'avais envie de crever là, sur place, dans l'instant.

Je quittai le lycée en courant, tentant en vain de contenir le chagrin qui inondait tout. Je ne voyais rien, j'étais plongée dans un cauchemar, un monde sans contours, terrifiant. Je repoussai Sophie qui voulut me consoler. Je trouvai un bus et gagnai notre appartement où les pleurs durèrent. Combien de temps ? Des heures, des jours, je crois bien.

Inutile de dire que je devins plus mutique que jamais. Je ne mis plus jamais les pieds au lycée. J'interrompis brutalement mes études.

On essaya de me raisonner. M. Jacerme eut la gentillesse de m'appeler : rien de grave n'était arrivé, je devais juste être moins perfectionniste, accepter les ratages d'un premier essai et me redonner la chance de réussir. Il m'attendait. Je n'entendais rien. Mon terrible phénoménologue, en personne, au téléphone ! Souffle coupé, langue coupée : je bafouillai des remerciements et raccrochai. Jamais plus je ne voulus entendre sa voix, ni celle de mes amis d'H4 qui continuaient leur chemin vers le succès et la reconnaissance, dans un lieu où ils avaient leur place, où leur futur pensé à l'avance s'élaborait, tandis qu'il était pour moi impossible à penser. Je n'appartenais pas à leur monde.

Mes parents découvrirent quelques mois plus tard ce revirement soudain. H4, c'était fini ? Comment auraient-ils pu imaginer que j'étais consternée ? Lorsqu'ils me rendirent visite, chez Daniel, je m'étais lancée dans une activité muette dont je pensais qu'elle allait être rémunérée : je composais des mots croisés. Daniel avait fait des démarches pour me mettre en contact avec des journaux qui en publiaient. H4, ça menait à quoi : être prof ? Bof. Les mots croisés étaient beaucoup plus stimulants pour l'esprit. Et plus stratégiques : j'allais rencontrer des journalistes, piger. Et ensuite, on verrait. Papa me regarda, inquiet : Tu es sûre de ne pas lâcher la proie pour l'ombre ? Je n'étais sûre de rien, mais le convainquis du contraire.

C'était en fait une des ruptures violentes de ma vie. Il y en a eu plusieurs. Celle-ci me plongea dans un grand désarroi : j'arrêtai tout et je ne savais ce que j'allais devenir. Je ne pouvais même pas envisager d'aller en fac. Comment aurais-je pu réussir des examens, incapable que j'étais de passer des oraux ? À quoi bon travailler comme une damnée si les mots restaient figés sur des feuillets, au moment où je n'avais pas d'autre choix que de parler ?

Ce qui était un régime pour perdre mes kilos d'ado devint radical. Je cessai de manger – je me souviens que mon unique repas consistait en une pomme que je rousiguais jusqu'au trognon et un steak haché encore enveloppé dans sa pellicule de plastique que je faisais décongeler dans une poêle. Lorsqu'il ressemblait à un croûton, il suffisait de le récupérer, de laisser la graisse dans le plastique et de grignoter bouchée par bouchée ma viande qui n'était que protéines pures – pas un lipide.

Ma vie prit donc un autre tour, chaotique. J'avançais dans le brouillard d'un non-avenir. Je fis à droite à gauche des petits boulots qui n'exigeaient pas que je parle, restais avec mes mots croisés dont personne ne voulut mais trouvai d'autres expédients et, muettement, je continuais à vivre, ou à survivre, comme on veut.

Quelles guerres s'étaient figées dans ces paroles que je voulais prononcer sans y arriver – je n'avais pas de vœu plus cher. Quels combats, quels secrets ? Quelles colères ? Quelle honte ?

Chessie et Edmonde de Toledo

Après mon fiasco en prépa, après ma fuite à toutes jambes de cet univers dont je ne ferais jamais partie, j'étais à l'arrêt, comme une épave échouée sur un rivage ignoré de tous. Sans perspective, aphasique et anorexique, qu'allais-je devenir ? Je sombrais dans une période de léthargie mentale de plusieurs mois, un abattement noir, épais, dense. Nous avions quitté le Quartier latin que j'abhorrais pour la rive droite, à quelques mètres de la Madeleine, où Daniel avait voulu s'établir près de l'entreprise familiale, une maison d'édition médicale. La rue Vignon, étroite et rectiligne, obscure, sinistre, où je ne passais qu'en courant : peur de rester figée là, médusée par les lourds regards des vieilles prostituées qui m'examinaient comme des maquignonnes. C'était un temps d'une infinie tristesse, et les seuls moments vraiment heureux étaient tard la nuit, presque à l'aube, lorsque Daniel revenait de ses parties de poker et jouait du Chopin, du Schumann et du Liszt. Il savait trouver les morceaux qui me ravissaient, et d'émotion ou de joie, je ne sais, je pleurais. Une mélancolie s'était abattue sur moi, que dissimulait aux autres et à moi-même la suractivité sportive bien connue chez les anorexiques. Tous les matins, à l'aube, j'allais courir, seule, dans le jardin des Tuileries, deux, trois, dix tours. À midi, brasse coulée sur des kilomètres, longueurs mécaniques dans une piscine que j'avais gagnée à vélo. Le peu de viande qui me restait était du muscle pur. Ma vie était devenue squelettique, sans chair ni souffle, comme mon corps. Je vivais des jours fantomatiques, errant parfois dans l'appartement, le plus souvent allongée, seule, lisant. Ma seule amie était une machine, jeu d'échecs électronique avec qui je disputais des parties à l'infini. Chess Challenger était toute-puissante et pouvait même moduler ses pouvoirs de 1 à 7, si ma mémoire est bonne. Il me semble que je perdais tout le temps, même au niveau le plus modeste. Je ne lui en voulais pas : c'était une amie sûre, muette autant que moi, fidèle au poste, et sans commentaires sur ma nullité. J'étais fascinée par son intelligence que n'affectaient aucune psychologie, aucun sentiment. Si j'avais pu être comme elle ! Avoir un cerveau qui fonctionne sans être encombré d'affects, de chagrin, de colère. Bref, j'aimais beaucoup Chessie. Parfois, je l'enguirlandais, quand elle me faisait des tours de sagouine, des mats en six coups. Imperturbable, elle proposait une autre partie.

Toutes ces activités étaient solitaires et muettes. Je finis par me raconter que je pouvais parfaitement vivre ainsi : sans parler, sauf à quelques proches. Pour grappiller quelque argent, je faisais du baby-sitting, donnais le soir ou le week-end des cours individuels, français, anglais ou philo. J'achetai une méthode de dactylographie : je pourrais ainsi proposer mes services à des étudiants pour leur mémoire. Et même, devenir secrétaire : la fonction suppose de parler, certes, mais peu. On répond au téléphone et on organise un planning. Serais-je capable de répondre au téléphone ou allais-je me décomposer, comme devant Jacerme ? Je n'en savais rien.

Bien sûr, vinrent ces jours où je fus si maigre que l'énergie disparut tout à fait. Je ne parlais plus, pas même à Daniel : plus la force, plus l'envie.

Daniel était devenu mon mari un 31 décembre pour d'obscures raisons fiscales que je compris plus tard : je comptais pour une part, mais que savais-je alors, à dix-neuf ans, des impôts qui le préoccupaient tant ? Il m'aimait, je crois bien, mais me le montrait peu, tout occupé à jouer et se ruiner, puis à emprunter aux uns et aux autres pour calmer les huissiers qui se présentaient à l'occasion et menaçaient de vider l'appartement et d'emporter le piano. Il finit par s'inquiéter de mon état. Il paraissait désolé de me voir si maigre, de voir mes cheveux tomber. Je le compris lorsque je vis passer, de temps en temps, sa mère, Edmonde, en voisine – il avait trouvé un appartement dans la même rue qu'elle, à quelques pas. Elle débarquait sans prévenir, lorsque j'étais seule, et s'installait dans le salon. Elle se taisait. Je préparais un thé et me battais les flancs pour faire la conversation. Puis finissais par me taire à mon tour et la regarder, attendant de comprendre ce qu'elle faisait là. Jamais elle n'eut un geste, un mot. Daniel avait dû lui dire qu'il s'inquiétait, la petite était si maigre, si isolée... Elle s'était donc fait un devoir de me rendre visite, déposant quelques plats congelés dans le frigo vide.

Elle me jouait là une drôle de comédie. Un drame sans paroles ? La jeune première se mourait, la reine mère tentait de lui porter secours. Disons-le clairement : elle ne forçait pas sur le personnage. Elle préférait sans doute être l'héroïne d'un vaudeville, comme nous le verrons bientôt. J'étais pourtant si seule que j'aurais bien aimé me réfugier dans ses bras, rien qu'une fois. Je tentais de me rapprocher d'elle, de transformer ses visites convenues en moments de complicité. Cela n'arriva pas. Elle me découvrit en pleurs, un soir que je ramassais, dans l'appartement, les cheveux que je perdais par poignées. Je lui montrais le tas – voyez, Edmonde, je serai bientôt aussi chauve qu'une cancéreuse. Elle était de plus en plus glacée. Comment avais-je osé la mettre dans la confidence d'un truc aussi tordu ? Qu'y pouvait-elle, à tout ce chagrin ? C'était une femme à qui on n'avait jamais montré de tendresse, sans doute. Elle ne trouva pas un geste, pas un mot pour me réconforter et se contenta d'un conseil, lancé de dos. La porte était déjà ouverte : Mangez ce que je vous ai mis au frigo, ça vous remplumera ma petite, et peut-être que pour les cheveux…

La mère de Daniel était une femme minuscule toujours en chignon et talons, très bourgeoise et extrêmement à droite. Lorsqu'elle me recevait avec son fils, elle m'observait de loin, en plissant les yeux et avec un air entendu… Pas de propos blessants. Juste une indifférence tenace. J'étais là et elle me tolérait. Elle paraissait d'ailleurs supporter, poliment mais assez mal, à peu près tout le monde – sauf son premier mari qu'elle méprisait bruyamment.

J'étais ainsi admise chez Edmonde en des circonstances rituelles, anniversaires et Noëls, dans ce grand appartement près de la Madeleine où se réunissait sa tribu. Un haussmannien très sombre où j'assistais à un drôle de vaudeville. Autour de la table étaient réunis ses deux fils, Daniel et François, mais aussi Alexandre, son amant, un vieux beau qui se teignait cheveux et favoris et observait comme une bête curieuse la fille de communiste qui s'était infiltrée dans les lieux. Et autour de la même tablée, la femme d'Alexandre, pauvre chose ivrogne oubliée toute rabougrie dans un coin, et leurs enfants. Rejetons légitimes et adultérins paraissaient en très bonne entente. Tous étaient adultes, presque quadragénaires, tous avaient fait leurs études à l'École alsacienne dont ils avaient l'accent et les bonnes manières. Ils avaient passé leurs vacances d'enfants ensemble et se retrouvaient l'hiver dans le chalet de Morzine, propriété d'Edmonde – en son absence, pour skier entre « jeunes ». Pour cette bande, j'étais « la petite ». Je me contentais d'observer cette clique : j'étais entrée par effraction dans un film de Chabrol.

Alexandre en faisait des tonnes, dans le genre gigolo jésuite, cireur de pompes et savonneur de planche en ce qui me concernait – je pense que pour ce lecteur de *Minute*, une fille de coco, il valait mieux que ça dégage vite. Edmonde jouait le rôle principal, celui de la matriarche régnant sur le destin de sa société d'édition médicale, de son amant, de la famille d'icelui autant que de la sienne propre. Elle tenait les cordons de la bourse : tout l'attestait. Elle organisait notamment des festins infinis, où j'aurais pu mourir d'ennui si cette observation anthropologique n'avait excité ma jeune cervelle.

On s'en doute, Edmonde voyait arriver la jeune première avec une perplexité non dissimulée. Sans doute avait-elle assisté, depuis des années, à un défilé continu de nymphettes et se demandait-elle tout bas combien de temps la petite du Sud trouvée sur un bord de route allait durer. Il se trouve que j'ai duré assez longtemps pour épouser ce fils à dix-neuf ans. Pour tenter pendant plusieurs années, folle que j'étais, de sortir le joueur du roman de Dostoïevski modernisé : les Alexeï Ivanovitch finissent toujours par revenir à la roulette, mais je tins bon cinq ans, persuadée que je pouvais croire ses promesses de plus jamais. Edmonde eut donc à me supporter assez longtemps, ce qui dut l'enquiquiner quelque peu. Rien qu'un peu : elle s'en foutait au fond, comme du reste, comme de tout ce qui n'était pas Alexandre, royalement.

Régine

Ce dont Edmonde ne se foutait pas, c'étaient des dettes de son fils. Elle m'avait avertie : elle avait épongé ce qu'elle avait pu, et maintenant, à moi d'agir ! Vous devez le surveiller, maintenant que vous êtes mariée, mon petit. Unis pour le meilleur et pour le pire. Faudra apprendre à le tenir, sinon…

J'avais vingt ans et étais sommée de tenir un homme qui avait presque le double de mon âge et qu'elle n'avait jamais pu « tenir », en fait. Je constatai vite que Daniel jouait plus sauvagement que jamais. Il m'avait retrouvée dans la rue, une nuit, quittant l'immeuble avec une valise où j'avais réuni mes rares affaires parce que j'avais compris l'ampleur de ses dettes, compris aussi qu'il n'y avait rien à faire.

Il m'avait traînée dans l'appartement et en larmes m'avait juré à nouveau sur sa vie et sur la mienne d'arrêter. Je le vois encore écrire une lettre où il s'engageait à ne plus mettre les pieds dans un cercle de jeux. Je sais qu'il y croyait. Depuis quelque temps, il ne sortait plus la nuit. L'espoir renaissait. On prévoyait de partir en vacances, une semaine : ce serait la première fois.

Un matin tôt, ça tape fort à la porte. Je n'arrive pas à sortir du lit. Le Rohypnol m'assomme. J'entends Daniel parlementer. Des chuts, puis du tapage. L'huissier est entré. La saisie commence. Daniel tourne autour de l'officier, puis des déménageurs, il blague. Non, le piano, à deux vous ne pourrez pas. Ah, la table, les chaises sont des meubles meublants. Idem pour le frigo. Mais les quelques affaires auxquelles je tiens vont disparaître, je le crains. Je ne veux pas qu'on me les prenne. Je dois sortir du lit, je suis nue, j'appelle Daniel. L'huissier arrive, Daniel arrache la couverture et provoque : Ça aussi, vous voulez l'emporter ? Ça vaut son pesant d'or, vous savez ? L'huissier détourne les yeux et sort, sans un mot. Des baraqués emportent les meubles non meublants, y compris des babioles souvenirs m'appartenant, et mes livres, tous.

Je n'ai rien dit, mais ma décision est prise. Divorcer, partir. Il faut absolument que je gagne vraiment ma vie. Je dois arriver à parler. Sinon quoi ? La rue ? Non, jamais ça. Je restai dans l'appartement vide de Daniel, cherchant tous les moyens pour gagner ma vie et m'installer loin de sa folie.

L'urgence me donna une énergie qui paraissait tarie. J'établis que plusieurs causes produisaient cet effet : l'aphasie en public. Je n'en avais identifié qu'une, mais il me semblait que je tenais une piste : le son même de ma voix m'était insupportable. Pourquoi un tel malaise ?

J'arrivais du Sud avec un accent que je tentais de corriger mais qui faisait sourire en coin. Tout ce que je disais paraissait idiot, infondé, de la blague. Essayez de disserter sur Kant avec l'accent de Fernandel. Rigolade générale.

Il fallait prendre des mesures : des cours de diction.

Régine, comédienne de théâtre qui s'était illustrée dans les rôles des horrifiques Médée, Agrippine ou Lady

Macbeth, était la tendresse incarnée. Avait-elle eu une fille anorexique ? Était-elle tout simplement bonne ? Les deux, peut-être.

Elle me recevait comme son enfant dans son appartement à peine chauffé, rue du Pôle-Nord dans le 18e. Je la revois comme si j'y étais, assise au fond d'un fauteuil moelleux, emmitouflée dans son châle tricoté main, les pieds sur sa chaufferette, à sa gauche une courte console où s'empilaient des classiques, à sa droite sa jumelle qui recevait des liqueurs « qui réchauffaient », la verveine dorée, le marasquin dans son étui paillé, le Cointreau triple sec et le Parfait Amour vermeil. Régine était gaie éternellement. Je n'eus pas à parler longtemps pour qu'elle comprenne que mon accent pouvait m'attirer des quolibets. Mais cette femme toute ronde, rousse et bouclée, maquillée dès le matin comme pour une première, riait de ma hantise en m'offrant maternellement un chocolat chaud – dont je ne buvais qu'une gorgée (450 calories la tasse).

— Et alors, vous avez un accent, où est le problème ? Vous voulez devenir actrice ?

— Du tout.

— Alors, assumez vos origines !

— On se paie ma tête.

— Laissez rire les idiots.

Elle me fit remarquer que certains hommes politiques faisaient une très belle carrière avec un accent à couper au couteau.

— Vous avez entendu Gaston Defferre ? Non, bien sûr, trop jeune. Mais cette bonne canaille de Pasqua, vous connaissez, tout de même ?

Elle avait raison, mille fois raison : on tolère plus facilement l'accent dit chantant chez un homme. C'était révoltant, certes. J'étais, si elle le voulait, révoltée, mais je voulais tout de même effacer ma tare et me fabriquer un accent standard.

Celui qui me permettrait de parler, de reprendre mes études et d'envisager de gagner ma vie. Ça urgeait.

Elle me mit donc à la lecture, malgré ses préventions. Sur du Racine, du Feydeau ou du Brecht, j'appris à prononcer les *o* correctement. Peu à peu, les roses se fermèrent et mon cœur s'ouvrit : des mots, de plus en plus, en sortaient. Le plus dur était de ne pas dire « eu » à la fin des mots en *e*, cet *e* qui au nord de la Loire n'est pas prononcé. Je fis remarquer à Régine combien me paraissait étrange cette manie de manger la lettre la plus répandue de la langue française, cette précipitation qui bousculait le rythme de la phrase. C'était une affaire de pouvoir. De domination en somme, lui exposé-je philosophiquement.

— Expliquez-moi, petite.

Je lui fis cette démonstration. Le peuple du Nord avait imposé sa loi, ses valeurs et ses usages au peuple du Sud.

— Et comment ça ?

C'était simple : Paris et sa région dominaient économiquement le reste de la France, et cette suprématie qui se manifestait administrativement et politiquement (le fameux colbertisme), mais aussi culturellement et j'en passais, s'accompagnait d'une dévalorisation de tout ce qui manifestait un ethos non parisien.

— Ah bon, s'étonna Régine, il existe un ethos parisien ? Attendez un peu que je me remette le cerveau en place et vous continuerez, c'est passionnant.

Elle se servit un petit Cointreau. Le savoura les yeux fermés et le bonheur aux lèvres, puis :

— Nous en étions à l'ethos (c'est un *o* fermé, mon petit).

Le peuple du Nord était si pressé de faire du fric, si pressé en général et si pressé de dominer celui du Sud en particulier, qu'il « boulait » comme on dit au théâtre : il parlait trop vite. Mais j'avais la preuve, si elle en voulait une, que le peuple du Sud avait raison, que sa prononciation était la bonne. Nous pouvions la trouver dans la diction classique.

— Vous m'intéressez de plus en plus. Un petit verre ?

Je restai sobre et lui fis remarquer que l'alexandrin faisait entendre les *e* condamnés au nord de la Loire. Lorsque Racine et Molière écrivaient, et plus tard Hugo, et même Rimbaud, les *e* de la fin des mots se prononçaient. Régine nuança :

— Plus ou moins.

Je sursautai :

— Comment ça ?

— Ces *e* dont vous me parlez, on les prononce, ou pas, c'est selon.

— Vous plaisantez ?

Elle me regarda finement, siffla cul sec un autre Cointreau et, se hissant sur la chaufferette, déclama :

Juste ciel ! tout mon sang dans mes veines se glace !
O désespoir ! ô crime ! ô déplorable race !
Voyage infortuné ! Rivage malheureux,
Fallait-il approcher de tes bords dangereux !

Et elle enchaîna :

— Vous voyez, mon petit, le *e* de « juste » et « veines », ou de « déplorable », ou encore de « rivage », je ne le prononce pas.

— Eh bien, vous avez tort.

— Vous avez dit, mon petit ?

— Que vous vous trompez.

— Je vois qu'on n'arrive pas à parler mais qu'on ne manque pas d'air ! Je sors du Conservatoire. On se calme, petite péronnelle.

— Je connais les règles, Régine. Mais je ne voudrais pas vous fâcher.

Ahhhh, fit-elle en s'asseyant un peu lourdement bien au fond du fauteuil. *Tout bas* : c'est la meilleure ! Et s'emparant d'une bouteille de marasquin point encore entamée, elle l'ouvrit avec une dextérité parfaite en enchaînant :

— Mademoiselle va m'expliquer pourquoi jeu meu trompeu ? *(Descente cul sec du verre de marasquin.)*

— Dans la prosodie classique, le *e* dit caduc est prononcé devant consonne, tandis qu'il est élidé devant voyelle.

— Adoncques, quand je jouais Racine sous la direction de Laurent Untel, je me trompais ?

— Disons que vous preniez des libertés. Sans vouloir vous…

— Me fâcher, j'ai compris, mon enfant (*marasquin, bis*). Votre doctrine vaut pour la Comédie-Française, peut-être. Mais sinon, on allège, vous voyez, on ne donne pas trop dans la théorie. On incarne, quoi.

— Tout à fait.

— Maintenant, si vraiment, vraiment vous voulez que je vous peaufine l'alexandrin façon Grand Siècle…

Et d'un bond, enflammée sans doute par les chaleurs cointreaunique et marasquine, Régine se retrouva dressée sur sa chaufferette et reprit les vers d'Œnone, avec la prononciation classique, s'amusant simplement à allonger démesurément ces *e* devenus casus belli :

Justeu ciel ! tout mon sang dans mes veineux se glace

(Puis hésitant sur le texte, car elle était un peu grise.)

Désespoir, désespoir, désespoir de ta race,
Ô rage, ô rage, rivage malheureux,
Fallait-il ta-ta-ta de tes bords dangereux !

Sur quoi j'enchaînai sans débander :

Mon mal vient de plus loin. À peine au fils d'Égée
Sous ses lois de l'hymen je m'étais engagée,
Mon repos, mon bonheur semblait être affermi ;
Athènes me montra mon superbe ennemi :
Je le vis, je rougis, je pâlis à sa vue ;
Un trouble s'éleva dans mon âme éperdue ;
Mes yeux ne voyaient plus, je ne pouvais parler ;
Je sentis tout mon corps et transir et brûler...

— Parce qu'en plus vous connaissez le monologue de *Phèdre* ?

— Je l'avais dans ma liste de textes, pour le bac de français.

— Pas mal, concéda Régine. Bon, on les chasse, ces *e* ? Parce que, ça va bien pour Racine, si vous y tenez. Mais dans la conversation de tous les jours, ça vous cause des soucis, si j'ai bien compris.

Nous étions d'accord. J'étais là pour les éradiquer et pas pour lui donner des leçons de diction.

Régine mit au point une technique. Elle consistait à taper du pied chaque fois qu'un « eu » venait faire son Fernandel. Longtemps, je n'y parvins pas. Et je revois ma pauvre Régine vider le marasquin et le Parfait Amour en faisant claquer vingt fois son talon bottine sur la chaufferette, de plus en plus fort pour impressionner les intrus sans doute, et me dire, à la fin de ma tirade ratée :

— Ma petite, vous me faites un bien fou : vous me musclez les cuisses et les mollets !

Les trépignements des talons bottines eurent raison de mes *e* superflus et autres originalités du parler languedocien. Régine me prit dans ses bras :

— Mon petit, vous nous avez attrapé l'ethos que vous vouliez. N'en faites pas plus, vous deviendriez un titi parisien.

Je lui offris quelques liqueurs colorées pour remplacer celles qu'elle avait achevées.

— Vous n'auriez pas dû, me gronda-t-elle en ouvrant une gentiane.

Je me sentais donc prête à m'exprimer, enfin. Cherchai un job, n'importe lequel. Rencontrai le Roy B, dont il sera bientôt question. Et me retrouvai, sans du tout l'avoir prévu, à faire la chanteuse… sans qu'aucun son fût autorisé à sortir.

V

COCO TENDANCE GIRL

Vénus

Je t'ai croisée dans mes jeunes années, à la SFP où je fus engagée presque par hasard dès que les *o* se furent fermés et les « eu » envolés.

La Société française de production... Qui se souvient du gros bunker des Buttes-Chaumont ? Là était alors enregistré l'essentiel des émissions qui étaient diffusées sur les chaînes françaises. J'ignorais que dans ce temple des programmes grand public, parler un français correct, non pas châtié mais à peu près convenable, était exclu. J'en fis l'expérience par les coups.

Audition, sélection, hésitations, décision : je suis engagée, à l'essai, dans l'émission que la France attend pantelante, surtout le samedi, jour de la playmate. Je ne suis que coco-girl, ce qui m'arrange : je dois tourner tous les jours de la semaine. Je vais enfin gagner ma vie. Tenter de.

Je me jetai dans l'aventure avec ravissement. Colette n'avait-elle pas fait du music-hall, en son temps, nue sur scène sous une peau de panthère, embrassant à toute bouche sa maîtresse la marquise de Morny, dite Missy ? Moi qui plaçais alors l'auteur de *La Vagabonde* au sommet de mon panthéon littéraire, j'allais suivre ses pas. J'allais vivre dans le monde du spectacle, l'observer de tous mes yeux, en retenir tous les détails, en sentir les odeurs, poudre de riz, sueur, parfums et pourriture, j'allais en découvrir les secrets et les chausse-trappes, j'allais m'imprégner de cet univers factice et fascinant, le savourer, le dévorer. J'allais en vivre chaque seconde comme une bénédiction. Et ce monde de paillettes et de vedettes, de fond de teint et de faux cils, d'apparences, de pouvoir et de passions, j'allais le transfigurer, plus tard, dans les livres que je projetais. J'étais jeune alors, l'âge des rêves fous. Une enfance passée dans des écoles, des parents profs fréquentant presque exclusivement des profs, mes grands-parents idem. J'avais entamé des études de lettres qui me conduiraient tout naturellement à devenir prof, moi aussi. Sauf que j'avais arrêté. Et si les empêchements qui m'avaient conduite à renoncer à mes études avaient aussi été causés par l'envie d'échapper à ce destin ? À toute cette profferie ?

Pénétrer dans le bunker, dans un monde autre que celui de l'école, un monde sans notes ni conseils de classe, un monde de fantaisie, baroque, un monde de divertissement ? Un monde vulgaire, « *too much* » ? Et je pouvais gagner ma vie ? Je voulais le voir, ce monde, l'étreindre, l'absorber. J'étais euphorique.

Morte de trac, mais heureuse.

Je trouve au deuxième étage du mastodonte l'immense studio du *Collaro Show*. On me conduit aux cabines d'essayage. Je regarde les décors, les techniciens qui s'agitent, l'attachée de presse de la vedette du jour qui fait un caprice. Ça vit, ça frémit, ça ne ressemble à rien de ce que je connais. Je frissonne : je suis sur un tournage, je suis dans le roman que je vais écrire. On me bouscule. Mais enfin, vas-y, toi, on t'attend !

Il fallait me costumer fissa : je prenais la relève d'une coco-girl licenciée pour cause de revendication salariale et débutais le jour même. Une costumière m'évalua du regard et lâcha un « pas épais, tout ça… faudra voir à se remplumer si on veut rester ». Elle me fit me déshabiller intégralement et prit mes mesures. Toutes les mesures : cela dura une petite demi-heure, tour de cheville, tour de mollet, de genou, de coude, poignet, et après les tours, les longueurs, les bras, les avant-bras, dessus, dessous, le torse, le dos, les jambes, les pieds. Je grelottais, je m'ennuyais, je soupirais. Marcelle continuait. Je levai les yeux au ciel, enfant sotte que j'étais… Que n'avais-je pas fait ! La costumière aussitôt me jugea. « Pas professionnelle. » Elle avait raison : je ne l'étais pas. En avais-je l'envie ?

Pour l'heure, imperturbable et glacée, elle me trouva une tenue de coco-girl qu'elle me tendit comme un chiffon, sans un regard, et que je revêtis en vitesse. Elle m'allait comme un gant. Marcelle, elle, était professionnelle. Allez, file, siffla-t-elle. On t'attend au septième étage, dans la salle de répétition.

L'assemblée était ainsi constituée : Antonella, la chorégraphe, régnait sur quatre novices, dont moi. Kristina, la coco-girl rescapée de la charrette des impudentes qui avaient été remerciées pour cause d'insubordination, avait pour mission de nous transmettre les chorégraphies conçues par Alexandra, récemment limogée.

Kristina n'était pas chargée que des chorégraphies : on avait dû lui souffler qu'elle devait aussi nous enseigner les usages cocogirliens. Car j'entrais dans une véritable cour, avec son monarque absolu, ses courtisans à l'échine flexible, ses dames de cour. Il fallait se conformer à l'image, aux gestes, aux sourires et déhanchés de la coco-girl. Et à sa soumission au Roi Absolu : Stéphane.

Kristina tournerait aussi. Les quatre coco-girls seraient donc cinq, ce fut une des surprises du jour. Ce ne fut pas la seule. La miraculée était une gamine à la bouille adorable, l'air d'avoir seize ans, des yeux bleus, un nez en trompette, aucun maquillage, des boucles blondes coiffées en couettes et l'intention affichée de ne pas trop se fouler. Les trois novices, Dominique, Fennella et Paula, avaient toutes été recrutées au Crazy Horse. Une brune, deux blondes. Superbes, sculpturales, habituées à danser en public, elles apprenaient vite. Moi, beaucoup moins. J'avais fait de la danse, enfant, oui. Dans le cours public de Montagnac. Bref, rien, mais vraiment rien de professionnel.

J'arrivais au moment-clé : on s'attaquait à « Ce mec est too much », un tube, me dit-on. Quatre couplets : un par chanteuse. Antonella nous tendit les paroles et nous demanda de nous répartir ces couplets. Je choisis sans hésiter :

Il écrit des poèmes,
Il a cinquante ans de bohème,
Il a connu Picasso,
Et même la Vénus de Milo,
Alors moi, ça m'amuse,
Je suis sa Vénus et sa muse,
Et dans son lit tous les soirs,
Je donne mon nom à l'histoire,
Et mes vingt ans à Ronsard.

Un mec « too much » poète… Mon pressentiment se confirmait : être coco-girl était une aventure littéraire. Personne ne me disputa le couplet.

Ensuite, nous chantâmes, les unes après les autres. Mon tour vint. Je n'étais pas sûre d'être une grande interprète, mais je chantais juste et clair. On ne me fit pas de réflexion. Peut-être commençais-je à être professionnelle ?

Tout roulait jusqu'à Picasso mais dérailla lorsque j'en vins à la Vénus de Milo. Kristina sursauta, m'interrompit et me déclara, péremptoire :

— Mais non ! De Milan. C'est la Vénus de Milan.

J'éclatai de rire. D'où sortait-elle cette Vénus de Milan ? Elle était si sûre d'elle ! Je repris :

— Tu sais, je crois bien que c'est la Vénus de Milo.

— Dis donc, toi, fit-elle en sortant du rang et en se plantant devant moi.

Les mains sur les hanches et haussant le menton et le ton, elle reprit, rouge :

— Eh, la grande gueule, si je te dis que c'est la Vénus de Milan !

— *Niet*, elle n'existe pas, ta Vénus de Milan, Kristina.

Je ne pensais pas provoquer une telle tempête. Voilà Kristina qui s'approche encore plus près de moi, fureur à peine contenue, colle ses seins et son ventre sur les miens, et, bien plantée sur ses deux jambes, lance :

— Qui t'es, toi ? Ça fait deux ans que je chante à la télé et à la scène la Vénus de Milan, et tu me dis, toi, madame Je-sais-tout, que la Vénus de Milan, elle existe pas ?

Je n'allais pas me laisser impressionner par cette furie. Je secouai la tête de droite à gauche :

— Non, désolée. À Milan, tu trouveras la Scala, mais pas de Vénus.

— Répète un peu, si t'as des couilles, tonna ma Kristina.

Un ton plus bas, je repris :

— D'une, il n'y a pas de Vénus à Milan. Pas de Vénus connue.

Montant d'un ton :

— De deux, tout le monde connaît la Vénus de Milo, c'est comme la Victoire de Samothrace, tu vois, c'est assez célèbre, quand même.

Un ton plus haut :

— De trois, il y a le problème de la rime.

— Qué rime ?

— Picasso ne peut pas rimer avec Milan. Ça rime avec Milo.

Un temps de silence.

— Tu es en train de me dire que je suis une conne, c'est ça ?

— Du tout, c'est juste que…

Ma démonstration métrique est interrompue par une énorme claque.

— Prends ça, connasse.

Je ne sais pas ce qui s'est passé mais ça a été plus fort que moi : une claque en retour est partie. Kristina hurle, m'attrape aux cheveux, m'envoie à terre et commence à me rouer de coups. Sous l'effet de la sidération, je reste un instant sans réaction. Je ne m'étais jamais battue de ma vie. Pas dans ma nature d'enfant. Plus tard, les corps-à-corps et les gnons étaient peu courants, dans les cours du lycée Henri-IV puis de la Sorbonne où je suivais déjà quelques cours pour faire avancer, vaille que vaille, une licence. Me voilà donc coincée entre les cuisses musclées de la belle qui m'envoie baffe sur baffe. Je sors de mon hébétude, gigote comme une ablette, envoie valser mon assaillante, lui saute à mon tour dessus en grognant des jurons hétéroclites (pute borgne, malepeste, traînée) et lui colle les deux claques qu'elle méritait. Puis tire de toutes mes forces sur ses couettes blondes.

Lutte. Cris.

J'étais sonnée, mais ravie. Quelques bleus, de fines égratignures… mais quelle importance ? Je voulais voir la vie de près ? Je la prenais dans la figure. Dans la vie, en dehors de l'école, les femmes se battaient. C'était dingue, c'était fun. C'était instructif, aussi : tout le monde n'avait pas eu la chance d'avoir une éducation dans laquelle la Vénus de Milo allait de soi – et à trop la ramener, j'allais heurter et prendre des gnons. C'était sexy (Kristina déchaînée était délicieuse, toute chaude et rose et furax, sous moi) et un trouble étrange m'empêcha un instant de lui infliger toutes les corrections que ses approximations métriques appelaient. Je me ressaisis cependant et la punition reprit.

Intervention de la chorégraphe. Elle nous sépare. Nous relève. Nous réprimande :

— Eh, les mioches ! On se calme ! Non, mais, franchement, j'aurai tout vu ! C'est pas du tout professionnel.

Décidément, je n'étais professionnelle en rien : ni avec la costumière, ni pour la danse, ni pour le travail en équipe. J'avais, c'était clair, beaucoup à apprendre pour devenir une authentique coco-girl.

Ce que je découvris quelques secondes plus tard me laissa, c'est le cas de le dire, sans voix. Antonella, nous libérant, me prit à part et me glissa :

— De toute façon, Milan, Milo… T'inquiète. Le mec *too much*, Fais-moi du cha-cha-cha, et le reste, c'est en play-back. T'es pas à la Scala, fillette. Tu croyais quoi ?

Les plumeaux

Je suis un caméléon. Au cours de mes différentes vies de zigzagueuse, je modifie mon apparence. Je porte des vêtements d'étudiante standard quand je suis en prépa, je deviens plus classieuse (disons que je m'y essaie) quand je vais dans les soirées où me convie le Roy B. que l'on va bientôt découvrir, puis me décolore en blonde et porte des lentilles qui me font les yeux plus bleus pour me transformer en bimbo (la télévision de la fin des années 80 imposait ces excès). Je coule d'une identité à l'autre, quitte sans regrets les oripeaux, les gestes, le langage du personnage précédent – j'oublierais presque qu'il a existé. Je vole même de rôle en rôle avec un plaisir que je ne me dissimule pas.

Sauf quand ça coince. Lorsque, tentant de me glisser dans le nouvel habit, les coutures craquent. Le rôle associé au costume est alors compromis.

L'une des partitions les plus difficiles à jouer a été celle de la coco-girl. Entrant imprudemment dans ce nouvel univers où un rôle, disons une silhouette, m'était offert, j'allais d'ahurissement en ahurissement.

Car, acceptant l'emploi nouveau, j'ignorais tout de la réalité qu'il recouvrait.

Au fond, qu'était une coco-girl ?

On avait déjà entendu parler des gogo-girls, mais Stéphane Collaro avait inventé mieux : les coco-girls, les girls de ce sacré coco de Collaro. Nous ne dansions pas seins nus sur les tables, mais le sous-entendu sexy de gogo-girl agissait subliminalement lorsque nous faisions chanter la France entière sur l'air de « Ce mec est *too much*, ce mec est trop ».

Devenir coco-girl, c'était donc d'abord cela : devenir un sex-symbol.

Le mec *too much* : c'était qui ? Collaro ? Oui, mais aussi tous les hommes qui se voyaient comme des séducteurs. Des hommes qui en faisaient des tonnes. *Too much*... C'était ça je crois, les années 80 : l'époque du « trop-trop-trop ». Autant la vivre à fond, me dis-je, le cœur ravi par tant de trop et l'esprit sceptique.

Je découvris assez vite ce qu'était au fond une coco-girl. Pas une femme de chair, même si le corps presque nu était exhibé. Mais une créature. Une poupée qui bougeait et chantait. Un fantasme. Un fantasme dupliqué en quatre exemplaires : la coco-girl seule n'existe pas. Elle est pure essence. Elle n'accède à l'existence que si elle est multipliée par quatre.

Ce qui en soi me posait un problème. Toute ma vie avait jusqu'alors consisté en ce besoin : sortir du collectif, du rêve familial qui supposait que je lutte, dans la tradition de mes père et mère, pour faire advenir un monde nouveau, entreprise où je ne pouvais être qu'une cheville ouvrière. Un rouage discret. Aucune vocation pour l'effacement du moi. Je n'avais aucun don pour la discrétion. Je voulais exister, même petitement. « Moi, moi, moi », disait Maman quand je revendiquais ma liberté de pensée. Elle enchaînait : « Moi et les petits oiseaux. »

Filant à Paris où se retrouvent tous les ambitieux de France, j'avais cru pouvoir faire advenir ce moi individualiste. Il fallait provisoirement y renoncer pour devenir coco-girl.

Pour comprendre l'affaire, approchons du spécimen.

Si on la prend séparément, la coco-girl est une bimbo sur talons aiguilles vêtue d'un justaucorps de satin noir qu'illuminent deux rangs de strass glissant verticalement du haut des seins jusqu'à la naissance des cuisses sur le tissu moiré, selon une courbe qui accentue l'arrondi du sein et la minceur de la taille. Les cuisses, les jambes tout entières, sont gainées dans des collants de résille noire qu'une couture, noire aussi, zèbre du talon à la rondeur de la fesse. Le milieu du justaucorps est paré d'un petit tablier de soubrette, tablier très sage en coton blanc juste rehaussé d'un volant bien repassé. Les mains sont glissées dans de longs gants de satin noir, de ces interminables gants noirs que porte Rita Hayworth dans *Gilda*, quand elle chante « Put the Blame on Mame, boy ». Et je me demande parfois si ce n'est pas pour cela, pour ces gants noirs mythiques qui me faisaient rêver à Gilda, que j'ai accepté ça : devenir coco-girl malgré mes réticences.

Les réticences fondaient pendant les tournages : j'assistais à un spectacle de choix. Tous les jours sur le plateau se succédaient des chanteurs, des personnalités ou même des stars qui faisaient l'actualité. Je sortais brutalement de mes connaissances livresques qui m'enfermaient dans les siècles passés (essentiellement le XVIIe, ah Scarron, La Fontaine, Tallemant, Molière) et me trouvais projetée dans un contemporain dont j'ignorais tout, moi qui ne voyais personne et n'avais pas la télé. Lorsqu'une célébrité arrivait, les techniciens et les comédiens sortaient de leur ennui et se poussaient du coude : t'as vu Stéph de Monac' ? Tina Turner ? Souchon ? Les Rita Mitsouko ?

Lio chantait que les brunes ne comptaient pas pour des prunes, Sabine Paturel qui faisait rien que des bêtises, et puis des stars, Gainsbourg version Gainsbarre… J'étais dans un rêve éveillé tous les jours renouvelé.

Mais s'il y avait des avantages (accéder à cette vie dans le monde du spectacle dont je voulais découvrir les arcanes et qui s'offrait à ma curiosité), il y avait des inconvénients qui ne m'échappèrent pas quand l'aventure, du rêve, passa à la réalité. Je compris vite qu'une coco-girl n'existe que si elle se trémousse sur des chorégraphies assorties d'accessoires calamiteux. Chorégraphies express, les « Jingles Coco » ponctuaient le *Collaro Show.* Entre deux gags, Madame Foldingue et les Maximes de La Rochefaux-cul : « Jingle Coco ».

Dans la première des chorégraphies que j'ai dû tourner, mes mains gantées des longs gants noirs magiques étaient supposées agiter, à droite comme à gauche… un plumeau !

Mais oui, un plumeau rose, bleu, vert ou jaune, selon la coco-girl. La coco prenait des airs mutins pour épousseter délicatement je ne sais quel meuble dans je ne sais quel intérieur, en prenant des poses suggestives.

Elle incarnait donc, entre autres fantasmes, une femme au foyer qui faisait gentiment son ménage, plumeau en main, sourire aux lèvres, en attendant le retour de son mari harassé par une journée de travail et qu'elle allait prendre grand plaisir à délasser.

On me met les plumeaux dans les mains, on me montre la chorégraphie, on me lance : À ton tour ! Et je n'y arrive pas.

Pire, je pose les plumeaux par terre et je déclare à la chorégraphe :

— Je n'aime pas les plumeaux.

La femme libérée que j'étais, pensais-je, se retrouvait à agiter les symboles colorés et infamants du patriarcat. Accepter de singer la femelle assujettie au mâle ? Jouer l'esclave aimant l'être, sourire de toutes mes dents et battre des cils de manière suggestive ? Mais enfin, c'était un scandale ! Fallait pas pousser, les amis. J'étais prête à agiter sous les caméras d'autres symboles : plutôt que le plumeau, la faucille et le marteau. Il y a des coco tendance Groucho, j'étais devenue une coco tendance girl.

Je reprends la scène. Les plumeaux de la honte étaient à terre, la répétition interrompue. La chorégraphe n'en fit pas une histoire. Les coco-girls étaient toutes des hystériques, elle avait l'habitude. Elle me remit les plumeaux entre les mains, m'adressa un sourire complice et me glissa :

— Tu as le trac, c'est normal. Mais tu vas y arriver.

J'essayai. Flop. La chorégraphie était pourtant toute simple, mais je n'y arrivais fichtrement pas. La maîtresse à danser et les quatre autres coco-girls commençaient à s'impatienter.

— Écoute, c'est simple, regarde, me dit par bonté de cœur et avec un accent britannico-marseillais une Anglaise avec des seins authentiques formidables. *Look*, c'est enfantin. Tu tiens les deux plumeaux tout droit devant ta bouche quand tu dis « coco-girl » et tu les écartes d'un petit geste pour dire « ho-ho ». Et pendant tout ce temps, tu te tiens genoux fléchis et bien cambrée.

Je faisais l'inverse.

Il fallait bien que j'y arrive, tout de même. Sinon, adieu les coco-girls, la télévision, le cinéma peut-être et les cachets mirobolants. Veaux, vaches, cochons, couvée. Je m'enfermais dans ma loge et, devant le miroir, m'entraînais. D'abord sans les plumeaux, juste les gestes. Ça marchait ! Mais dès que je reprenais ces maudits symboles de l'asservissement de la femme, j'inversais tout.

Moi dont les mère et grand-mère étaient féministes (la femme est l'avenir de l'homme au pays d'Aragon), moi qui étais hyperféministe parce que d'une, y avait toujours du boulot avant d'arriver à une égalité de fait (énorme chantier toujours en cours trente ans plus tard, qui l'ignore ?), et de deux, je préférais me conduire comme un homme.

Moi qui avais fait à quatorze ans un exposé sur la cause des femmes où j'avais voulu démontrer les troublantes similitudes entre la condition de femme au foyer et celle de prostituée (j'entends encore M. Médina, que j'aimais tant, me reprendre : Nathalie, vous exagérez, et tout autant résonne ma réponse : Monsieur, vous vous aveuglez, qu'est-ce qui vous gêne dans l'idée qu'une femme qui fait gratuitement le ménage de son époux et accepte avec icelui des rapports sexuels qu'elle en ait envie ou pas, le tout pour pouvoir avoir quelques billets pour aller faire des courses et acheter des vêtements, en quoi donc le sort de cette personne diffère-t-il de celui d'une pute ?),

Moi qui pris à partie la chorégraphe et les coco-girls, leur demandant si elles avaient vraiment envie de servir le modèle patriarcal en agitant ces ustensiles de la ménagère, moi qui les appelai à la mutinerie, car enfin, les filles, vous vous rendez bien compte qu'on véhicule là un imaginaire qui n'est pas anodin, tout cela est politique (j'entends Kristina partir en fou rire et hoqueter : Je vous l'avais dit, celle-là, elle est dingo),

Moi qui faillis être licenciée avant même d'être embauchée, il fallut bien que je me soumette à l'ordre du monde et plus précisément à celui de Collaro. Que je retienne ma violente envie d'aller l'assommer avec les plumeaux de la honte, ou lui crever les yeux, tiens, ou encore les lui planter où je pense et lui demander de venir faire chez moi le ménage en grand et le repassage qui m'attendait depuis un mois. Lui cracher ce que je pensais des représentations sexistes dont il gavait le public français.

Au lieu de quoi, je fixai sur mon visage furieux le masque que l'on me proposait, je souris et battis des cils comme une andouille, comme mes coco-mates, parce qu'on nous avait bien fait comprendre que des mannequins au chômage qui étaient prêtes à nous remplacer, Paris en regorgeait.

Les plumeaux étaient prêts.

La mousquetaire

Elle m'a oubliée, sans doute.

Comme tant d'autres qui m'ont connue jeune, sous le nom de Nathalie Galan, m'ont vue faire un passage éclair à la télévision et ignorent tout de ce que je suis devenue. Car pour effacer mes vies antérieures lorsqu'elles étaient mal accordées au tour nouveau que prenait mon existence zigzagueuse, j'ai toujours pris soin d'effacer les identités successives. Mourir au monde, celui qui m'avait connue. Pour mieux revivre, sans trop de tracas, dans le nouveau, celui dans lequel je me lançais sous de nouveaux auspices, de nouveaux noms, un nouveau métier, de nouveaux codes.

Elle m'a oubliée et comme tant d'autres me croit peut-être morte. Mais je garde d'elle un souvenir précis, celui de sa voix grave et de ses yeux noirs qui sur moi se posaient pour me provoquer : tu crois que tu me fais peur ?

Nous nous retrouvions presque quotidiennement, membres d'un club très fermé, quatre femmes dont le destin dépendait d'un étrange spécimen mâle : le Roy B.

De cet homme médiocre qui a joué un rôle-clé dans ma vie, je garde le souvenir vif d'une grosse tête plantée sur un corps étique, bras décharnés, cuisses de héron : une tête rectangulaire, bloc massif rendu encore plus spectaculaire par de larges lunettes d'écaille dont les verres épais dilataient monstrueusement le regard. Je revois ces yeux fixes, déterminés. Affamés.

Bertrand faisait partie de cette faune avec laquelle je frayais à Paris, lorsque je suis, peu à peu, sortie de l'anorexie puis de l'aphasie et suis devenue mannequin dans le but déclaré de payer ma part de loyer, le divorce avec Daniel étant entamé et icelui réclamant plus d'égalité dans les dépenses courantes, maintenant que je m'étais remise à manger et me refusais à lui. L'autre but, moins conscient, était de me hisser au rang d'actrice.

Cette faune interlope constituée d'un mélange d'ambitieux, de déglingués, d'aristos fin de race et de fils de bourgeois friqués, d'hommes politiques dont on commençait à parler, de photographes de mode, de comédiennes prêtes à tout pour percer, bref de *wannabe* en tout genre, faune à l'intérieur de laquelle prospérait une sous-faune : les pique-assiette.

Bertrand était un sympathique parasite, mythomane et spirituel, qui n'avait aucun métier. À quoi bon travailler ? Manger suffisait. Il se prétendait directeur d'une agence de mannequins, mais il ne dirigeait rien du tout. L'agence n'avait pas de locaux, pas de bookeuse, pas de trésorerie, mais un nom : Top Étoile. Les quatre filles (moi comprise) qu'il avait convaincues de travailler pour cette agence au nom scintillant avaient certes un composite et un book réalisés par un ami du boss, un aspirant photographe. Mais de casting et de travail rémunéré, point. Et pour cause : Bertrand, malgré ses efforts, n'était absolument pas introduit dans les milieux de la mode, de la publicité et du cinéma international où il prétendait avoir de faramineux appuis et dont il nous faisait miroiter toutes les merveilles futures – futures dans un futur proche, il nous l'assurait.

Nous étions donc quatre recrues, nous désirions plus que tout travailler, être comme il nous le promettait avec enthousiasme « envoyées sur des castings », être « bookées pour des shootings », « tourner une pub » ou « rencontrer un producteur » – toutes ces formules magiques nous les entendions à l'envi, mais la magie, nous y croyions de moins en moins. Tout ce que nous obtenions, à écouter les bobards de Bertrand, c'était d'être invitées à des soirées privées, très privées.

Car, pour ouvrir la porte de ces soirées sélectes dont il nous parlait en baissant la voix sur le ton de la confidence, Bertrand était assez doué : c'est normal, sa survie physique en dépendait. Nous quatre étions les trois mousquetaires de son estomac. Car Bertrand, sans le sou, n'avait qu'une solution pour s'alimenter, entourloupe dont il était passé maître : se faire inviter grâce à la plaisante compagnie qui l'escortait à des soirées plus ou moins chics où le champagne (ou le mousseux, mais il n'était pas très regardant) coulait à flots et où circulaient des petits-fours, parfois au pâté, au saucisson ou aux œufs de lump, mais parfois aussi au foie gras et même au caviar. Pour nous convaincre de venir encore, il nous embobinait avec la foi ardente que donne la faim : et de fait, pendant que ses mousquetaires en robe de cocktail essayaient de repérer dans l'assistance quelque photographe de renom, quelque rédactrice en chef de magazine de mode ou quelque directrice de casting, Bertrand mangeait, il se bâfrait à une vitesse stupéfiante, à deux mains il agrippait tout ce qui était à sa portée et il vous descendait les petits-fours, les chips, les canapés, les blinis et les cacahuètes avec une rapidité phénoménale. Assez vite, sa cravate corail, tachée de longue date, était recouverte de miettes de diverses provenances qui constellaient tels des confettis jusqu'à sa chemise, son pantalon et même ses fausses Weston. Un porc. Parfois, entre deux conversations, je l'observais : je voyais ce chancre insatiable dévaliser presque entièrement les plateaux que lui tendaient les serveurs, sans la moindre hésitation, sans vergogne : il était là pour manger, il mangeait, tellement qu'il m'épatait. Le pique-assiette le plus maigre et le plus goinfre de toute la place de Paris.

Quatre, nous étions donc quatre à nous faire enfumer par le Roy B.

Je ne revois que la belle brune. Les deux autres, leur apparence (brunes, blondes, rousses ?), ont disparu de mon souvenir. C'étaient des pin-up comme il y en avait tant, jolies, grandes – et alors ? Insipides, souriantes, manucurées, maquillées, ventre rentré.

La brune avait ce regard intense des Latines aux yeux sombres. J'étais blonde aux yeux bleus, un cliché : elle me méprisait. Ses cheveux étaient aussi bouclés que les miens étaient raides : elle triomphait. Mais elle faisait 1,60 mètre : je la massacrais. Car le Roy B., pour conserver son sésame, créait entre nous mille rivalités – Catherine va faire des photos avec untel. Elle a tapé dans l'œil de tel réalisateur… Il faut dire qu'elle est belle, ah ça ! L'étoffe d'une star ! À elle, il racontait sans doute mille exploits me concernant, de la même eau… Et voilà bien, en acte, un des ressorts de la domination masculine : susciter entre les femmes de la jalousie – les occuper à une guerre idiote.

Catherine… Elle voulait être comédienne – qui ne le voulait pas ? Elle avait pris des cours. Elle avait toutes ses chances : de l'assurance, l'ambition assortie, et quelque chose d'étrange, de mélodieux. Je voyais dans sa façon de bouger, j'entendais dans sa voix rauque, quelque chose qui me disait qu'elle sortait du lot. Elle avait du talent et le savait. Moi, non. Je savais que j'avais quelque chose… mais quoi ? Une singularité, une faille, une audace folle. Cela suffisait-il à s'en sortir ? À intéresser un réalisateur ? Rien n'était moins sûr et Catherine discernait mon inquiétude derrière mon sourire. Elle avait percé à jour le Roy B. aussi bien que moi. Nous n'en avons jamais parlé : nous étions en guerre. Et la seule fois qu'elle s'est adressée à moi en me regardant dans les yeux, ce fut… un scud. Mais attendons un peu.

Arriva un jour ce qui devait arriver : de dîner en soirée et de soirée en week-end, je décrochai une vraie séance de photos pour un vrai magazine, puis une vraie publicité pour un vrai produit de beauté – tournée par un réalisateur assez connu. Tu vois ! triomphait B., que mes sarcasmes de plus en plus explicites piquaient. Et le mois prochain, tu vas faire une pub pour une voiture. Avec du beau monde : un acteur de la Comédie-Française, et une vedette de cinéma, Jean-Louis Trintignant, tu situes le niveau ? Il y aura aussi Stéphane Collaro, *himself*.

Je ne savais pas qui était ce Stéphane dont le Roy B. me parlait avec des trémolos, mais le découvris en effet, entouré de people aimant les grosses cylindrées, lors du tournage d'une pub pour une voiture miniature : une Seat.

Sur la photo de la pub, je devais me trouver dans les bras de Georges Descrières. Il était si charmant, un peu intimidé (j'étais en toute petite tenue), si blagueur, bref si arsènelupinesque, que nous parlâmes à voix basse pendant tout le temps que dura la prise de vues. Comme il était très drôle, je souriais, et c'était exactement cela qu'on me demandait : sourire, une flûte de champagne à la main, en tenue affriolante dans les bras d'un sociétaire de la Comédie-Française, sans me poser de question. J'étais payée pour ça : n'était-ce pas miraculeux ?

Un dîner assis suivit la séance de photos. J'avais enfilé malgré le froid une robe décolletée et je cherchais une place où m'installer pour picorer ma salade. Stéphane Collaro m'ordonna d'un geste de m'asseoir à son côté. Je ne sais ce qui me valut cet honneur.

C'est ainsi que je rencontrai Stéphane. Je ne connaissais pas son émission. Comme il s'étonnait de mon ignorance, comme il se renfrognait, car il était d'un caractère ombrageux, ce que je n'allais pas tarder à découvrir, je lui posai quelques questions polies sur le *Collaro Show*. Il m'apprit qu'il avait lancé l'émission un an plus tôt et qu'elle rencontrait un vif succès :

— Je suis en pré-prime time, m'annonça-t-il. L'audimat explose. C'est énorme, ajouta-t-il, comme je ne commentais pas.

Je me gardai bien de le contrarier : je ne comprenais rien à ce fier babil.

— Vraiment, vous n'avez jamais entendu parler du *Collaro Show*, vous ne l'avez jamais vu ?

— Jamais, dus-je confesser.

Et dans la foulée, je lui avouai que je n'avais pas la télévision, et qu'à vrai dire j'étais plutôt anti-télévision – n'était-ce pas un média de masse qui abêtissait les spectateurs ? Il partit d'un bon gros rire, se servit un verre du bordeaux qui circulait entre les convives et me demanda de lui parler un peu de moi, moi qui ne regardais pas la télévision.

Sans façon, je lui confiai que je n'étais pas vraiment mannequin professionnelle, que les photos et les publicités n'étaient pour moi qu'un gagne-pain provisoire, une façon de me payer mes études de lettres à la Sorbonne, les payer assez mal, d'ailleurs.

Deux informations l'intéressèrent aussitôt :

– J'avais besoin d'argent ;

– Je n'étais peut-être pas une starlette comme les autres, j'étais une starlette lettrée.

Toute la soirée, nous parlâmes de littérature. Kundera, Gary, d'autres que j'ai oubliés. Marguerite Duras venait d'avoir le Goncourt avec *L'Amant*. J'avais aimé, il avait détesté. Un débat s'engagea. Avant de devenir l'animateur d'émissions grand public qui faisait régulièrement la couverture des magazines télé, Stéphane Collaro avait été, m'affirmait-il, un littéraire. Il avait même eu un concours général de latin, dans son lycée. Comme j'avais eu un accessit au concours général de français (le national, mais je ne le précisai pas), il leva un nouveau verre de bordeaux aux concours généraux, à la Seat, au bon vin, et à ma culture, car des ravissantes idiotes, m'avoua-t-il, il en avait un peu assez. Le verre vidé, il me posa tout de go la question : voulais-je devenir coco-girl ?

Car il avait bien retenu la deuxième information : j'avais besoin d'argent.

— Mais enfin, Stéphane – je peux vous appeler Stéphane ?

— Tutoyons-nous, répondit-il en descendant en deux gorgées heureuses un nouveau verre).

— Alors, soit, Stéphane, dis-moi, coco-girl, c'est bien payé ?

Lorsqu'il m'annonça le tarif journalier à TF1, à quoi il fallait ajouter les galas (il m'expliquerait, quatrième verre, ce bordeaux était excellent), je pris l'air le plus dégagé possible, bus le premier verre de vin de ma vie, ce qui eut pour effet d'accentuer la vive rougeur qui m'empourprait les joues. J'exultais : les vaches maigres, c'était fini. Mon regard d'enfant qui vient de recevoir le plus beau des cadeaux de Noël dut l'attendrir. En sirotant avec gourmandise un cinquième verre, il m'expliqua.

Ce qui commençait, c'était une nouvelle vie.

J'allais gagner beaucoup d'argent. J'allais passer à la télévision tous les soirs. J'allais devenir célèbre, qui sait ? J'allais rencontrer des vedettes. J'allais être en couverture des magazines. Signer des autographes. Entrer dans un autre univers, auquel je n'avais jamais songé m'intéresser, puisque j'étais une intellectuelle, n'est-ce pas, fillette ? dit-il en riant.

— Et tu vas voir, tu ne le regretteras pas, ajouta-t-il en m'enserrant tendrement la taille.

Non, je ne l'ai pas regretté. Mais Catherine, lorsqu'elle apprit où m'avait conduite la fringale du Roy B., me croisant dans le dernier cocktail auquel j'acceptai d'assister, me regarda enfin droit dans les yeux et me dit :

— Mais tu vas vraiment faire ça ? Sans blague ?

— De quoi on parle ?

— Coco-girl.

— Quoi, coco-girl ?

— T'es sérieuse, tu vas continuer ?

— Oui.

— Et tu n'as pas honte ? Ce truc pourri, cette grosse farce où tu vas jouer les dindes ?

— Je t'emmerde.

Je retrouve aujourd'hui Catherine sur le Net. Émotion de revoir son visage comme dans mes souvenirs. Elle a peu changé, toujours aussi belle. Je lis qu'elle a eu le rôle principal dans plusieurs films d'auteur. Est-ce le Roy B. qui lui a décroché les rôles ? J'en doute un peu.

Ensuite, sept ou huit films grand public : une carrière bien partie, donc. Puis de la télé. Puis de grands vides : je devine les galères, l'attente, le rôle qu'une autre a décroché, les désillusions, les peines. Des espoirs, aussi : à la fin des années 90, elle joue *Phèdre*. Je vois aussi qu'elle a écrit un livre – qui n'écrit pas ?

Et qu'elle a tourné dans *Joséphine, ange gardien*. Je ne lui demanderai pas si elle a eu honte, non. Il faut bien vivre.

DÉB, BAMBI ET LE GODARD YOUGOSLAVE

Il faut pour retrouver Déborah et Bambi dévider la bobine inexistante d'un film étranger. Un étrange film.

Flash-back :

Six mois chez Collaro : j'ai découvert la télé, gagné ce qui me paraît beaucoup d'argent et, lorsque l'été arrive enfin, je suis libre pendant deux mois. Je travaillote aux examens de septembre : depuis que je sais à nouveau parler grâce à Régine, j'ai repris des études à la Sorbonne. Je reprendrai aussi les plumeaux de la coco-girl à l'automne, mais auparavant, j'ai envie de m'amuser, vraiment. Voyager, voir du monde : sortir des studios de la SFP où je ne vois jamais le soleil et VIVRE.

Daniel m'a prévenue : il ne pourra pas prendre de vacances – il doit se refaire avant.

Comme tous les matins, je vais courir aux Tuileries et passe en revenant dans la rue du Mont-Thabor. À l'endroit où cette artère ignorée forme un coude franc, une plaque tout or annonce une agence de mannequins. Legend Models... Après tout, le meilleur moyen de voyager, c'est encore d'aller faire des photos. Je vais y déposer mon composite, on verra bien. Je me garde bien de parler du *Collaro Show.*

On me rappelle le lendemain : c'est un producteur. Vincent W. a peut-être quelque chose pour moi. Pas de photos, non, mais un voyage, en effet. Un premier rôle, en Yougoslavie. Le film sera extra, il me l'assure. Je suis libre ? Je peux passer ? Je dois me décider assez vite.

Je le rassure : dans un quart d'heure.

Une demi-heure plus tard, j'ai entre les mains un contrat et un pitch. J'examine d'abord le second : *Lepota Poroka.* On peut me traduire ? Vincent chipote, puis me lance, avec un sourire : c'est *La Beauté du mal*, et si j'accepte, je jouerai cette beauté-là. Ah, tout de même, le mal… Mais encore ? Il hésite, moi itou. Après tout, j'aime assez *Les Fleurs du mal.* Vincent approuve d'un sourire mes goûts littéraires, et enchaîne :

— On regarde le contrat ?

Je pourrais avoir un scénario complet ? En fait, il n'est pas traduit, tout cela est un peu pressé, car le film a des chances d'être présenté à Cannes, l'année suivante. Je n'ai aucun souci à me faire, Zivko est un des réalisateurs les plus en vue dans son pays.

— Connais pas.

— Étonnant, tout le monde l'adore. Il décrit la complexité de l'âme humaine comme personne. C'est, comment dire ?

Le producteur plisse les yeux et lance :

— Le Godard yougoslave.

Je fais la blasée (Cannes, et alors ? pas sûr ! Godard, vraiment ? oui, mais yougoslave, restons calme) et parcours le pitch qui tient en deux lignes : une histoire d'amour qui s'étiole, un couple qui part en vacances pour se retrouver et découvre dans une résidence touristique en bord de mer une jeune splendeur locale qu'ils se disputent. Un rôle de lesbienne, ou plutôt de bi… Des vacances de rêve s'annoncent. Dans les bras de la beauté yougoslave, je penserai à Albertine d'Henri-IV, qui n'a pas voulu de moi mais dont j'ai encore en tête tous les charmes.

Je demande le montant du cachet. Il n'est pas négligeable. Je voudrais aussi savoir s'il y aura un casting. Non : le réalisateur a reçu mes photos par fax, il me veut. Cela me paraît très précipité, mais pour l'instant, comme souvent, je ne réfléchis pas, j'agis. Je suggère notamment que je pourrais être intéressée, bien que j'aie à faire, si et seulement si on doublait le cachet. Le producteur semble surpris, je le laisse à ses réflexions et file. Il a mon numéro ?

De retour chez moi, je ne chôme pas, car je sens que j'aurai le rôle : le réal est à la bourre, il m'a choisie, et faire grimper les enchères est la meilleure façon de le convaincre de mon professionnalisme (moi qui n'avais jamais tourné… j'en ris encore). Le producteur se doute que s'il laisse filer, je risque de faire encore monter les prix… ou d'aller passer des vacances ailleurs qu'en Yougoslavie. Je glisse toutes mes robes, chaussures, bijoux de pacotille, escarpins, maillots de bain, shorts et espadrilles dans des valises, ainsi que *Les Liaisons dangereuses* et *Le Rivage des Syrtes* que je dois potasser pour septembre.

L'appel ne se fait pas attendre : le contrat est prêt. J'ai un passeport ? On part le lendemain matin. Rendez-vous à Orly-Sud, où Alexander m'attendra. C'est lui qui est chargé de l'équipe française.

Icelle est en effet réunie dans le hall de l'aéroport le lendemain matin. En plus d'Alexander, Frédéric, un très joli garçon aux yeux mélancoliques, et deux jeunes femmes : la flamboyante Déborah, gueule étrange traversée obliquement par une large cicatrice, qui m'entreprend tout de suite, me raconte ses exploits de reine de la nuit et m'oublie aussitôt lorsqu'elle s'aperçoit que je réponds à côté de ses questions et copine avec Bambi la toute timide qui me regarde avec des yeux éternellement surpris, gamine à tête de gamin, proprette dans son bermuda bleu marine, comme sortie d'un camp de scouts.

Déb et Bambi ne parlent qu'entre elles. Bambi semble parfois vouloir répondre à mes tentatives de conversation, mais Déb me la soustrait autoritairement : je laisse faire, car Bambi semble craindre cette grande femme et sa balafre. Je comprendrai progressivement que la jolie Bambi est en fait la petite amie de Frédéric, qui est le petit ami d'Alexander. Cette chaîne amoureuse paraît assez joyeuse. J'ai bien fait d'emporter *Les Liaisons dangereuses* : je vais en vivre le spectacle au XXe siècle.

Déborah n'est officiellement avec personne. Pourquoi est-elle du voyage ? Lorsque je pose des questions, des sourires, des silences.

Alexander porte un marcel blanc qui dévoile des muscles bronzés ornés de tatouages figurant des dragons. Il se dit allemand, parle avec un fort accent serbe et entend diriger le troupeau. Tout le monde obéit. Les filles semblent le redouter. Frédéric sourit à tout ce qu'il dit, avec une forme d'indulgence amusée, un peu fatiguée. Il jouera le rôle de mon mari, m'explique-t-il en confidence. Je vais enfin en savoir plus sur mon rôle : a-t-il eu le texte ? Non, mais en fait l'essentiel des échanges sera non verbal, lui a expliqué Alex. Et Déb et Bambi, elles sont là pour quoi ? Frédéric répond à côté.

Dans l'avion, je voudrais me laisser aller au plaisir des vacances avec tournage. Elle en fera, une tête, la brune Catherine qui se moquait de mon emploi de coco-girl, quand elle apprendra que j'ai tourné avec le Godard yougoslave... Mais je n'arrive pas à me réjouir vraiment. Quelle intuition vague me suggère de rester sur mes gardes ?

De fait, sur place, tout est assez mystérieux, à commencer par le lieu du tournage, Ada Bojana, que nous mettons des jours à atteindre. C'est en Yougoslavie, certes, mais enfin, d'après ce que je comprends progressivement, très, très au sud. À bord d'une antique Skoda, nous suivons la côte adriatique, acteurs improvisés d'un road-movie qui appellerait tout un récit, car Alexander, chauffeur, régisseur et producteur improvisé de ce nanar, se révèle peu à peu un authentique maquereau. Il récupère du fric à chacune de nos étapes où nous croisons des putes sublimes et des mères indignes, klaxonne comme un forcené lorsque notre route est ralentie par des chèvres ou des poules, et pendant tout le trajet nous affame. Ça m'arrange plutôt, j'ai des kilos à perdre, ai-je la folie de déclarer. Mais Déborah et Bambi protestent et crient famine. Surtout Déborah, qui m'a prise à part au bout d'une semaine pour me faire comprendre que mon histoire de régime, ça ne l'arrange pas, elle. Alexander est un connard qui profite de ma déclaration pour faire des économies sur son dos. Elle crève la dalle à cause de moi. Elle exige que j'aille lui parler pour le ramener à la raison.

Je hausse les épaules et lui conseille de régler ça elle-même avec le chef. Alexander s'en bat, de l'appétit et de l'humeur de Déb, si bien que, le jour, nous mangeons des pastèques et bronzons sur des plages (je dois être dorée pour le tournage, Déb boude sous un parasol en grillant cigarette sur cigarette) et, la nuit, nous roulons à toute vitesse – pour fuir qui ou quoi ? Nous traversons pour finir un fleuve et accostons à Ada Bojana, où aura lieu le tournage. C'est une petite île qui a la forme d'un delta.

Au nord, la Yougoslavie. Et au sud, l'Albanie, m'explique Frédéric en levant les yeux au ciel. Il ajoute tout bas : le pays le plus fermé du monde. Je n'ignore pas en effet qu'y sévit un des régimes communistes les plus violents – un mélange de stalinisme et de maoïsme –, purges et rééducation par le travail en sont les bases. Comme dit Fred, faudra pas trop faire les marioles, à côté, ce ne sont pas des plaisantins.

Ici, je ne suis plus coco tendance girl. Je suis coco qui pensait que Tito était un bon gars qui était le seul à avoir su prendre des distances avec le géant soviétique, mais aussi coco à cinq cents mètres d'un régime ultratotalitaire qui n'est pas à mon goût. Coco tendance tremblote.

Pas mal éprouvées par cette équipée, nous réclamons un peu de repos dans nos chambres. Il y en aura deux pour nous cinq : Déb, Bambi et moi sommes réunies dans une bicoque, Alexander et Frédéric dans une autre. Déb ne cache plus une hostilité si violente qu'elle m'inquiète. À la nuit tombée, Frédéric m'entraîne sur la plage de sable sombre : t'inquiète, elle est mal lunée, ça lui passera. Elle a toujours été caractérielle. Tu veux un massage ? Pourquoi pas… Bambi nous rejoint. Elle nous regarde en souriant. Me fait un clin d'œil. C'est comme un film dans le film : je vis en abyme dans *La Beauté du mal*.

Le lendemain, cherchant un vêtement léger dans ma valise que je n'ai pas encore rangée, je découvre mes robes, toutes mes robes, transpercées en dix endroits par des impacts de cigarette. Des trous précis, cernés de brun : mes vêtements sont saccagés. Toutes les robes achetées depuis que je gagne enfin ma vie… Victimes de quelle cérémonie vaudoue ? De quelle folie ? Bambi dort, Déborah a disparu, laissant son paquet de cigarettes vide sur mon lit. Il faudrait la retrouver, demander des explications. À quoi bon ? Elle niera et peut-être m'agressera physiquement – elle paraît vraiment borderline et je préférerais éviter de revenir à la SFP avec la même balafre qu'elle. Elle m'en veut vraiment, depuis le début, et pas seulement pour l'histoire des privations alimentaires. Pourquoi ? Qu'a-t-elle en tête ?

Pour l'instant, autant ravaler ma colère, laisser la dingue à sa dinguerie et me concentrer sur le film.

Car je voudrais rencontrer le réalisateur, le vrai, ce Godard yougoslave qu'on m'a promis. Je le cherche dans les bureaux, les décors. Il n'est nulle part. Il faudrait quand même que je lui parle pour en savoir un peu plus sur mon rôle. Concrètement, vais-je parler français, anglais, yougoslave ? Qu'est-ce qu'il veut raconter ? L'histoire pour l'instant tient en une ligne. Alexander qui me croise calme ma curiosité : t'inquiète ma poule, ça roule. Si je pouvais me taire et aller bronzer, ça l'arrangerait.

Je finis par rencontrer Zivko Nikolic, dans un hangar où on a réuni les équipes française et yougoslave – le réalisateur, le producteur yougoslave et une traductrice. Alexander nous tourne autour et pose parfois des questions en yougoslave. Il ne traduit pas les réponses. Je laisse vrombir la mouche du coche et cherche le regard de Nikolic. Vais-je lui plaire ? Il n'a vu que quelques photos, n'a aucun bout d'essai. Il m'observe silencieusement. Moi idem : une bonne tête, visage taillé à la serpe, regard concentré, un peu inquiet. Il se tait. Nadja, la traductrice, une toute jeune Yougoslave, parle un anglais approximatif. Elle me sourit. Comme Alexander continue son barouf, prétendant mener l'entretien, il commence à me porter sérieusement sur les nerfs. Je soupire. Nadja m'offre un verre d'eau, nous échangeons un regard d'intelligence. Elle me propose de m'isoler dans un coin de la pièce, avec Zivko. Assise face à lui, je commence à parler du film et de mon rôle. Nadja tente d'éloigner Alexander, qui ne lâche pas l'affaire, écoute tout, mais pour l'instant se tait. Car, enfin, Godard parle.

— Nathalie, you are Isabel. You are here on vacation, for love. You want to rebuilt love with husband and you both like the maid.

The « maid »... En plus de mon mari, j'aime la servante ? La femme de ménage ? Donc des amours ancillaires... J'avais compris que la jeune fille était aussi une touriste. Ça change un peu la perspective. J'encaisse et continue :

— Am I a sad woman ? happy ? so so ?

— Happy, happy, on vacation ! You want to have fun.

— Am I French ?

— German. You are rich and modern, and Mira is poor. She from traditional mountain. She kind.

— Me bad ?

— You beauty of vice.

Le vice... On m'avait vendu le mal, je serai le vice.

— What kind of vice ?

— Lust, but happy lust. Artistic. Don't worry, you see in morning.

Zivko se lève :

— Me work now. See in morning on set, OK ?

Je rattrape Nadja, qui suit Zivko :

— On tourne demain, c'est ça ?

Oui, le tournage commencera à l'aube : « beautiful light ». La notion de « happy lust » (débauche joyeuse ?) ne m'a pas rassurée, je dois en savoir plus. J'obtiens d'avoir un bout du scénario, qui correspond au planning de la journée. Alexander n'est pas loin. Je lui demande de me traduire les quelques pages. Je serai avec Frédéric, à cheval. Nous devrons galoper dans les dunes, sur la plage. Pas de dialogue. Je demande ce que je porterai. Alexander s'éloigne.

Nadja sursaute :

— What do you mean ?

— How shall I be dressed for the first scene ?

— No, no ! No dress.

— Oh, jeans ?

— Noooo...

— Is it a bathing suit ?

— Noooo !

Approfondissant le sujet, je comprends que je dois tourner entièrement nue. À ma mine consternée, Nadja s'étonne :

— You not know ?

— Know WHAT ?

— The set is a naturist camp. You naked every time. No dress.

Je comprends tout, maintenant... La précipitation du casting, l'absence de synopsis, le gros barnum d'Alexander qui cherche à m'étourdir et répond toujours à côté. Je vais tourner dans le plus simple appareil pendant TOUT le film, qui se passe dans un camp naturiste... C'est quoi, l'idée ? Un film érotique ? Un porno ?

Tourner nue, de toute façon, n'est pas envisageable. Si je veux continuer à travailler chez Collaro, et je le veux, je sais qu'un interdit majeur est gravé dans le marbre collaresque : comme les Miss France, les coco-girls n'ont pas le droit de poser déshabillées. L'émission distingue clairement les coco-girls des « playmates du samedi soir » : les premières doivent être sexy, faire fantasmer, mais ne jamais, au grand jamais, montrer un sein. Leur charme réside dans la suggestion. Sophie Favier, qui a bravé la Loi du Roi en posant deux ans plus tôt dans *Newlook*, a été licenciée dans l'heure. Depuis quelques mois, je gagne ma vie, enfin, et ne vais pas tout mettre en péril en me dénudant dans un film qui sent le soufre. J'explique sans détour à Nadja qu'on ne m'a jamais parlé de camp naturiste. Que je suis tombée dans un traquenard et que je veux téléphoner en

France, au producteur, Vincent. Que je veux partir. Et que je comprends enfin pourquoi Déborah est là : on a dû se douter que je pouvais rechigner à jouer un rôle très différent de ce qu'on m'avait décrit et on a prévu une autre comédienne. Elle va être ravie : je l'explique à Nadja, qui ne semble pas ravie, elle, mais très ennuyée :

— Please, talk with Zivko first.

Mais je ne l'écoute plus. Je suis dans un état de fureur qui doit faire peur, car lorsque j'entre dans la cabane qui sert de chambre aux filles, Déborah qui croise mon regard file sans demander son reste. Je fouille ma valise, à la recherche du synopsis et du bout de papier où j'ai noté le numéro de Vincent. Ils ont disparu. Mon passeport aussi.

Ainsi que tout mon fric et mes bijoux de pacotille.

Je sens monter la panique. Sans papiers, sans argent, sur une île à deux kilomètres de l'Albanie, à la merci d'un mac et prête à planter un réalisateur qui a prévu de dire « ça tourne » le lendemain matin… Justement, Nadja me retrouve dans ma chambre :

— Come and talk to Mr Nikolic, please, Nathalie, please ! He is nice, very good man and great artist. It is not what you think…

Scène 2 dans le hangar. Alexander est toujours là, toujours pas en figurant. Tandis que j'explique à Zivko que j'ai été trompée sur le film et que j'ignorais tout de sa nature érotique, à commencer par le camp naturiste, Nadja traduit, et Alexander rectifie ce qu'elle dit. La tête du réalisateur va de l'un à l'autre : il paraît ahuri. Puis regarde Alexander, et ce Zivko si doux attrape le mastard par les bretelles de son marcel, le secoue et hurle des propos qui me sont bien sûr incompréhensibles.

Je chuchote à Nadja de me traduire. Elle observe la tempête, comme tétanisée, puis :

— Zivko demande pourquoi mensonges. Grave.

Bon. Il a compris qu'on m'a flouée. On va pouvoir parler.

Je propose à Zivko d'avoir une discussion, sans Alexander, pour dénouer tout cela. Il accepte. Alexander hurle des horreurs, dont la vulgarité résonne encore dans mes oreilles, des décennies plus tard : « Tu comprends pas que c'est l'odeur de ta chatte qui les rend fous ? » C'est si violent que je fonds brutalement en larmes : la peur, la rage, la fatigue, sans doute.

Nous nous enfermons dans un bureau. Zivko m'assure que ce n'est pas un film érotique, du tout. C'est un film politique. Certes, je serai nue, parce que le camp de naturistes représente une modernité qui va attirer et effrayer Mira, mais il s'agit d'une histoire d'amour, d'une initiation amoureuse sur fond de société traditionnelle en mutation. Je vais pervertir Mira, mais c'est la marche du monde.

Je demande à Nadja de traduire chaque mot de ce que je vais dire à Zivko : tout est politique en effet, y compris la façon dont on manipule les femmes et dont on cherche à les intimider. Je suis là pour incarner le Mal : la tentation occidentale et ses dépravations. Zivko, non seulement vous m'imposez d'être à poil alors que ce n'était pas prévu, ce qui est ignoble. Mais je vais symboliser une chienne capitaliste qui vient corrompre une fille du peuple toute pure, et là, faut pas rêver. Faut pas pousser la coco dans les orties. Je lui demande pour conclure si l'actrice récalcitrante que je suis va se retrouver dans un camp de travail.

Le moins doux Zivko me regarde dans les yeux, sa voix monte, celle de Nadja bute sur les mots qu'elle tente de traduire : tu as commis une grave faute, tu devras payer.

Disparition du Godard yougoslave.

Je vais PAYER... C'est-à-dire ? La prison ? Un procès ? Un camp ? Peut-être, peut-être pas, mais je sens que je suis en danger. Fuir, tout laisser, disparaître. Je cherche où me cacher. Je croise Bambi sur une plage isolée. Elle aussi est en larmes : une nouvelle dispute avec Frédéric. Il voulait depuis le début qu'elle joue mon rôle, Zivko vient de refuser, Alexander l'a battue : elle me montre ses bleus. Alors, tu sais quoi, Bambi ? Laissons le rôle à Déborah. Partons.

Nous attendons la nuit, cachées dans les dunes, recroquevillées l'une sur l'autre. Vers une heure, sur le port, nous cherchons discrètement une embarcation. Bambi aperçoit un jeune pêcheur endormi devant son bateau. Nous le réveillons doucement. Elle a réuni quelques dollars, les lui propose pour qu'il nous reconduise sur le continent : *Yougoslavia, not Albania !* précise Bambi. Il hésite, rit, nous offre une bière et nous invite à monter dans sa barque. Pour ne pas démarrer le moteur trop vite, nous ramons toutes les deux le plus silencieusement possible, puis cap vers la Yougoslavie continentale. Bambi part vers Zagreb, je fais du stop jusqu'à Dubrovnik.

Sans passeport ni argent, impossible de trouver un avion pour retourner en France. Alors, pendant dix jours, je dors sur des bancs, à la belle étoile. Un matin, errant dans les rues de cette ville alors sublime, je rencontre dans un marché bigarré une très vieille Teodora, qui m'offre un fruit. Ses maigres courses faites, elle part à travers la ville. Je la suis. Elle grimpe en boitant tout en haut d'une colline où est perchée sa maisonnette, au bout d'une rue en terre battue, tortueuse et solaire. Teodora me fait comprendre, avec des gestes menus, que je peux rester là, chez elle, aussi longtemps que je veux. Je dors dans un petit lit sans doute occupé jadis par un enfant devenu grand. Je pleure toute ma peur, des jours entiers, et souvent elle entre sans bruit, caresse mes cheveux, chantonne une berceuse. Elle me nourrit d'œufs, de fruits, de fromage frais et de pain, me console quand je pleure encore, rit quand je souris, elle prie, elle chante. Nous ne nous parlons pas, mais nous nous comprenons.

Teodora, toi qui m'as recueillie comme une enfant, toi dont je n'ai jamais su le nom de famille, toi que je n'ai jamais pu remercier : tu es pour moi la grande dame de ce film que je n'ai pas tourné, sa secrète héroïne. Sache que je vois toujours ton visage doux éclairé par le soleil, ton sourire humble, que je sens tes longues mains dans mes cheveux, que tes mots de réconfort résonnent toujours en moi, que ta bonté est l'une des plus pures que j'aie jamais connues, que j'ai pensé à toi tous les jours quand Dubrovnik s'est retrouvée sous les bombes, que j'ai prié des prières païennes pour que tu sois épargnée et que je pense à toi, souvent, quand je me sens perdue.

VI

LES PLAISIRS DE LA DÉCOUVERTE

Du miel au fiel

Je suis d'abord ravie de retrouver le calme relatif des tournages à la SFP. Je supporte la foutraquerie du *Collaro Show* pendant deux ans, tout en passant des examens à la Sorbonne : j'ai presque ma licence. Me lasse d'être enfermée dans un studio, d'agiter les plumeaux et autres plaisanteries. On ne naît pas coco-girl, on le devient, me dis-je – mais est-on obligée de le rester longtemps ? Je pose donc pour *Playboy*, bravant la règle, histoire de sortir de l'affaire en faisant un pied de nez à Collaro… et à Nikolic qui ne l'a sans doute jamais su.

Collaro voit rouge et dans la foulée me consacre une séquence parodique, une émission entière tournée dans un Kremlin loufoque où j'apparais, incarnée par Claire Nadeau, alias Madame Foldingue, en perruque blonde, justaucorps et escarpins, sous le nom délicieux de Natalia Salopof (Stéphane avait été marqué par mon ascendance communiste en général et mes revendications syndicales et salariales en particulier). Ses colères sont aussi violentes que brèves. Il me rappelle et me propose de faire mon autocritique : je dois déclarer dans un journal people que c'est lui qui m'a autorisée, à titre tout à fait exceptionnel, à poser nue. C'est donc reparti pour quelques mois de tournage, pendant lesquels j'écris avec Dom, amie coco-girl, un livre témoignage sur les coulisses de l'émission (car enfin, il s'en passait de belles dans les coulisses du *Collaro Show*, mais le récit en est déjà fait dans ce petit bouquin écrit en une époque lointaine pré-#MeToo).

La rupture est consommée. Une autre carrière devient possible.

Que je crois. Innocente enfant qu'alors je suis... Je m'avise vite des dommages collatéraux de cette étrange guerre que j'ai menée contre moi-même en acceptant de jouer les bimbos. Je croyais pouvoir me débimboliser ? Je rêvais. Les castings d'actrice se suivent et se ressemblent : je ne suis plus coco-girl, mais l'estampille « too much » marque mon front du sceau infamant de la médiocrité télévisuelle. On n'offre donc à celle que je suis devenue, entachée à jamais du stigmate coco, que des rôles de ravissante idiote.

Jouer les potiches mamelues, ras-le-bol ! Après quelques tentatives d'une sottise qui m'afflige, je refuse tout. C'est bien simple : les seuls rôles qui m'intéressent sont ceux des hommes. Là, oui, il y aurait de la matière : de l'action, des enjeux, du sens, du pouvoir, de la complexité. Je n'ai pas le physique de l'emploi.

Je joue pour FR3 une courte pièce de Guitry. Charles, le producteur, me rappelle : il lance une sitcom, pour La Cinq : *Lunes de miel*. Une espèce de comédie romantique, me promet-il. Anna la psychologue doit partager des locaux avec un journaliste aux méthodes musclées. Leur style et leurs principes s'opposent. Je suis l'intello, lui, l'homme de terrain. Nous nous détestons : nous nous aimons. Le concept est plutôt amusant. On ne me demande pas de jouer les nunuches, pourquoi refuser ? Je tourne donc six mois, mais dans des conditions ahurissantes : cadences stakhanovistes, on doit enregistrer cent cinquante épisodes en six mois. Pas d'autre solution que de mettre en boîte un épisode et demi par jour. Soit quarante minutes utiles par jour. Au cinéma, on en tourne entre trois et cinq.

Je suis de tous les épisodes. Le jour, donc, je tourne, tandis que la nuit j'apprends mon texte. Car il s'agit de sitcom, on l'a compris, et non de cinéma ou d'une série comme on en produit aujourd'hui. On part du principe que le spectateur est une brute épaisse à qui il faut tout expliquer. Comment ? Par des dialogues. Aucune ellipse, aucun rythme, une prise par scène, bref une énorme daube.

Je découvre les joies de la télévision-poubelle de Berlusconi.

Le tournage se termine en septembre. Je décide de me mettre sérieusement aux études, cette fois. De passer enfin le certificat de barrage de la licence, qui me permettra d'enseigner dans des boîtes à bac. Charles, dont je prononce toujours le nom à l'anglaise, comme celui du prince, me rappelle : la chaîne lui propose de tourner quatre-vingt-dix épisodes de plus.

— Tu en es ?

— Impossible, lui dis-je, j'ai à faire ailleurs.

— Tu veux combien ?

— Le double (c'est comme une habitude, chez moi).

— Tu es dingue, Nat. Tu avais déjà le double de Pascal Liger. Là, sérieusement, tu me ruines.

— Non négociable. Trouve une remplaçante.

— Tu sais bien que c'est impossible.

— Oui.

— Mais comment une fille de coco peut-elle être aussi chienne en affaires ?

— Pour faire payer les capitalistes comme toi, mon chou.

Le tournage est prévu dans deux mois. Je potasse le certificat de langue française et l'obtiens en juin. Le tournage de *Lunes de miel*, saison 2, va commencer. Le prince Charles m'appelle : il est en liquidation, une histoire de saloperie d'Urssaf conjuguée à la connerie du directeur de la chaîne. Bref, le tournage est annulé. Je suis désolée pour lui, mais soulagée pour moi : les vacances arrivent, et je vais retrouver Olivier, rencontré quelques mois plus tôt. Nous sommes engagés, à sa demande, dans une relation exclusive. Du sérieux. Je suis prête. Il me plaît, je n'hésite pas. Il va donc me faire découvrir la côte atlantique.

Au moment où je termine mes bagages, le téléphone sonne : Marion, une directrice de casting qui m'avait repérée sur une pub, me demande de venir la voir pour un petit rôle dans un film de Polanski.

— Le Polanski polonais, on est bien d'accord ?

— Il y en a d'autres ?

— T'inquiète.

Un casting pareil, ça ne se refuse pas. Je me rends aux studios de Boulogne et croise non Polanski, mais Balasko, qui tourne là un film. Grande effervescence, ça me plaît. Pour le bout d'essai, une longue file de grandes blondes me précède, ce qui me plaît beaucoup moins. J'hésite à attendre. Je patiente toutefois et, lorsque vient mon tour, j'échange quelques répliques du scénario avec Marion, qui me demande ensuite d'improviser.

— Sur quoi ?

— Ce que tu veux.

J'ai totalement oublié ce que j'ai fait, mais me souviens que Marion a ri tout haut.

— C'est un film comique ?

— Du tout, carrément tragique, en fait.

— Ouille.

— Mais tu sais… On ne sait jamais ce qui va plaire à Roman. On te rappelle si quelque chose se passe. Simplement, garde tes cheveux blonds et surtout ne les coupe pas. Une histoire de raccord.

Considérant que ma chance d'avoir le rôle est nulle, qu'il fait très chaud à Paris et que surtout, surtout, j'ai envie de découvrir l'océan avec mon bel Olivier, je file le retrouver. Nous nous baignons toute la journée (et même parfois la nuit), avec l'énergie de la jeunesse. À cause du sel, les longueurs de mes cheveux sont abîmées. Olivier m'invite à de grandes festivités qui réunissent toute sa famille de Vendéens pour fêter les quatre-vingts ans de sa grand-mère Madeleine. Je dois présenter bien et demande à un coiffeur de couper cinq centimètres. Il en coupe dix.

Je rencontre la famille et tout particulièrement Madeleine : elle ressemble tellement à Mamée que j'en suis saisie. Elles ont vécu tant d'événements semblables… Nées toutes les deux juste avant la Grande Guerre, puis la Seconde, avec des enfants à nourrir avec quoi ? Rien ou presque. Nous bavardons, et même finissons par faire toutes les deux de la balançoire. Elle rit comme une enfant, comme ma Mamée. Les parents d'Olivier sont un peu surpris lorsqu'ils apprennent que j'ai déjà été mariée, que j'ai cinq ans de plus que leur fils et que je « travaille à la télé », mais me font bon accueil. Rien à voir avec Edmonde de Toledo : ils sont communistes, eux. À peu près les seuls communistes à avoir combattu et survécu en terre vendéenne. On se comprend tout de suite.

Nous devons remonter à Paris pour récupérer quelques affaires : je fais découvrir à Olivier MA mer, la Méditerranée. Pendant que tourne le lave-linge, je réunis quelques livres. Olivier, que j'ai autorisé à écouter le répondeur (il voudrait s'assurer que ceux qu'il prend pour des rivaux se sont calmés), me retrouve dans la bibliothèque avec une mine surprise :

— Qu'est-ce que c'est que cette affaire avec Polanski ?

— Un casting, avant de te rejoindre.

— Pourquoi ne m'en as-tu rien dit ?

Je n'ai pas le temps de lui expliquer que je ne dis jamais rien, pour mille raisons.

— Qu'est-ce qui se passe, avec Polanski ?

— Il se passe que la production s'énerve. Tu as le rôle, ils t'appellent depuis quinze jours et comprennent de moins en moins ton silence.

Tout arrive donc, même de jouer avec le vrai Polanski quand on s'est fait enfumer par un faux Godard. Et de passer sans transition de *Lunes de miel* à *Lunes de fiel*. Je contacte la prod qui m'incendie et me demande de me présenter sur le lieu du tournage dès le lendemain. Les premières scènes ont été enregistrées, les miennes sont pour très bientôt et le réalisateur veut me voir avant de tourner.

— Mais je suis prise, ou pas ?

— Rendez-vous demain à huit heures place Saint-Sulpice. Vous verrez les caravanes.

Je ne sais rien de mon rôle, rien de mon cachet, je n'ai pas vu le scénario. Suis-je en position de réclamer quoi que ce soit ? Je me présente le lendemain matin à l'heure dite. Je passe la journée à attendre Polanski, que je ne vois pas. On me conseille de revenir le lendemain matin. J'hésite : je n'ai rien signé, j'ai horreur de me lever tôt (je suis toujours insomniaque) et j'ai très envie de partir dans le Sud. Mais enfin, tourner avec Polanski, est-ce que ça se refuse ? À l'époque, non.

Je finis par le rencontrer, ce fameux Polanski. Il m'observe sans un mot, me demande de me retourner. Ennuyeux : le scénario que j'ai enfin pu me procurer suppose que Peter Coyote, qui recherche dans tout Paris Emmanuelle Seigner dont il est tombé amoureux *at first sight*, croit la retrouver en m'apercevant de dos. Mes cheveux sont beaucoup plus courts que ceux d'Emmanuelle. Polanski se rend bien compte qu'il a un souci capillaire à régler mais l'analyse mal. Pour lui, c'est la couleur. J'ai le même blond que sa femme, mais ce blond fait sur moi blondasse.

J'encaisse le compliment.

— Et donc ?

— They will do some color. See the hairdresser. I will check if it is good tomorrow. You must be darker, very darker.

J'avais compris que j'avais été choisie parce que j'étais blonde. Le lendemain, je suis brune. Horrifiée, mais stoïque. Polanski donne son verdict : too dark. Le coiffeur ne moufte pas, impossible d'éclaircir. Il faut me décolorer entièrement et arriver à quelque chose de plus châtain. Que restera-t-il de mes cheveux après ces assauts javellisés ? La question n'est visiblement pas d'actualité.

La couleur est approuvée. Je tourne le jour même, dans la rue de Rennes qui a été bloquée. Les techniciens ont l'air penauds, la régisseuse glapit en anglais, les figurants se planquent les uns derrière les autres : une ambiance à couper au couteau. Ne pas se laisser distraire, se concentrer sur le rôle. Pas enthousiasmant, mais je fais comme si : je suis une vendeuse, j'ajuste dans la vitrine un vêtement sur un mannequin, vois passer Peter Coyote, dois avoir une lueur dans l'œil et me retourner vers le fond de la boutique. Pas sorcier.

— AND… ACTION !

Je n'ai pas terminé un geste que Polanski entre dans la boutique et hurle. Que lui arrive-t-il, à cet homme ?

Il n'a pas aimé la façon dont j'ai levé le bras.

— Ah, quel est le problème avec mon bras ?

— English, please.

Ce zozo qui parle en français dans la caravane que je partage avec sa femme exige que je parle anglais. On se toise. Il s'approche de moi, menaçant. Mais il peut jouer les mâles alpha : sur ses talonnettes, dressé comme un coq, il m'arrive sous les seins. Je ris.

— Do not laugh. Be better.

— OK, sir. What about my arm ?

— I don't want you to *know* you are lifting it. You lift as if you were thinking of something else.

— Like, I am on the beach and I want to find my boyfriend ?

— Not my problem. You find. Just be good.

Le nouveau lever de bras lui convient. Mais pas le tourner de hanche. Il entre dans la boutique en fureur. Ses cris sont si rageurs que je ne comprends rien.

Il me les brise menu.

Et c'est donc en hurlant que je lui dis :

— Do not shout at me.

— Shut up !

— You asshole !

(J'ai plus de vocabulaire que je ne le croyais.)

— She is mad.

Je plante là la robe que je suis supposée ajuster sur le mannequin, dégage le réalisateur hystérique d'un coup de la hanche dont le mouvement déplaisait et sors dans la rue, en courant. Le plus vite que je peux, vers ma voiture, garée pas trop loin. Je vais démarrer quand trois costauds m'extraient manu militari de mon véhicule. Polanski surgit, essoufflé.

— What happens ? You are mad.
— C'est vous qui êtes dingue.
— English, please.
— T'as qu'à croire. Finito, ton english.
— Vous êtes engagée par contrat.
— Je n'ai rien signé.
— Quelle bande de cons !
— Indeed. Vous me laissez reprendre ma voiture ou j'appelle les flics.

Je ne sais pas si c'est le mot « flic » qui l'a détendu. Toujours est-il qu'il m'a proposé de reprendre le tournage sur un mode plus « *easy* ». La fin de la scène a été tournée dans le calme.

Et le lendemain, pour la seconde et dernière scène, en tête à tête avec Peter Coyote qui faisait le pitre en hurlant « je suis un chien sauvage », bref avec qui j'étais gratuitement au spectacle, tout s'est passé comme dans un rêve. Le Polanski polonais *himself* se fendit même d'une sorte de merci parce que sa « nulle de costumière » (sic) n'avait pas prévu de nouvelle tenue alors que j'étais dans un décor différent, un restaurant. Il s'enfuriait. La pauvre lui expliquait que le script indiquait « même tenue », elle fut le punching-ball du jour. Heureusement, j'avais trouvé dans la valise qui attendait le départ vers la Méditerranée toute une série de robes qui lui avaient permis de choisir une petite tenue verte contrastant bien avec le fond rouge de la banquette. Il me remercia chaleureusement d'une non-engueulade.

Quand, au moment de partir, je vis la costumière en pleurs, la régisseuse livide et la scripte accablée, je courus leur chercher un Coca frais :

— Ça va aller ?
— C'est-à-dire, murmura la régisseuse, ce n'est que la première semaine du tournage. Alors six semaines…

Je compatis et courus rejoindre mon bel Olivier.

Le rôle impossible

C'est bien gentil de changer de vie tous les cinq ans. L'inspiration ne me manque pas : je n'aime que ça. Me transformer, rebondir, découvrir. Vivre le plus de vies possible pendant mon court séjour terrestre. Encore faut-il s'organiser.

J'étais sur la pente des trente ans : on me le faisait sentir. Un nouveau zigzag s'imposait : lequel ? Je me sentais démunie, sans perspective très claire, après cette vie de bohème. Une seule issue : le divan de Michelangeli.

J'aurais bien voulu me faire dorloter, rien qu'un peu. Rêve, ma fille. Zarathoustra m'enguirlanda sévère. J'avais disparu depuis plus d'un an, sans donner de nouvelles, et dès que je flanchais, je réapparaissais ?

Autant changer de sujet.

J'avais une bonne nouvelle : je venais d'obtenir ma licence de lettres, complète.

— Enfin !

— J'ai passé le certificat de barrage, vous savez, FR...

— 310. Bien. Très, très bien.

— J'ai cru ne jamais y arriver, je suis tombée sur Bertho à l'oral, et...

— C'est tout, madame ?

Je m'insurgeai. Comment ça, c'était tout ? Je lui retournai la question : elle imaginait un peu le travail que ça avait représenté ? Les nuits blanches, les somatisations, j'en passe ? Elle voulait un cours sur la grammaire guillaumienne, suivi d'une interro, pour savoir de quoi on causait ?

— Arrêtez de fanfaronner.

— Nous nous fonderons donc sur le postulat que le verbe est un sémantème qui implique et explique le temps – et nous allons nous attacher, chère madame, à étudier en contexte ses valeurs aspectuelles, modales et autres. Prenons un texte, proposai-je en sautant du divan et en m'emparant d'un séminaire de Lacan bien rangé sur le bureau cylindre.

— Posez ce livre, retournez à votre place ou je vous vire.

— Vous voyez : vous refusez d'entrer dans le réel. Celui des études littéraires.

— Vous comptez faire quoi, de cette licence ?

— Enseigner, je vous l'ai dit. Avec une licence mention très bien, on trouve. J'ai déjà prospecté, rien n'est sûr, mais.

— Des licences de lettres, madame, vous en avez treize à la douzaine. Votre mention vous permettra peut-être de décrocher un petit poste par-ci, par-là, dans une boîte à bac. Mais franchement, c'est ça que vous voulez ? Continuer à naviguer à vue ?

J'étais assommée par tant d'injustice. Mon vrai problème, ce n'étaient pas les femmes en général, comme elle me l'avait affirmé au début de mon analyse. Mais elle, elle seule, qui dévalorisait tout ce que je réussissais. Qu'est-ce qu'elle avait à me proposer ?

Tout un programme.

D'arrêter de bricoler. De me mettre sérieusement aux études.

N'importe quoi. Elle niait tout mon travail.

Elle accepta d'expliciter :

— Passez l'agrégation, madame ! Là, oui, vous obtiendrez un poste. Correctement rémunéré. Pérenne. C'est de stabilité que vous avez besoin, depuis longtemps. Et d'un métier que vous aurez obtenu parce que vos connaissances ont été validées par un diplôme, officiellement, incontestablement. Pas parce que vous avez un joli minois, ce qui ne durera pas. Un métier pour lequel vous vous sentirez légitime, parce que vous le serez, enfin !

Elle délirait. Je l'en informai direct : mais enfin, de quoi parlait-elle ? L'agrégation ? Elle savait ce que cela représentait ? Je n'y avais jamais songé. C'était ridicule.

— Ridicule, vraiment ? Combien de femmes ont fait des études supérieures dans votre famille ?

Je réfléchis : aucune.

— Combien d'hommes ?

— Un seul, mon oncle. Le frère de Maman.

— Nous y voilà. Quelles études ?

— Les Mines.

— Ben voyons. Il voulait tout faire péter, lui aussi. À vous, maintenant.

— Impossible.

— Un seul homme dans la famille. Vous comptez lui laisser longtemps ce privilège ? Vous vous sentez inférieure, intellectuellement ?

Nouveau laïus sur mon problème avec les femmes : je m'interdisais de faire mieux que mes mère, grand-mères et tantes. Comme si je craignais de les trahir. Elle marquait un point. J'étais biologiquement une femme, mais rien ne m'assignait à un destin subalterne.

J'avais d'autres objections, cependant. Je n'avais pas le profil. Les agrégés étaient dans l'ensemble des héritiers. Ils avaient fait d'excellentes études, la plupart étaient normaliens (Oui, mais pas tous, 10 % l'étaient, elle avait les chiffres). J'imaginais qu'ils n'étaient pas allés se dandiner dans le *Collaro Show* et avaient maintenu un parcours régulier qui leur avait permis de se constituer un savoir sans lacunes. Ils étaient rompus aux difficultés des concours, je n'en avais passé aucun. Bref, c'étaient des forts en thème bien exercés, j'étais une zigzagueuse pirouetteuse équilibriste qui avait grappillé quelques connaissances en préparant seule des examens passés à la session de septembre, et se trouvait présentement dans l'impasse. Elle en convint avant d'ajouter sur un ton d'évidence :

— Cela signifie juste que vous devrez travailler deux fois plus.

Et conclut la démonstration dans le même temps que la séance :

— C'est aussi simple que ça, madame.

Michelangeli n'a pas lâché. Un nouveau rôle s'imposait à moi : celui de professeur agrégé. J'allais enfin arrêter de me déhancher en souriant pour, d'un air grave et avec la dignité de ma nouvelle fonction, dispenser mon savoir littéraire. Pas de salut en dehors du concours.

Comment faire ? Tant de lacunes, aucune discipline de travail. Mais échappe-t-on à la Loi ? J'ai cravaché sérieux. Je vivais désormais avec Olivier à Bastille. Je chialais devant mes versions latines (je débutais les langues anciennes) : il me consolait et me faisait réviser déclinaisons, conjugaisons et listes de vocabulaire. Alors, pendant un an, je ne fis que ça : lire, étudier, mémoriser. Bouffer de l'érudition, m'enquiller de la théorie. Fiches, dissertations, commentaires, entraînement à l'écrit. Et à l'oral. Olivier jouait le rôle du jury : tous les jours, une leçon, une impro, un commentaire. Il était impitoyable… avec le sourire.

Je ne voyais ni le jour ni la nuit ni les semaines ni les week-ends ni les vacances, à peine l'amour. J'étais épuisée. Mais Mme Michelangeli m'aidait tellement… Elle supportait à chaque séance mes ruminations, mes doutes et mes pleurs. Elle me maternait, enfin.

Elle était providentielle. Je ne sais encore comment la remercier aujourd'hui. Alors, je vous le dis tout simplement, une fois de plus, madame : je vous dois tant que je pense même que je vous dois tout. Je vous remercie, *Vi ringraziu !* comme vous dites dans votre Corse montagnarde.

Travestissement

Un miracle se produit : je suis admissible. Je fais partie des 20 % qui n'ont pas été éliminés à l'écrit et qui auront donc la chance de s'illustrer à l'oral. Ou de s'affaler.

Le grand avantage de l'écrit : l'anonymat. On est jugé sur les dissertations et commentaires rendus. Une objectivité presque complète est assurée.

Pour l'oral, c'est l'inverse : on est vu. On plaît ou on déplaît. Le jugement littéraire étant par essence totalement arbitraire, la même prestation peut être notée entre 2 et 18. Le fait est avéré.

On m'avait vue, en prime time, tous les soirs à la télévision en justaucorps, bas résille et escarpins. Ça faisait désordre, non ? Les membres du jury ne regardaient pas ce genre d'émission, m'avait assuré Michelangeli. Soit. Mais.

Car il y avait un mais. J'avais posé plusieurs fois pour *Playboy.* N'en avait rien dit à ma Corse jupitérienne : elle m'aurait sauvagement enguirlandée, aurait interrogé à longueur de séances ce besoin d'exhiber mon intimité – elle était très catho et réac, tout de même.

Ou tout simplement prudente et connaissant la vie ?

Silence, *anyway.*

Mais là, dans ces jurys essentiellement masculins, n'y aurait-il pas quelque fripounet qui aurait feuilleté les magazines dédiés à la plastique féminine ? Comment savoir ? Et dans ce cas, l'inflexion du jugement serait-elle favorable ? Ou bien, l'agrégation étant censée recruter des enseignants compétents et dignes, mes libertés récentes seraient-elles rédhibitoires ?

Je cauchemardais nuit et jour, au lieu de me préparer. Le pire allait arriver : on me reconnaîtrait, on ne m'écouterait pas, je serais disqualifiée avant même d'avoir ouvert le bec.

L'illumination se produisit un matin de déprime : après la douche, je me regardai dans le miroir. Sans maquillage, yeux cernés et cheveux plats, je ne ressemblais guère à la gourgandine de *Playboy*. J'étais effacée de moi-même.

Il suffisait de le rester.

C'est là qu'intervient une femme omniprésente dans ma vie : l'autre moi.

Celle qui me donne le don d'invisibilité. Elle a plusieurs facettes, plusieurs avatars, en somme. Pour les oraux de l'agrégation, puis pour l'entrée à l'Éducation nationale, je résolus de me déguiser en nonne.

Camouflage : chignon de mormone, lunettes sévères, nul maquillage hormis une ombre brune qui accentuait mes cernes, chaussures quasi orthopédiques, jupe plissée arrondissant le ventre et tombant jusqu'à la cheville.

Attitude : dos voûté, boitement léger, air de chien battu se battant courageusement pour décrocher le Graal agrégatif. Jamais on ne pense à la coco-girl, et la pauvrette est reçue.

On m'affecte dans le 93 : je me démormonise un peu mais reste en talons plats, adopte progressivement tous les dress codes, et ça passe, ou à peu près.

Le mystère de l'armoire

Jamais je ne finirai prof ! avais-je balancé non sans vacherie à ma Mamie institutrice un jour de tempête familiale. Je me suis pourtant retrouvée assez longtemps à reprendre le métier de mes mère et grand-mère…

Est-ce par atavisme ? C'est le rôle dans lequel je suis entrée avec le plus de facilité. Tu as la « fibre pédagogique », m'expliqua en riant Mamie Laure lorsque je lui en parlai. J'ai tout de suite été à l'aise dans une salle de classe, tout de suite aimé enseigner. Mais dans les banlieues de Paris, tu t'en sors, ma Nine ? m'avait demandé Mamée Mimi, assez inquiète.

— Honnêtement, Mamée ? Plus ou moins.

Certains moins ressemblaient à une plongée dans des abysses surréalistes.

Septembre 1994, première affectation à Montreuil. Tout près de Paris, une ville de bobos, déjà à l'époque. L'horizon est dégagé. Sauf que… Montreuil-Nord, je l'ignore alors, est un autre monde. Nul bobo.

Je trouve, le 1er septembre, une assemblée d'enseignants assez chahuteurs dans la salle où se tient la séance de prérentrée. J'observe. Les profs n'écoutent pas la principale, qui continue sans débander son discours de présentation. Le silence se fait enfin lorsqu'une secrétaire distribue une feuille A4 à chacun des participants. Je découvre la mienne : un emploi du temps.

Dès que la principale est sortie, la salle gronde. Un concert de protestations. Je regarde mon document : en effet, le mien paraît être conçu pour que je travaille du lundi matin au vendredi soir, avec des « trous » de plusieurs heures, un peu partout. Visiblement, c'est le problème général : les trous.

Je vais me retrouver, comme tous les autres enseignants, coincée au collège sans aucun endroit où travailler sérieusement, alors que si l'affaire avait été mieux pensée, on aurait pu me dégager du temps pour que je prépare mes cours (je débute, tout de même), corrige mes copies (j'ai quatre classes) et éventuellement fasse un peu de sport pour garder la forme qui me permettra d'affronter les gaillards du 9-3.

Mon premier mouvement est d'aller voir la principale et de négocier des aménagements. Son bureau est fermé, celui du secrétariat mêmement. Je retourne dans la salle, où des groupes piétinent autour d'une grande blonde au visage buriné. Assez rouge.

Que se passe-t-il auprès de Fanfan ? Les négos sont ouvertes, Fanfan arbitre. Refait tous les emplois du temps, déplaçant une heure ici chez l'un, un après-midi entier chez l'autre, vérifiant les compatibilités des salles, tous paramètres qu'elle maîtrise à la perfection. Certains obtiennent tout ce qu'ils veulent, d'autres beaucoup moins, mais tous remercient avec la même effusion. Et moi ? Quand je m'approche : Désolée, là, si je n'ai pas pu arranger ça avec la principale, c'est râpé. D'ailleurs, tu as couru lui parler, non ? Et si tu permets, j'y vais de ce pas.

Lorsqu'elle revient, chacun retient son souffle. Tout, absolument tout est passé. L'assemblée clame « Hourra !

Vive Fanfan ! ». François Falseluce ouvre une bouteille de pastis et Raymonde Cassin une autre, de Martini Rosso. C'est l'heure de l'apéro. Il est onze heures, et le repas est à midi. Pourquoi attendre ?

Je reste sobre.

J'ai tort. Fanfan aime les êtres simples et sans chichis, qui lèvent le coude en même temps que tout le monde. Mais pour l'instant, je ne m'aperçois de rien, je suis concentrée sur une particularité d'un document qui m'a été confié. Toutes mes classes ont trente-cinq élèves, sauf une, qui n'en compte que quinze. Je montre cette bizarrerie à ma voisine de table, Raphaëlle. Elle considère le document, m'indique que ce ne sont pas des technos, que c'est donc étrange. Le papier passe de table en table, en suivant un circuit qui évite l'équipe de Fanfan. JohnnyJohnny, le prof d'anglais, se lève et me glisse à l'oreille : C'est l'ancienne 4ᵉB. Je les ai eus. Fais gaffe, pas faciles. Quinze élèves, quinze cassos. (Un temps.) Mais pas méchants. *Good luck and* haut les cœurs !

Fin du repas, arrosé d'un vin rouge fourni par Fanfan, et appel des classes dans la cour. Mes quinze terribles sont en rangs de deux. Des rangs très approximatifs, on l'imagine.

— C'est parti ! vous me suivez.

Je me dirige vers ma salle, la dernière, au premier, dont j'ai déjà repéré l'emplacement.

Je m'aperçois que trois baraqués, à peine plus âgés que mes élèves, m'escortent. Je leur en demande la raison. Leurs propos sont confus. Ils ouvrent la porte de la salle : je découvre un cagibi, avec un bureau de professeur fendu en son centre et quelques tables en grand désordre. Je les compte : six. Et huit chaises. Impossible de faire tenir assis quinze élèves dans ce réduit. Je demande aux mastards quelle est cette blague.

— C'est la salle qui vous a été attribuée.

— Pour faire cours ?

— Ben…

— Et vous faites quoi, ici ?

— On vous aide s'il y a un souci.

— Pendant mon cours ? Pendant les deux heures ?

— Oui.

— Vous êtes qui ?

— Des emplois-jeunes, madame. On bosse à la vie scolaire. Farid, arrête ton cirque ou tu te prends une colle.

— C'est la vie scolaire qui m'a affecté cette salle ?

— Non, c'est l'administration. Bintou, lâche les cheveux de Laurine, bordel !

— Allez dire à l'administration que je ne ferai pas cours ici. Qu'on me trouve une vraie salle où je puisse faire un vrai cours.

Les trois armoires se regardent, me regardent et rient. D'une même voix :

— Ah non, ça, ça va pas être possible, madame.

— Dépêchez-vous, j'aimerais assez commencer mon cours.

Ils partent en traînant les pieds. Deux élèves sont entrés dans la salle et se mettent à déplacer bruyamment les tables. Une formidable perspective de chahut s'ouvre à toute la classe. Je demande à ceux qui sont encore dehors de s'asseoir par terre.

— Vous avez pas le droit, madame.

— Je le prends.

— On n'est pas des chiens.

— Vous êtes des élèves sans salle.

J'entre ensuite dans le cagibi où les deux fripouilles ont déjà entrepris un concours de lancer de chaises. J'attrape le plus menu par les épaules et le guide fermement dehors. Assis !

Les autres gamins hurlent :

— Mohamed, cassé, Mohamed, cassé !

Reste dans la salle un grand gaillard.

— Tu t'appelles comment ?

— (*grommelant, sans me regarder*) Patrick.

— Patrick comment ?

— *(même jeu)* Patrick Bila Banda.

— Patrick, tu sors.

— Non.

— Ce serait mieux pour toi.

— Qu'est-ce qui se passe sinon ?

— Tu files en retenue avec un devoir pas drôle. Genre : copie d'un texte.

— Je ferai pas.

— Tu le copieras deux fois.

— Non.

— Trois fois. Et ce sera un texte long.

Il voit que je ne plaisante pas du tout. Il sort, s'élance à plat ventre pour une longue glissade dans le couloir. Ce qui me laisse le temps de fermer la porte et de commencer le cours avec les élèves assis. Patrick nous rejoint et chante du rap.

J'en suis à l'exposition du programme et à la description des épreuves du brevet, cul par terre, quand la principale en personne s'enquiert de ce qui se passe. Je lui décris la situation, l'impossibilité de faire cours. Elle lève les yeux au ciel : elle a mieux à faire. Je lui propose de compter les élèves, elle se tait. Je les compte à voix haute, les élèves font chorus, puis j'ouvre la porte de la salle :

— Quinze élèves et un professeur n'entrent pas dans une salle aussi exiguë, madame la principale, une salle vétuste qui de surcroît ne compte que six tables et huit chaises.

Elle me suggère d'accepter pour aujourd'hui ces conditions, dont elle reconnaît volontiers la précarité, et me promet de me trouver une autre salle pour le cours suivant. Je lui réponds que ces techniques de bizutage des professeurs sont d'un autre âge, et que si je dois appeler mon inspecteur pour lui expliquer que non seulement j'ai eu comme cadeau de bienvenue la classe la plus difficile du collège, mais que par ailleurs on prétend me les confier en garderie dans une salle impropre à l'enseignement qui nous met tous en danger, je le ferai sans hésiter. Elle soupire, exaspérée.

Je sors mon répertoire, elle sort son passe et m'ouvre une salle qui se trouve à dix mètres de celle qu'elle m'avait assignée : immense, propre, pouvant accueillir trente-cinq élèves, avec un tableau, une armoire, des tables, des chaises. Je les fais entrer un par un, leur désigne une table (un élève par table), les jurons fusent, mais les jeunes sont assis, prêts à travailler, enfin ! Je m'installe donc à mon tour et entame la lecture d'un texte sans un regard pour la principale.

Icelle disparaît sans un commentaire.

Voilà comment on se fait dans la même journée deux copines : la principale, que j'ai humiliée devant les élèves et la vie scolaire, et, dans une moindre mesure, Fanfan et ses méthodes féodales, à qui j'ai décidé de ne pas faire allégeance et que j'ignorerai pendant toute l'année. Car je découvrirai qu'il existe un parti anti-Fanfan qui organise une résistance clandestine pour faire voler en éclats son pouvoir fondé sur le népotisme et la distribution de la bibine. Des profs vraiment formidables, qui comme moi en bavent mais tentent de garder la tête hors de l'eau avec l'arme de l'humour. Raphaëlle, JohnnyJohnny, Mireille, Rémi, Lyne et Louis, sur qui je peux compter, qui me décryptent les codes, m'évitent quelques gaffes monumentales. Un réseau d'entraide et d'amitié. Nous emmerdons le ministre et les instructions officielles, nous emmerdons Fanfan, et nous refaisons le monde ou jouons au poker pendant les AG.

J'ai à peu près tout vu dans ce collège Lenain-de-Tillemont de Montreuil. Les souvenirs les plus inoubliables reviennent toujours aux 3ᵉB. Tout était toujours à refaire, en termes de mise au travail, respect de la parole de l'autre, non-interruption du professeur en train de parler, rendu des devoirs, etc. Chaque fois que la classe participait, Mohamed, sans malice, ralentissait le cours parce qu'il ne comprenait pas et voulait des éclaircissements. Et puis, les quinze terribles faisaient toujours des histoires avec l'armoire qui était située à côté du tableau. Ils réclamaient tel livre qui s'y trouvait, telle trousse, que sais-je. Je glissais et continuais mon cours. Pour moi, les choses étaient claires, et je les leur exposais régulièrement : on me payait pour leur enseigner le français et la littérature. J'étais là pour travailler, eux tout autant : ils avaient beaucoup à apprendre. Et si l'un ou l'une d'eux prétendait m'en empêcher pour faire le zigue, je ne le laisserais pas faire, parce que ce n'était pas envisageable.

— C'est quoi, un zigue, madame, voulait savoir Mohamed.

— On s'en fout, coupait court Leila, tu comprends JAMAIS rien.

Exposant cette théorie du travail à mes élèves, et donnant l'exemple en arrivant avec des cours à peu près construits (et si possible point trop rébarbatifs), je suis presque toujours parvenue à les convaincre que se mettre au boulot était plus intéressant que chahuter. À la fin du premier trimestre, une ambiance de travail était donc à peu près établie avec les 3ᵉB (je ne puis donner ici toutes mes recettes de survie en milieu très hostile, certaines ne figurent pas dans les instructions officielles) et l'une des élèves, Leila, s'attarda à la fin d'un cours.

— Vous savez, madame, pour l'armoire…

— Non, je ne sais pas, justement. Pourquoi la regardez-vous si souvent ? Pourquoi voulez-vous toujours y récupérer quelque chose qui ne s'y trouve pas ?

Leila partit d'un rire franc : c'était à cause de Mlle Delteil. Cette demoiselle avait été leur professeur de français depuis la 6e, dans cette salle. Elle était très très vieille, selon Leila (elle devait donc avoir mon âge aujourd'hui). Le gros défi, c'était de savoir qui la mettrait dans l'armoire : les filles ou les garçons. Le match, qui avait lieu à tous les cours, était assez disputé. À peine Mlle Delteil était-elle enfermée dans le meuble que les élèves faisaient exploser une boule puante dans la classe, lançaient le plus loin possible la clé par la fenêtre et s'égaillaient dans les couloirs en poussant des cris de bête.

— Et pourquoi vous ne m'avez pas mise dans l'armoire, moi ?

— Vous êtes trop grande, madame.

Les 3eB n'aimaient pas travailler. Cela ne leur était jamais arrivé. Mais ils se sont faits à l'idée, un peu. Le plus drôle est qu'ils acceptaient plus facilement les matières les plus ardues, l'orthographe par exemple, que la rédaction (dire « production de texte »). (Je t'en foutrais, des « productions » ! Étais-je là pour les faire produire, déjà ? Ou pour essayer de leur apprendre à s'exprimer clairement et même libérer leur créativité ?) L'orthographe, donc, et la grammaire. Ils découvraient tout surpris que ce n'était pas si compliqué, que c'était carré, en somme. Je ne m'embarrassais pas de fioritures : pour les « exceptions » déroutantes de nostre belle langue, je n'en faisais pas la priorité – celle-ci étant l'accord et la cohérence. Commencer humblement : accord sujet-verbe et accord sujet-adjectif, maîtrise des homophones (*à/a, ce/se*, etc.), la conjugaison de l'indicatif et, pour le subjonctif, du seul présent. Tout cela, qui paraît évident, et que les élèves de ma génération maîtrisaient dès le CM1, était pour eux une nouveauté. Pour les motiver, je mis en place la Dictée des Champions. Les élèves étaient répartis par groupes de quatre, je dictais un texte court que je corrigeais pendant qu'ils faisaient un exercice, puis déterminais pour chaque groupe le champion (qui était souvent une championne), l'élève qui avait fait le moins de fautes. Il ou elle avait pour mission de faire repérer aux élèves de son équipe où étaient les fautes et de leur faire expliquer pourquoi il y avait une erreur. Interdiction absolue de donner la bonne orthographe, il fallait que l'élève comprenne et formule, par exemple, qu'un « a » était une forme du verbe avoir et non une préposition. Ensuite, les champions dictaient le texte à leur équipe, et les élèves qui avaient amélioré leur résultat récoltaient des points supplémentaires. Pour les champions, ils gagnaient leurs points en fonction des progrès enregistrés. Ils adoraient, et je me rappelle encore Patrick Bila Banda, le dur des durs, devenir champion et motiver ses troupes comme un coach d'équipe de France. Je devais surveiller un peu... ça aurait eu comme une grosse tendance à truander, quand même.

Je me souviens du jour où Leila m'a appelée maman. J'ai fondu et n'en ai rien montré. La classe s'est moquée d'elle, bien sûr. Mais lorsque Mohamed s'y est mis, j'ai répondu « Oui mon bébé », et le fou rire a été collectif. Jamais les 3ᵉB n'ont essayé de me garer dans l'armoire. La magie du jeu y est pour quelque chose. J'avais trouvé, dans un placard des profs d'EPS (piliers du parti anti-Fanfan), toute une panoplie de costumes de théâtre, abandonnés là après le départ d'un prof qui avait autrefois animé un club.

Je les avais alignés sur un portant dans le fond de la classe, et lorsque nous étudiions une scène de Molière, c'était en costume Grand Siècle. Je revois Leila faire Toinette et Patrick Bila Banda jouer Argan. Leila bondissait de table en table en soutane (le costume de soubrette était trop petit et la soutane, ma foi, était assez proche de celui des Diafoirus) en assénant, crescendo : « Le poumon, le poumon, vous dis-je ! » Patrick dodelinait de la tête et rappait : « Je sens de temps en temps des douleurs de tête / Il me semble parfois que j'ai un voile devant les yeux / J'ai quelquefois des maux de cœur / Je sens parfois des lassitudes par tous les membres / Et quelquefois il me prend des douleurs dans le ventre, comme si c'étaient des / des / des / coliques !!! »

En fait, dès que les élèves m'apercevaient, ils se précipitaient vers moi pour savoir si on allait faire du théâtre. Je me débrouillais donc pour garder dix minutes à la fin du cours pour leur faire découvrir, costumés ou pas, Racine, Corneille, Beaumarchais, Hugo, Ionesco et Lagarce. Et le reste du temps, grammaire, orthographe, étude de textes et rédaction. À l'ancienne. Pour les trois premières matières, tout se passait bien, excepté que comme un perroquet Mohamed répétait : « Madame, je comprends rien ! » J'expliquais à nouveau. Il ne comprenait toujours pas. Il fallait faire avancer le reste de la classe. Mohamed ne comprenait pas tout, mais ce n'était pas si grave.

J'adorais mes 3ᵉB. J'adorais ce métier. Mais l'état dans lequel je l'ai trouvé m'a consternée. Les programmes étaient un tissu d'âneries, l'enseignement de la langue française était dilué dans des « séquences » pour que tout fût « contextualisé », et donc les « déterminants » (entendez les articles et les adjectifs possessifs ou démonstratifs) étaient associés à l'autobiographie, les caractérisants (adjectifs qualificatifs) apparaissaient dans l'étude du récit, de préférence les descriptions et les COD (ne jamais employer le mot honni) dans l'étude du roman, en gros.

On a compris le principe, qui part sans doute d'une bonne intention dont l'origine narratologique s'est perdue, et dont le résultat est calamiteux : en sixième, troisième ou terminale, les élèves ne savent toujours pas conjuguer le présent de l'indicatif, confondent adjectif et complément du verbe, et font les accords au hasard. Aucune base grammaticale ou orthographique n'est acquise, tout est toujours à reconstruire. Quant à la littérature… ils en ont une vision morcelée et, c'est le moins qu'on puisse dire, très lacunaire.

J'ai donc décidé de ne pas suivre les programmes. Disons, plus précisément, de les appliquer quand ils faisaient sens et, pour le reste, essayer de construire un peu de savoir et de transmettre le plaisir de découvrir de beaux textes. J'ai fait ce que j'ai pu.

Évidemment se posait le problème des inspections. Je fabriquais pour l'occasion un cahier de textes conforme, reprenant ce qui avait été vu en cours mais en le disséminant dans les séquences attendues. Et le jour de l'inspection, mon cours était préparé aux petits oignons de la doxa. On faisait donc de l'« argumentation ».

J'ai été inspectée avec mes 3^{e}B. Ils ont été parfaits : avec moi, en fait, attentifs et participants, tous. Comme un cadeau. Aucune tentative de chahut, un comportement d'anges. À la fin du cours, l'inspecteur m'indiqua qu'il était tout à fait satisfait, me fit plusieurs suggestions indéniablement fondées et me demanda quels étaient mes projets. Je ne lui cachai pas que le collège était difficile et qu'un lycée, dans quelques années, m'intéresserait.

— Surtout pas, chère madame. Vous prenez avec cette classe un évident plaisir à enseigner. Vous découvrez les classes difficiles. Il faut, voyez-vous, dépasser le plaisir de la découverte. S'accrocher. On a besoin d'enseignants comme vous.

« Dépasser le plaisir de la découverte… »

La formule résonne encore en moi. Dans l'esprit du cher homme, j'avais pris du plaisir à surmonter les difficultés, j'avais kiffé à mort. Maintenant, fallait pas rêver… J'allais commencer à en baver et à durer en encaissant stoïquement. « Dépasser le plaisir de la découverte… » Je t'en foutrais, espèce de planqué ! Tartuffe, va ! Allez, zyva, essaie un peu de leur enseigner le français, montre-nous. Coltine-les-toi, bizuté dans un cagibi pendant toute l'année… Je te donne quinze jours pour te retrouver bouclé à double tour dans une armoire, et aller pleurer ta race dans les jupes de ta mère avant de donner ta démission. Voilà ce que je pensais, et ne dis point.

Mais j'avais compris. J'étais en ZEP et y resterais : continuer à l'Éducation nationale, c'était donc accepter d'y mettre toute mon énergie, pour un travail que j'aimais certes, mais qui était réellement épuisant, englué dans l'absurdité des programmes et plombé par toutes les manœuvres foireuses des ministres successifs pour fliquer les profs et les traiter comme de la viande à enseigner n'importe quoi en les payant le moins possible.

Un métier globalement considéré par le reste de la population comme un choix de tire-au-flanc. J'ai tenu quinze ans.

Mon premier roman a été publié sans que j'en dise rien à mes collègues. Pour le deuxième, j'ai compris que je devrais, si je voulais le terminer, obtenir un mi-temps.

Le dernier a occupé tellement de place dans ma vie que j'ai choisi un congé sans solde. J'étais en Auvergne, à Saint-Flour, dans un lycée où les problèmes de discipline étaient vraiment très théoriques, quand on avait roulé sa bosse à Bobigny ou Émerainville. Les programmes étaient aussi abracadabrantesques qu'ailleurs, hélas.

J'ai pris le large et ne le regrette pas. Mais les élèves me manquent, les terribles, les très bons, les pitres, les ensommeillés, les passionnés, tous.

VII

MALÉDICTIONS

Ma lettre à Élise

Mémée Élise n'était pas commode. Personnage-clé d'un récit familial qui assigne un emploi à chacun de ses protagonistes, comme au théâtre on veut des ingénues et des barbons, des jeunes premières et des confidentes, des amoureux et des pères nobles, elle était supposée jouer dans la comédie familiale et les légendes qui s'y attachaient la mère indigne opposée au brave bougre : Ernest, son époux.

À lui était donc réservé le beau rôle. « Un saint homme ! » s'écriait-on toujours dans une sorte d'oblation sonore et descendante, *sol mi ré* dièse, point d'orgue… Ernest-un-saint-homme formait un syntagme musical qui précédait toute évocation horrifiée de son épouse. Il la supportait, acceptait avec bonhomie ses rebuffades et brusqueries. Surtout, il « travaillait comme un forçat » tandis que la chère Élise « se roulait les pouces », expression qui était rituellement assortie d'un geste explicatif, mains à demi fermées sur huit doigts croisés en conque, les deux pouces seuls s'activant à mouliner dans le vide, matérialisant la paresse de cette femme sans vergogne. Ernest le saint faisait sa journée à la mine, et le soir, quand il rentrait, il n'en avait pas fini. Assis près du poulailler, il tressait de ses gros doigts, je le revois encore, des paniers en osier, qu'il allait vendre je ne sais où, sur les marchés de Carmaux j'imagine, pour acheter des foulards à Mémée Élise. Laquelle était une ingrate qui ne songeait même pas à le remercier.

La sans-cœur.

Je la craignais. Il faut croire que cette toute petite personne n'avait jamais appris à sourire. Toujours renfrognée, l'air de ne rien dire et de n'en penser pas moins. Conforme à sa réputation. Elle n'était guère aimée de ses petits-enfants puis de ses arrière-petits-enfants, qu'elle houspillait également. Jamais un bonbon ou une caresse.

Je t'ai vue sourire, pourtant, Mémée. J'étais alors adolescente, encore chez mes parents. Non plus dans l'ancienne école, mais dans la nouvelle villa construite sur les hauteurs de Montagnac. Tu m'accordas ce privilège sans doute parce que plusieurs générations nous séparaient : celle de ta fille Laure, puis de ta petite-fille Danièle, ma mère. Mamie Laure, de passage, t'avait déposée chez nous comme un paquet, filant avec son mari, un carnet et de nombreuses valises vers une de ces destinations d'Europe de l'Est où elle prenait le pouls du nouveau monde en train de se construire. Je te revois, silencieuse et perdue dans ce que nous appelions la « salle de jeu », la seule pièce de la maison où personne n'avait encore jamais dormi et que Maman avait pour l'occasion transformée en chambre. Assise sur un coin du lit, à côté du piano, tu m'écoutais te jouer la *Lettre à Élise*, en dodelinant de la tête.

— Elle est jolie, cette lettre.

C'était bien la première fois que tu me complimentais. Je me retournai, et dans ton sabir de français et de patois, tu m'avouas que tu en avais gardé quelques-unes, de lettres. Tu les aimais plus que tout et ne les avais montrées à personne.

Ici, une parenthèse. Depuis toujours, on me confie des secrets. Je ne sais à quoi cela tient : sans doute parce que j'écoute, vraiment. Qu'on sent que je ne juge pas. Que je peux comprendre, peut-être ? Que je ne trahirai pas ?

Aujourd'hui, je dévoile ton secret, Mémée. Mais il y a prescription, non ? Et je crois que tu aurais aimé que j'évoque ces lettres et tout ce que tu as gardé au fond de la gorge.

Qu'on t'entende, enfin : et si la sans-cœur avait eu un cœur brûlant ?

— Ernest, il était bien brave, *pécaïre* (quand tu me fis ces confidences, il était mort depuis plusieurs années). Mais il pouvait bien me faire des petits paniers et m'offrir des fichus, ils ne me plaisaient pas. Voilà.

— Pourquoi ?

— Pitchoune, tu ne comprends pas ?

— C'est les fichus ou c'est l'Ernest qui ne te plaisaient pas ?

— Tu vois, tu n'es pas si bête...

Jamais tu n'avais voulu d'Ernest. Tu en aimais un autre, Lucien, bel homme, gentil. Il te plaisait depuis toujours, depuis toujours vous vous étiez promis l'un à l'autre, sans rien en dire aux grands. Plus tard, sortis de l'enfance, vous vous retrouviez à Carmaux. Il te contait fleurette et te bécotait, juste un peu. Il n'était pas au goût de ton père, qui n'aimait pas sa famille, une vieille rivalité dont je ne compris rien, quand tu me l'exposas. Ton père n'en tenait que pour l'Ernest, avec qui tu étais cousine. On t'avait interdit de voir Lucien. Vous vous étiez écrit. Des mots d'amour, des mots de révolte, la promesse de ne pas céder.

Mais il fallut obéir. Il y avait une histoire de sous derrière tout cela, quelque misérable arpent ou bicoque que tes parents avaient ainsi obtenu, un héritage qui avait failli leur échapper et que le mariage avec Ernest avait rendu possible.

Après, la vie : l'homme qu'on doit épouser, les devoirs du mariage, bref je connaissais la chanson, non ? En effet, j'imaginais. Et comprenais enfin pourquoi tu n'avais jamais souri, chaque jour de ta vie de femme. À personne, ni à cet homme ni aux enfants qu'il t'avait faits.

— Rejoue encore la lettre qui a mon nom...

Ernest ne t'avait jamais écrit, ma pauvre Élise. De toute façon, tu ne l'aurais pas lu...

Tôt un matin, tu me questionnas tandis que je me préparais à sortir. Tu voulais savoir où j'allais et pour qui je m'attifais comme ça.

« À Pézenas, au marché du samedi, Mémée. » Je devais avoir un rendez-vous, j'étais un peu pressée. Tu t'approchas à petits pas, dans tes charentaises grises, et me tiras le bras. Timide soudain comme une enfant. Tu me prendrais pas avec toi, dis ?

Mais que si, que je peux t'emmener, Mémée ! Tu n'en sus rien, mais j'avais prévu d'y aller en stop, à ce marché, selon mon habitude. Mais soit, nous prendrions le vieux bus qui reliait le village à la « petite ville du Grand Siècle » et irions le faire ensemble, ce marché. Pour mon rendez-vous, tant pis. Je préférais être avec toi.

Je me maquillais excessivement à l'époque, d'un trait d'eye-liner qui me faisait un regard pointu d'actrice américaine. Tu m'observais avec de grands yeux curieux. Car, d'une toute petite voix, tu ajoutas : « Natoune, tu m'enlèverais pas les poils du menton ? Que je sois plus jolie moi aussi ? »

Dieu que tu étais barbue, mon Élise ! L'âge t'avait couverte d'autant de poils que l'Ernest... Tu t'installas en face de moi, sur le fauteuil, et fermas les yeux, attendant que ça passe. À chaque poil enlevé, tu sursautais et lançais un juron différent. *Noun di Diou ! Macani !* Nous riions comme des gamines. À la fin, dans ton patois : *Me voy veyre*, je vais me voir.

Tu trottas jusqu'à la salle de bains, revins et protestas : *Macarel !* Et la moustache ? Je n'y avais pas touché, nous étions pressées, quand même. Il fallut bien t'épiler jusqu'au dernier poil. Rajouter un peu de rouge aux joues et sur les lèvres. Ensuite, tu te contemplas avec un sourire dans le miroir, ajustas ton chapeau noir, le fameux *capeo*, et déclaras : Je t'attends.

Tu ne restas pas en transit très longtemps, mais pendant ce séjour, tous les samedis tu attendais le marché. Tu mettais de l'eau de Cologne, ajustais un foulard violet et attendais le blush et le rouge à lèvres pour visser ton chapeau noir. C'était le signal du départ. Tu me prenais le bras et me guidais toute guillerette vers l'autocar, puis vers les étals de Pézenas. De marché en marché, tu t'habituais à moi. Et te confiais, un peu. À chaque nouvel aveu, un sourire, de la malice. Des blagues sur ce pauvre Ernest. Sur ces dindes de Laure, ta fille, et Marie-Jeanne, sa sœur. Ce fichu Camille, le mari de ton aînée : il avait pas inventé l'eau tiède, et puis, il lui faisait des bâtards partout, non ? Bon, c'était la vie… Tu n'avais pas toujours été sage. Et n'avais peut-être pas passé toutes tes journées à te rouler les pouces.

Mamie revint un matin en coup de vent, te casa entre deux valises et t'embarqua. À peine le temps de t'embrasser.

Je ne te revis plus pendant quelque temps. Je t'oubliai. Tu devais être à la Boujassié, dans cette petite maison où tu avais vécu avec Ernest et dont le puits me fascinait, enfant. Un ou deux ans plus tard, il était entendu que la famille au grand complet allait festoyer près de Carmaux.

Je pensais t'y retrouver. Les quarante ans de mariage de Laure et Camille ? Un anniversaire ? J'ai oublié mais me souviens que je ne t'y vis pas. Je demandai où te trouver. On m'apprit que tu étais à l'Oustal, depuis deux mois. Il était prévu de t'y rendre visite, après les festivités. Je n'avais qu'à patienter.

L'Oustal… Un nom qui sonnait bien.

J'entre dans une affreuse bâtisse récemment construite, presque un préfabriqué. Je revois les pilastres en brique qui accueillaient pompeusement le visiteur, et la suite, les murs minces et nus, blanchâtres, la rampe qui permettait de convoyer en chaise roulante les résidents de la maison de retraite. Tout pue. Je suis, le cœur dans la gorge, Maman et Mamie qui bavardent à voix basse. Nous longeons un couloir vide. J'entends des bruits métalliques, des chaises ou des lits qui raclent le sol. Nous entrons dans une grande salle, vingt lits au moins. Tous alignés, étroits, blancs, barreaux, lits-cages espacés d'un mètre à peine, comme dans un dortoir de pension de jeunes filles ou un asile de fous. Un grand silence. Une femme, en nous apercevant, bondit et glapit un cri qui se fait longue plainte. Une infirmière réprimande la vieille dame qui s'est levée, qui file. Elle la récupère dans le couloir, la refourgue au lit et tonne : Qu'elle se taise, qu'elle se calme ! Les gouttes, on lui a donné ses gouttes ? La salle assiste à la scène sans rien dire. Quelques rires fusent, ça fayote. Tout tangue autour de moi, les lits identiques, les femmes en chemise de nuit, très vieilles, qui nous regardent pareillement. Je te cherche et ne te vois pas. Dans quel cauchemar m'a-t-on plongée ?

Je te découvre, enfin : tu es là, Mémée, toute petite, rabougrie au fond de la salle commune. Tu parais si vieille, maintenant… Si pâle, triste, épuisée. Si différente de celle qui m'entraînait au marché, deux ans plus tôt, et riait d'Ernest et de ta fille.

Tu nous vois. Tu te redresses, te tiens assise, dos presque droit.

Mamie te parle, tu la regardes sans répondre. Maman te prend la main, tu la retires. Je croise son regard. Je voudrais parler. Tu lèves la tête, fière. Tes yeux disent : tu vois ? Tu vois que même maintenant je ne décide de rien, que je n'ai pas choisi mon homme et ne choisirai pas ma mort ? Que je dois me taire ?

Je voudrais hurler, arrêter cela. Parler à Mamie, lui dire qu'elle n'a pas le droit. Je ne sais quoi faire, quoi te dire, je suis le mouvement, un mouton. Je n'ose pas t'embrasser.

Un regard dur s'attarde sur moi, masque ta peine, ta peur. Ta résignation furieuse. Mamie se retourne :

— Tu seras bien, ici, c'est moderne.

— Oui, tu seras bien, Mémée, essaie de confirmer Maman, bouleversée.

Tu es prisonnière du petit lit qu'on t'a assigné, Élise. Tu souris. Faiblement mais fièrement, tu provoques cette fille qui t'abandonne là. Tu trouves encore la force de te moquer, sans mot dire. Sans maudire.

Mais ce mépris… Cette panique, aussi. Tu sais que tu vas mourir là, il faudra juste attendre.

Mamie parle, trop fort comme toujours, et prononce ces mots avant même d'être sortie :

— Elle est vraiment bien, là, non ?

Maman se tait. Dans la voiture, Mamie enchaîne :

— On a fait notre B.A.

Je ne comprends pas, je demande, c'est quoi ce truc ?

— Tu ne connais pas les B.A., ma chérie ? condescend Mamie. Une bonne action. Moi, je fais une B.A. par jour.

On peut fermer les yeux, pas les oreilles. Alors, tandis qu'elle continue de pérorer, je pense plus fort que ces mots désinvoltes et insensés, je pense à toi, Mémée, à l'effroi dans tes yeux délavés, je pense à tous les vieillards oubliés à l'Oustal et ailleurs. On peut donc disposer de la vie de ses parents, lorsqu'ils sont vieux ? Les mettre au rebut, les exclure de la vie sans leur demander leur avis ? Je suis dévastée, je te vois, Mémée, entourée de tes voisines d'infortune, toutes aussi soumises et démunies que toi… Je pense à votre solitude, au moment où vous allez crever là dans un petit lit froid, l'angoisse au ventre et le bassin au cul, terrifiées et grelottantes. Je pense à tous les mouroirs où on enterre vivants les vieux, eux qui gardaient chez eux leurs parents sans se plaindre, au lieu d'aller visiter les pays où on refait le monde. Un monde meilleur où tous les hommes sont libres, égaux et heureux. À l'Est.

La malédiction

Sur le moment, je hais Mamie Laure. La violence des mots, qui redouble celle de ses actes. Je suis foudroyée, impuissante. Aujourd'hui, la tristesse est restée, la colère retombée. Je relis la scène. Si l'on considère les personnages qui la composent, on distingue quatre femmes : une chaîne de mères et de filles, sur quatre générations. Quatre aînées. Elles pourraient représenter les quatre âges de la vie : la grande vieillesse d'Élise, la maturité de Laure, l'âge adulte de ma mère, Danièle. Je sors de l'enfance. Élise est réduite à une enfance de fait : elle ne décide plus de rien. Pourtant, elle n'a pas perdu la tête. Juste le pouvoir de disposer de sa vie.

Je retiens une chose : ne jamais laisser qui que ce soit avoir un pouvoir sur moi. Et préparer ma fin, avant même d'avoir imaginé ce qu'il y aurait entre mes débuts dans la vie et ce terme redoutable. Ce moment où on pourrait me déposséder de mon corps trop faible, me fourrer dans un mouroir.

Autre certitude : cette famille est traversée par une malédiction qui sera mon principal héritage. Chaque génération exècre la précédente : Mamie malmène Élise la sans-cœur, qui ne lui a rien épargné : j'ai appris, beaucoup plus tard, qu'elle avait voulu envoyer Laure travailler comme bonne à tout faire, chez quelque bourgeois de Carmaux. Puis, comme la petite protestait, comme couturière, chez une modiste. Laure n'a pas protesté, mais s'est suffisamment distinguée à l'école pour devenir institutrice et échapper à ce sort. Sa dureté légendaire s'enracine sans doute dans le destin que sa mère lui réservait – l'indignation ressentie, les luttes pour échapper à cette condition. Mamie a aussi souffert dès le berceau, qui peut en douter, de la froideur de cette mère infoutue d'aimer la fille d'Ernest qu'elle n'avait pas désirée. La suite est d'une terrible monotonie : Mamie s'est comportée avec une dureté inouïe envers ma mère, qu'elle avait prétendu vouloir « dresser » et dont elle me disait, en confidence : que veux-tu, c'est une em-mer-deu-seu, en détachant les syllabes. Une emmerdeuse professionnelle ! Les souffrances de Maman, ses dépressions ? Juste l'envie de sa fille d'enquiquiner le monde.

Comment ma mère aurait-elle pu m'aimer ? Où aurait-elle appris l'amour pour un enfant ? Toute sa vie, elle a essayé, pourtant. Du reste, elle m'aimait sans doute. Mais ne savait pas s'empêcher de me malmener. On n'échappe pas à la répétition. À moins d'un miracle, ou d'une psychanalyse pas trop loupée, on est voué aux fatalités névrotiques.

Tout ce malheur… quel vertige ! Et pourquoi ? Il a suffi qu'un père force sa fille à prendre pour mari un homme qu'elle n'aimait pas. Qu'il abuse du pouvoir alors sans conteste du chef de famille, qu'il reste sourd aux supplications de la petite amoureuse d'un autre. La chaîne des tragédies commence là, dans une décision prise sans même trop y penser : le père ordonne, pense à ses intérêts, ignore les sentiments de la gamine – ça lui passera ! La fille obéit – c'est ça ou les coups. Ma famille, comme bien d'autres sans doute, illustre le sort de toutes les mal mariées, celles qui font la trame des comédies de Molière. Un vieillard veut donner sa fille à un homme qui flatte son intérêt, un Diafoirus s'il est malade ou le croit, un Tartuffe s'il est fou de Dieu ou un autre vieillard cupide s'il veut marier sa fille sans dot. C'est aussi le ressort de bien des drames : Emma ne choisit pas Bovary… La littérature d'hier dit les drames d'aujourd'hui. Des millions de gamines, partout où la religion ou l'état des mœurs permet à un père d'imposer un mari, se retrouvent à la merci d'un homme dont elles ne veulent pas. Si l'on savait à quelle triste vie on engage sa fille et les générations qui suivent et se ressemblent dans le chagrin… continuerait-on ces folies ?

L'HONNEUR DES FILLES

Troisième année, celle de l'examen qui fera de Danièle une institutrice. Les vacances de Pâques l'ont arrachée à l'école normale de Montpellier et l'ont ramenée à Saint-Benoît-de-Carmaux, où Mamie Laure, directrice d'école, règne sur le groupe scolaire et sur toute la famille au garde-à-vous. Elle règne tout particulièrement sur son mari, dont elle coupe les couilles méthodiquement. Elles repoussent un peu, le temps d'engrosser une bonne : elle recoupe. Papi, stoïque, se laisse émasculer en silence. Jusqu'au jour où ça pète.

— Comment ça, tu dois nous parler ? s'étonne Mamie, qui a l'habitude d'avoir l'initiative des conversations.

— On t'écoute, soupire Papi, le grand Camille, en tournant les pages de *L'Huma*.

— C'est-à-dire que c'est important, ose Maman.

— Important, glousse Mamie, la grande Mamie Laure. Qu'est-ce qui se passe encore ?

Laure est persuadée, depuis longtemps, que sa fille ne pense qu'à l'enquiquiner. Et qu'est-ce qu'on vous disait ? Danièle veut encore concentrer l'attention sur elle, sur sa petite personne. Elle ne voit donc pas que Camille lit ?

Elle le voit, mais se dit qu'il va bien falloir y aller : leur annoncer qu'il s'est passé quelque chose. Un bébé est en route.

Un silence mortel accueille la nouvelle.

Papi est livide, décomposé. La tête lui tourne. Il se lève. Il s'assied. Il se tait.

Mamie s'étrangle et reprend sur le ton de l'ironie :

— Enceinte ? Enceinte ! Et de qui, s'il vous plaît ?

— Mais de Dédé, voyons. C'est un accident.

Maman dévoile donc son état et, vu la consternation que provoque l'aveu, elle s'empresse d'ajouter :

— Mais vous savez, ce n'est pas grave. Il suffit qu'on se marie un peu plus tôt que prévu. Deux mois plus tôt, en fait, juste au début des vacances de juillet.

En cet instant, ce qui aurait pu n'être qu'une scène banale des années 60 (combien de jeunes filles se sont trouvées enceintes un peu trop tôt et se sont mariées le ventre bien rond ? Des centaines de milliers, sans doute), en cet instant, la scène tourne mal, ça dérape.

Mamie s'époumone.

— Comment as-tu pu, traînée, Marie-couche-toi-là, fille indigne !

Papi retient sa colère. Il est statufié. *L'Huma* est tombé par terre. Il a cessé de respirer. Sa fille, déshonorée ! Par ce fils de rien, en plus, ce rejeton de culs-terreux ! Il se tait longtemps, parce que dans son esprit des hurlements d'indignation retentissent. Mamie continue de piailler sa rage, de faire monter la sauce, puis se tourne vers lui, toujours muet, toujours passif :

— Mais enfin, tu ne dis rien ! Notre fille nous plonge dans la honte, et tu te tais ! Mauviette !

Alors, Papi bondit, se jette sur Maman, lui hurle des insultes, la roue de coups. Maman pleure, tente entre deux sanglots de les raisonner, ce n'est pas grave, André va l'épouser, ils auront un bébé un peu tôt, c'est tout.

— C'est tout ? C'est tout !

Papi lui envoie des volées de gifles, la bat comme s'il voulait la tuer, et il le veut, il veut la crever et le lui dit, et sa voix folle enfle, Maman tremble de trouille et de honte et de rage mêlées, elle suffoque, arrête ! je t'en prie... Papi l'attrape par les épaules, l'insulte, lui crache dessus, la conspue, la renie, la déshérite, la bat encore, gifles et coups de pied, la torgnole jusqu'à perdre force et la jette dehors.

Elle est dans la cour et elle s'est chiée dessus.

Je suis l'enfant de cette scène de folie. Elle me hante, comme si elle s'était fixée en moi in utero, comme un coin enkysté dans ma chair, celle toute flasque de mon cerveau miniature, comme un monstre qui me dévorera vivante jusqu'à mon dernier souffle. Un concentré de névrose et de folie dont aucune psychanalyse ne parvient à se défaire. J'en restitue les grandes lignes d'après ce que m'en a dit la sœur cadette de Maman pour y avoir assisté alors qu'elle avait quinze ou seize ans. Maman ne s'est jamais remise. La peur ? La révolte ? Le dégoût ? Une immense tristesse s'est abattue sur elle.

Ma petite Maman, brisée avant que je naisse.

Brisée et jamais réparée.

Torturée

Lorsque je suis encore enfant, Maman m'apprend qu'après ma naissance elle est tombée dans une dépression profonde. Hôpital psychiatrique, cure de sommeil, électrochocs.

Électrochocs.

Ce mot que Maman prononçait à voix basse, souvent, à moi, à d'autres, à des voisines que ces récits passionnaient… Électrochocs, électrochocs, électrochocs : le mot résonnait en moi, enfant, de manière terrifiante. J'entendais « chocs électriques ». Je la voyais sursauter à chaque impulsion électrique. J'aurais voulu boucher mes oreilles mais ses cris de douleur m'envahissaient. J'imaginais ma mère ligotée, un bâillon dans la bouche, à demi morte de peur. Torture médicalisée. Qui lui mettait le putain de chiffon entre les dents pour ne pas entendre ses hurlements ? Est-ce qu'elle pouvait leur demander d'arrêter ? Elle avait mal comment ? Est-ce qu'elle sautait sur elle-même ? Est-ce qu'elle se faisait dessus ? Est-ce qu'elle pleurait, criait, suppliait qu'on la délivre ? Qui étaient les monstres qui lui envoyaient l'électricité dans tout le corps ? À quoi ressemblaient-ils ? Aujourd'hui encore, je ne peux évoquer ces horreurs qu'avec les mains qui tremblent et la tête qui tourne.

Quand je suis adolescente, elle me parle et reparle de ces électrochocs. Elle a trente-cinq ans, mais elle est sans âge. Elle se coiffe toujours d'un chignon bas retenu par une barrette en plastique imitant la corne, et cette affreuse coiffure qui comprime ses cheveux magnifiques lui donne des airs de nonne sévère. Dans la maison sombre, elle cache ses yeux derrière des lunettes de soleil. On dirait une aveugle, ou une folle. Elle me fait peur. Elle dit, Électrochocs. Je l'imagine tordue par les secousses électriques, elle hurle, on continue de lui envoyer de l'électricité. Gégène, géhenne. Je suis tétanisée. Je lui pose des questions, encore des questions, encore, mais dis-moi ! Explique, comment, pourquoi ? Elle secoue la tête de gauche à droite : non, rien à ajouter.

Électrochocs.

Électrochocs, tu entends bien ? Je dois me contenter du mot. Dans ma tête, des images, des mises en scène, des personnages. Des films.

Elle est souvent méchante avec moi, cela dépend des jours. Des gifles, souvent. Des réprimandes, tout le temps. Le temps du cerveau droit est révolu. Nous vivons dans une villa, tous ensemble, je suis coincée. Elle me demande de faire mille choses, je m'exécute avec le plus grand sérieux, ça ne va jamais. Je n'ai pas le droit de rêver, d'écrire à des amies, de sortir. « Rends-toi utile ! » Où que je sois planquée, elle me trouve et l'injonction tombe : « Mais rends-toi utile ! Me laisser tout faire ? Tu n'as pas honte ? » Je vais faire le repassage, je m'applique et lui montre le linge bien empilé : les draps, serviettes, nappes, chemises. Elle est contente, me sourit.

Parfois elle me cherche, elle veut me parler, se confier. Elle se transforme, elle sourit, elle chantonne. J'ai envie de lui dire d'enlever ses lunettes noires. Dans la maison sombre, comme ça, elle me paraît si laide, et j'ai honte de trouver ma mère affreuse, c'est mal.

Mais parfois aussi elle devient gentille. Lorsqu'elle m'enseigne la peinture, elle qui aurait tant aimé faire les Beaux-Arts et regrette désormais de n'avoir pas assez travaillé. Du reste, elle a un joli coup de crayon, le sens de la composition. Elle m'initie au dessin, au pastel, à l'huile. Parfois me taquine : comme une gamine, saisit mon pinceau, le rince, prend une touche de rouge qu'elle me tartine sur le bout du nez, et nous rions, et nous nous embrassons et elle a du rouge sur les joues. Quand elle n'est pas fatiguée, nous arpentons ensemble les garrigues derrière le village.

L'été, la plage de Marseillan. Maman raffole des bains de mer, et je la revois, avec ce bonnet de bain des années 70 orné de grandes marguerites en plastique qu'elle a gardé des décennies, longer longuement le rivage. Allure appliquée de bonne élève. Elle vient s'allonger près de moi sur le sable chaud, me caresse la main et soupire : je ne connais rien de meilleur.

Elle n'aime pas la télévision (tant de programmes abêtissants, ma Natouchka…) mais traque les émissions culturelles. Pivot, bien sûr, le Grand Échiquier, et plus encore une émission dont le titre m'échappe, hélas, qui présente les avant-gardes : toutes, littéraire, musicale, picturale. Elle veut comprendre ce monde moderne qui n'est pas arrivé jusqu'à Montagnac, on tente de décrypter ensemble, parfois on fait des hypothèses loufoques, et on rit. Elle voudrait aussi être à la page sur le chapitre des mœurs. Lorsque je lui annonce que je suis amoureuse, elle sourit. Quand j'ajoute « d'une femme », elle ne commente pas, hésite et lance, avec un zeste de défi :

— D'accord, et Jacky ?

— Il a l'esprit large.

Mais le plus souvent, elle me houspille. Durement, des bordées de reproches. Je ne comprends pas de quoi elle m'accuse, c'est compliqué, c'est tordu. C'est toujours injuste : je suis sa petite esclave, j'accepte ma condition sans me plaindre, je veux toujours bien faire, je range la table, je passe l'aspirateur, j'étends, repasse et range le linge. J'y passe mes jeudis après-midi pendant que les autres filles du village se retrouvent sur l'esplanade et qu'Ange joue avec elles et avec Lydie.

Et je me fais toujours enguirlander.

Recherchée, comme une bouée. Rejetée, comme un avorton né malgré tout. Je ne comprends rien.

Mais je la plains.

Souvent elle dit : Je suis fatiguée, en ce moment. Je comprends que cela veut dire qu'elle glisse vers le fond. Je lui prends les mains. Elle se tait.

Je ne vois pas ses yeux, juste une larme qui coule sous les lunettes noires.

Trois fois

Tu vas et viens dans la grande maison noire. Tu n'as plus besoin de lumière. La nuit est entrée en toi depuis si longtemps. Tu ne crois plus à la lumière, tu ne crois plus en rien. Tu es épuisée. Tu as peur. Ta psy t'a dit : maladie incurable. Incurable, ce mot frotte dans ta tête, il résonne, il tourneboule : je suis incurable. Ça ricoche. Ça ricane : incurable, va !

Les mots depuis toujours tournent en folie dans ton cerveau et tu les éjectes tout bas, tout le temps. Ou très haut d'un ton têtu : tu penses avec certitude qu'un tel t'a fait ceci, un autre a dit cela, tu l'as répété cent fois mais il faudrait le hurler mille fois encore pour qu'on t'entende enfin et qu'on comprenne que c'est à cause de ceci et cela que tout va mal, que tu vas mal. Tu parles depuis un monde peuplé de monstres, un père violent, une mère qui te dresse, des cousins fâchés dont je ne retiens jamais le nom, car je n'arrive jamais à suivre le fil de tes divagations aiguës. Tu me parles de ces cousins morts ou vivants comme d'êtres dont je suis évidemment proche, et puis les voisins, et puis les amis, et puis encore des cousins. Des vieilleries de cousins crevés depuis trente ans dont tu me parles comme si tu les avais vus hier et dont je devrais tout savoir. Tu casses les oreilles de tout le monde avec les films que tu te fais et dans lesquels tu veux nous faire entrer. Tu parles, tu agresses, tu insinues, tu manipules, tu harcèles. Je te fuis. Je te fuis à sept ans, d'abord, mais pas trop loin, autant que le peut une enfant. Puis je te fuis tout à fait, à seize, je pars avec le premier homme qui veut de moi. Mes deux sœurs sont restées. Mais sont fâchées avec toi, aussi, souvent. Comme tout le monde.

Tu déblatères, et tu vois bien que personne ne veut plus t'entendre. On te fuit. Tu es seule, vraiment. Peut-être l'as-tu toujours été, même enfant, même bébé. Ce soir aussi, tu es seule et ça tombe bien. André est parti passer la nuit à Nissan, où sa mère âgée a peur la nuit. Deux fois par semaine il fait cet effort, ce pèlerinage. Tu n'aimes pas ce rituel, tu n'aimes pas la mère d'André, il y a tant d'êtres que tu hais. Celle-là plus que tous les autres réunis. Et toi avec. Et la vie, l'as-tu aimée un jour ?

Ce soir, cette solitude t'arrange. Tu as la nuit pour toi, mais il ne faut pas traîner.

Tu restes dans le noir car tu ne veux plus voir les objets que tu as accumulés, par séries, par collections, tellement qu'ils remplissent les armoires où tu les as empilés et tassés, et le grenier, et le cellier, et même le garage dans lequel certains demeureront à jamais dans leur emballage intact. Tu restes dans le noir parce que tu ne veux pas voir les photos de tes filles que tu as aimées, à ta manière, à ta pauvre manière de mère perdue qui aimait en criant, en giflant, en ayant peur d'être une mauvaise mère, la pire des mères. Ces trois visages, tu ne veux plus les voir parce que ce sont ceux de trois étrangères. Tes filles t'ont tourné le dos, elles ne te parlent plus, ou le moins possible. Moi, je suis celle qui te parle le moins. Je suis la sans-cœur. Celle qui se dépatouille toujours dans la vie, la trop maligne, la trop bosseuse, la trop jolie.

Tu te fais couler le bain moussant, en haut. Puis tu redescends, pas envie d'entendre l'eau qui coule, et tu t'assieds sur ton Récamier. Tu aimes ce meuble récupéré dans une brocante, où tu t'installes souvent pour lire comme dans un roman, comme dans un tableau, comme dans le rêve de la vie que tu aurais voulue. Cette nuit, tu ne liras pas, tu ne poseras pas pour le peintre invisible. Tu cherches comment t'asseoir sans souffrir. Ton dos te torture, toujours, tout ton corps souffre, ton corps presque autant que ton cœur.

Ton cœur bat, fort. Il éclate sur tes tempes. Tu vas arrêter l'eau du bain. Tu regardes la baignoire remplie dans la pénombre. Tu te regardes. Tu observes à la lumière de la lune presque pleine ton visage transformé : miracles de la chirurgie, toi qui ne voulais pas en entendre parler. Un bref sourire, bien triste. Tu parais trente ans de moins. Tu enlèves tes vêtements, tu te regardes encore : comme tu as maigri… Tu as retrouvé la minceur de tes vingt ans. Celle d'avant le drame, d'avant moi et les électrochocs. Mais maintenant que tu es mince, tes chairs sont flétries. Cela ne se voit pas dans la lumière de la lune, mais tu le sais bien. Tu hais ce corps abîmé : tu as soixante ans, le visage a recouvré son ovale et sa fraîcheur, mais la cellulite continue à faire des plaques sur tes jambes efflanquées.

Eh alors ? Tu t'en moques, de ce corps. Il n'existe plus, déjà. Tu enfiles un maillot de bain une pièce. Tu pleures. Tu ne te mouches pas. Mal à la tête, la bouche aigre. Tu t'en fous de te moucher et de puer. Être présentable… pour qui, pour quoi ? Tu descends l'escalier dans le noir, tu t'assieds face au petit bureau coincé entre la grosse armoire et le mur. Tu allumes.

Il faut écrire.

Les lettres sont presque prêtes. Une pour André. Une, une seule, pour tes trois filles. Depuis des jours tu écris, depuis que tu as décidé. Tu ajoutes une phrase quand tu as le temps. Ce soir tu dois terminer. Tu veux expliquer, tu voudrais rassurer, personne n'est coupable, personne, vous m'entendez. Vous devez me croire. Tu veux encourager : continuez. Vivez. Tu y mets ce qui te reste d'énergie : soyez heureux. Heu-reux !

Soyez heureux… Maman, arrête. Je t'en prie, Maman, vide ce bain, jette ces saloperies de médicaments, arrête, je t'en supplie, arrête, attends. Je vais t'aider, on va parler, je te consolerai de tout, je t'emmènerai dans des pays que tu aimes, on ira à Cuba, au Chili, tu parleras espagnol, on boira des verres en terrasse, ou en Russie, on ira enfin à Saint-Pétersbourg dont on a si souvent parlé, tu verras que la vie est belle parfois, et légère, tu verras qu'on guérit des chagrins même les plus gros, Maman, ne fais pas ça, arrête, calme-toi, allonge-toi sur le lit, attends-moi.

Ma Maman.

Soyez heureuses. Tu crois vraiment ? Maman, tu l'as cru ? Tu as cru que je me remettrais de toi ? Cela fait quinze ans maintenant. Quinze ans que je ne vis pas, je fais comme si. Je ne suis pas heureuse, je me gave de saloperies d'antidépresseurs et d'anxiolytiques, je gonfle de dix kilos, je suis assommée jusqu'à midi, mais dès que je suis levée je souris. Toujours. Personne ne voit, personne ne devine. *Commedia.*

Tu vas dans le cellier chercher la boîte où tu entasses des médicaments, depuis des mois. La nuit a passé, une lueur venue de la terrasse troue les ténèbres. Vite, il faut faire vite. Tu écris un mot pour André : je suis allée marcher, ne m'attends pas pour le petit déjeuner. Tu sors sur le perron, tu le glisses sous l'essuie-glace, sur le pare-brise de ta voiture. Tu montes lentement l'escalier. Tu vas poser les lettres sur le lavabo de la salle de bains. Mais tu dois redescendre. Tu as oublié les cordes dans le garage. Tu avales tous les médicaments, tu ne pleures plus, tu sais ce que tu as à faire depuis des jours, c'est décidé, c'est mieux comme ça. Tu arrêteras de fatiguer André. Tu ne sombreras pas dans une folie incurable. Tu ne tomberas plus sur le répondeur de ta fille qui ne veut plus te parler. Tu seras délivrée. Nous le serons tous.

La tête tourne déjà. Silencieusement, bourreau sans état d'âme, tu te glisses dans la baignoire où l'eau a refroidi, tu enroules les cordes depuis le robinet autour de ton cou, pour ne pas risquer de faiblir, de renoncer. Tu serres, tu t'étrangles. Tu meurs trois fois : étouffée, noyée, droguée.

Après

Longtemps, après ça, pendant plus de dix ans, j'ai cru que je n'allais pas y échapper. J'allais me suicider, moi aussi. La grande folie des maltraitances de femme en femme avait abouti à ça : une fin tragique que je n'avais pas vue venir. Par quel nouveau zigzag me relever ?

Et la morsure des regrets. Si seulement... Si j'avais dit, si j'avais tu. Si j'avais été moins dure.

Si, comme je te l'avais proposé une semaine avant les trois fois, je t'avais emmenée en voyage, loin de ces scénarios familiaux que tu ressassais tout haut, qui t'obsédaient et excédaient les plus patients, si au lieu d'en rester au projet un peu vague je t'avais offert un billet – allez viens, Maman, on part, on se parlera, on verra l'Ermitage et ses trésors, et on boira de la vodka.

Ou si je t'avais aidée à écrire ce livre sur ton père, *lou bastard*, le bâtard, *lou fils del rico*, le fils du riche, ce père qui avait menti sur tout et à qui tu ne pardonnais pas...

Ou si je t'avais parlé de moi, pour de vrai, au lieu de tout te cacher. Si je t'avais dit que j'étais sur le point de publier *Rhésus*, qu'un bon éditeur l'avait accepté, si j'avais su imaginer que tu aurais pu être fière de moi et avoir envie de partager cette aventure. Tu aimais tellement les mots, tu lisais tout le temps.

Si seulement… Tu serais là. Qu'on arrête la bouillie du réconfort : je le sais.

Ce babil idiot autour de moi, tout le temps : « Tu n'y es pour rien. » Si je n'étais pas née, pas de dépression, pas d'électrochocs. Si tu avais réussi à m'allaiter, on ne t'aurait pas bandé les seins, ils n'auraient pas été écrasés, flingués. Si je n'avais pas fui ta folie, si je t'avais aidée… Si je ne t'avais pas dit des mots si durs, si je n'avais pas été si radicale, si je ne t'avais pas toujours repoussée.

Les jours passés à refaire en pensée tout ce que j'avais foiré. Les nuits sans sommeil, et lorsque enfin je sombrais dans l'inconscience, les rêves. Je me voyais pendue. Déchiquetée sous le métro. Noyée.

On n'échappe à rien. Je suis maudite, moi aussi.

Ensuite, ces rêves envahissent les jours : je sais tellement que je vais mourir, que je le dois, que je prends des mesures. M'organise.

Ne rien dire, ne rien montrer. Mes filles, ô mes petites, je vais vous faire ça ? C'est le pire, savoir ce qui vous attend, après.

Olivier sait, il a compris. Il m'aide à tenir debout. C'est lui que Papa a appelé, pour lui dire. Je lisais sur son visage l'épouvante sous le masque de calme qu'il tentait de maintenir. Effroi de la nouvelle, et d'avoir à me la révéler. Je revois précisément l'endroit : Auvergne, je suis assise sur mon lit, où j'essaie de terminer *Rhésus*. La lumière d'été inonde la chambre. Puis le trou vertigineux dans lequel je tombe quand j'entends les mots qu'il peine à articuler.

De retour de l'enterrement, je tombe toujours, tombe, tombe, et depuis, j'habite ta tombe.

VIII

LITTÉRATURE

Les mots mentent

J'ai trois, puis quatre, cinq ans. L'appartement de mes parents est une caserne. En fait, une école IIIe République, mais aux lignes martiales, en trois corps : école maternelle, école des filles, école des garçons. Les souvenirs se précisent dès que j'écris ces lignes. J'aime jouer dans l'école le soir, lorsqu'elle est vide. Tout est calme, les trois cours immenses sont débarrassées des enfants et des adultes, c'est mon domaine. Les grilles en fuseaux de fer forgé sont hautes et nous protègent des monstres qui rôdent au-dehors.

À Saint-Thibéry se trouve une merveille qui ne loge pas dans la caserne, mais à deux rues, vers la campagne : Ryélène. Nous sommes amies, et je vais passer des après-midi chez elle. Elle est douce et fait tout ce que je lui ordonne. C'est normal, elle est à moi, c'est *ma* Ryélène. La mienne rien qu'à moi et pour toujours et elle est d'accord. Nous passons notre temps à nous déguiser et à inventer des bêtises drôles. La mère de Ryélène est en revanche une erreur de la nature. Cette dame acerbe boit des litres de café, excellent pour la santé, elle l'a lu quelque part, mais qui corrodent ses nerfs et gâtent son caractère. J'aime beaucoup Ryélène et pas du tout cette éléphante à bigoudis qui sourit de toutes ses rides, dit non à tout et décide toujours trop tôt qu'il est temps pour moi de rentrer à la caserne. Un jour, je convaincs Ryélène de trouver un prétexte pour se glisser dans le salon où la méchante reçoit des amies et d'où sont normalement exclues les enfants que nous sommes. Il s'agit de « passer à l'attaque ». J'expose la stratégie et mets à sa disposition les munitions. Ryélène glousse, tergiverse, s'exécute. L'opération terminée, nous retenons notre souffle, assises sur les marches de l'escalier derrière la porte du salon. L'attente est délicieuse. Le plus dur est de rester silencieuses pendant la planque : je ris tout haut. Le temps passe. Les dames babillent, se font des amabilités, médisent de tout le village. Surtout d'une telle et de telle autre, pas comme il faut. Infréquentables, tranche l'éléphante. Qui soudain, qui enfin, au milieu d'un commentaire, barrit. L'explosion a eu lieu. Une autre rombière s'étouffe, c'est parfait. La troisième vagit des imprécations. Qu'a-t-elle dit ? Nous ne le saurons pas : repli stratégique dans la chambre de Ryélène, où je range rapido ma boîte bleue Cérébos dans mon sac. Le café salé a eu l'effet escompté, Madame Mère est furieuse.

Lorsque le pachyderme vient nous demander des comptes dans la chambre, la bouche en feu et la fureur homérique, Ryélène est assise à une petite table où je lui dicte des lignes de lettres : je fais la maîtresse. Je regarde la folle d'un air sévère et continue la dictée. Elle me scrute, je lui tiens tête. Le fou rire menace. Je lui tourne le dos et reprends la dictée, ou ce qui en tient lieu.

C'est à l'école que la maîtresse, la vraie, me fait une révélation. Les mots mentent. Ryélène n'est pas à moi. J'ai rêvé qu'elle était *ma* Ryélène. Dans le sens des sons prononcés, Ryélène m'appartenait. Dans le sens qu'impose le mot écrit, j'en suis dépossédée. Ryélène est Marie-Hélène et elle doit l'écrire au tableau à la demande de Mme Espinosa. Je suis sidérée.

L'orthographe m'a pris Ryélène, mais je l'aime toujours.

Quand j'écrirai des livres, plus tard, c'est moi qui déciderai du sens des mots.

Et j'inventerai les miens.

L'ÉCRITURE BI

Mon premier roman a eu un succès d'estime : quelques prix, certes mineurs, des invitations à des salons, quelques radios et télés, et même, ô miracle, des lecteurs.

Le piquant de l'aventure tient à ce que jamais je n'avais imaginé pouvoir écrire un roman. Je m'étais essayée au pastiche, par jeu, pour me délasser d'une thèse récemment entreprise, lorsque je commençai à enseigner dans le secondaire, thèse qui hélas n'avançait pas. Je procrastinais et me divertissais. Un pastiche en entraîna l'autre, et le plaisir de l'imitation lié à celui de l'invention me conduisit d'un presque inconnu, Tallemant des Réaux, à l'illustre La Fontaine. Je ne fais qu'emprunter un chemin de traverse, me disais-je : la thèse envisagée devait porter sur le *Registre* de La Grange, tenu par le fidèle comédien et homme de confiance de Molière, qui soir après soir consignait dans un épais volume les représentations, les recettes du parterre des loges et des galeries, et les débours en chandelles. Ce registre fourmillait de renseignements sur la vie de la troupe, ses rapports avec la cour, ses « visites » chez les Grands du royaume, Fouquet, encore surintendant des finances, puis Mazarin, l'influente et délicieuse Henriette d'Angleterre, dite Madame, le Grand Condé, et de riches bourgeois restés inconnus, dont ce monsieur Sanguin de la place Royale qui m'a toujours fait rêver. Et donc, me divertissant à donner la plume à des contemporains de Molière, je m'imaginais que je restais, plus ou moins, dans le sujet…

Ce recueil écrit, je songeai finalement à le faire publier. Je ne reçus que des refus et l'oubliai. Lorsque je retrouvai Albertine, avec qui une amitié naquit faute de mieux, je le lui donnai à lire. Elle lui trouva quelques qualités, et m'encouragea à continuer. Ce que je fis. Je ne pouvais avoir Albertine ? Je restais proche d'elle en écrivant, en lui montrant parfois quelques feuillets, tandis que je découvrais les joies et les vicissitudes d'un amour avec une femme, dans le Marais de Coline et de Diva.

A posteriori, je ne peux que faire le lien entre deux libertés que je me suis autorisées : celle d'écrire vraiment, en mon nom, et celle d'aimer les femmes. Comme si, avec elles réapparues et petit à petit installées dans ma vie, j'étais enfin devenue tout à fait moi. Ce moi s'était longtemps tu, bridé par l'interdit michelangelien, et brutalement devenait loquace. J'étais comme chatouillée par le plaisir de la racontouze dont parle Perec. Ainsi naquit *Rhésus*, qui, dès la première partie, met en scène une bi, octogénaire certes, venue sur le très tard à la découverte de son attirance pour les femmes (en l'occurrence, Céleste), et qui dans le même temps tombe sous le charme de l'inénarrable Hector, communiste, batailleur, roi des malins et bonne pâte.

Les romans qui suivirent furent marqués par la même identité genrée, pour parler comme aujourd'hui. En fait, je faisais du genre comme Jourdain de la prose : cela me venait tout seul. Sur le même modèle naquirent les personnages de *Fantaisie-sarabande*, Angèle et Annabelle, toutes deux bi, puis dans *Les Ennemis de la vie ordinaire*, Élisabeth, Mylène et Mariette. Ce ne fut jamais concerté : je me rends compte aujourd'hui que presque toutes mes héroïnes sont parties de l'hétérosexualité la plus stricte et ont découvert au fil du récit l'amour avec le même sexe. Le phénomène gagne du terrain. Dans mes romans, les hommes aussi deviennent bi, tel Gunter, le beau et mystérieux Gunter, lui aussi ennemi de la vie ordinaire, et pour sa part drag-queen sublime qui fait bander dur Damien, Pablo, et même monsieur le curé Jean-Charles, que Dieu lui pardonne.

Les killeuses de Basse-Auvergne

Revenons au premier roman, *Rhésus*, qui fut donc plutôt bien reçu. Ce bonheur inattendu a déterminé toute la suite de ma carrière de romancière : il l'a favorisée mais dans le même temps entravée. Qu'écrire après *Rhésus*, où j'avais jeté toutes mes forces, après quoi je ne pouvais que décevoir, voire déchoir ?

Écrasée par ce demi-succès, je me racontais que j'avais écrit le livre de ma vie et que je pouvais bien désormais me taire, non ? Hélas, je n'avais aucun talent pour le silence. Ne plus écrire me paraissait renoncer à une part de moi qui était advenue par la grâce d'une publication. Quand bien même je m'euphorisais d'antidépresseurs, la vie sans écriture n'était plus tout à fait la vie.

Les pastiches furent publiés ensuite, assez vite. Mais à mes yeux, ils ne comptaient plus vraiment : écrits depuis trop longtemps, bien avant *Rhésus*, ils n'étaient plus que le reflet d'un état ancien de mon moi littéraire qui ne m'intéressait plus. Je savais qu'en travaillant je pouvais encore pondre des pastiches, mais ce que je désirais désormais, c'était à nouveau un roman. Ce genre qui n'allait absolument pas de soi à mes débuts était devenu la seule forme qui me passionnait. J'avais attrapé le virus romanesque.

Il fallait donc rebondir malgré la trouille du « deuxième », dont on dit qu'il est celui de tous les dangers. Haut les cœurs ! Je décidai de rempiler, malgré le trac. À nouveau, j'eus une idée de roman, un bidule oulipien. Je me lançai dans le projet, je rêvais, je parle là de rêveries diurnes sur ce roman, ses contraintes, son intrigue et ses personnages. Je méditais, faisais des sommaires, écrivais des scènes, faisais dialoguer mes personnages, me documentais tous azimuts. Six mois plus tard, je renonçai : pas bon. Pas d'urgence, de nécessité absolue. Poubelle.

Le processus se renouvelant plusieurs fois, j'arrivai à un diagnostic : peut-être manquais-je de temps, de disponibilité d'esprit ? Mais oui, c'était évident ! L'enseignement occupait trop de place dans ma vie, envahissait ma machine mentale : moins les cours que leur préparation, et surtout les interactions avec l'administration et les collègues, toutes affaires qui m'ont toujours laissée perplexe. Je me convainquis que l'enseignement était la cause de ma panne, qu'il fallait que je sois enfin libre pour créer. Je demandai et obtins un congé sans solde. Plus rien ne s'opposait à ce que je consacre mes matins, mes jours, mes nuits, mes week-ends et mes vacances à l'Œuvre.

Sauf qu'il n'y avait pas d'œuvre. Pas même des œuvrettes. Toujours rien. J'avais perdu la foi, on a vu comment : une sorcière m'avait naguère jeté un sort.

Je me souviens de cette étape comme de la pire de ma vie. Je dînais frugalement, me couchais tôt, me levais à l'aube, faisais un jogging pour me mettre en forme, aérer mes neurones et stimuler ma dopamine. Au retour, après la douche chaude, je me glissais dans des vêtements confortables : la chambre-bureau à moi était prête, elle m'attendait. Sur les étagères, les grigris devant les livres étaient alignés dans l'ordre qui convenait à l'inspiration. Un singe en bronze, frère de *Rhésus*, veillait sur une variété de babioles bénéfiques. L'ordinateur, débarrassé de toute poussière, situé au centre exact du grand bureau cylindre, patientait, ouvert, curieux de ce que j'allais lui inventer. Je m'installais devant la bête la peur dans la gorge, mais j'y allais, Dieu sait que j'y allais. Reprenais un texte interrompu la veille. Fignolais un autre qui me paraissait central pour le roman en cours et auquel il manquait toujours quelque chose. Et je m'apercevais à la fin de la journée que tout était bon à jeter. Les grigris s'étaient endormis, le singe avait mis la main devant la bouche, l'ordinateur n'avait recueilli que des texticules bien faiblards.

Et pourtant, j'avais essayé. Arpenté de long en large l'espace de la chambre. Parlé tout haut. Fallait-il donc gueuler, comme Flaubert ? Parfois, je m'y essayais. Des textes entiers, à toute force. Trouver leur rythme, leur scansion, leur évidence. Je m'égosillais et ne réussissais qu'à provoquer l'inquiétude familiale et à m'enrouer la voix.

À ce rythme, je tins quelques mois, puis devant le désastre littéraire, ayant hésité entre la noyade dans l'Allier tout proche, la corde et les barbituriques, je trouvai le suicide idéal : le Scrabble.

Un genre de mise à mort qui présentait l'avantage de ne pas affliger mes proches, mais que déparait un inconvénient majeur : je gaspillais ma matière mentale à remplir idiotement un plateau en matière plastique de mots dont j'ignorais le sens (ikat, béothuk, putéoliens). Ce fut une plongée effarée dans l'absurde. Un hara-kiri dans l'antilittérature.

Mais avais-je le choix ? Je crevais de croupir seule, chez moi, au bout du monde, entourée de champs et de forêts et de rivières et de rien. Arrêter d'enseigner avait eu pour conséquence de me désocialiser tout à fait, n'étant jamais vraiment parvenue à me faire des amis en Auvergne, où je suis restée pour toujours la Parisienne. Je décidai de rencontrer des humains, n'importe lesquels. Les seuls disponibles, dans ces contrées dépeuplées, étaient des individus qui se retrouvaient au club (prononcé avec un *u*) pour disputer des parties de Scrabble. C'étaient des femmes, ou plutôt des antiquités. Chaque ville avait une population de scrabbleuses bien spécifique. Au Puy-en-Velay, un quarteron de bigotes, sur lequel régnait Marie-Jeanne, qui filait à l'office juste après la partie (mais qui pendant bataillait avec une frénésie toute diabolique). À Ambert, un bataillon d'institutrices retraitées, moins cléricales, mais pas vraiment plus fun. Claudette, queue-de-cheval sur le sommet du crâne, breloques aux oreilles et rouge à lèvres carmin, était la maîtresse des lieux, car il semble falloir des femelles alpha dans tout groupe de femmes. Elle avait menacé plusieurs fois de virer la petite Nathalie (dans le monde réel, personne ne sait que je suis aussi Héléna et que j'écris, disons plutôt que je m'y essaie) à cause de ses retards, puis de ses bulletins mal remplis (j'oubliais parfois d'écrire en majuscules). Elle avait fini par me sermonner gravement, prenant à partie l'assemblée ravie du spectacle. Allait-on accepter que je ralentisse ainsi le rythme des parties ? Et le respect, on allait devoir me l'apprendre, à mon âge ? J'avais dû courber l'échine pour me faire accepter, toute discrète et au fond, comme un cancre.

Mais entre ces humiliations, l'ennui et les cours de tricot, je n'avais pas hésité et m'étais inscrite dans tous les clubs de la région : Le Puy, Clermont-Ferrand, Ambert et Thiers. Ainsi, tous les après-midi, j'échappais à la solitude : j'allais faire une partie en *duplicate*.

Damnation que le *duplicate* ! Pour la socialisation, je pouvais repasser. Je découvrais une variante du Scrabble très différente de celui qui se joue en famille pour égayer les soirées d'hiver. C'était du brutal. À Ambert, Monique, une arbitre poilue, officiait en haut de la salle, sergent en chef désigné par la terrible Claudette. Elle annonçait sept lettres en les affichant sur un tableau. À partir de cette donnée aléatoire, les participantes devaient trouver le mot qui, habilement posé sur le plateau de Scrabble, obtiendrait le meilleur score, appelé le « top ». Pour chaque coup, trois minutes, au terme desquelles Momo passait dans les rangs (nous étions comme à l'école, sages et disciplinées, et comme à l'école, il y avait des tricheuses notoires, ce qui mettait un peu de sel à l'affaire), et, s'inclinant martiale devant chaque élève, la matrone recueillait le petit bout de papier, dit bulletin, sur lequel était inscrit le mot en lettres majuscules. La partie pouvait reprendre, à partir de ce fameux « top ». Pendant les vingt à vingt-cinq coups que durait le jeu, la lutte était acharnée. J'avais cru me délasser : j'étais entrée en guerre.

Je n'avais pas l'avantage : tous les après-midi, je me faisais massacrer par des mamies de quatre-vingt-cinq ans, des cathos cacochymes, des instits quasi centenaires qu'une pratique offensive du Scrabble avait préservées d'Alzheimer, et toutes se faisaient un malin plaisir à me mettre à terre et m'y piétiner, m'achever, moi la grande blonde qui avait l'âge de leur fille ou même de leur petite-fille. M'y étriller avec des mots de six ou sept lettres : evzone, salchow, borazon, kakawis, ojibwas, juvénat ou bowette. De ces mots imprononçables, elles en connaissaient des milliers, d'aucun elles ne connaissaient le sens. Voilà qui me fascinait, cette espèce de sport intellectuel qui consistait à utiliser des vocables en dehors de tout contexte, de toute syntaxe, de toute préoccupation sémantique, esthétique, sonore et bien sûr littéraire. Salchow, ojibwas… n'étaient-ce pas des merveilles ? Non, c'étaient des scores, des suites de vocables asémiques dont la valeur s'estimait en points. Ce fut pour moi une expérience intellectuelle limite, une sorte de sport extrême cérébral qui devint vite une drogue. Car il n'était pas dit que j'allais éternellement me faire rétamer par les mamies permanentées de Basse-Auvergne. Je fis des fiches, appris des listes de mots, achetai un logiciel d'entraînement, potassai tous les matins et toutes les nuits, joggai en récitant mes listes de mots à lettres chères, me douchai avec les mots de trois lettres, conduisis jusqu'au club de Brioude avec ceux de sept. Et pendant la partie, concentration absolue : je jonglais avec les mots qui comptent double ou triple. Je m'initiais à l'art du nonuplement.

Ainsi, je sortis de mon ignorance crasse. Peu à peu, je devins moins facile à rétamer. Un jour, on s'aperçut que je devenais dangereuse : il m'arrivait de finir dans les cinq premiers, au Puy, à Clermont-Ferrand, à Ambert ou Thiers… La nouvelle circulait. La petite, c'est ainsi qu'on m'appelait, avait du répondant, elle en voulait, elle avait la niaque (qui, au pluriel, fait après tout un joli scrabble, méfions-nous donc). Enfin, au bout de six mois, événement : je triomphais à Ambert devant Claudette en personne avec un scrabble que personne n'avait vu venir. Zeugmas.

Zeugmas ! Une figure de style, et au pluriel. Au dernier moment, Madeleine intervint : zeugma n'est pas dans le dictionnaire. Je m'étonnai, demandai à vérifier. Elle me tendit un exemplaire antique du dictionnaire du Scrabble : pas de zeugma… Elle me baladait. J'y vis un signe.

J'abandonnai à leurs combats les Picrochole arvernes, ces féroces, qui se battent sans doute toujours, au moment où j'écris, à coups de wu, de ruolz, de zoïde, de wad et de kwas. À *kwas* bon ?

J'arrêtai de jouer. Revins, tout doucement, à la phrase, au texte, au sens, à la littérature, et probablement au roman, à tous les romans que je voulais et que j'allais écrire.

Sans parler de l'autobiographie qui m'autoriserait, la guerre étant finie et les armes déposées, une rapide campagne punitive.

Magie de la fiction

Maman aimait faire retentir des proverbes. Elle possédait toute une petite panoplie de formules dont elle usait à l'occasion, avec un léger sourire, un amusement dans l'œil, et qui laissaient sans voix l'enfant que j'étais. Deux avaient sa préférence, et comme elle les convoquait souvent et peut-être à tort et à raison, je les avais amalgamés, si bien que leur sens, pourtant simple, m'échappait toujours. Je la revois me déclarer avec un rire de défi joyeux : « Les chiens aboient, la caravane passe. » Et mimant la caravane, elle avançait devant moi, levant les bras telle une danseuse de flamenco, et oscillant du bassin, gauche, droite, comme quelqu'un qui se fraie un chemin sur un terrain caillouteux, elle se plantait pour finir en virevoltant sur ses deux pieds réunis et me lançait un regard vainqueur. Elle disait aussi, d'un ton plus sourd : « Qui veut tuer son chien l'accuse de la rage », formule ponctuée d'un long regard entendu. Cette parole quasi oraculaire me plongeait dans des abîmes de perplexité. Je n'osais pas demander ce que cela voulait dire, ces histoires de chiens aboyeurs (étaient-ce ceux qui avaient mal parce qu'ils avaient la rage ?) et de caravane (parlait-elle de celle du camping que nous occupions les mois d'été ?). Elle me l'avait déjà expliqué, le sens tout simple de ces dictons, et je n'y avais rien compris. Crainte de passer pour une idiote, loin de m'enhardir à réclamer une nouvelle explication de texte, j'opinais et retournais à mes rêveries.

Il y avait aussi les impératifs catégoriques, à côté desquels les impératifs kantiens pouvaient bien, comme aurait dit Maman, « aller se rhabiller » (autre formule non explicitée qui me laissait songeuse). Là encore, deux résonnent encore en moi aussi vivement que si Maman était en train de les proférer. Ne-cherche-pas ! et Imagine-le-pire...

Le premier impératif, le plus véhément, était donc : Ne cherche pas ! Cet énoncé résonnait comme un coup de tonnerre lorsque j'avais égaré quelque objet, livre ou vêtement, et que je m'avisais de le retrouver. Ne cherche pas ! « C'est en ne cherchant pas que tu le retrouveras, comme ça, par hasard, sans l'avoir voulu. » Elle tenait beaucoup à cette conduite : si je me mettais à chercher, elle s'agaçait, s'impatientait tout haut : « Mais enfin, ne cherche pas ! Arrête, tu vois bien que tu me déranges tout. » Ou encore : « Ah ! mais que tu me fatigues à chercher comme ça ! Tu fais un barouf ! Tu me donnes le tournis. Tu ne vas jamais le trouver ainsi, je t'ai dit. »

Il m'était donc formellement interdit de chercher ce que j'avais perdu. Et comme je perdais tout, tout le temps, étant d'un naturel lunaire et particulièrement distrait, je vivais mille maux. Je perdais un livre que je devais rendre à la bibliothèque, un vêtement prêté par une amie qui me le réclamait avec insistance, plus tard une copie de philo sur laquelle j'avais passé des jours et des nuits et que je devais remettre le lendemain. Je cherchais subrepticement, l'air de rien. Ne cherche pas ! L'ordre tonnait. Maman m'avait à l'œil. Paralysée, je ne cherchais pas et m'attirais bien des soucis : l'ire de la bibliothécaire, une fâcherie avec l'amie qui jurait de ne plus jamais rien me prêter, les semonces de mon professeur de philosophie, on voit le tableau.

Lorsque j'ai commencé ma psychanalyse, j'ai évoqué cet impératif catégorique, qui est d'ailleurs plutôt un interdit catégorique. Je répétais en boucle, pendant les dix premières minutes d'une séance, ce « ne cherche pas » rageur qui m'avait été asséné sur tous les tons, pendant les années de mon enfance et de mon adolescence. Et même à l'âge adulte, lorsque, vivant à Paris, indépendante et libre, je perdais quelque objet ou livre qu'un membre de la famille m'avait confié, Ne cherche pas ! revenait encore et toujours.

Mme Michelangeli partit d'un grand rire et me dit :

— Ça, c'est la meilleure ! Mais comment vouliez-vous trouver, si vous ne cherchiez pas ?

— Eh bien, comme ça, incidemment. Les choses n'étaient pas perdues, elles étaient égarées. Et en ne les cherchant pas, on était assuré de les retrouver. Mais au moment où on s'y attendait le moins. Par hasard. En rangeant, notamment, mais sans chercher.

— Quel bel exemple de névrose ! articula admirativement Mme Michelangeli.

Elle avait dit cela avec un enthousiasme formidable, comme elle aurait dit « Quelle belle sculpture ! » devant un *Homme qui marche* de Giacometti. Michelangeli avait une sincère admiration (pour ne pas dire une passion) pour les bonnes grosses névroses familiales. Je lui plaisais.

En parlant avec Michelangeli (lors d'une de ces séances bénies où elle quittait le *hum* rituel pour prendre la parole sur un sujet qu'elle jugeait d'importance), j'ai compris que la meilleure façon de trouver ce que l'on a perdu, c'est encore de le chercher. Ah bon ? J'étais stupéfaite.

— Mais je ne sais pas chercher.

— Mais si, madame, vous savez. Il faut chercher méthodiquement. En prenant son temps. Sans s'affoler.

Je tentai de suivre ses instructions – les occasions ne manquaient pas. Mais je ne savais pas faire une chose pareille : la fonction « recherche » avait été méthodiquement déprogrammée de mon cerveau. Si bien que, même autorisée par la parole michelangelienne à chercher, je m'y prenais mal, je voulais retrouver l'objet égaré précisément à l'endroit où je pensais l'avoir vu la dernière fois, et comme il ne s'y trouvait jamais, je m'affolais, je perdais patience et je renonçais, remplie d'angoisse et de colère.

Aux grands maux, les grands remèdes. Le mariage. Perdant tout jusqu'à me perdre moi-même, j'épousai un chercheur. Quelqu'un dont le métier est de chercher, qui se consacre à la recherche universitaire. Je rassure le lecteur horrifié : ce n'est pas uniquement parce qu'il a des dons de chercheur que j'ai épousé Olivier, moi qui ai décidé ici d'évoquer l'importance des femmes dans ma vie en général, et mon goût pour certaines en particulier. Je précise aussi que si, au moment où j'hésitais entre lui et une femme qui m'avait attirée, c'est lui que j'ai choisi, ce n'est pas parce que Michelangeli m'avait terrorisée avec son histoire de lesbiennes perverses. Il n'a pas seulement le bon goût d'être un homme, et pas seulement des qualités de chercheur. Je choisis de les taire ici, ces qualités, mais aussi son charme, mais aussi son humour et la finesse de son intelligence et la profondeur de sa pensée, et la très grande douceur de son cœur, je choisis de n'en rien dire vraiment parce qu'il faudrait bien un livre entier. Je m'en tiens donc à ce qui fait sens ici : Olivier, celui qui défait les injonctions maternelles.

Car enfin, je dois dire qu'il a, pour chercher ce que j'ai perdu, une habileté qui touche au grand art. Il recueille quelques informations (tu mets ça où, d'habitude ?), puis il part en chasse. Il soulève tout, déplace tout, regarde dans les endroits les plus improbables, dans le four, le frigo, sous les lits, derrière les rideaux, il ouvre tous les placards, il vide les poches de toutes les vestes et manteaux. Il investigue méticuleusement. Et il trouve, toujours. La maison est dans un état de désordre apocalyptique, mais il revient à moi sourire aux lèvres et m'abandonne l'objet retrouvé d'un « voilà ! » goguenard.

Autre impératif catégorique qui a façonné mon cerveau d'enfant : Imagine-le-pire. « C'est bien simple, m'expliquait Maman. Quand je suis dans l'incertitude, quand j'attends une réponse, j'imagine le pire. Comme ça, concluait-elle avec un sourire matois, si ce n'est pas le pire qui arrive, je suis heureusement surprise. »

Voilà qui me parut bien calculé : anticiper un revers, pour y être préparée, et s'il n'y avait pas un fiasco mais un succès, accueillir la récompense méritée.

Imagine-le-pire était en somme la clé du bonheur. Maman avait-elle un projet ? Elle imaginait qu'il allait échouer. Et se réjouissait s'il aboutissait. Pour tout, elle programmait mentalement une catastrophe. Rongeait son frein. Se faisait un sang d'encre et des cheveux blancs. Vieillissait avant l'âge. Le pire n'arrivait pas toujours. Parfois oui. Finalement, pour elle, il est vraiment arrivé.

Je suis partie dans la vie avec ce bagage mental : toujours imaginer que le pire m'attend au tournant. Une lettre tarde-t-elle à me parvenir ? Elle s'est perdue. Olivier, ayant pris la voiture avec mes deux filles, est-il en retard d'une demi-heure ? Accident mortel, je suis veuve et j'ai perdu mes deux filles. J'ai une douleur au sein ? Cancer ! Je m'éprends d'une femme ? Elle va se lasser. J'écris un livre ? Il ne trouvera pas d'éditeur. J'ai un éditeur ? Je vais me faire assassiner par les critiques : je n'aurai aucun lecteur. J'ai développé dans l'imagination du pire un talent particulier qui ne s'explique que par un entraînement constant.

Des années de psychanalyse n'ont pas suffi à déprogrammer mon cerveau : il attend toujours le pire.

Aux grands maux, les grands remèdes : le mariage. J'ai épousé un optimiste. Quelqu'un qui imagine toujours que tout va toujours bien se passer, comme sur des roulettes, en douceur. Il se trouve que cet optimiste est le chercheur-trouveur dont je parlais plus haut.

Malheureusement, les arguments que trouve son optimisme pour défaire mon imagination du pire ne viennent pas à bout de l'immensité de mon pessimisme, de cette attente de la catastrophe qui me pourrit littéralement la vie. J'ai donc dû mettre en place une autre stratégie pour ne pas devenir folle : j'écris des romans.

Je me rends compte aujourd'hui, a posteriori, que, dans tous les textes que j'ai publiés, j'ai, sans jamais l'avoir concerté ni perçu, créé des personnages qui vivent, lorsque débute l'action, le pire. Dans *Rhésus*, Raphaëlle est enfermée contre son gré dans une maison de retraite. Dans mon imaginaire, la pire chose qui puisse m'arriver : je suis vieille et prisonnière dans un mouroir, à la merci d'un infirmier sadique. *Le Degré suprême de la tendresse* met en scène des femmes victimes d'un viol : une fellation forcée. De peur ou de surprise, elles sont à deux doigts de mourir asphyxiées. L'Annabelle de *Fantaisie-sarabande* naît dans une famille de nazillons qui survivent dans un gourbi en parpaings et ne connaissent pas l'usage de la douche. Son amante Angèle, prof de lettres et romancière, est ostracisée dans son établissement et en panne d'écriture. Dans le dernier roman que j'ai publié, les personnages sont des drogués au stade terminal : accros à la coke, à l'héroïne, au sexe ou au jeu. Des addicts devenus des épaves. C'était d'ailleurs le premier titre du livre : *Les Épaves*. Tous sont ruinés, tous pensent au suicide.

Bref, ça commence toujours très mal. Et puis, en tâtonnant, sans savoir du tout où je vais, car je pars toujours à l'aventure et la fleur au fusil, comme dans la vie en somme, le roman se construit, tandis que je déconstruis le pire. Mes romans m'apparaissent, au moment où j'écris ces lignes, comme la démonstration, sans doute principalement adressée à moi-même et à ma mère *in memoriam*, qu'on peut, à force d'ingéniosité et de contournement des règles écrites ou non, s'extraire de la catastrophe. Raphaëlle prend la tête d'une horde de vieillards qui chamboulent le manoir où ils sont enfermés, puis aidée d'un bonobo révolutionne la société tout entière (toujours faire les choses en grand). Les malheureuses violées tranchent net le sexe de leur imprudent agresseur : elles respirent ! Annabelle échappe à son milieu de lepénistes pour mener grand train à Paris grâce à son sens des affaires et à ses talents de call-girl, et Angèle retrouve l'inspiration dans ses bras après s'être débarrassée, en un crime parfait, de son encombrant mari (ni chercheur, ni trouveur, ni optimiste). Quant à mes drogués… ils deviennent certes poly-addicts mais ils unissent leurs forces pour aller gagner le Millionaire Maker aux championnats du monde de poker, à Las Vegas.

Tous mes personnages, à mon insu, ont construit un dépassement du pire programmé par le verbe maternel. Et le pire n'est pas arrivé : il y a des lecteurs, il y a même, ô bonheur, des lectrices, qui achètent mes romans.

Romans impromptus

Sa photo m'avait plu : fine, élégante, de jolis yeux verts. Cheveux courts. J'avais répondu à sa proposition, un verre, un soir d'été.

Hélas, hélas… Victoire appartenait à cette race de femelles avec qui je n'ai jamais pu m'entendre : celles qui parlent d'elles, à l'exclusion de tout autre sujet. Qui causent infiniment, et ne me laissent aucun espace pour exister. Avec ces oiseaux-là, je me révolte : je n'aime pas être un réceptacle. Le contenant provisoire d'un ego hypertrophié déversé sur moi. Sentant venir l'asphyxie, je n'ai qu'une envie, fuir. Parfois, c'est tout simplement ce que je fais. Je me lève et me barre.

Mais voilà, nous étions assises à la terrasse de Pause-Café, avions commandé un repas qui tardait un peu et j'avais faim : si je voulais dîner avant de rentrer, j'étais condamnée à subir sa logorrhée, et ça y allait. Victoire conférait sur elle, me regardait sans me voir, détaillait ce qu'elle aimait et surtout ce qu'elle n'aimait pas, c'est-à-dire à peu près tout ce qui était censé me plaire. Elle me savait romancière : elle se proclama « anti-intello ». La littérature lui tombait des mains, l'art n'avait à ses yeux aucune importance, la sculpture la laissait de marbre, les tableaux ne la touchaient pas, le cinéma la barbait, et l'engouement pour les séries était surfait. La politique ? Tous pourris. L'écologie ? Au point où on en était, elle refusait toute mauvaise conscience et assumait son SUV. Le féminisme ? Pff… ces conneries. On n'allait pas entonner le refrain #MeToo, quand même ?

Non, ce qui la branchait vraiment, disait-elle, c'était son taf. Elle gérait les déchets d'un quartier parisien : le 8e. Le Triangle d'or. Je pouvais imaginer les enjeux, les contraintes. Retour de la logorrhée, centrée cette fois sur la logistique de la merde des quartiers chics.

Je parvenais mal à dissimuler ma consternation. Après tout, j'avais répondu à ses avances parce qu'elle se disait distinguée et cultivée. Que faire ? Coincée avec une bavarde inculte infatuée d'elle-même, j'attendais ma salade avec impatience et commandai une bouteille de bordeaux.

Comme elle m'avait clairement fait savoir qu'elle ne lisait pas de romans, je comprenais mal son insistance à connaître mon nom d'auteur, d'autant que lorsque je lui fis le récit de ma récente rentrée littéraire, espérant attirer enfin son attention par quelque anecdote, elle dissimula difficilement ses bâillements, sortit son portable, et fit défiler sur son appli Meetic d'autres profils. Non, mais quelle sagouine ! Par goût du défi sans doute, je cherchai un biais pour l'intéresser à ma littérature. On va voir jusqu'où je m'abaissai.

Au bout de quelques verres, elle m'avoua que, certes, la littérature avec un L majuscule (*sic*) la gonflait à crever (re-*sic*), mais que… Son regard se brouilla, une émotion, enfin, fit vibrer sa voix. Il y avait parmi ses lectures quelque chose qui n'était pas très distingué, enfin tu vois, quoi ? Non, pas vraiment. Quelque chose qui ne volait pas très haut… Après moult circonlocutions, j'appris qu'elle lisait des

Harlequin. Plus précisément, leur équivalent lesbien, des romans à l'eau de rose (rose foncé, rose pourpre, voire rouge Lucifer) édités chez KTM. C'étaient les seules fictions qui l'accrochaient. Elle en possédait la collection complète. Elle modula : j'adooOoOore !

J'en avais lu quelques-uns aussi lorsque j'avais découvert, ou plutôt redécouvert, mon penchant pour les femmes. Enfin, nous pouvions causer littérature. Alléluia !

Mais là encore, elle déblatérait et me coupait la parole lorsque j'essayais d'en placer une. Je ne sais quel démon me conduisit à lui faire croire, pour l'interrompre enfin, que j'avais commis quelques livres pour cette collection. Des commandes, un truc alimentaire, tu vois ? Bref, passons.

Je lui demandai de rester discrète : je n'en étais pas très fière.

Tout d'un coup elle me vit : je fus comme une apparition.

Elle me regardait enfin. M'examinait, même, souffle coupé. Moi, mes yeux que la lumière du néon traversait, et son regard s'attardait, détaillait la bouche, le nez, la silhouette qui se découpait sur le crépuscule d'été. Elle concéda, d'un ton soudain plus doux, que je me maquillais peu et que c'était très bien. Et cette robe, c'était quoi ? De la mousseline, c'était ça ? Elle ne se répandit pas longtemps en compliments et revint à ce qui en moi l'intéressait : j'avais fait ça, vraiment ? Mais oui, quelle folie ! Elle se tut, me fixa de son regard bleu sur lequel glissaient des éclats métalliques, comme un lac accablé de soleil dont il aurait été impossible, sous le scintillement des reflets, de percer la surface (faisons du KTM)… et se rapprocha de mon corps en frissonnant d'une excitation grandissante (je continue ? On a compris, je pense).

Mais quels livres, exactement ? Et comment m'y étais-je prise ? J'avais inventé ? C'était du vécu ? Combien avais-je été payée ? Est-ce que ça m'avait plu, d'écrire ça ? Elle hésita puis, dans un rire : ça m'avait chauffée ?

Puisqu'il fallait fabuler pour enfin retenir son attention, je le fis bien volontiers, improvisant un enfumage qui prenait d'autant plus de densité qu'elle en redemandait. Sa curiosité était sans limites. Pour bien la ferrer, il fallait être crédible. Je brodai. Non, franchement, KTM, ce n'était pas très bien payé – je fis valoir qu'il fallait compter avec la concurrence des traductions : les Américaines avaient déjà une tradition de romans saphiques. Elle en convint. C'était pour moi, précisai-je, de simples livres de commande, que je bouclais haut la main en quelques jours. Pas mal ! sourit-elle. Je vis qu'elle était prête à gober n'importe quelle énormité. Ça fusait, avouai-je donc, surtout quand j'étais inspirée. Les personnages s'imposaient à moi, et ça s'écrivait tout seul – c'est bien simple, j'étais emportée, exaltée par les héroïnes que je créais à l'image de mes désirs. Dans une espèce de transe, en fait.

— Ah oui, quand même, une transe... Elle s'empourpra et embraya : Tu sais, dans certains bouquins, y'a un truc, enfin, une façon de...

Elle évoqua en regardant ma bouche ces livres qu'elle ne lisait que d'une main. Je saisis la sienne, et nous nous dirigeâmes d'un pas véloce vers la librairie Violette and Co.

Catherine et Christine, fondatrices et animatrices de ce haut lieu de la culture lesbienne et féministe, et qui me connaissaient pour m'avoir invitée à une lecture de quelques-uns de mes romans résolument gay-friendly, sursautèrent un peu quand je leur demandai où se trouvait la collection KTM. Elle était planquée dans un coin obscur – la place qu'on réserve à une littérature de second choix.

Je fis lentement glisser mon index sur le dos des couvertures, prolongeant par cette caresse préliminaire un suspense qui m'amusait enfin. Victoire regardait, silencieuse, et je jouais à interrompre mon geste, l'arrêtant sur *Émois, et moi*, puis *Le Choix de la reine* : Lequel as-tu préféré ? Mais elle en avait perdu l'usage du verbe. Je poursuivis et d'*Open space* je fondis jusqu'à *Transporte-moi !* Vraiment, mais tu as écrit tout cela ? Tu as plusieurs pseudos, alors ? J'éludais et tentais : Tu te rends compte que je t'ai peut-être déjà donné du plaisir ? Elle frémissait. C'est celui-là que tu as écrit ? voulut-elle savoir en collant amoureusement son bassin contre le mien. Je lui servis un sourire de Joconde.

Émoustillée par les souvenirs de cette lecture visiblement historique, elle opéra un rapprochement sein contre sein. Dans ses yeux, cette question : me ferais-tu l'amour comme tu l'as décrit dans ce livre ? Il me sembla que cette soudaine curiosité appelait une réponse.

Je la suivis donc dans sa grosse bagnole, qu'elle conduisit en silence jusque dans une impasse immensément cossue du Triangle d'or. On s'en doute, lorsque nous fûmes dans sa chambre et qu'elle attendit quelque action, je me trouvai un peu prise au dépourvu.

Elle voulait quelque chose de moi, un geste précis, un mot peut-être, une mise en scène, bref un truc sexe qui l'avait enflammée et qui continuait à l'exciter, là, tout de suite. Mais quoi ? Mystère.

Je tentai, entre deux baisers, de lui faire préciser dans quelle direction il fallait s'engager. Quel titre l'avait vraiment branchée ? Elle grognait, s'impatientait. Je gambergeais.

Un cunni ?

Mieux : un 69 ?

Une sodomie, carrément ? Direct ?

Du classique ?

Une double péné ?

Du fouet ?

Des pinces à seins ?

Du vraiment brutal, alors ? Un fist ?

Des insultes ?

Un déguisement ? Me voulait-elle soubrette ? Pute ? Policière devant derrière ?

Ou alors, du touche-pipi ?

Du pipi-caca ?

Je la considérais sans inspiration. Je posai pour finir mes mains sur ses fesses. Victoire, plaquée contre moi, restait muette. Je léchai une oreille. Rien. Mordillai un téton. Elle me repoussa vivement – ça ne va pas, non ? Deux ou trois nouvelles tentatives furent aussi calamiteuses. Mieux valait attendre qu'elle prenne les choses en main…

Mais bien sûr, étais-je bête ! Elle me voulait passive. M'allongeant sur le lit *king size*, je pris une pause languide et attendis.

J'attendis tellement que je fus prise… par le sommeil. Enfin, j'étais libérée de cette très mauvaise scène de très mauvais roman. Victoire me réveilla à l'aube et ne m'offrit pas de café. Elle avait à faire, dans ce Triangle où l'attendaient les déchets du week-end.

L'IMPENSÉE DU TEXTE

Victoire rêvait aux toutes belles de la collection KTM. Je dois ici confesser de semblables engouements. De certains livres les femmes parfois s'échappent du lourd texte imprimé ; elles jaillissent de la prose ou résonnent dans ses silences. Elle tient en deux vers qui provoquent un véritable coup de théâtre, mais passe et disparaît. Ni vue ni connue. Pourquoi ?

Elle me plaît trop pour que je la laisse dans les limbes du non-dit.

Alceste brandit un billet de la main de Célimène, qui confirme ce qu'on lui dit depuis le début : il est cocu, le pauvre homme ! Il conjure la coquette de s'expliquer. Il insiste, il tempête et menace. Célimène ne se démonte pas et improvise :

Mais si c'est une femme à qui va ce billet,
En quoi vous blesse-t-il, et qu'a-t-il de coupable ?

« Mais si c'est une femme… »

Je vois un monde dans cet hémistiche, j'entends tout l'impensé de la littérature. Invoquée comme à la hâte, on ne prend pas au sérieux cette femme qui apparaît comme une simple pirouette : Alceste croit confondre la coquette en lui montrant un billet doux, adressé à un rival ? La belle répond, après un soupir sans doute assez long pour faire durer le suspense et surtout trouver un stratagème (qu'on croit !), que son amant importun l'accable pour rien. Si le destinataire n'est qu'une faible femme… alors, tout va bien ! L'honneur d'Alceste est sauf, l'ordre hétérosexuel règne en apparence sur la pièce comme à la cour et à la ville. Il s'agit d'amitié et non d'amour, tout est pur et parfait, le désir des femmes évacué de la scène. Et de la pensée.

Dieu que les gens manquent d'imagination… Je la vois, moi, cette femme balancée à la tête d'Alceste pour le faire taire. Elle gigote dans le texte, suffoque dans le corset de l'alexandrin. Je l'imagine à demi nue, se préparant pour recevoir « son amie ». Et comme je voudrais caresser sa chair rose de friponne, et comme je voudrais lui donner l'espace d'un roman… Impossible, ici : je me contenterai donc de la théorie.

Réfléchissons. Célimène aime être aimée du genre humain autant qu'Alceste aime le détester. On a trop souvent oublié que dans ce genre humain il y avait les femmes, alors même que Célimène en donne l'éclatant exemple. Quelle femme ! Un don Juan en jupon et en griffes. Celle qui traîne tous les cœurs après elle, celle que l'on maudit mais qui n'en a que faire. Elle vole de conquête en conquête, aime séduire, goûte le plaisir, le vrai. Où mieux que dans les bras d'une femme pouvait-elle le trouver ? Les hommes sont des butors, qui l'ignore ? Surtout pas Célimène. Voyez avec quelle obstination elle s'oppose à ce qu'on veut lui imposer ? L'union avec un homme. Le mariage. Une existence *forever straight.*

Malgré l'acharnement d'Alceste et des autres soupirants, aucun mâle ne parvient à l'enchaîner pour la vie. Les doux liens du mariage ? Jamais, et pour cause. Elle a déjà achevé un mari (Célimène est une jeune veuve) et n'entend pas se soumettre à un nouveau maître. La bougresse ne veut que ce qui lui plaît. Croyez-vous que parce qu'elle est femme ses appétits se contentent de ce que lui permet la morale ? Que les petits messieurs poudrés et l'insupportable atrabilaire lui suffisent ? Nous sommes au XVIIe siècle, la règle des bienséances interdit d'évoquer les amours saphiques. Nulle héroïne de Racine, nulle jeune première de Molière n'a du penchant pour les femmes. Croit-on pour autant que sous Louis XIV les femmes étaient toutes des hétéros ? La bonne blague. Simplement, la grande littérature n'en parlait pas. Sauf la polissonne. Là, comme par hasard, gouines et bougres resurgissent, dans un bel effet concomitant de retour du refoulé.

Qui est la femme du billet doux ? Laissez-moi rêver et la faire entrer sur la scène de l'Histoire. Elle est l'amante secrète. Le cœur de la pièce, l'interdite de littérature. La lesbienne ou la bi, celle dont on a failli ne pas parler et que le spectateur enterre aussitôt, abasourdi par le tapage que fait Alceste tout à son courroux. « Une femme, c'est énorme, vous vous moquez, réfléchissez ! ». Elle n'est donc connue que de Célimène (et de moi, votre servante). Cela lui suffit. Elle ne cherche pas la gloire, elle préfère les caresses, et les plus secrètes lui sont les plus douces. Elle est la bonne amie de la vedette, bien plus que cette dinde d'Éliante, qui n'a jamais songé à se demander pourquoi Célimène s'entourait de tant d'hommes – sans jamais s'attacher à aucun. Faut-il être aveugle ! Ne pas vouloir voir, envisager que Célimène ne s'intéresse peut-être qu'aux femmes. Comme l'Inconnue dont les gestes tendres font tomber son masque de don Juane. Car dans son alcôve, dans ses bras, elle s'abandonne. Elle sait, elle, les mots et les gestes qui font gémir Célimène, ou crier. Et parfois pleurer.

HÉLOÏSE

Les voies de l'édition sont impénétrables : après un premier roman chez P.O.L, je partis. Scène, noms d'oiseaux, rupture. On me demande souvent la raison de ce départ. Une maison si prestigieuse… Pas question de coming out éditorial ici. Qu'on sache juste que cela n'avait rien à voir avec Paul.

Les pastiches dormaient dans un tiroir. Je cherchais un éditeur : on me parla d'une éditrice.

Héloïse d'Ormesson. La fille de Jean ! Si j'avais pu imaginer rencontrer la fille de l'amour secret de ma très communiste Mamie Laure… On me fit savoir qu'Héloïse avait lu mon recueil et qu'elle était prête à me recevoir pour en parler.

Il se trouvait que tous les récits de mon recueil étaient centrés sur un personnage féminin, et que le premier était une certaine marquise Héloïse, friponne inspirée des *Historiettes* de Tallemant des Réaux… Héloïse d'Ormesson se disait effectivement enthousiaste, même si la réserve qu'elle garde en toute occasion pouvait donner à penser le contraire. En apparence, elle était aussi distante que l'autre Héloïse était volcanique. Elle avait pourtant du caractère et ne tarda pas à me le montrer.

Tractations, à-valoir, présentation à la presse… Tout allait pour le mieux dans le meilleur des mondes éditoriaux lorsque je passai par hasard chez Héloïse, un vendredi soir de décembre – le livre était presque prêt pour la sortie dans quelques semaines, en janvier. Héloïse m'apprit, un peu par hasard, qu'une version brochée, en petits caractères, venait d'être tirée à cent exemplaires, en urgence, pour être adressée à la presse – l'imprimeur avait pris du retard et il fallait faire vite. Question de marketing. Soit. Je demande à voir l'opuscule, le feuillette. Parcours la fin du recueil, consacrée au pastiche de Perec. Relis, le sourire aux lèvres, émue, les premières pages. Ah, tu m'en avais coûté du travail, sacré pastiche… mais quel vertige enthousiaste lorsque j'avais eu ton lipogramme dans le sang ! Et quelle ivresse de te voir là imprimé… Je m'attendrissais, souriais béatement. Le sourire se figea p. 5 : un *e* ! Ma vue se brouille, mes sangs corse et castillan ne font qu'un tour, je m'assieds sur une pile de journaux et tourne les pages. P. 7, trois *e*, p. 10, quatre. Je saute à la dernière page : tous les mots sans *e* ont été remplacés par d'autres horreurs asémiques truffées de la lettre interdite. Le texte a été récrit.

Je suis à l'agonie. Je vois rouge. Je jure. Je cherche Héloïse : elle a disparu.

Je montre l'horreur à Audrey, alors attachée de presse de la maison. Oh, fait-elle, un oh, oh, oh ascensionnel, dubitatif et presque admiratif… Puis dans un rire, avec une évidente volonté d'apaisement : un saccage pareil, faut le vouloir. Nous sommes d'accord, je soupire, inspire, expire, et veux savoir à qui elle l'a envoyé. À personne. Je respire et pars en chasse d'Héloïse dans les bureaux.

Il paraît que je suis entrée sans frapper. Que j'ai tenu des propos qui devaient dépasser ma pensée. Je me souviens juste d'avoir voulu savoir qui était la correctrice, et surtout, surtout, si on l'avait prévenue que j'avais écrit un lipogramme. Le flou de la réponse était clair : la correctrice n'avait probablement jamais entendu parler de *La Disparition* et avait considéré que les textes abscons, c'était bien gentil, mais qu'il y avait des limites à ce que l'on peut imposer au lecteur. Elle avait voulu bien faire.

J'explique à Héloïse que de telles pratiques font honte à la littérature, et je pèse mes mots, et que cette petite brochure malencontreuse ne doit en aucun cas être diffusée. Je lui en demande la promesse expresse. Ça tergiverse. Le ton monte. Héloïse me conseille de garder mes nerfs. Le texte sera envoyé lundi, avec, sans doute, une notule aux journalistes leur recommandant de ne pas lire le dernier pastiche – précaution du reste inutile, me fait-elle savoir. Si je crois qu'ils vont lire mon texte jusqu'au bout…

À cet instant, bien sûr, mille projets homicides traversent mon esprit. Un *e* dans un lipogramme, c'est parfait pour la légende. Deux, c'est suspect. Quatre, un déshonneur. Des *e* partout : l'assurance d'être la risée du Tout-Paris qui lit ou le prétend. Ma réputation littéraire naissante est tuée dans l'œuf. Un presse-papiers en bronze appelle mes regards. Héloïse me regarde aussi. Je plaiderai la légitime défense.

Évitons les drames, rusons.

Je sors en trombe, appelle mon agent, lui laisse autant de messages que de *e* dans mon pastiche défiguré. Il reste injoignable pendant tout le week-end. De toute façon, je suis occupée. Munie de marqueurs noirs à large pointe biseautée achetés par dizaines, je m'entraîne à barrer énergiquement toutes les lignes d'un livre, de deux, de dix que je sacrifie sur l'autel de la contrainte oulipienne. Je ne dors pas du week-end mais, lorsque je me présente chez mon éditrice le lundi matin, j'ai la main. Tout le monde est un peu endormi, je murmure à Audrey : Pourrais-je revoir les petits fascicules pour la presse ? Je voudrais mettre un mot, vois-tu, une formule de politesse. Et prévenir qu'il y a eu un couac dans le Perec.

Audrey est bien bonne, me comprend, m'offre un café et m'installe dans un coin avec tout le stock des exemplaires infâmes. Vas-y, Héléna, écris-leur, ça te rassurera, tu as une petite mine.

Une petite mine mais de l'énergie à revendre. J'ouvre calmement les exemplaires, trace de larges croix sur une page sur trois, biffe des dizaines de *Disparition* et écris « illisible », « honteux », « scandale » sur toutes les pages où reste un peu de place. Le tout sur cent exemplaires : quatre-vingt-quinze, en fait. Audrey, qui s'est rapprochée et a ramassé quelques brochures, a murmuré : Mais que fais-tu, Héléna, arrête, arrête donc ! OH QUE NON, que j'arrêterai pas, t'approche pas ou je te pulvérise, le ton monte dans les aigus puis redescend. Du reste, j'en ai presque terminé.

Héloïse est dans l'encoignure d'un bureau et se tait. Je sors en trombe, non sans lui avoir craché mon mépris (scène, noms d'oiseaux, rupture imminente avec mon deuxième éditeur).

Nous rions encore de cette affaire, lorsque nous en parlons. Héloïse reste persuadée qu'aucun journaliste n'aurait eu le temps de parcourir ma version de *La Disparition* : elle n'a pas tort – qui l'a lue, excepté quelques rarissimes amateurs de Perec ? Audrey me jure qu'elle a toujours les cinq exemplaires qu'elle a pu sauver de cet autodafé sans flammes – mais l'idée y était. Elle les garde, la fripouille : c'est collector.

Et je me dis qu'à mon modeste degré il m'a été donné de refaire, sans que je l'aie programmée, une expérience célèbre de Perec : celle du grand malentendu. On sait que plusieurs journalistes ne se sont pas avisés que *La Disparition* avait été construit avec une contrainte lipogrammatique. Ils n'ont bien sûr rien compris au texte, qu'ils ont jugé inutilement hermétique. Ma correctrice, cinquante ans après, a fait la même lecture et formulé le même jugement.

Pas dingo, ça, mon G. P. ?

Marie-Jeanne

Mme Buttigieg. Je la craignais terriblement, au début de mon CP. D'une maladresse absolue, je faisais d'énormes pâtés sur mes cahiers, au lieu des pleins et déliés tracés à la plume qu'elle attendait. Elle me grondait. Mais pas seulement. Sans mot dire, sans attendrissement, avec pudeur en somme, elle me soutint. On se moquait souvent de moi. Mon père était différent des autres : pas de cheveux, ni de cils ou de poils. La métamorphose était arrivée en quelques mois avant ma naissance, tout avait été tenté pour arrêter la pelade, médicaments, régimes, neige carbonique, mais non, les cheveux et les poils partaient et ne repoussaient pas.

C'était un temps où les hommes jeunes et chauves étaient rarissimes, et je revois dans la rue Papa marchant quelques mètres devant Maman, ma sœur et moi, feignant d'ignorer les rires et les doigts pointés sur lui. J'aurais voulu que les moqueurs s'effacent, comme dans un rêve, qu'ils deviennent transparents et mutiques, j'aurais voulu que cessent les rires barbares, j'aurais voulu avoir la force de franchir les quelques mètres qui me séparaient de lui pour glisser ma main dans la sienne et marcher fièrement à ses côtés. J'aurais voulu qu'on m'explique aussi, qu'on réponde à mes questions répétées à la maison, mais le mur sur lequel elles cognaient jamais ne se fissurait, et pour finir je les ravalai.

On ne voyait que ça, mais il était interdit d'en parler. Interdit de le consoler. Mon père déchaînait chez les pestes de l'école des railleries constantes. Je revois encore les filles faisant la ronde autour de moi, le visage déformé par les cris de plus en plus laids : la fille de crâne d'œuf, la fille de crâne d'œuf ! Je m'échappais et courais me cacher dans la classe pour pleurer, lorsque Ange était occupée ailleurs. Mme Buttigieg, qui voyait ce manège, me retrouvait au fond de la salle, cachée derrière l'armoire, la tête entre les genoux, la morve au nez.

— Laisse-les dire, petite. Elles sont idiotes. Tu en as plus dans la tête que toutes ces méchantes réunies.

— Je fais que des taches.

— Mais non, c'est que tu t'appliques trop. Et puis ça te travaille, ces moqueries. Tu ne sais pas quoi répondre, c'est ça ?

J'acquiesçai d'un hochement de tête.

— Pour les oublier, tu vas faire un dessin secret.

Je l'avais oublié, ce dessin. Mme Buttigieg me l'a montré des années plus tard, quand j'ai été publiée et lui ai apporté, dans sa villa coquette de Montagnac, un exemplaire de mon roman. Elle était si petite, maintenant, Marie-Jeanne ! Mais elle lisait toujours autant, tous les jours. Et tout.

Lorsque je lui offris *Rhésus*, je l'avertis que le livre était assez cru et que je craignais de la choquer. Elle eut cette réponse admirable :

— Ma petite, j'ai été mariée, tu sais. Je connais la vie !

Je revois la scène. Il faut parler fort, car à quatre-vingt-dix ans elle n'entend plus comme autrefois. D'ailleurs, elle parle surtout et c'est exactement ce que je souhaitais depuis toujours : la connaître enfin. Elle me raconte sa vie d'avant Montagnac, sa jeunesse à Constantine, où elle était née. Son bonheur, là-bas. Le soleil, la jeunesse, l'amour de Roger. Et puis l'horreur : un attentat, elle a vingt ans à peine. Elle est sauvée miraculeusement par une amie, qui la tire en arrière. Elle est en sang, a mal partout, surtout au visage. Elle s'effondre, on la croit morte, mais non, elle respire encore, la jolie Marie-Jeanne. À l'hôpital, elle comprend qu'elle a perdu un œil. Elle devra porter un œil de verre. Elle sera moins jolie, mais elle vivra, elle qui aurait dû mourir ce jour-là. Je n'ose pas lui dire qu'il m'effrayait, cet œil fixe. Elle le sait. Me sourit.

On mange le millefeuille au chocolat qu'elle a acheté pour l'occasion, elle va fouiner dans son bureau et en revient avec un papier jauni par le temps :

— Regarde !

Je découvre, dessiné de toutes les couleurs, un homme grand, souriant, et avec des cheveux absolument partout, même sur les oreilles. Un gaillard hirsute et poilu. En bas de la page, en écriture bâton : MON PAPA.

Je n'ai pas de mots. Elle enchaîne, pour me faire sourire :

— Tu sais, petite, des élèves, j'en ai eu des centaines. Eh bien, je suis fière de trois d'entre eux : toi, ma romancière. Un autre, c'est un ambassadeur, ma chère.

— Et le dernier ?

— Proxénète.

Merveille que son œil droit qui brille de malice. Dans cette lueur, je lis : « Tu vas le mettre dans un livre, ça, ma petiote, je me trompe ? »

Merci pour tout, Marie-Jeanne. De m'avoir appris à lire, à écrire. De m'avoir aidée, sans en rien dire. Et d'être encore, malgré les cruautés du grand âge, si jeune, si rieuse, si vivante et si libre.

Le secret des mots

Je voudrais bien, pour la cohérence de ce projet – les femmes de ma vie, toutes –, que les professeurs qui ont le plus compté pour moi soient femmes. Je dois à la vérité d'avouer que ce n'est pas le cas, du tout.

Excepté Mme Buttigieg, aucune institutrice ou enseignante n'a vraiment compté. Trois hommes en revanche m'ont marquée dans mes jeunes années : MM. Courtois, Médina et Vidal, déjà rapidement évoqués. Les premiers, ils ont repéré dans mes copies quelque aptitude dans les matières littéraires – là où, jusqu'alors, on m'accordait que je m'en sortais bien, et encore. Tu réfléchis trop ! Ainsi m'avait mouchée un barbu du collège où j'avais intellectuellement végété jusqu'à mes treize ans.

Brutalement, grâce aux trois susnommés, mon cas changea : au lycée Jean-Moulin de Pézenas, on s'accorda à me trouver des qualités qu'on s'employa à encourager. On me stimula, on m'émula – ah, la guerre avec Pierre Montfort, guerre à la loyale, s'entend, car Pierre était un chic type, sérieux, pas frimeur. Ah, la tuerie avec Anne Borat ! Nous nous détestâmes au premier regard.

On me présenta au concours général, on pardonna mes effronteries, mes retards, mes oublis. Je n'avais jamais rien pour écrire, j'arrivais en cours sans cartable et je séchais à ma guise. La réputation de bonne élève sérieuse et bosseuse que je m'étais acquise malgré ces manquements m'avait conduite à négocier, plus ou moins tacitement, une sorte de statut à part : il était entendu que je savais ce que je faisais, et que si je jugeais plus important d'aller à la bibliothèque plutôt qu'en cours de physique-chimie où ma nullité était définitive et sans conséquence sur mes résultats au bac, eh bien… je prenais mes responsabilités. J'assistais assidûment à toutes les matières littéraires. Pour le reste… Je me rends compte aujourd'hui de la chance inouïe que j'ai eue, en ces temps protomodernes, de bénéficier de cette clémence, certains diraient laxisme. J'y vois plutôt une formidable intelligence qui me permit de me fabriquer un programme à la carte, assistant donc aux cours desdits Courtois (lettres), Médina (histoire) et Vidal (philo) avec une constance sans faille et passant le reste du temps à dévorer tout ce qui m'attirait à la bibliothèque. Ouvrages parfois en rapport avec le programme ou la dissert en cours, le plus souvent en adéquation avec une curiosité du moment. Et c'était merveilleux, à cet âge de tous les appétits, où l'esprit se forme en se confrontant à l'Autre, et notamment à l'Autre culturel, à l'inconnu littéraire ou philosophique, à l'impensé familial ou social, d'avoir cette liberté de temps – ou plutôt d'emploi du temps.

L'autre pouvait aussi être Francis Médina ou Maurice Courtois, tous deux agrégés, érudits et passionnés. Leurs cours étaient assez pointus, mais ce n'était pas tout. Après les cours, ils animaient sans faiblir le club théâtre et tout autant le ciné-club, où je découvris des films d'auteur : je n'y comprenais pas grand-chose, mais adorais les débats qui suivaient. Je n'y entendais goutte, ce qui m'épatait. Je compris un peu tard pourquoi j'avais tant de mal à en suivre la logique. Assise dans un coin de la bibliothèque, je surpris un soir une conversation à voix basse entre M. Médina et une de ses collègues, qui souvent intervenait dans ces fameux débats.

— Allons zenfants de la patrie !

— Non, déjà fait. Écoute plutôt :

La ville assourdissante autour de moi hurlait.
Longue, mince, en grand deuil, douleur majestueuse,
Une femme passa.

— Si tu veux. Les carottes sont cuites, les carottes sont cuites.

— OK. Et aussi : Je te tiens, tu me tiens, par la barbichette.

— Tu pousses !

Que racontaient-ils ? Quel rapport entre l'hymne national, Baudelaire, les légumes racines et une chansonnette ?

De rapport, il n'y en avait pas, là était le principe. Ces couillons de profs lançaient des débats prétendument cinéphiles, nous la jouaient Nouvelle Vague des campagnes, mais truffaient leurs échanges de pièges déterminés à l'avance, de formules qui permettaient au plus astucieux d'entre eux, celui qui était parvenu à placer le plus de phrases incongrues avec le plus grand sérieux au meilleur moment, au beau milieu d'un docte développement sur Tarkovski, d'être le vainqueur de la soirée. Je les croyais vieux – combien, trente-cinq, quarante ? C'étaient d'éternels ados.

Mais aussi de ces enseignants qui consacraient plusieurs semaines de leurs vacances pour faire découvrir le Festival d'Avignon à leurs élèves du club théâtre. Et comment ne pas les remercier de m'avoir permis de voir à quinze ans un *Hamlet* dans la cour d'honneur du palais des Papes, par une nuit fraîche et sacrée, et au cloître des Célestins, *Grisélidis* mis en scène par Antoine Vitez ?

Des hommes, donc. Certains de mes profs de cette époque bénie étaient certes des femmes, mais aucune n'occupa dans ma formation le premier plan. C'est plus tard que la rencontre eut lieu. En la vénérable Sorbonne, où j'étudiais aussi à la carte, en somme, puisque je travaillais à la télé ou ailleurs, et où je ne passais que pour les inscriptions (ô damnation, en cette époque prénumérique, où il fallait faire la queue des jours entiers pour se retrouver devant un guichet et découvrir que oui, vraiment, tel document de la plus grande importance manquait, et retour à la case départ) et pour les examens de septembre, passant les unités de valeur au petit bonheur la chance, comme on sait. Deux une année, trois une autre, plus rien, puis ce qui manquait pour constituer une licence de lettres.

Je rencontrai là, lorsque je voulus décrocher l'examen de langue française, celles qui ont littéralement transformé ma vie. J'entends Mmes Garagnon, Fromilhague et Sancier. Les trois enseignaient non pas la littérature générale, la matière reine des études littéraires, mais sa sœur plus discrète, la stylistique, dont j'ignorais jusqu'alors l'existence et qui, lorsque je tombai dedans, me galvanisa. Les stars des lettres qui brillaient au firmament de la Sorbonne, dans les années 80-90, me décevaient infiniment. Certes, ces illustres publiaient chez des éditeurs de bonne réputation, régissaient les programmes d'agrégation, et s'illustraient parfois dans des émissions de radio. Mais ils étaient d'un ennui, tous ! Ça radotait de l'érudition (pour les anciens) et de la théorie (pour les jeunes et rares perdreaux), et m'enquiquinait royalement. C'était en somme la vieille Sorbonne empoussiérée, celle des Mandarins, dont émergeaient quelques minots gavés de *French Theory* à Columbia ou sur les campus californiens – mais déjà raidis par la doxa et la quête avide de pouvoir : aucune flamme, aucun enthousiasme sur les textes.

Pendant les cours de stylistique, en revanche… Enfin !!! On me parlait de littérature comme j'aimais : c'est-à-dire en prenant les mots à pleines pognes, en les secouant, les retournant. Sonder leurs sens, leur son, leurs connotations, leur étymologie, leur registre, leur effet… Et pas seulement les mots : les phrases, le paragraphe, le chapitre et le système verbal, toutes réalités langagières qu'on utilise sans y penser, comme on respire, et sans savoir vraiment, dans le détail, comment la machine fonctionne. J'étais éberluée : tout ce savoir assez technique résonna immédiatement en moi, et à étudier le style de Pascal, Rousseau ou Céline, j'eus l'impression d'entrer beaucoup plus au cœur de leurs textes qu'avec les théories plus ou moins fumeuses des autres profs (génétique textuelle, narratologie, divers dérivés du structuralisme) – aucun ou presque ne m'a convaincue –, à l'exception de quelques spécialistes, mais ils n'étaient nullement théoriciens, simplement excellents connaisseurs de leur auteur (en général, sujet de leur thèse d'État).

Ores, Mmes Garagnon, Fromilhague et Sancier étaient beaucoup plus polyvalentes que les ténors du département de littérature française. On n'aurait pas dit, comme ça : elles n'avaient pas le titre de professeur, se contentant avec modestie de celui de maître de conférences. S'étant sans doute tellement consacrées à leur cours qu'elles n'avaient pas eu le temps d'écrire la thèse qui les aurait hissées dans l'empyrée très masculin des professeurs. Et du reste, au lieu de faire cours dans les amphis, elles étaient en général cantonnées dans ce quasi-sous-sol où l'on grelottait dans des salles de cours en enfilade, murs de béton, toiture en arche ajourée de pavés de verre qui laissaient passer un jour triste et gris qu'illuminait leur science presque confidentielle. Mes trois Grâces (j'ai failli oublier de préciser qu'en plus d'être omniscientes elles étaient toutes trois, chacune à leur façon, ravissantes) pouvaient, munies de leur scalpel lexico-grammatico-rhétorico-stylistique, ouvrir délicatement un texte, n'importe lequel, pour en examiner les organes, le système nerveux, les entrailles, et telles les devineresses de la mythologie, lui faire dire son sens véritable – celui que l'on pressentait à la première lecture, mais qui, sans leurs outils pointus (la dissection se faisait avec rapidité et précision, et pour apprécier le muscle des mots, caresser la peau de la syntaxe, envisager l'élan d'un paragraphe ou d'une période et faire résonner le tempo et le chant d'une œuvre, on n'hésitait pas à actionner la catalase, l'aposiopèse, l'épiphrase ou la coalescence), serait resté dans un flou artistique définitif.

Si vous saviez ce que je vous dois, mesdames ! Vous fûtes mes trois muses – je l'ignorais lorsque j'assistais à vos cours. Mais lorsque j'arrivai à la troisième étape de ma vie, celle d'après la télé et son tralala folklo, celle d'après l'enseignement, tout le savoir que vous m'aviez offert guida mes pas vers ma vraie vocation. C'est sans y réfléchir que j'écrivis un premier texte qui, en somme, tenait autant au style qu'à la littérature d'invention : le recueil de pastiches qui faillit ne jamais être publié.

Je vous dois surtout le choix d'une écriture « écrite », si je peux me permettre cette tautologie et cette prétention. À une époque où l'on valorisait l'écriture blanche, sans effets et plus ou moins orale, pour en vanter la force la profondeur la sobriété, à une époque où il était de bon ton de dire que l'on n'avait pas fait d'études, j'ai longtemps persisté, malgré les réserves de mes attachées de presse (c'est quand même trèèèès littéraire, tu es d'accord) ou de certains blogueurs (ce côté trèèèès écrit, hélas, ne matche pas du tout du tout avec les sujets farcesques auxquels elle se cantonne) (je résume). En dépit de tout, j'ai persisté, même si j'ai dû mettre de l'eau dans mon vin stylé (de moins en moins : on s'adapte ou on disparaît).

La pire

De toutes les maîtresses, la pire.

Mais aussi la plus exaltante. Celle qui me fait me lever la nuit. Qui m'exalte quand elle m'approche, quand je vis avec elle, pour elle. Celle qui donne un sens à la vie – car sinon, qu'est-ce que notre séjour sur terre, quand on ne croit en aucune transcendance ? Elle me sauve de l'absurde et du désespoir y afférents.

Être étrange, à la fois objet de désir et chair de ma chair. Vie de mon esprit extirpée au forceps. Chaque projet de livre, pour peu qu'il prenne bonne forme, devient mon enfant. Je le porte, longtemps. Il grandit en moi sans que je m'en aperçoive, parfois. J'accouche sans péridurale. Je douille.

L'exaltation de l'écriture et ses retombées, le frémissement de l'idée qui vient, qui monte. Tout l'être, toutes les matières mentales, affectives, conscientes, inconscientes, absorbées par l'élan du livre-à-écrire, sa tyrannie. Les fourvoiements, les empêchements, l'autocensure, les fameuses pannes. La prison dont on est le reclus consentant, geôle mentale qui exige qu'on vive oreilles bouchées pour ne plus entendre le bruit du monde, ni sa fureur, mais alors on est sourd à tout, et la vie passe sans qu'on ait goûté le frémissement du vent, le chant de l'oiseau pourtant si proche et le clavecin de la prairie.

C'est aussi la plus folle, la plus tyrannique, la plus décevante parfois.

Elle me rend malade. Absorbe toute mon énergie. Je me dis : j'arrête, basta. Je passe à autre chose. Mais toujours, comme l'alcoolique à sa fiole planquée, je reviens à elle, dont je ne suis que l'esclave assoiffée. Car, guidant ma vie, elle m'empêche dans le même temps de vivre. De savourer le temps qui passe. Tout cela, elle le nie et l'absorbe. Pour le transcender, dit-elle. Le subsumer en Art.

Goule vorace.

Je la hais souvent, la fuis. Décrète qu'elle n'a jamais existé. N'était qu'illusion et emmerdements. Le décompte de mon séjour terrestre a commencé, il me reste combien : vingt, trente ans de vie agréable ? Il faut en vivre chaque seconde. Intensément, et donc sans qu'Elle interfère.

Alors, je m'applique à vivre. Je l'oublie, presque. La vie la vraie m'entraîne ou m'aspire. Je suis amoureuse, je désire, je vis. Sans avoir besoin de son reflet pour que ce qui est vécu prenne sens. Je coexiste enfin à la durée, aux autres, à moi-même. Jamais je ne m'ennuie, jamais elle ne me manque. La vie me suffit.

Un chant d'oiseau, la voix d'un être aimé, un rire, la lumière, le corps qui glisse dans l'eau.

Mais la vie parfois m'exalte ou me révolte. Ainsi elle me rattrape. Je me dis : je vais noter ça, pour plus tard. La voilà qui se radine mine de rien, avec ses atours scintillant de promesses. J'écris, donc, trois mots, une phrase. Quelque chose frémit. Un personnage se dessine, une intrigue s'élabore. Une jubilation au creux du ventre.

Cette frénésie m'a tant manqué…

Elle se tait, laisse faire. Le ver est dans le fruit.

Littérature

Pas la peine de lutter : elle est ma drogue dure, celle qui obsède et fait replonger, toujours, quelque longue et sérieuse que soit l'abstinence.

Ma passion, ma prison : l'écriture.

IX

GENRE

S.

Ce qui m'a d'abord saisie, c'est ta voix, profonde, douce, musicale, si grave et si jeune à la fois. Comme un mystère, rien qu'à t'entendre. Un monde à jamais secret. Une poésie, une mélodie douce et triste aussi, à peine. Et qui avait, avouons-le d'emblée, un pouvoir érotique qui m'a aussitôt submergée.

Ta voix ne dit rien d'extraordinaire, rien qui signale une culture ou des préoccupations philosophiques, des interrogations sur le monde tel qu'il va, bref cette sorte d'élévation de l'esprit qui d'ordinaire est la condition sine qua non de mon intérêt pour une femme. Tu dis des banalités, mais elles sont si charmantes, portées par cette voix qui vient du ventre, ou du cœur, ton cœur farouche, ma S., ton cœur si bien gardé.

D'ailleurs, quand je te découvre, tu es au centre d'une bande de filles qui ne parlent, de leur voix banale et sans magie, que de toi. Shane, Shane, Shane ! Ce phénomène… Tes copines jacassent, médisent : tu les tracasses. Je tends l'oreille. Je ne comprends pas tout de ce que racontent ces Américaines…

Elles t'adorent mais te jalousent. Qu'est-ce qu'elle a ? De plus que nous ? Pourquoi elle les fait toutes tomber, *fuck* ?

Et une telle, et l'autre encore ? Elles font des listes, elles râlent… Toi, Shane, cent fois tu as montré ton minois, tu as claqué dans tes doigts et tu as eu celle que tu voulais. Tu laisses dire, tu commandes un *latte*, une bombe blonde entre alors dans le café où je te surveille, vos regards se croisent, elle te sourit, tu la calcules à peine, puis tu concèdes un rien, une lueur dans le regard, l'esquisse d'un sourire, c'est ça, tu es l'esquisse du chef-d'œuvre encore plus belle que le chef-d'œuvre réalisé, bref tu es à tomber et je suis conquise, cœur dans la gorge, les yeux humides, les filles autour de toi papotent toujours, elles suivent l'affaire et commentent, cherchent quel est ton secret. C'est pas possible, un succès pareil… Elle a un truc ? Un joujou extra ? Une technique, un Kama-sutra lesbien ? Eurêka : l'une d'elles frime, elle sait, elle a tout compris et murmure alors que tu dégages légère vers les toilettes, où, au fait, la Splendeur vient de s'engouffrer : « *She's nipple confident.* »

« *Nipple confident…* » Je ne comprends pas très bien, mais les commentaires des parleuses m'éclairent. Pour faire court, tu as de jolis seins, tu le sais, et ça te donne une puissance sexuelle du tonnerre, une forme d'assurance insouciante qui met toutes les femmes à tes pieds. *Nipple confident* ? *Indeed*, mais tu me parais aussi bien *ass confident*, *eyes confident*, *full body confident* : tu es à l'aise dans ton corps, tu bouges comme on danse, tu parles comme on fait l'amour. Un canon.

Tu reviens des toilettes, commentaires, rires rentrés, ce que tu as fait avec la Splendeur on ne veut même pas l'imaginer, dans le brouhaha tu commandes un expresso et tu t'en grilles une, tu es cool, voilà, la coolitude incarnée au milieu de toutes ces femmes superbes mais inquiètes. En proie à des peines de cœur, des crises conjugales, des projets de parentalité ou des ambitions contrariées. Toi, non, tu es bien, pas de couple ni de job ni de thune ni de gosse ni de projet de carrière, et si tu as un cœur tu le protèges farouchement. Tu es ailleurs, dans un monde auquel personne n'a accès, aucune femme, c'est ce que je capte dans ta façon de fléchir la nuque, ou de sourire, parfois, un sourire qui dit doucement stop, j'en ai assez dit, vous n'aurez rien de moi. Rien. Je raffole de ta voix et vénère tes silences. C'est là que je veux aller, dans ce monde secret dont nulle n'a trouvé la clef.

Je te mate, sans me gêner, de tous mes yeux, comme un mec, comme un porc. Je te mange des yeux, vorace, essayant de comprendre ce qui en toi m'attire autant. Tu es fine, presque maigre, visage de chat, des yeux bleu-gris immenses, cheveux courts, pas de taille, fesses à peine dessinées, des gestes déliés, andro plus qu'andro, une incarnation de l'androgynie. Tu es ma révélation : mon type de femme, c'est toi, ni femme ni homme mais autre, une magie, une grâce, une aberration, une épiphanie, une paradoxale perfection. Tu es entrée dans ma vie il y a cinq minutes, et tu prends toute la place. Je sais que je ne t'aurai jamais, que tu ne me verras jamais, je m'en fous.

Cinq minutes sans toi et je suis en manque. Puis tu réapparais, tu es nue, tu plonges dans une piscine, vite rejointe par une autre gazelle blonde au minou brun, nouvelle beauté qui te court après avec pas uniquement l'envie de faire des longueurs. Tu approuves d'un regard, elle s'approche, tu l'embrasses. À ta façon de jouer avec ses lèvres, de les mordre un peu, on voit que tu sais y faire et pas que pour les baisers, et en effet. Tu la retournes contre le bord de la piscine et tu l'enfiles, je ne vois pas trop comment mais c'est l'esprit.

Très vite, tu annonces la couleur : *I don't do relationship*. Toutes les lesbiennes autour de toi veulent trouver l'âme sœur, s'engager, construire, nidifier. Toi, pas. Tu aimes aimer, encore plus baiser, tu les tombes toutes, et franchement, tu ne vois pas où est le problème. Don Juan s'est incarné dans le corps d'un *tomboy*. Révélation.

J'ai quarante ans, j'ai compris depuis Albertine et Coline que les femmes m'attiraient vraiment. Qu'elles n'avaient pas été un simple terrain d'expérimentation érotique à l'adolescence, comme Mme Michelangeli m'en avait convaincue. Mais l'effet que tu provoques chasse toute forme de doute : pour un baiser de toi, je ferais toutes les folies, au grand dam des freudiens orthodoxes…

Baiser volé, baiser rêvé : tu n'existes pas, ma Shane. Fiction, tu resteras fiction, personnage phare d'une série qui séduit les lesbiennes *worldwide*. Tu fais savoir dans les interviews que je traque sur le Net que tu n'as rien à voir avec le personnage que tu incarnes, tu n'es pas une tombeuse, tu es toi, simplement toi, juste actrice plutôt contente de jouer dans un programme qui rencontre un tel succès.

Six saisons avec toi, six ans pendant lesquels j'attends fiévreusement les épisodes et regarde en boucle les scènes où tu apparais, je connais par cœur tes dialogues, tu es ma drogue, mon idéal, ma folie. Quand tu as une *love story* avec Rosanna Arquette, j'adore et m'enthousiasme. Elle a à peu près mon âge, ma couleur de cheveux, tous les rêves sont permis. Quand tu tombes *in love* de Carmen, je fulmine. Je suis idiote, sans distance, jalouse comme un pou… T'avais pas le droit de me faire ça, Shane ! Tu brises notre pacte. *« I dont do relationship »*, tu l'as dit et j'ai été OK, juste du sexe, du sexe *hot* mais rien d'autre. Tu vois, ma Shane, j'avais tout accepté, tes amantes, même les plus belles. Mais là, tu es raide dingue de la Carmencita, tu lui passes tout, elle veut t'épouser et tu es d'accord. Je te déteste, ne parlons pas de Carmen qui n'a pas intérêt à croiser mon chemin et à qui je me demande bien ce que tu peux trouver. Elle a un nez trop long, tu es d'accord ? Elle est stupide. Toutes mes amies idolâtrent la bimbo latina. Moi pas, j'assume. Tu es à moi.

Comme des milliers de fans, je suis à toi, quand tu veux où tu veux, ma Shane. Enshanée à toi comme les smokings noirs à ton corps laiteux, comme le décor à tes gestes, comme la musique à tes regards, comme tes amantes à ta fuite, comme tes groupies à leur fantasme.

Parfois, la nuit, je rêve. Je te déchaîne, te fais oublier ce qui te rend si triste, ce qui te fait peur et te retient d'aimer. Tu murmures ton *motto*, *I don't do relationship*. Je souris, je te laisse y croire, je t'envoûte, je te fais rire, et jouir, et l'air de rien je t'apprivoise : tu vois, les *relationships*, avec moi, tu aimes.

Un autre rêve, aussi chimérique, rêve éveillé, celui-là : te déshaner. Te libérer de ton personnage, te faire redevenir femme de chair, sous ma main, pour t'offrir la carrière que tu mérites. Tu as tellement marqué le *L Word* que tu as peiné à avoir de beaux rôles ensuite. Il y a eu récemment une suite à la série culte, dix ans plus tard : tu étais parfaite, mais toujours Shane. Toujours pas Kate Moennig, artiste à la palette bien plus large que celle de la tombeuse *« nipple confident » « relationshipless »*. Je veux pour toi des rôles écrits sur mesure, dignes de ton talent, qui est grand. Pourquoi personne n'y songe ? Des rôles comiques, des tragiques, tu peux tout jouer, je le sais. Alors, tout éveillée, je deviens pour toi un écrivain célèbre. Je travaille à un style mainstream. Je me trouve un agent international – allons-y carrément. Je deviens une romancière *bankable* que courtise Hollywood. On achète à prix d'or mes romans avant même qu'ils soient écrits pour les adapter à la sauce hollywoodienne. Je conçois pour toi des pièces, des séries, des films dans lesquels tu donnes enfin la mesure de ta singularité, de ton élégance et de ton talent.

Tu me lis, Shane-Kate ?

Il ne faut jamais dire

Elle était prise et moi aussi.

Nous nous plaisions, pourtant. Ses yeux qui brillaient quand elle m'apercevait. Mon corps qui se tendait vers elle, mes seins qui gonflaient dès qu'elle s'approchait, ce dont elle ne se privait pas. Une pulsation qui battait dans tout le corps, qui me clouait dans mon siège alors que je n'avais qu'une envie : me rapprocher de son cou, de ses bras, de son ventre. Sentir son odeur, sa peau. Elle me parlait de sa voix grave et moqueuse, je répondais n'importe quoi, elle riait. Elle savait.

Elle était prise et je l'étais aussi, mais nous voulions nous prendre, sans nous éprendre. Une histoire sans lendemain, alors ? Pas mon truc. Mais vient un moment où le corps a des désirs si impérieux que tous les principes tombent.

Je passe sur les préliminaires – un pot en terrasse, un dîner, quelques rendez-vous manqués – pour en venir au fait. Au lit, chez elle. Un loft hallucinant dans le haut Marais, où elle me baise. Elle me prend comme si elle était en manque depuis un an, et c'est d'ailleurs ce qu'elle me dit : je ne te connaissais pas que tu me manquais déjà.

Elle me déshabille comme une sauvage, malaxe mes seins. Rugit de plaisir. Sa fringale m'enchante. Elle me dit, écarte. Encore, plus. Elle me mate, sent monter mon désir, et me prend. Me doigte, doucement, profond, longtemps. Plus fort, fort, fort. Elle me rend folle.

Elle me laisse à peine me remettre de mes émotions : on recommence. Ou plutôt, elle recommence. Car, au fil de nos rendez-vous, je découvre qu'elle ne m'accorde aucune réciproque. Elle me dit ce qu'elle attend de moi, et je dois m'exécuter. Elle a réparti les rôles : elle est l'homme, je suis la femme.

— Non, mais tu rêves ?

— Mais si ! C'est pourtant clair, développe-t-elle en ajustant son harnais.

Elle est androgyne, s'habille comme un mec, gagne autant de thune, se comporte comme tel. Elle est donc l'homme. Il en découle que je suis la femme. D'ailleurs, ne suis-je pas maquillée, parfumée et tout juste dévêtue d'une robe moulante ? Exactement comme elle l'espérait.

— Oui, mais, objectai-je.

— Tais-toi, je suis occupée.

— J'ai l'aspect d'une femme mais le caractère d'un mec.

Erika ne m'entend pas, guide le gode-ceinture, bref s'active. Et tandis que

Devant,

Derrière,

Dieu que c'est bon, mais je ne me laisse pas déconcentrer et poursuis ma démonstration. L'habit ne fait pas le genre (putain que t'es bonne). Je me comporte TOUJOURS comme un mec (en effet, raille Erika, qui est en pleine bourre). Je décide de tout (cause toujours et cambre-toi bien). Je donne des ordres, et on m'obéit (essaie pour voir). Je dis « non » sans hésiter (tu parais plutôt consentante, là, tout de suite, je me trompe ?).

Voilà qu'Erika reprend son souffle, je me love contre elle, en sueur, en bonheur. D'un geste macho, elle tapote mes fesses : *good girl*…

Ce n'est pas parce que je jouis démesurément que je vais la boucler (tu vas voir, bichette, il me semble que tu n'as pas calculé à qui tu as affaire, tu vas comprendre quelle femme je suis). D'abord la laisser retrouver ses esprits. De quelques gestes légers la débarrasser ensuite de son harnais, l'air de rien, parfaitement soumise – ça allait te gêner, non ? Glisser le chibre factice entre mes seins. Voir ses yeux étinceler : elle m'a avoué son goût immodéré pour les grosses poitrines. Je la joue pute, alors ? Ça marche. Elle ordonne : suce-le. Je ne m'en prive pas. Sur cette bite en plastoc, comme le sexe qu'elle se fantasme, comme son clit qui durcit, je glisse lentement ma langue, obscène et fière. Les yeux fermés, les jambes bien écartées au-dessus d'Erika, je joue avec, me caresse le ventre, l'enfile dans ma bouche, le fait glisser entre mes seins sur lesquels il vient s'écraser et qu'il maltraite un peu : Erika grogne des encouragements. La teub descend vers mon ventre, s'attarde, poursuit lentement son trajet vers le con, le mien, pour doucement le prendre, puis fort, très fort. Je peux jouir, du plaisir que je me donne autant que de l'excitation que je sens monter en elle. Mais non. Je dégage le joujou, rampe sur elle (on a bien dit que je la jouais soumise, non ?). Mordille sa bouche, lèche ses lèvres, regarde ses yeux, longtemps, caresse ses cheveux, et ses seins avec les miens. Elle approuve. Ronronne qu'elle adore vraiment les grosses poitrines, qu'elle n'aime que ça, dans le fond. Qu'elle m'adore. Je la caresse avec mes seins, partout, effleure son ventre avec ma langue, elle m'encourage. Je mordille son sexe chaud partout, elle dit oui, et surtout suce-moi. Je ne m'en prive pas, découvre avec la langue et les lèvres la géographie singulière de son secret, me grise de son odeur, de ses humeurs, de sa peau si douce si humide si luisante si brûlante, la lèche et la suce longtemps. C'est là que bat mon cœur. Elle n'ordonne plus rien mais murmure parfois : encore, encore. Elle est au bord du plaisir, son clit a tripé de volume, rouge, luisant, elle va exploser, moment parfait pour glisser un doigt.

— Ah, non ! et elle joint le geste agacé à la parole cassante, chasse ma main.

— Tout doucement…

— Non, je te dis.

Lui laisser le temps. Je la lèche encore, de petits coups de langue qui savent où le plaisir va monter, j'attends qu'elle soit prête pour le reste, j'attends même avant de la sucer vraiment, j'adore la sentir si excitée, à moi. Je la rends dingue et la fais attendre. Elle se cambre, me tend son sexe chaud, humide, affolé : vas-y, poupée !

J'y vais, la fais monter encore avec mes baisers, elle gigote, je la trouve magnifique, tendue vers son plaisir et comme transformée, animale, presque féroce. Je tente à nouveau de la pénétrer. Elle se redresse furieuse : jamais, je t'ai dit jamais.

Ça alors… Il n'est pas temps de débattre, l'affaire paraît sérieuse, et le corps sous moi se tend.

— Prends-moi encore dans ta bouche.

C'est un délice que l'intimité de sa chair humide et parfumée, et une source d'étonnement. Son anatomie secrète se transforme, ce qui est fréquent dans ces occasions, mais jamais je n'ai constaté une telle métamorphose. C'est comme si son clito s'étirait, s'étirait lorsque je l'aspire – car c'est cela qu'elle attend, visiblement. Une espèce de longue tétée. Je m'adapte. Mais enfin il s'étire tellement que je me figure avoir un petit phallus onctueux dans la bouche. C'est assez troublant, cela fait de moi un pédé heureux, un fellator en puissance.

Elle vient comme ça, dans ma bouche.

Longtemps, Erika a repoussé ma main. *Stone butch* : ainsi se désignent les lesbiennes qui refusent d'être pénétrées. La lesbienne par excellence en somme, la vraie, la pure et dure. Celle qu'Erika entendait être. Comme toutes celles qui se sentent tellement homme que l'idée d'avoir un vagin les gêne, voire pire : les débecte.

L'affaire était entendue. Je devais respecter l'interdit pénétratif, malgré la frustration que j'en éprouvais.

Y a-t-il un diable en moi ? Un esprit de contradiction ? Une pulsion vers l'inconnu ? Un entêtement ? Des pressentiments opportuns ? Toujours est-il que je repartis à la charge, après quelques mois d'abstinence, là où l'on sait. Parfois, une tentative : les refus et offuscations se répétaient. Quand Erika accepta-t-elle que j'essaie une nouvelle fois une exploration de son anatomie ? Il me semble que ce fut une longue négociation, celle des gestes et des baisers et des caresses – la meilleure, non ? Enfin la chose se fit. Erika se déclara sceptique, pas emballée des masses. Elle n'avait pas eu mal, non. Simplement, bof.

Mais si je la suçais en même temps, serait-elle aussi tiède ? Elle voulut vérifier – elle aimait cela au-delà de ce qu'on peut se figurer. Donc, conjointement de la bouche et des doigts je m'activais. Il y eut des progrès, des reculades, des avancées rapides, de nouveaux refus sans appel. Un armistice. Une reprise des négociations, une montée parallèle de notre excitation, une pénétration tendre, un doigt *pianissimo*, des effrois, des cris, deux doigts *andante*, des gémissements, des montées en flèche, une extase et un triomphe. *Fortissimo.*

Une révélation. Erika hurla une nuit son plaisir, indicible et mâle volupté, comme jamais, puis se tut.

Puis parla, d'une voix blanche, sous le choc du plaisir et de la surprise, elle me prit à partie : regarde, touche, constate !

Le lit était un lac.

La *stone butch* était devenue femme fontaine.

Comment expliquer cette évolution inattendue de son désir ? Comment cette femme, qui honnissait la pénétration, a-t-elle pu découvrir si tard qu'elle n'aimait rien autant ? Car ensuite, elle ne voulait plus que cela : être sucée ET pénétrée.

Les mystères du corps et du cœur humains me ravissent.

Je me gardais bien de fanfaronner. Je ressentais pourtant, en plus de l'intense plaisir érotique qui m'avait envahie (car c'est le fait des amours saphiques que par un effet de miroir le plaisir de la femme aimée se réverbère dans le corps de l'aimante), un sentiment de merveilleuse plénitude. J'étais *powerful*. Je la faisais gicler. Je pouvais la conduire où mon désir me poussait.

Femme fontaine ? On se doute que ma *stone butch* refusa ce raccourci : cela n'avait rien à voir avec les femmes, hypothèse infamante, ni avec les fontaines, n'importe quoi. Simplement, elle avait éjaculé, comme un mec. Elle se sentait plus homme que jamais.

Je lui laissai croire cette fable charmante : des hommes comme ça, on en rencontre si peu.

Virile

Depuis que je cherche à rencontrer des femmes, depuis donc que je fréquente l'univers des lesbiennes, on m'a collé une étiquette. Je suis une « féminine ». Pour avancer dans ce chapitre, un peu de pédagogie à destination des novices.

Le « milieu » voit coexister trois types : les camionneuses, les androgynes, les féminines.

Commençons par les plus reconnaissables : les fameuses camionneuses. Femmes réputées peu désirables, épaisses, mâchoire de mec, poils de mec, bière de mec à la main. Récemment, la réflexion sur le genre semble avoir généré des étiquettes moins stigmatisantes. On dit parfois « butch », à l'américaine. C'est comme le « burn-out », si l'on veut, dont on parle volontiers et qui est plus avouable que la « dépression » en général passée sous silence. La vie de butch est-elle beaucoup moins déprimante pour autant ? Dans l'imaginaire collectif, comme dans la communauté lesbienne, la butch reste une femme hommasse, une caricature de lesbienne, un repoussoir. Il suffit pour s'en convaincre d'aller dans une soirée réservée aux femmes (les camionneuses sont parquées dans un coin) ou de visiter les sites de rencontres : « Femme qui ressemble à un mec, passe ton chemin » est un leitmotiv.

Les androgynes sont également très reconnaissables. Cheveux courts, traits mi-féminins, mi-masculins, vêtements neutres, sportifs, rock, punk ou gothiques. Une andro qui porte une robe se sent trans… Attention, une andro peut être complètement hétéro (hélas !). Les androgynes ont toujours eu ma préférence – pourquoi, je l'ignore. Mais depuis Ange, dans l'enfance, toutes les femmes qui m'ont attirée étaient des *tomboys*. En général, elles me snobent, on va voir pourquoi.

La troisième catégorie est réputée peu répandue. Elle est constituée de femmes résolument féminines, que rien ne distingue de l'hétéro de base, plutôt citadine et en talons, jupe et chignon. On les désigne aussi par synecdoque comme des « *lipsticks* », le rouge à lèvres qu'elles assument ou exhibent révélant leur féminité – car, oui, on peut aimer les femmes et être féminine, fait longtemps ignoré.

Ce point n'est pas encore documenté, mais il me semble que cette population de féminines, ou « fem », a connu un certain essor depuis que le *L Word* les a en quelque sorte légitimées. Cette série présentait des protagonistes, toutes lesbiennes ou presque, féminines, vêtues avec goût (et, pour faire vite, jolies, voire sublimes, de type caucasien, évoluant dans un milieu socioprofessionnel privilégié, et vivant à Los Angeles). Six saisons ont donné une visibilité à cette communauté très peu représentée au cinéma jusqu'alors. Mettant en scène des « fem », le *L Word* a donné le feu vert à des lesbiennes qui auraient été tentées d'adopter une apparence plus marquée homo pour un look résolument féminin et élégant. Après tout, la star du show, Bette Porter, interprétée par Jennifer Beals, était l'héroïne de *Flashdance*. L'actrice est *straight* et belle à tomber, comme le sont d'autres sublimes de la série : Marina, Helena Peabody, Kelly et les autres étaient glamour, sexy, classieuses, bref parfaites pour faire bander les mecs comme des cerfs. Et décoincer les filles du ghetto. Un peu.

Je pense que toute lesbienne ayant accès à un écran a vu la série – énorme succès, sur un sujet pas ou mal traité, avec un scénar en général plus qu'honorable, parfois méta, et des scènes hot absolument mémorables. J'en déduis que nombre d'entre elles, qui hésitaient à assumer leur féminité, l'ont fait parce qu'on leur avait ouvert la voie. Autrefois, la lesbienne féminine pouvait craindre de rester à jamais une « lesbienne invisible » pour reprendre le titre du show d'Océane Rose Marie (désormais Océan) : trop féminine pour être identifiée, niée dans son orientation sexuelle, vouée au célibat.

Pour autant, avoir une apparence tout à fait féminine reste un handicap. Quand je mets ma bouille sur un site, les questions les plus fréquentes portent sur ma sexualité : tu es sûre sûre que tu aimes les femmes ? Sous-entendu : tu ne serais pas une hétéro en goguette, à la recherche d'un peu de piment dans ta vie sexuelle ?

Toutes suspicions qui me hérissent le poil.

Malgré mes cheveux longs et un maquillage léger assumé, la part de virilité l'emporte nettement dans ma personnalité. Enfant, je n'ai jamais joué à la poupée et ressemblais à un petit garçon lorsque j'avais les cheveux courts. Si je me maquille, c'est parce que je me sens moins moche avec du mascara que sans. Et si je porte des talons, c'est qu'ils affinent ma silhouette qui a tendance à s'empâter. Ma féminité est donc, disons, pure coquetterie, tentative de me réconcilier avec mon image, on sait que l'entreprise est complexe.

Mais je me comporte comme un mec. Je décide. Donne des ordres. Dis « non » sans hésiter. Je dissimule mes faiblesses, j'aime être *successful* et pas que pour la frime, j'aime conduire, vite, j'aime(rais) bien gagner ma vie. Une remarque m'a marquée, jadis. Je tenais une chronique, « Cannes-Babylone », dans un quotidien lancé par *Globe* durant la durée du Festival. Andrée Chedid m'avait lue et me fit remarquer : Vous écrivez comme un homme. Cela ne paraissait pas un compliment – comme si j'étais passée à côté de ce qui fait l'« écriture féminine », cette blague. Voilà : j'écris comme un homme, je baise comme un mec et je n'ai jamais accepté d'être « femme de ». J'aurais pu, dans ma jeunesse, trouver un mari qui m'aurait entretenue et m'aurait épargné les rigueurs du monde du travail. Il y a eu des propositions dans ce sens [les hommes aiment assez les belles plantes oisives (mais qui tiennent leur intérieur, ne rêvons pas) (et les mettent en valeur, eux, les mecs à fric ou pouvoir ou succès)]. Jamais je n'ai été tentée : en fait, j'en étais incapable. C'est aussi parce que je ne suis pas « femme » dans l'âme que ma carrière de comédienne a tourné court, outre le fait assez évident que mes talents étaient limités. On me proposait des rôles de femme, c'est-à-dire des rôles à nichons et beau sourire. Il n'y avait rien, strictement rien à jouer. Pas d'action. Une présence, des répliques creuses, du blabla sentimental. Je n'ai jamais pu. Et lorsque j'ai essayé, pour croûter, le résultat m'a paru calamiteux.

Je me demande parfois d'où vient ce trait majeur de ma personnalité : ma virilité. Suis-je née comme ça ? Le suis-je devenue ? La meilleure réponse que j'ai reçue vient de Michelangeli. J'avais pour me construire, comme la plupart des enfants, deux modèles parentaux, une mère, un père. Ma mère allait si mal que l'identification au père était un acte de survie. Je ne sais pas ce que vaut cette théorie.

Mais, à l'évidence, je ressemble à mon père en presque tout. Je bosse jusqu'à tomber d'épuisement, je parle avec assurance, je commande. J'ai l'insulte facile quand je joue. Je « bombe » quand je skie. C'est moi qui mène quand je danse le rock. Je coupe la parole à mon interlocuteur sans m'en rendre compte. J'en passe. Et comme ce genre de trait a tendance à s'accentuer avec l'âge, si je n'y veille, je ressemblerai bientôt tout à fait à un homme… au risque de faire fuir les donzelles qui me traiteront de camionneuse.

ET MATERNELLE

Lorsque mes parents, jeunes enseignants, quittèrent Saint-Thibéry pour s'installer à Montagnac, dans l'école Jules-Ferry, on me sépara de celle qui, de deux à cinq ans, avait été, on s'en souvient, ma seule amie : Marie-Hélène. Je fus inconsolable. Quand on me poussait vers une fillette en me conseillant, va jouer, tu verras bien, fais donc un effort, j'essayais. Partout où des enfants jouaient, je m'approchais d'eux, ils me frôlaient sans me voir, je les regardais avec des yeux de pauvresse. Je restais seule, imbécile, et souffrais aussi dignement que je le pouvais.

Je paraissais tellement triste que mes parents me prirent en pitié et m'annoncèrent une grande nouvelle : ils m'avaient fait un petit frère, qui était en train de pousser dans le ventre de Maman. Cela ne faisait pas mon affaire. Pour remplacer Marie-Hélène, il me fallait une sœur, c'était la moindre des choses. On me rassura : ce serait peut-être une sœur. On m'affola : mais peut-être aussi un frère. Je voulais savoir. Mais je compris qu'il fallait attendre, et attendis.

Une fillette naquit. Elle ne ressemblait pas à mon amie, elle était plissée, rosâtre et semblait prendre un plaisir constant à pousser des cris et à remplir ses couches. Mais j'avais le droit de la porter dans mes bras en faisant très attention et c'était déjà ça.

Dès qu'elle fut en âge de saisir quelque chose avec ses mains, ma sœur attrapa mes cheveux et les tira de toutes ses forces. Je hurlai, elle recommença. Je hurlai de plus belle. Elle y prit goût. Dès qu'elle fut sur pied et découvrit que ses mains pouvaient m'envoyer des claques, cela devint son jeu favori. Je pense qu'elle aimait le geste, le son mat produit par le plat de sa main sur ma joue, et la tête que je faisais. Comme je protestais, elle pleurait, et fort.

Mes parents m'avaient fabriqué une petite sœur ravissante mais perfide qui me giflait et s'était entraînée à pleurer sitôt son forfait accompli. Comédie habile, car j'étais aussitôt accusée, moi l'aînée qui ne donnait pas l'exemple, de martyriser la pauvrette. Ce qui me valait une nouvelle claque, des parents cette fois. J'avais beau plaider ma cause et crier à l'injustice, double peine. C'était insupportable. Je ne pouvais imaginer que le monstre allait quelques années après devenir ma meilleure amie. La plus douce, la plus chic, la plus belle. La plus drôle, aussi. Je pouvais encore moins anticiper qu'une autre suivrait bien plus tard : un chou d'amour ! Non, il me semblait alors que ce bourreau à bouclettes me torturerait toujours et qu'il fallait agir : changer de petite sœur.

À cette époque, les filles ne naissaient plus dans les roses et les garçons dans les choux. On était moderne et on expliquait aux enfants que le papa mettait une petite graine dans le ventre de la maman. Une graine de bébé. Elle poussait dans le ventre, grandissait, enflait jusqu'à transformer le corps de la maman, et quand elle était prête, elle sortait par le nombril sous la forme d'un enfant miniature.

Cette fable m'avait convaincue, et j'en avais gardé l'essentiel : la graine, le ventre. Je pus donc, un jour que toute la parentèle était réunie chez Papi et Mamie pour fêter Noël, aux Sept-Deniers, l'école où officiaient toujours mes grands-parents près de Toulouse, annoncer la bonne nouvelle. Oncles et tantes, parents et grands-parents étaient attablés pour le petit déjeuner. J'attendis que tout le monde fût assis, me levai et annonçai fièrement :

— Maman, je t'ai fait un bébé.

Comme les bavardages continuaient et que la bonne nouvelle n'était pas entendue, que l'on s'obstinait à blablater sur le foie gras mitonné par l'oncle du Gers qu'on allait déguster le soir, je tapai du poing à côté de mon bol, me dressai sur mes jambes et répétai, haut :

— Maman, je t'ai fait un bébé. Je me suis fait une petite sœur.

On cessa de mastiquer pour m'observer. Comme je me rassoyais, ayant prévenu tout le monde de l'arrivée prochaine de la *bonne* petite sœur (celle qui ne me tirerait pas les cheveux), et que j'attaquais de grand cœur mes tartines, il y eut des petits rires – je ne sais pas pourquoi j'entends celui de mon oncle, le frère de Maman, qui devait être bien jeune à l'époque, dix-sept ans… Je l'entends, et dans le même temps la question de ma grand-mère Laure, posée avec ce ton qu'elle prenait pour vous signifier qu'elle s'adressait à vous avec un sérieux feint tout en riant intérieurement :

— Très bien, mademoiselle, et comment avez-vous fait ce petit miracle ?

Eh bien, c'était très simple, j'avais suivi les instructions. J'avais mis une graine dans le ventre de Maman.

— Mais tu l'as trouvée où, cette graine ?

— Mais tu l'as mise comment dans le ventre de ta mère ?

C'était assez fatigant, d'avoir à expliquer des évidences à tous ces questionneurs hilares. J'avais pris une très jolie graine pour avoir une très jolie petite sœur, une graine rouge de houx, et l'avais enfoncée dans le nombril de Maman sous sa chemise de nuit, pendant qu'elle dormait et Papa aussi.

Après un silence, tout le monde éclata de rire. Quelle imagination, cette enfant !

Je m'entêtai :

— Mais c'est vrai, je l'ai mise, et même j'ai bien enfoncé.

On me dit que ce n'était pas grave, mais que ça n'allait pas marcher. Vous êtes sûrs ? Mamie Laure prit la parole pour résumer l'opinion générale : je n'avais pas la bonne graine, il fallait une graine de papa. Mais elles sont où, ces graines-là ?

Par un accord tacite étrange, personne ne voulut me répondre franchement. Ça biaisait, ça finassait, ça se payait ma tête. Tout ce que j'ai pu apprendre des propos contradictoires qui me furent alors tenus, c'est qu'elles étaient cachées, ces semences magiques, dans un endroit secret. Et avec une belle unanimité, tout le monde m'affirma que non, moi, je n'en aurais jamais.

Voilà : je suis une femme qui a tellement envie d'avoir des enfants, depuis toujours, que je prends les choses en main. Je plante des graines dans le nombril des femmes. Est-ce viril ? Est-ce une autre forme de féminité, que ce désir de materner, ou de maternité ?

Inanité des étiquettes.

Raphaëlle

J'aime plus que tout être surprise. Raphaëlle me ravissait.

Elle n'était jamais là où je l'attendais, ne disait jamais ce que j'espérais, agissait et pensait à contre-courant.

À l'inverse de toutes, mais vraiment de toutes mes amantes, elle ne se formalisait nullement du fait que j'aie un mari. J'étais bi ? Bien, très bien. Je lui parlais du « *bi erasure* » que je subissais, comme tous les membres de cette communauté souvent invisible : elle entendait. Compatissait, même : le fardeau des mensonges, le rejet des lesbiennes, elle imaginait parfaitement… Je pouvais évoquer l'amour que je portais à Olivier, et le fait qu'avant lui il y avait eu d'autres hommes que j'avais aimés, Patrick au nom d'étoile et à la voix d'or, Marc mon romantique pianiste, virtuose et rebelle sous ses allures bon chic, et Gary le Grand, Gary au cœur fou. Hommes aimés vraiment, passionnément. Elle-même n'avait été attirée que par un garçon, dans son enfance, et n'avait jamais songé à aller très loin. Parfois, un homme lui paraissait si beau qu'elle l'envisageait – mais préférait en rester à la théorie.

Elle manifestait à l'égard d'Olivier une bienveillance sans faille alliée à une forme de curiosité. Il me semblait qu'elle aimait que je sois aussi une hétéro comblée. Son côté traditionaliste, en somme, assez peu développé par ailleurs.

Raph ne se lassait jamais de ce que je pouvais lui dire sur mes filles, alors encore jeunes. Je lui racontais en riant leurs bêtises (c'étaient des championnes du monde), leurs progrès aussi, qui me surprenaient toujours. Elle approuvait la façon dont mon époux et moi tâchions de les élever.

Elle était farouche au lit et me confiait en repoussant parfois mes avances : Vois-tu, je ne viens pas au corps aussi facilement que toi. Mais une fois qu'elle était lancée… une amante remarquable. Douce, infatigable, joueuse. Un délice de femme. À cette seule évocation, surgissement de souvenirs très précis de sa peau laiteuse de rousse, ses grains de beauté, ses gestes. Des mouvements de nos corps.

Vint cette nuit où, après l'amour, grillant rêveusement sa cigarette dans le noir, elle murmura :

— Et si tu me faisais un enfant, Guapetona ?

Je ris à la plaisanterie mais elle insista :

— Mais oui, bien sûr que tu pourrais me faire un bébé !

Que voulait-elle dire ?

Contrairement à ce que j'avais imaginé en me fondant sur son apparence très androgyne, autant que sur sa vie mouvementée et excessivement occupée, elle avait depuis longtemps envie d'être mère.

Ce désir se manifestait soudain, après l'amour et le tabac, avec une détermination qui me saisit.

— Raph, tu es sérieuse ? Tu veux vraiment porter un enfant ?

D'une voix parfaitement calme :

— Est-ce que j'ai l'air de plaisanter ?

Puis, taquine :

— Allez, fais-moi un bébé, un tout petit…

— Tu es au courant que je ne suis pas équipée pour ça ?

— Certes. Mais réfléchis.

Elle me connaissait bien : rien ne me stimule plus qu'un défi. Conduisant avec humour et habileté la discussion, en une espèce de maïeutique qui préludait en quelque sorte à son propre accouchement, elle me fit formuler ainsi l'idée : mon mari était un homme en tout point remarquable, beau gosse et pas idiot, loin s'en faut, il avait prouvé qu'il était capable de faire des enfants plutôt mieux qu'un autre, mes filles avaient des résultats scolaires qui auguraient un avenir radieux – ce mari était en somme un étalon de premier choix.

Oui, certes, il était extra, mon homme, mais enfin comment voyait-elle les choses ? Concrètement ?

Là encore, elle m'invita à réfléchir.

Je cogitai tout haut. Rien n'était matériellement impossible. Je pouvais me renseigner sur les méthodes préconisées. Voulait-elle du congelé ?

Pfff, c'est compliqué, non, la chaîne du froid ?

— Tu veux du *real sex*, avec un homme ? Le mien ?

— NatZeKat, épargne-moi ces perspectives barbares.

Bon, il fallait trouver mieux. Je ne voyais pas trente-six solutions. Il fallait convaincre mon époux de s'installer dans un hôtel pas trop éloigné des Batignolles, que je le rejoigne, récolte la précieuse semence toute chaude et coure chez ma belle pour l'inséminer. Nous trouverions bien comment.

Cette idée me plut. Raph était une femme unique. Drôlissime, maligne, une déesse dans l'intimité. J'avais deux filles, mais pas de garçon. Si Raph me laissait encore un peu de place dans sa vie de jeune maman, je serais mère à nouveau, par procuration mais avec enthousiasme, d'un mouflet. Ou d'une autre mouflette : ça m'irait tout autant.

Nous avions oublié une chose : le géniteur était moins fou que nous. Faire un enfant à une femme qu'il n'avait jamais rencontrée. Ne pas connaître cet enfant. Donner un frère ou une sœur à nos filles : il ne l'envisageait tout simplement pas. Ce fut non, catégoriquement. Avec le sourire. Puis avec un bon gros rire : qu'est-ce que je ne venais pas de lui inventer, encore ?

J'insistai. Pouvais-je refuser ce don à mon amie ? Elle avait un tel désir d'enfant, et il était si simple après tout de la contenter ! Il me fit remarquer qu'il était déjà très, très compréhensif, mais que je poussais le bouchon un peu loin. Mon homme si calme faillit même se mettre en colère.

Nous débattîmes plus calmement de ce cas de conscience. J'entendis ses raisons et me résignai. Puis fus soulagée. Avais-je vraiment envie qu'il soit père d'enfants d'une autre femme ? Comment en aurais-je parlé à mes filles, qui ne savaient rien alors de ma vie amoureuse secrète, de leur demi-frère ou sœur ?

Raph n'insista pas, qui se débrouilla autrement. Je ne sais comment. J'ai juste appris quelques années plus tard, un peu par hasard, qu'elle était la mère heureuse non pas d'un, mais de quatre enfants, tous nés d'un même père, qu'elle avait pour finir épousé, en l'église de la Madeleine.

Le dragon

Parmi les femmes de ma vie, la plus puissante, la plus effrayante, la plus violente, la plus comique, la plus fleur bleue, la plus stalinienne, la plus contradictoire, la plus proustienne, celle que j'ai aimée, détestée, aimée encore, est la mère de ma mère. Ma sur-mère.

Laure.

La terrible Laure que j'avais vue abandonner Élise à l'Oustal.

Dans les comédies de Molière, le rôle du tyran domestique est tenu, selon les mœurs de l'époque, par un homme : Jourdain, Harpagon ou Argan. Des barbons qui régentent la maisonnée, et tout particulièrement les femmes. Écoutons Arnolphe instruisant Agnès à l'école des barbons :

Du côté de la barbe est la toute-puissance.
Et ce que le soldat, dans son devoir instruit,
Montre d'obéissance au chef qui le conduit,
Le valet à son maître, un enfant à son père,
À son supérieur le moindre petit frère,
N'approche point encor de la docilité,
Et de l'obéissance, et de l'humilité,

Et du profond respect où la femme doit être
Pour son mari, son chef, son seigneur et son maître.

Chez les Chauvet, les rôles étaient inversés. La toute-puissance ne revenait pas à un barbon, mais à une femme à peine barbue : Mamie Laure. Cette grande femme massive, imposante, jolie avec ses joues pleines et roses et sa chevelure à la Ava Gardner, était un chef incontesté, un maître redouté, un père en jupon, un supérieur despotique – dans son dos, nous la surnommions « le dragon ». Ses filles, ses petites-filles, ses gendres, la famille entière lui devait obéissance, docilité, profond respect. Elle régnait.

Royalement sur toute la parentèle, et impérialement sur Camille, son époux, son valet, son bon petit soldat, son adorateur, son principal courtisan. Il la trouvait formidable. Quelle femme merrrveilleuse, roucoulait-il, attendri, avec son accent rocailleux de Limoux. Quel carrractèrrrre ! s'amusait-il. Lui était un matheux méditatif, oubliant l'heure et ses rendez-vous, perdant tout, ses chéquiers, ses clés, ses lunettes, son manteau et même parfois sa voiture. Mamie le morigénait comme un bambin insupportable. La scène suivait un rituel terrifiant et délicieux. Laure commençait par gémir : Non, mais ! Ce n'est pas vrai ! Encore ! Tu veux me rendre folle, tu me tueras, etc. Mais jamais il ne la tuait, cette increvable. S'il y avait du public, ses enfants, petits-enfants ou même des amis, progressivement elle s'emportait, la sauce montait, et Laure, au comble de l'exaspération, tempêtait : cela s'arrêtait juste avant la claque, que Camille aurait reçue avec, je n'en doute pas, la même docilité que les remontrances.

Assistant muette comme le reste du public à ce grand cirque familial, j'en avais noté deux effets : la cocotte-minute, et les cocottes d'un autre genre.

Car Papi, se faisant enguirlander quotidiennement, prenait sur lui. Il argumentait un peu et tentait d'un ton badin de plaider non coupable mais, frappé de mutisme par le ton lourd de menaces de Mamie, ce grand échalas rentrait pour finir la tête dans les épaules, l'air penaud. Il paraissait un tout petit garçon en culottes courtes. Cependant, l'émasculation avait été publique et devait laisser quelque rancœur qui au fil des engueulades s'accumulait, jusqu'à ce que le brave homme, rouge d'indignation, le crin hérissé, grandissant ses deux mètres de ses bras brandis vers le ciel, laissât exploser sa rage. J'avais identifié la terrible séquence sous le nom de « cocotte-minute ». Moment craint entre tous, car, on s'en doute, Camille ne s'en prenait jamais à son tyran adoré, mais, par métonymie névrotique en somme, à toute autre personne ayant commis quelque peccadille, qui en trois élans de colère ascensionnelle devenait crime méritant châtiment. Papi alors s'époumonait, un silence sidéré figeait l'auditoire, qui cherchait des yeux le coupable. Lequel subissait, selon son statut (l'enfant qui avait fait trop de tapage/l'adulte qui avait énoncé une opinion contraire à la doxa), une punition mémorable ou une tirade incendiaire. Pour moi, engueulades à foison – ou gifles lorsque mes parents étaient absents. Papi était alors tout à fait terrifiant. C'est qu'il était immense, cet homme phénoménal. Pour la mouflette que j'étais, sa grande main de fils de paysan paraissait un battoir qui pouvait m'aplatir. Heureusement, j'étais véloce et ne laissais pas à la torgnole le temps d'atteindre son but. Je m'accroupissais, glissais à dextre ou senestre du géant et courais me réfugier sous un lit ou dans un placard. Il pouvait tirer sur ma jupe, elle lui restait dans les mains, arrimée que j'étais aux pieds du lit. J'attendais que la tempête s'apaise et ne pointais mon nez que bien plus tard : pris dans de nouvelles chamailleries avec Laure, ou dans une partie de Scrabble (ces deux larrons jouaient comme des forcenés), il avait tout oublié de sa fâcherie. Je lui entourais le cou des deux bras et lui faisais un bisou. Et Mamie soudain attendrie de s'écrier : Cette petite, qu'elle est *poutounetsaïre* !

D'un autre côté, loin du regard et de la toute-puissance de son épouse, Camille trouvait des exutoires d'un genre différent. Régulièrement castré dans la comédie familiale, il s'en allait jouer le vaudeville ailleurs, du côté de chez les gueuses : dans cette promenade-là, il retrouvait comme par enchantement toute sa virilité. Comment s'y prenait-il, jamais je ne le sus, mais je l'imagine aisément. Car il était bel homme : élancé, mince, torse large et taille fine, l'œil bleu, le nez bourbon et le sourire canaille, c'était le Gary Cooper du Midi rouge. Il lutinait à tout-va, avait des amantes parmi ses collègues ou les mères de ses élèves, subornait les bonnes qui se succédaient, m'a-t-on dit, à un rythme soutenu (la légende rapporte qu'il les engrossait et que Laure les chassait malgré leur marmot et leurs larmes). Il entretint même un temps, paraît-il, quelques cocottes.

Cette affaire de cocottes me conduit naturellement à me poser la question de la poule et de l'œuf : Mamie infantilisait-elle Papi parce qu'il la cocufiait à bride abattue ? Ou bien Papi retrouvait-il sa joyeuse virilité loin de sa moitié dominatrice ? Toujours est-il qu'ils avaient trouvé une forme d'équilibre tonitruant et qu'ils étaient tout simplement inséparables. Unis dans la névrose, unis dans les parties de Scrabble qu'ils disputaient quotidiennement, férocement, et unis aussi dans la foi.

La Verdurin chez les soviets

Car ils étaient croyants, ma Laure et mon Camille… autant l'un que l'autre ! Ils priaient pour le Grand Soir. Ils rêvaient de révolution prolétarienne, d'un monde plus beau, moins injuste. Mamie savait ce que l'exploitation de l'homme par l'homme voulait dire. Pépé Ernest avait passé six jours sur sept dans les mines de Carmaux, à piquer le charbon dans le vacarme et la poussière, à risquer sa vie pour un salaire malingre. Papi était issu d'une lignée de paysans pauvres de l'Aude. Ils croyaient de toute leur âme qu'il était possible de faire advenir un monde meilleur et s'y employaient en militant, en distribuant *L'Huma Dimanche* et en créant partout où ils passaient une cellule du PCF.

Ce qu'ils firent lorsqu'ils s'installèrent sur la Côte d'Azur pour couler au soleil les jours heureux de leur retraite. On notera que ce n'est pas à Carmaux, où Mamie avait passé son enfance dans une ferme boueuse d'un trou nommé la Boujassié, ni dans le modeste Pieusse, près de Limoux, où Papi Camille avait hérité d'une maison de village, qu'ils s'installèrent prolétairement. Ils choisirent la Riviera française. Je pense que c'est Laure qui choisit. Car Mamie, qui décidait de tout, était snob. Communiste de tout son cœur, mais snob.

Infiniment.

Née donc d'un père « gueule noire » et d'une mère paysanne en sabots et béret, Mamie Laure parlait beaucoup du peuple dont elle allait changer les conditions de travail mais ne le fréquentait guère. Elle le trouvait sale, malodorant et sans conversation. Elle prenait, lorsqu'elle daignait s'adresser à mon autre grand-mère, une authentique femme du peuple, elle, cet air supérieur qui me la rendait détestable – j'aimais tant ma Mamée Mimi, sa bonté, sa simplicité… Laure lisait *Les Lettres françaises*, citait Aragon et Triolet, portait des robes de soie sauvage de couleurs vives, des bijoux en or et des manteaux de fourrure : où était-il écrit que les fourrures étaient l'apanage des bourgeois ? Elle parlait haut, riait fort au risque de s'en décrocher la mâchoire et ne fréquentait, sur la colline d'Anthéor où se trouvait leur villa, près de Saint-Raphaël, que des rupins en blazer bleu marine, particule et chevalière à chaton gravé, causant yachts et propriétés en Toscane. Elle jouait avec cette petite aristocratie de Hollandais et d'Allemands exilés au bridge, je crois bien, tandis que Papi disputait âprement, cela ne s'invente pas, des parties de dames.

Elle n'avait pas lu Proust, mais, comme la Verdurin, elle désirait un parterre d'adorateurs à qui elle désignait sans détours ce qu'il fallait adorer : elle, et ce qui la représentait. Devant sa cour, elle avait des mines impayables : la blanquette de Limoux faisait l'objet d'un culte particulier et avait son étiquette. Elle devait être bue religieusement. Limoux étant le berceau familial de son époux Camille et Camille étant un prolongement d'elle-même, comme Limoux, comme sa blanquette, il fallait qu'elle fût supérieure au champagne, dont la réputation était honteusement surfaite. Quiconque voulait rester dans ses bonnes grâces devait en convenir. Parfois, un malotru, qui n'allait pas tarder à devenir un ennuyeux, apportait une Veuve

Clicquot. Elle prenait le cadeau pour une insulte personnelle et, laissant ouvrir la bouteille de l'impudent par Camille, elle se faisait verser une coupe et l'assaisonnait de sucre avec ostentation : Voyez-vous, le champagne, c'est bien aigre, comparé à notre blanquette. Agrémenté de beaucoup de sucre, ça passe... Pour gravir un échelon dans le rang de ses favoris, il aurait suffi que le gaffeur versât délicatement une pluie de sucre sur le breuvage et s'écriât : Presque aussi bon que la blanquette ! Il aurait alors pu être absous. Mais, surpris sans doute par le manège de Laure, il n'en avait pas l'élémentaire idée, et dans la hiérarchie alors il dégringolait.

Cette femme impériale ne tenait pas salon, la mode étant passée. Mais elle avait constitué une manière de société familiale où il était convenu qu'il fallait lui complaire, la flatter, endurer ses lubies sans rire – et tout le monde s'y mettait, pris dans cette concurrence effrénée qu'elle savait si habilement orchestrer. Comme la Verdurin, elle donnait dans l'hyperbole et l'outrance. Elle surjouait l'enthousiasme ou la détestation. Et exigeait de ses fidèles un engouement sonore pour son ego étendu. Il fallait a-do-rer, donc, le divin breuvage. Lire tout Joseph Delteil qui avait vécu à Pieusse, qui donc était un demi-saint et un Grand Écrivain bien supérieur à tous les scribouillards en vogue – l'égal méconnu d'Aragon. Il convenait de claironner que Roger Garaudy, qui avait épousé rien de moins que sa camarade de promotion à l'école normale d'institutrices d'Albi, et qui était devenu depuis membre du comité central du PCF, était un grand penseur. L'égal de Hegel, presque de Marx. Et surtout, il fallait admirer Duclos, puis Marchais, puis Lajoinie, et conspuer en chœur la clique de droite et des Américains buveurs de Coca et instigateurs de toutes les dictatures d'Amérique latine.

Elle avait aussi des dédains persifleurs. Quiconque émettait en sa présence une réserve sur le régime soviétique s'attirait ses foudres et était traité d'« anticommuniste-primaire-victime-consentante-de-la-propagande-anti-soviétique ». Enfant, j'abondais avec ardeur : qui, à part les méchants, pouvait désirer autre chose qu'un monde sans inégalités ? Qui pouvait être pour l'exploitation de l'homme par l'homme (d'ailleurs, même adulte et dégrisée, ça me chagrine et je cherche encore des solutions à visage humain, sans grand succès à ce jour) ? Lorsque l'adolescence aiguisa mon sens critique, ayant suivi des cours d'histoire et fait quelques lectures, j'avais été épouvantée par ce que j'avais découvert sur les folies staliniennes dont jamais il n'avait été question dans ma famille. J'avais déchiré ma carte des Jeunesses communistes. Je me risquai à le lui confier.

Je m'attendais à quelque invective. Laure m'observa. Un temps de sidération, puis sincèrement triste : Alors, toi aussi ? Je lus une détresse dans ses yeux gris-bleu : comment vivre sans ce rêve d'une Union soviétique laboratoire du communisme futur ?

Dans son irréalité, Mamie, comme Papi, menait une double vie. Mais à sa manière. Une vie-vison dans la petite société de notables toulousains puis de retraités classieux qu'elle fréquentait avec ravissement sur les collines de la Côte d'Azur, et une seconde, qui la faisait profondément vibrer, toute dévouée à la Cause. Elle vénérait ses voisins chics, et les grands peintres, et la grande musique qu'elle écoutait avec des poses qui évoquaient la pâmoison, et le cassoulet qu'elle mangeait pantagruelliquement. Et dans le même temps, elle rêvait URSS, elle vivait URSS, qu'elle prononçait « Urssssss », comme s'il se fût agi d'un ours, avec un sifflement langoureux à la fin. L'URSS, l'URSS, l'URSSSSS ! Si bien que, suivant la route tracée par les intellectuels de l'époque, Gide, Barbusse, Jean Renoir,

Aragon, Nizan, Malraux et tant d'autres, elle fit dans les années 60 son voyage en Terre sainte. Mais sans façons, en autobus, au départ de Toulouse et accompagnée, j'imagine, de simples camarades, instits pour la plupart, et triés parmi d'autres candidats par le Parti.

Elle tint un journal.

Je te lis, ce matin. Comme tu es naïve, ma petite Mamie Laure… Comme tu veux y croire ! Et comme ta crédulité m'émeut… Tu exultes. De Papi, il n'est jamais question. Il a dû préférer rester jouer aux dames à Toulouse. Jamais il ne semble te manquer : tu es comblée. D'ailleurs, tes impressions sont recueillies dans un petit carnet dont la couverture s'orne d'un dessin de Peynet : deux amoureux s'enlacent sur un banc, entourés d'un envol de colombes. Ton vrai amour est là, dans ce carnet. La romance de ta vie : l'URSSSS avec qui tu as rendez-vous.

On t'accueille à Moscou avec des danses folkloriques, des chœurs chantent, des petits rats virevoltent au Bolchoï : tu applaudis. On t'a fourni un joli guide qui parle un français parfait et vante le régime : tu l'adores. Le Kremlin, la place Rouge ? Magnifiques. Tu visites le mausolée de Lénine, tu t'enthousiasmes. Lyrisme à longueur de pages. La visite guidée te conduit devant « ces quartiers neufs, où l'on construit sans cesse, mais toujours en ménageant d'immenses espaces verts ». L'université est formidable, les chambres d'étudiants admirablement confortables. Le système éducatif, un modèle remarquable : six millions de volumes dans la bibliothèque et un professeur pour dix étudiants, tous issus du peuple ! Tu quittes la ville et vas aux champs. On te montre un sovkhoze : on y élève des poulets. Tu ne commentes pas. On te convoie à Kiev. Il me semble que tu préfères les villes. Commentaires nombreux et joyeux. Qu'as-tu vu dans ce sovkhoze que tu tais pudiquement ? Un raté, sans doute, dans ce spectacle du communisme en construction qu'on te donnait à admirer. À Kiev, qui t'enchante, les parcs sont nombreux, tout est vert et fleuri à profusion. Le métro ? Beau et sobre. Tu traverses l'Ukraine, la Tchécoslovaquie. Pendant tout ce périple, depuis l'entrée en URSS, tu dors dans des camps d'été. Ils sont parfois bondés, la nourriture souvent rare, jamais tu ne t'avises de te plaindre. Lorsque tu regagnes le bloc de l'Ouest, tu pestes contre Vienne où il est impossible de trouver une chambre, et contre l'Italie dont tu déplores, avec des points d'exclamation, la conduite déraisonnable d'un peuple qui fonce et klaxonne, et surtout les péages des autostrades. Il n'y avait pas de péages, à l'Est. À l'Est, tu avais vu enfin un monde nouveau, démocratique et fier d'être un modèle.

« Cette importante usine de Moscou dont le directeur était un ancien ouvrier. » Ton journal se clôt sur ces mots. « Un ancien ouvrier devenu directeur… » Aucun mineur de Carmaux n'était devenu directeur de l'*Entreprise des Mines et de la Verrerie de Carmaux de Solages, Père et Fils*. La promotion par le mérite, ici, était possible.

Ah, ma Mamie, ma Verdurin de province… Dans ce pays que tu as tant idéalisé, toi, le dragon redouté de tous, toi qui infantilises ton homme, tu es, dans le parcours balisé qu'on t'y a préparé, une enfant, une toute petite enfant charmée par les contes que t'ont forgés les Soviets… On te montre une utopie qui s'est matérialisée, te dit-on, alors qu'elle n'est que scénarisée. Tu crois tout, tu ne vois rien de la réalité. Tu ne peux pas la voir : le rêve est trop beau. Tu as tant besoin de rêver, ma Mamie Laure : aux yachts des messieurs en blazer, à leurs propriétés en Toscane, et à un monde parfaitement égalitaire.

Derrière l'armure

Tu m'as rêvée, aussi. J'ai mis du temps à le comprendre. Tu ne manifestais pas d'affection, jamais un geste tendre ni un compliment. Des reproches, plutôt. Comme Camille, je perdais tout et ne rangeais rien, bref, je te tapais sur les nerfs, membre malgré moi de la confrérie des lunaires qui t'insupportait. Je pensais donc que tu ne m'aimais pas. Je découvris par hasard qu'il n'en était rien. Un Noël avait réuni toute la famille – c'était en ce temps où elle n'avait pas littéralement volé en éclats, lorsque des conflits d'héritage, réactivant jalousies et douleurs de mal-amour plus anciennes, fracassèrent tous les liens entre tes enfants, Cathy, Alain et Danièle, ma mère, puis tes petits-enfants (les cousines entre elles, et pour les filles Galan, les trois sœurs, nous sommes si fâchées que je n'ose ici les évoquer ni même citer leur prénom). Toute ta descendance finit par se détester ou tout au moins se fuir, si bien qu'il ne reste rien, ou presque, de ce qui à l'époque était une tribu joyeusement névrotique, mais une tribu quand même.

C'était donc le soir de Noël, tout ton petit monde était réuni dans la maison que Cathy avait retapée dans le Loiret avec Valérie. Vint le moment de la distribution des cadeaux amoncelés au pied du sapin. Je m'étais chargée de la distribution, aidée par ma jeune cousine Lisa. Nous nous trouvâmes toutes deux à la droite et à la gauche de Mamie, qui trônait en majesté près du sapin. Ainsi flanquée, elle interrompit la conversation, nous enveloppa de ses bras dans un geste qui manifestait soudain toute sa tendresse et s'écria : Mes deux petites-filles préférées !

Un silence suivit, bientôt brisé par un commentaire d'une autre cousine, qui, n'ayant jamais eu la langue dans sa poche, rétorqua non sans raison que la déclaration était moyennement agréable pour les autres rejetonnes... À quoi il fut répondu dans un rire que c'était juste une façon de parler, et que, bien sûr, elle nous aimait toutes et tous pareil, qui pouvait en douter ?

Tout le monde.

Nous nous sommes mieux connues, plus tard. Lorsque Camille disparut, tu devins plus libre dans tes propos. Tu étais pudique, en fait. Tu me parlas de ce mari qui, avant d'être volage, t'avait courtisée. Quelle affaire... Votre amour était beau comme un roman, au début. C'étaient les mots qui vous avaient rapprochés : lorsque tu étais à l'école normale d'Albi, la directrice, Mlle Blanc, que tu vénérais excessivement, mais c'est une autre histoire, avait engagé ses élèves à correspondre avec des normaliens en garnison à Montpellier. Une correspondance timide, puis de moins en moins, fut échangée. Ta meilleure amie, une Madeleine de Castres, avait aussi son fiancé épistolaire. La coquine était entreprenante et organisa dans le plus grand secret une rencontre avec Émilien et Camille. Mlle Blanc n'en sut rien, ni personne. Car il se passa que ton correspondant, dont tu goûtais la prose fleurie, te déplut aussitôt avec sa tête en galoche, ses jambes courtaudes et son rire gras. Mais celui de Madeleine... Quel homme ! Beau comme un acteur. Grand, très. Tu l'étais aussi, vous étiez assortis. Et puis… un sourire dans le regard, un regard qui te dévisageait, te dévorait, te déshabillait. Il ignorait Madeleine, qui perdait contenance devant tant de goujaterie. Tu l'ignorais aussi, le cœur battant.

Coup de foudre réciproque de Laure et Camille, reprise de la correspondance mais avec le bon destinataire, aveux tendres, annonce aux parents, mariage.

Ensuite, m'avouas-tu en confidence, comme si personne ne savait… Il m'en a fait voir, tu sais ! Toutes ces femmes qui lui tournaient autour.

Mais, dans le fond, tu lui pardonnais tout : il était bêta, il s'entichait d'une telle ou d'une autre qui lui faisait les yeux doux, ça le flattait, il faisait son affaire comme un galopin puis ne savait plus quoi faire de sa conquête. Et encore… c'était plus une histoire de fesses qu'autre chose. En somme, ce Camille était un sex addict : le mot n'existait pas. La réalité, oui, et tu avais composé. Et souffert.

Tu poussas un soupir de théâtre et, incapable de tenir longtemps un rôle de tragédienne, me parlas de tes désirs coupables. Il y avait tout de même un homme… Ah, tu sais, il est laid, vraiment laid, pire : tout petit. Et surtout, réac, mais réac ! À droite comme pas pensable, mais si charmeur. Jean. Tu hésitas : Jean d'Ormesson ! Mon Dieu qu'il est drôle ! Ah qu'il est intelligent ! Et spirituel ! Je l'écouterais des heures… Tu avais tout lu de lui – il écrit classique, concédas-tu, mais si tu regardes Aragon, dans le fond : il n'était pas très révolutionnaire, notre bon vieux Louis.

Lorsque tu me fis l'aveu de ta secrète passion pour Jean, je ne pouvais imaginer que j'allais le rencontrer, plus tard, chez Héloïse, alors que nous finissions tous deux, dans le silence de la nuit, notre service de presse. Je me gardai bien de lui avouer qu'il avait une fan en ma grand-mère : cela l'aurait vieilli, ce qu'il n'aimait guère, fringant et conquérant qu'il était toujours dans le grand âge. Mais tu étais bien là, ma Laure, en tiers invisible qui donnait un sel particulier à cette scène qui n'en manquait pas. Jean t'avait ressuscitée et je voyais dans la pénombre tes yeux où fugacement brillait une larme, lorsque tu ressentais quelque fierté.

Aragon était académique, soit. Tu ajoutas : Il paraît qu'il en était ? Tu le crois, toi ? Homo, comme on dit ? Cela paraissait attesté, confirmai-je. Tu restas songeuse, puis : Après tout, il écrivait de beaux vers… Le reste…

La clairvoyance qui se manifestait au sujet du style du grand poète s'étendait à d'autres sujets. Tu repris après un silence où tu restas plongée un long temps, emportée par tes songes : D'autant qu'en fait, les hommes, après tout… Quand on est jeune, on s'enflamme, mais après, tu sais… Tu laissas la remarque en suspens.

Dans ce silence, j'entends monter un murmure mélodieux. Plusieurs voix, de femmes. Ta meilleure amie, Élisabeth, rieuse et raisonneuse, qui s'était exilée à Saint-Barthélemy, où elle vivait avec une camarade, cette Jacqueline que tu exécrais : tu en parlais comme d'un monstre d'autorité. Comme je riais de ce comique involontaire, tu te fâchais : Mais je t'assure, un dragon ! Et cette autre, toute roucoulante, chez qui j'avais séjourné, si douce, aimante et moelleuse, qui partageait sa maison fleurie avec une maîtresse femme. Que tu détestais tout autant que Jacqueline. Tu étais clairement jalouse des amantes de tes amies. Compagnes maîtresses femmes qui te renvoyaient sans doute un reflet déformé de toi. Sauf qu'elles, elles avaient su conquérir le cœur de leur bien-aimée. Jamais il ne fut question, dans nos propos sur ces femmes qui vivaient ensemble, d'autre chose que d'amitié. Mis-tu jamais un nom sur l'amour que tu leur portais et sur la haine que t'inspiraient tes rivales ?

Je ne t'ai jamais montré la photo que j'avais trouvée en farfouillant dans le grenier de Pieusse. En bonne femelle alpha, tu es au centre d'un groupe d'une vingtaine de jeunes femmes. Toutes en jupe ou robe sage. Toi, tu es vêtue d'un costume d'homme et arbores une moustache d'opérette. Tu souris, épanouie et fiérote.

Et je n'ai pas commenté lorsque tu m'as fait des aveux sur ce que tu avais enduré lorsque ta fille cadette, Cathy, après avoir divorcé sans trop d'explications de son Jean-Claude, à la tête d'une famille de deux enfants, avait rencontré une Valérie que tu trouvais en toute mauvaise foi hommasse. Tu me demandais : Mais qu'est-ce qu'elle lui trouve ? Te rends-tu compte qu'elle ne se cache même pas ! Et de pousser des soupirs de détresse… Et si ta fille était simplement comme toi : dans le fond, préférant les femmes ?

Ou bi, comme moi ?

Si ma tante

Un personnage dont j'ai souvent entendu parler, enfant. Sœur Joachim était la mystérieuse figure d'un récit familial récurrent composé de bien peu d'éléments, certes, mais qui suffisaient à exalter mon imagination : sœur Joachim était une sainte. La Miséricorde incarnée.

C'était une tante – de qui, je ne savais pas très bien. En gros, c'était la grand-tante de Papa. Elle était morte depuis longtemps lorsque je suis née, la pauvre, et avait de son vivant illuminé la vie de mon père, de son jeune frère, Jean-Claude, et de leurs parents, Papé et Mamée, qui, tous les étés, pendant un bon mois, étaient par elle reçus.

Dans un couvent qu'elle régentait.

Y aller était une expédition : une journée de train, depuis Nissan-lez-Enserune jusqu'à Béziers, et de là, loin, au nord, vers le pays des *gavachs*, cet Aveyron où elle vivait, et tout en haut encore, à Escandolières. Rien que le voyage, de tout petits trains en antiques tortillards jusqu'à la gare d'Auzits, était une aventure. Une expédition. On partait tôt, on arrivait à la nuit. Et une fois rendus à la gare, épuisés, assoiffés, affamés, les Galan devaient gagner à pied le village, à dix kilomètres au moins. Et ça grimpait ! Ils ne se plaignaient pas, pourtant, et dans la nuit tombée portaient avec les forces qui leur restaient bagages et enfants.

Les portes du couvent s'ouvraient sur le Paradis.

Car la sœur Joachim les recevait de grand cœur, et surtout les nourrissait d'abondance. Cela se passait, je crois, juste après la guerre. Cette époque de privations et de tickets de rationnement dont Mamée m'avait souvent détaillé la rigueur et la tristesse. Mais là, à Escandolières, plus de pinaillage sur les tranches de pain, les grammes de beurre ou de viande. À la place, le potager, le poulailler, l'étable et le coin des cochons, un vrai pays de Cocagne. Tout ce que cette famille de ventres creux avait à faire était de se reposer et de manger. Et ça mangeait, ça boustifaillait autant que ça pouvait, en prévision des mois de disette qui allaient suivre cette parenthèse enchantée.

— C'est bien simple, me racontait Mamée avec un air gourmand, on revenait tous avec cinq kilos de plus. Et la tante bien contente de nous voir si gros et gras après avoir été maigres comme le haricot, *pécaïre*.

Plus tard, Papa ou Jean-Claude évoquaient aussi, de loin en loin, cette tante nourricière. Elle avait mille vertus. Elle ne souriait pas beaucoup, certes, et son couvent menaçait ruine. Mais les pitchouns pouvaient gambader partout entre les poutres effondrées ou s'échapper dans les collines pierreuses qui descendaient vers Marcillac ou Bournazel. Libres, heureux, repus. Devenus adultes, les deux parlaient de l'Escandolières de la sœur Joachim comme d'un éden où toutes les bêtises étaient permises. Ils chapardaient les pommes, le raisin et la châtaigne, chassaient les merles et posaient des collets. Régulièrement, ils rachetaient leurs péchés en accompagnant la sainte femme dans son sacerdoce. Car la sœur ne se contentait pas de tenir le couvent et sonner les cloches de l'église voisine. Elle donnait à manger aux petits du village et surtout occupait les fonctions d'infirmière, trottant partout où l'appelait l'humanité souffrante, portant dans sa besace seringues et compresses, du Calcibronat pour aider au sommeil et du Schoum pour les complications de l'estomac, quelques plantes pour calmer les fièvres, les intoxications et les peines de cœur, et de l'aspirine pour le reste. Elle accouchait les parturientes isolées et aidait les mourants à passer sans trop de douleur. Les marmots l'escortaient en toute occasion.

Sœur Joachim était pour moi un personnage mythique mais sans visage, quand je tombai, en parcourant les papiers de Mamée, sur une minuscule photo en noir et blanc, modèle photo d'identité à bords crantés. Elle plantait ses yeux dans l'objectif et me regardait enfin. C'était donc elle, la fameuse tante ? Je ne pouvais en douter : une coiffe austère entourait son visage, une large croix barrait sa poitrine. C'était bien une femme d'Église.

Une femme ?

À la regarder de près, j'étais tout de même obligée de constater qu'elle n'avait rien, mais vraiment rien de féminin. Visage massif, menton carré, nez fort, de petits yeux profondément fichés dans l'orbite et des sourcils épais dissimulés par des lunettes rondes de curé d'autrefois… Bref, il fallait bien se rendre à l'évidence : tante Joachim était plus homme que femme. Un bien viril, et baraqué.

Et soudain, une autre évidence éclata : le nom qu'elle s'était choisi en entrant dans les ordres, Joachim… Joachim, bordel de Dieu ! C'était bien un nom d'homme… Et quel homme ! Le père de Marie, pleine de grâce. Joachim était un homme qui aimait les femmes.

Je contemplais fascinée ce visage qu'avaient côtoyé mon père, mon oncle et leurs parents, eux qui jamais n'avaient fait allusion à une quelconque ambiguïté. Était-ce moi qui hallucinais ? Ou étaient-ce eux qui, ne pensant pas à mal et voyant ce qu'on leur donnait à voir, une robe et une coiffe de religieuse, avaient occulté ce qui pourtant sautait aux yeux ? D'autant que, si le visage était si viril, il fallait bien que le reste fût à l'avenant, la voix, les gestes…

Ce mystère me captiva… Qui était sœur Joachim ? Une femme virile, une butch avant l'heure, une camionneuse en soutane noire ? Ou bien un homme qui se sentait femme, avait pris l'habit d'une femme, *forever*, et travesti du couvent, vivait sa féminine vocation, nourrissant la marmaille et soignant les petites gens des campagnes perdues ?

On pouvait donc être « *gender fluid* » chez les cathos et chez les pauvres bougres du bout de monde ?

J'imagine Papa, j'imagine tonton Jean-Claude lisant ces lignes. Je les entends, presque :

— Elle est vraiment, complètement, définitivement cabourde, cette Natou.

— La pauvre sœur, elle va nous la tuer une deuxième fois !

— Elle fait des romans de tout… Quand même, un peu de respect, des fois… La sœur Joachim, cette sainte femme !

Mes hypothèses les laisseront à jamais perplexes. Ne pouvant pas voir ce que leurs parents avaient peut-être perçu, senti, mais tu, parce qu'ils n'avaient pas de mots pour cela – parce qu'il est des secrets de Polichinelle dont on préserve les enfants, par habitude. Et parce qu'ils arrangent tout le monde.

Et toujours Papa et tonton seront persuadés, alors même que je leur ai montré cette photo où tout le monde a vu un homme hommissime, que la tante Joachim était bien leur tante, et non une « tata ». Mais moi, Tata Joachim pleine de grâce et de mystère, je te bénis, toi et ta bonté, toi et ton étrange allure. Et par-dessus tout, je vénère la liberté que tu t'es octroyée et que tu as su préserver jusqu'au bout, toi mon ancêtre *queer*.

X

Invisibilité

Leonora

Je te trouvais irrésistible. Grande, très, mince mais pas trop, andro à point… Une liane qui vers moi ondulait, un léger accent canadien qui me faisait voyager dans ton enfance des confins. Nous nous étions rencontrées sur un site. Ta photo m'avait littéralement obsédée. Cheveux courts en bataille, chemise de soie à peine ouverte sur une cravate, bords de la veste remontés. Hyper stylée… Radieuse, sûre de toi et de ton sex-appeal. Charmeuse. Une bombe.

Pour ne rien gâcher, une pensée qui fusait, une rouerie dans le débat, une repartie, un raisonnement qui me prenait à rebrousse-poil et me bousculait… J'en redemandais.

Dans ce récit à toi consacré, je ne garderai que la fin, en somme ce qu'il y eut de moins beau. Ce moment où nous doutions de tout, de l'amour, de nous. Il y avait eu des signes avant-coureurs, les disputes se rapprochaient, laissant de moins en moins de place à la tendresse et au désir, mais nous nous accrochions à cet amour comme deux noyées. J'étais dans le Sud avec Olivier, un week-end, juste. Mais pour toi c'était trop. Je t'appelai le soir pour te réconforter, subodorant que ta journée avait sans doute été plus dure que la précédente. Une surprise allait te faire oublier cette rude journée : une épée XVIIIe, superbe, dégotée chez un antiquaire. Tu adorais les armes et t'initiais à l'art de l'escrime où tu excellais déjà, comme en tout. Coup d'épée dans l'eau… Une salve de reproches avait interrompu mes gazouillis. D'abord interloquée, j'avais tenté de te ramener à la raison, te rappeler que nous avions eu tant de disputes que nous nous perdions, que depuis le début tu savais que je vivais avec mon mari et ne voulais pas le quitter. Je te voyais autant que lui. J'avais tout fait pour que tu ne te sentes pas lésée et réduite à une position subalterne. Pour que tu aies la preuve, dans mes actes, que je t'aimais autant que lui, différemment, mais avec la même intensité.

Rien à faire, tu étais repartie pour un tour, multipliant par mille la puissance de ta charge, toutes les harpies de l'*Iliade* soudain réunies dans ton corps menu détaillant dans les aigus des griefs dont l'injustice me sidérait. Tu ressortais la litanie : je n'étais jamais là, je ne pensais qu'à moi mes filles mon mec, alors que tu avais besoin de moi. *I need you !* Je le comprenais, ça ?

Impossible de te parler du cadeau, cette épée de cour à garde torsadée, ses incrustations d'or et de nacre, sa lame triangulaire que tu allais adorer. Car la colère m'avait saisie et me coupait le souffle. Comment pouvais-tu encore me reprocher de ne pas être assez disponible ? J'avais littéralement aménagé ma vie pour alléger la tienne, j'avais l'impression d'être en garde partagée : la moitié du temps avec toi, l'autre avec Olivier et les filles. Je n'écrivais plus, plus le temps. Je négligeais souvent Olivier, qui s'inquiétait, te remontais le moral, je guidais tes pas dans cette nouvelle boîte où tu avais pris des parts, misant tous tes avoirs, alors que je te voyais une fois de plus te jeter dans la gueule du loup. Dès les approches de ton associée, je t'avais mise en garde. Pas net : ça empestait la bonne grosse entubeuse.

En vain. Les perspectives de retour sur investissement étaient supérieures à tout ce que tu avais imaginé, tu étais aux anges : et tout ça c'était pour nous, pour moi ! Bientôt la résidence secondaire en bord de mer : tu nous y voyais déjà. Passant outre toutes mes mises en garde, tu n'en avais fait qu'à ta tête une fois de plus, et maintenant que tu courais au dépôt de bilan, tu m'accusais de te détruire, rien de moins. J'étais devenue ton défouloir.

Foudroyée de rage, j'avais en pleine rue de Pézenas hurlé au téléphone des horreurs, une bordée d'insanités NON mais pauvre petite CONNE pour qui te prends-tu, TU ME POURRIS LA VIE SALE PARASITE, TU M'EMMERDES, VOILÀ. J'avais dû conclure par un VA CREVER. Autant de mots doux qui faisaient sursauter les passantes, ces mères et leurs enfants de retour de l'école, tandis que je tremblais de honte et de folie mêlées, toute raison pulvérisée, tu aurais été en face de moi que j'aurais soulevé tes soixante kilos pour te secouer comme un prunier avant de te balancer baffe sur baffe histoire de te dégrader le portrait, mieux valait écourter l'esclandre.

Il fallait se rendre à l'évidence : l'amante délicieuse était devenue un macho furieux. Tu avais déjà obtenu de moi bien plus qu'aucun homme : que je me modèle à l'image d'un de tes fantasmes, me déguise en une femme hyperfem, toujours plus fardée, ongles faits, silhouette étirée par des talons hauts, bijoutée, parfumée. Une caricature. Ce caprice amusait mon tempérament fantaisiste. Mais je perdais tout humour maintenant que je comprenais que tu exigeais plus qu'une transformation physique. Tu voulais une femelle soumise à ton pouvoir de simili-mec superthuné : à la maison quand tu le souhaitais, disponible, prête à t'accueillir et à analyser le récit de tes journées, à t'en délasser par un bon repas (mais léger) déjà prêt à être servi (par moi) lorsque tu serais arrivée, une meuf disponible mais ayant vécu une journée passionnante dans un univers sélect, parce que tout de même, potiche, non, il te fallait du *level*, avec la start-up *pure player online* dont tu étais la CEO, tu méritais bien ça, non ?

J'avais été peu à peu ravalée au rang de servante contrainte de subir avec le sourire la domination masculine exercée par le monstre étrange que tu étais devenue : ce mélange de manager ultra testostéroné et de maîtresse geignarde.

Tu me voulais toute. Tout le temps. Mais pas de relation de couple : tu n'avais jamais pratiqué, n'étais pas sûre de me vouloir chez toi, en fait. Nous n'étions plus à une contradiction près.

Tu inventais à chacune de nos rencontres une nouvelle torture, violente comme un tremblement de terre. Toutes les variations de la crise de jalousie se succédaient, en mode *crescendo* et *furioso*. Je me sentais partir, prise de vertiges. Tu m'observais alors d'un air tendre, laissais planer un silence un peu trop long (suspense, étions-nous parties pour une réplique du séisme ?). Non, tu enchaînais sur un projet qui t'enchantait soudain : un dîner avec un champagne de prix, des vacances au soleil où nous ne ferions rien que nous aimer – tu m'inviterais, je serais une reine. *Ta* reine.

Il fallait que cesse cette folie. Je murmurai on arrête, on arrête tout. Un blanc de quelques secondes, puis tu te ressaisis. Compris que tu t'étais laissée emporter. Que tu allais me perdre, vraiment. Prête à bondir avec l'élan qui te caractérise, tu voulais repartir pour un tour : nous revoir, nous réconcilier, nous câliner, nous lutiner.

— Mais non, Leonora…

— Écoute, je t'aime, viens, viens…

Tu arrivais toujours à me rattraper dans mes fuites, à étouffer mes colères et à guérir mes désespoirs.

Cette fois encore, tu tentas de m'attendrir. Tu retrouvais ta voix chantante, tu me disais ton amour. Tu étais toi à nouveau, Leonora ma douce, ma chérie. Je revoyais tes yeux, tes mains, j'entendais les mots fous chuchotés. J'anticipais déjà les retrouvailles, prête à planter là ce que j'avais prévu et qui ne comptait plus.

Je m'assis sur un banc. Je n'avais plus la force. *OVER*.

Voilà pour la fin officielle.

STALKING

Voici maintenant la fin officieuse, celle que tu ignores, ô ma Leonora, et que j'ai tue jusqu'ici, honteuse de ma bassesse. Mais que serait ce projet si j'éludais ce moment où l'amour me conduisit aux actes les plus vils ?

J'étais bouleversée. Nulle femme ne te remplacerait, je le savais. Étais-tu mon dernier amour, la dernière femme que j'aimerais ? Je m'en persuadai et restai sous le choc. Morne, vide, plus insomniaque que jamais. Les semaines passaient. Tu étais toujours là : ton odeur, ta bouche, tes bras, tes yeux. Ton sexe. Comment oublier cette magie des corps ? Et nos échanges infinis, et cette intelligence si originale qui me saisissait autant que ton corps, comment m'en passer ?

Je me secouai, cependant : je devais me faire une raison. Quand une relation devient toxique, il faut qu'elle cesse, me disais-je avec une philosophie puisée chez je ne sais quel youtubeur. J'allais donc tourner la page et, après un temps de répit, trouver peut-être une nouvelle compagne moins tyrannique. J'avais établi que dans ce genre d'affaire il faut être volontariste, sans quoi on risque de s'enliser dans un deuil impossible.

Je me mis à draguer sur le Net. Il se trouve, ironie de l'affaire, que l'ordinateur que j'utilisais pour cette démarche de salut sentimental t'appartenait. Tu m'avais prêté, le temps que soit réparée ma vieille bécane, la petite merveille que tu venais d'acquérir. Seulement voilà : comment faire ? T'appeler pour te restituer la bête ? Me montrer les yeux pochés par les nuits sans sommeil ? Hors de question. Et puis j'en avais besoin : c'était tout de même de ta faute si j'allais aussi mal, non ? Avais-tu hésité à lire ce roman que je venais de commencer et dont j'avais laissé les feuillets à retravailler chez toi ? Du tout… De quoi pouvais-tu te plaindre, en termes d'indiscrétion ? C'est donc sur ton laptop et avec les dispositions jésuites que l'on voit que je me mis en quête de ta remplaçante.

Pas mal de « profils » sans intérêt. Une me parut enfin différente. Les manœuvres d'approche 2.0 suivirent leur cours normal. Caroline me révélait progressivement son prénom, sa profession, ses goûts. Il me sembla que nous étions plutôt compatibles : sur les photos, une quinqua souriante, mise en valeur par un marcel qui moulait de petits seins blancs. Lorsque nous échangions, elle manifestait de l'humour et quelque culture. Elle annonçait deux jeunes enfants, un job qui l'équilibrait. Voilà qui ne sentait pas du tout le macho. Lorsqu'elle voulut entendre ma voix, je donnai sans hésiter mon 06. À ma grande surprise, l'identité complète de l'appelante s'afficha sur mon Samsung – un numéro Smart qui me renseignait sur un nom, un prénom, une société. Une conversation agréable s'ensuivit, un rendez-vous fut pris.

Dès que j'eus raccroché, je m'empressai de googler Caroline pour en savoir plus sur elle. À quoi ressemblait-elle vraiment, en dehors des photos flatteuses mises sur le site ? LinkedIn me renseigna. Parfait pour examiner son parcours professionnel, et d'autant plus librement que je n'utilisais pas mon compte LinkedIn, mais celui qui était installé sur l'ordinateur – sur le tien, donc, ma chère Leonora, puisque tu n'avais pas verrouillé ton compte LinkedIn. Qui devint, donc, dans mon entreprise de reconstruction amoureuse, un excellent allié : sous ton identité professionnelle, je pouvais librement étudier le profil des donzelles qui m'intéressaient vraiment sans laisser de trace de mes curiosités à leur endroit.

Sauf que. Toi que j'étais en train de cocufier à donf sur ta bécane, tu continuais à m'imposer ta présence. Déjà, ton visage que je voulais oublier apparaissait en haut de la page serti dans un cercle pas plus gros qu'un ongle, ou plutôt que l'extrémité d'un doigt pointé vers moi. On aurait dit que tu me surveillais... Posture très corporate, très différente de celle qui m'avait séduite. Un peu raide. Tu ressemblais à Napoléon, en blonde.

Chaque fois que j'ouvrais le site qui te permettait de réseauter dans l'univers des start-up, tu étais là, en photo, bras croisés, à observer mes investigations. Au-dessous de ta bouille figurait l'onglet « VOUS ». « Vous », grammaticalement, me désignait – c'était moi, alors ? Dans le petit rond qui était toi mais tout aussi bien moi, tu me fixais, comme un œil, une conscience ou comme un miroir. Étais-je devenue toi ? Voulais-je le devenir ?

Voulais-tu me contrôler encore, après la rupture, pendant que je draguais ?

— Dis donc, tu ne voudrais pas arrêter de me scruter avec ton petit sourire ironique ? Grosse bêtasse, va... Mate si tu y tiens, mate et tais-toi.

Le problème est que tu ne te tus pas.

Je zonais un soir sur Meetic quand une notification LinkedIn interrompit mon libertinage virtuel. J'abandonnai mes travaux d'approche sur OKCupid avec EstrellaCanta pour voir ce qui se passait sur ta plateforme. Une fenêtre de dialogue sur l'écran s'ouvrit. Je découvris que LinkedIn, comme Facebook, mettait à la disposition de ses abonnés une messagerie. Mais à usage professionnel. En théorie. Tu t'adressais à une personne dont le nom m'était vaguement familier et avec qui tu calais un déjeuner. Et donc, tu te manifestais désormais sur ton LinkedIn non seulement sous la forme d'une petite photo, mais aussi par des dialogues avec tes collègues, et je te trouvais bien importune d'oser me déranger pendant que je dragouillais tous azimuts. Et ça papotait… Ton petit museau napoléonien qui me narguait à l'écran reçut une bordée d'insultes. Il ne moufta pas. Le dialogue fâcheux s'interrompit. Silence, calme plat.

C'était merveilleux. Je t'insultais triplement pour que tu comprennes enfin qui était le chef. Tu restas stoïque, retranchée dans le petit rond en haut de l'écran. Exactement comme je t'avais rêvée : souriante et digne dans la souffrance. Ton existence électronique était au fond beaucoup plus supportable que l'autre. Tu bossais, tu me laissais vivre ma vie avec Olivier, et en plus je pouvais aller pécho. Sous ton nez qui vers moi pointait, en haut de l'écran.

LinkedInner sur Leonora devint une activité régulière. J'oubliais de mieux en mieux notre amour défunt, la vie reprenait son cours, et le soir, je me baguenaudais sur le Net, gambillant entre LinkedIn et les sites de rencontres. Tout en papotant avec Angel, Hilde et LaVoyoute, je me tenais informée de tes activités professionnelles, ma chérie : tel déjeuner avec l'autre lourdaud avait eu lieu, un dîner avec les commerciales de ton ancienne boîte s'organisait. Quelle vie ennuyeuse tu avais sans moi… Je piétinais allégrement le souvenir de notre amour. Me vautrais dans ton LinkedIn comme dans une couche sale. Quelle volupté !

Hélas, Éros n'est jamais bien loin de Thanatos, qui s'invita un soir sous les traits d'une inconnue avec qui tu parlais de boxe et de rendez-vous. J'avais dû rêver. Mal voir. Je relus ton dernier message : « Bravo pour l'uppercut, vous m'avez mise K-O. »

K-O… TU DRAGUAIS !

Je me lève, me rassieds, souffle coupé. Depuis longtemps tu avais envie de boxer, pour te détendre, disais-tu, te sentir forte. Tu avais dû rencontrer cette meuf dans un club. Vos corps jouaient à rivaliser de force, d'adresse. Une sensualité de regards, de muscles et d'odeurs naissait. Soudain tu revivais, loin de moi, avec une autre.

C'était odieux ! Tu bafouais toutes les règles ! LinkedIn, c'était pour le boulot, pas pour la drague. Et puis cette meuf musculeuse n'était pas du tout ton genre. Tu déconnais complètement, ma pauvre…

J'attendis fébrilement une réponse de Léonce la boxeuse. Cela ne tarda pas : « K-O… Si vous voulez. Bonne soirée. » Bon, tu te faisais tacler.

Ensuite, silence radio du côté de Léonce.

Bien fait. Voilà qui allait te calmer, mon Napoléon des start-up.

Nous avions nos rendez-vous, en fait. Comme tu égarais souvent ton téléphone, LinkedIn te servait parfois à communiquer. Je suivais ainsi, de loin en loin, ta carrière, ta vie sociale, tes rendez-vous. Je trouvais assez délicieux d'en savoir autant sur toi, qui paraissais crouler sous le boulot et te déliter, victime des avanies de cette associée qui était, effectivement, une retorse carabinée. Tout cela me réjouissait – j'ai dit que je confesserais ici toutes mes bassesses. Tu avais été mon tyran, et j'espionnais en ricanant ta petite vie besogneuse de roi déchu.

Ta frimousse apparut un soir où je faisais relâche, ayant renoncé à chasser la gueuse pour binge-watcher une série.

Je maugréai : c'était bien une heure ! Je tolérais LinkedIn dans la journée, quand tu étais au taf… Qu'est-ce que tu m'inventais, encore ? Je voyais le message s'écrire. Pfff, tu avais oublié ton téléphone au bureau, quel scoop ! Ton interlocuteur semblait trouver la nouvelle importante – retourne donc le chercher, contacte le concierge, fais quelque chose ! C'était qui, celui-là, pour te donner des ordres ?

Léonce. Lady Uppercut.

Celle que j'avais crue définitivement sortie du ring. Hélas, elle rappliquait côté vestiaires, pour t'annoncer qu'elle serait là à vingt et une heures, au plus tard. Où ça, « là ? », hurlai-je silencieusement. Je priai pour que ce ne soit pas chez toi. Tout sauf ça. Que vous n'en soyez pas à cette étape-là. Juste aux approches. Aux dîners au restaurant.

Que tout puisse encore s'arrêter.

Qu'elle ne vienne pas chez toi, ma chérie. Oh, pitié, pas d'elle chez nous…

Dans les propos échangés que je relisais, incrédule, le cœur battant dans les tempes, je discernais un ton de familiarité, une aisance… quelque chose qui laissait présager le pire. Cette femme était déjà venue chez nous. Tu l'attendais, tu prenais une douche pour être fraîche quand elle arriverait. Je voyais ton corps gracile, nu, scintillant encore de perles d'eau. Tu te séchais en chantonnant, déjà toute à elle en pensée et en désirs.

Je scrutais l'écran, attendant le cœur arrêté un message qui contredirait ce scénario. Il ne vint pas. Vous n'aviez plus besoin d'écrire, vous vous embrassiez déjà. J'éteignis l'ordinateur. Ce poison.

Le mal était fait. L'imagination, la folle du logis, me transportait devant vous. Léonce était arrivée chez toi, tu fermais les yeux pour humer son parfum, elle s'asseyait sur le canapé, découvrait ses tatouages, tes joues rosissaient, elle dressait la table, tu ouvrais le champagne, tu te grisais de son odeur, vous trinquiez, tu lui baisais la main, elle te disait que tu étais follement belle, vos bouches se cherchaient, tu dégrafais son soutien-gorge, il fallait que ça cesse mais non, ça dégénérait, vous vous transportiez dans la chambre, oubliant de dîner, et là, dans la chambre, NOTRE chambre, Leonora, celle où nous nous étions tant aimées, l'oubliais-tu ? mais oui, toute au désir pour ce nouveau corps, tu la dévorais de baisers, elle s'abandonnait à ta fougue, tu, elle, tu, elle, tu, tu, non, pas ça. Horreur : tu la baisais dans mon lit.

J'avais voulu me libérer de toi, j'étais plus que jamais captive, emmurée dans l'obsession de votre ferveur, de tout ce qui m'effaçait. Les inclinations naissantes, je ne pouvais l'ignorer, ont des charmes inexprimables, et tu te lançais avec ivresse dans la découverte de cet immense continent : une nouvelle femme aimée.

Léonce faisait resurgir intact l'amour que j'avais pour toi, et je me maudissais d'avoir sous-estimé l'intensité de la passion que je te vouais. Te désirais-je parce qu'une autre te désirait ? Seulement pour cette raison ? Ou parce que nous étions faites l'une pour l'autre, parce que notre amour était plus fort que les conflits ? Parce que c'était toi, parce que c'était moi ?

Tout ce qui nous avait rapprochées me paraissait soudain d'un prix infini. Plus jamais je ne trouverais un esprit aussi agile, un visage aussi délicat, un corps aussi habile aux jeux amoureux, plus jamais nos rires, nos baisers. Plus jamais je n'aimerais. Idéalisée, tu provoquais une deuxième cristallisation amoureuse qui me transportait irrésistiblement vers toi, plus fort que jamais.

Captive, oui, de ma folie. Prisonnière d'un amour qui n'était qu'un mensonge romantique, d'une triangulation du désir hystérisée par les réseaux sociaux, une mimésis amoureuse qui abolissait tous nos griefs oubliés.

En finir. Ne plus jamais te stalker. Mais je n'avais pas prévu le tour que tu me jouas. Toi qui n'avais jamais eu de compte Instagram, tu en créas un sur lequel figurèrent toutes les étapes de ton nouvel amour. Tu photographiais la boxeuse sous tous les angles. Vous faisiez des selfies à Versailles ou Fontainebleau. Vos visages me souriaient leur bonheur. Je devais me débrancher, mais je ne sais quelle folie masochiste m'enchaînait. Toutes mes résolutions fondaient brutalement, à un moment inattendu : je craquais, je me faisais un shoot. Je voulais te voir, même avec elle. Elle que je jalousais, maudissais, haïssais : que lui trouvais-tu ?

Bien des charmes assurément, car d'autres photos suivirent qui me glacèrent les sangs. Vous alliez dans tous les lieux où nous avions passé des vacances heureuses. Partout, et même, à Rome ? *Notre* Rome ? Dans le même Airbnb du Trastevere que celui où je t'avais invitée ?

Mais comment pouvais-tu me faire ça ? Toi à qui j'avais fait découvrir cette ville où nous avons vécu les plus beaux moments de notre amour défunt, tu me jouais via les réseaux sociaux une comédie dont je peine encore à déchiffrer la fable. Devant l'ordinateur qui exhibait ton présent heureux, tous les souvenirs que je voulais réprimer resurgissaient et tournaient comme les rushs d'un film jamais monté. Rome, juillet 2018 : vêtue de rose, tu grimpes sur un antique triporteur Docker déniché dans une ruelle, tente de le faire démarrer et y parvient. Tu paresses presque nue sur le balcon et lit Machiavel, qui te déçoit. Tu te glisses dans ma chambre en mon absence pour venir fouiner dans mon placard, respirer mes dessous, compter le nombre de paires de chaussures et t'indigner : douze, pour dix jours ! alors que tu es ravie… Tu te gaves de prosciutto fondant et parfumé, mozzarella di buffala, figues, tomates, dattes fraîches, scamorza affumicata, nous rions de ta goinfrerie. Dans ton anorak orange tu observes les statues du Bernin de la villa Borghese, dans ton pyjama rayé tu empaquettes dans un patchwork de sacs plastique scotchés un énorme tapis chiné, avant d'improviser un discours historiquement drôle, immortalisé par un film sur mon téléphone, ce tapis sur lequel avait couru le chaton que nous avions essayé d'adopter, Aladino qui était comme notre enfant, ma chérie.

Pourquoi me fais-tu ça ? Que tu ailles là-bas, soit. Encore que. Tu aimais d'autres destinations avant que je te propose Rome, qui était devenue *notre* ville des amoureuses. Quelle joie mauvaise trouves-tu à piétiner le seul trésor qui me restait de nous : nos souvenirs ?

Les sentiments me taraudaient, mais la raison n'abdiquait pas. Je m'interrogeais. Que voulais-tu ? L'amante qui posait alanguie sur tes photos savait-elle que je t'avais fait aimer cette ville ? Supportait-elle d'y venir à ma suite ? Ou bien la guidais-tu vers ces lieux mue par la facilité, parce que c'était une destination pratique où tu avais désormais tes habitudes ? L'emmenais-tu sans avoir évoqué les jours heureux que nous y avions passés ? Savait-elle, ignorait-elle ? J'avais sombré dans des abysses d'hypothèses, qui toutes me torturaient.

Ne cherchais-tu pas à te venger, my darling ? Tu avais tant souffert de la rivalité avec Olivier… J'avais cru pouvoir te rendre heureuse, malgré cet arrangement qui au fond te révulsait. Jamais je n'y parvenais. À ressentir la jalousie folle que levaient en moi tes provocations sur le Net, je comprenais enfin ce que tu avais enduré. La jalousie abîme tout l'être. À mon tour d'être déglinguée. Je découvrais l'humiliation, la colère, les abattements, un dégoût de toi et de moi. Une méchanceté dont je ne me croyais pas capable. Un chagrin sans fond.

C'est alors seulement que je compris que ce que j'avais interprété comme des excès machistes était une jalousie naturelle que tu avais tenté de refouler, mais qui explosait à la première occasion, dès que l'idée même d'Olivier te traversait l'esprit. Et je bus jusqu'à la lie le fiel dont tu t'étais libérée, entraînée que j'étais dans un dégueulis d'envie et de ressentiment.

Comment revivre un autre amour avec une femme, désormais ? Risquer la même catastrophe ? Puis-je être bi alors que je suis mariée ? J'aime Olivier et c'est pour la vie. Si notre relation n'avait pas été aussi forte, s'il avait été un autre homme, tout autre homme qu'Olivier, sans doute l'aurais-je quitté pour Leonora. Mais toute une vie d'épreuves dépassées et de joies partagées nous liait à jamais.

— Votre problème, c'est les femmes.

Ainsi parlait Michelangeli, vingt ans plus tôt. L'éternel problème avait changé de forme, pas d'intensité. Et s'il fallait renoncer ?

Et si « bi », c'était invivable ?

Les goudous idéologues

Henriette aimait la fête et organisait plusieurs fois par an des soirées costumées dans son appartement rue des Francs-Bourgeois. Gays *only*, quelques hommes, mais très majoritairement des femmes. Les thèmes se renouvelaient toujours : soirée intergalactique, soirées Versailles ou années 70, ou Espagne, Éducation nationale, Drag queens. Ou bien encore, soirée Suisse : je revois Henriette, déjà assez carrée, déguisée en coffre-fort, Marie-Lys en banquier à costume trois-pièces, attaché-case, et biftons de Monopoly dépassant de toutes les poches, et Claire en pin-up bouclée de la Riviera helvète, lunettes de soleil à paillettes et faux sac Hermès. Je m'amusais beaucoup à ces carnavals : champagne, karaoké et danse jusqu'à épuisement…

Quelques pauses s'imposaient parfois. C'était le quart d'heure idéologique, qui réunissait dans une espèce d'atelier au fond de l'appartement un groupe d'amies proches avec qui je bataillais d'abord sur divers sujets d'actualité, avant que le lieu et les circonstances ne nous conduisent sur le passionnant terrain lesbien. On délaissait carrément la pensée pour faire le tour des ragots sur les couples en train de se faire ou de se déchirer, les trahisons et les retrouvailles. Assez vite toutefois on se hissait à un point théorique dont aucun déguisement ne pouvait masquer la gravité : a-t-on le droit d'être bi ?

La réponse était unanime : non.

J'avais pourtant mes armes. Il suffisait de faire parler mes contradictrices. Marie-Lys, Claire, Rocksanna, Catherine, la Gazelle, le Baron Charlus et les autres... Toutes mes goudous bien-aimées qui fustigeaient cette bisexualité en m'accusant de vouloir le beurre et l'argent du beurre, toutes avaient en réalité leur part d'hétérosexualité. Il suffisait de gratter le vernis lisse de la lesbienne.

Soirée suisse. Johanne, avec qui j'avais flirté sans vergogne, s'était refusée à moi parce que j'étais mariée. Que j'ai une vie hétéro à côté d'une vie avec elle (ahhh, l'odeur de ton mec, ahhh, sa bite dans ton minou, horreur !!!). Mais elle m'avait avoué sans complexe regarder des pornos hétéros. Car ça l'excitait. À donf ! m'avait-elle expliqué en riant.

Je considérais donc, devant l'assemblée des goudous penseuses et Johanne *herself*, qui, assez bourrée, faisait l'apologie de quelques pornos bien salaces dont elle nous détaillait les particularités, qu'elle était homo à 90 %, mais qu'il ne fallait pas négliger ses 10 % d'hétérosexualité. Les pourcentages étaient approximatifs, mais pour l'esprit, elles saisissaient ?

— Du tout, contra Johanne. Quand je mate des nanas qui se font enfiler par les mecs, je me vois juste en mec bien monté, tu comprends ? Je me projette.

Le groupe valide l'analyse de Johanne. Mon exemple est faiblard et notre Johanne n'est absolument pas bi, juste une bonne grosse gouinasse qui adore s'imaginer avec un gros chibre (c'est l'heure où les intellos osent tout, y compris la vulgarité la plus crasse, la meilleure).

Soirée Versailles, Rocksanna est sous les projecteurs. C'est décidé, elle va avoir un enfant. Elle n'a pas de compagne, n'en veut pas, on le sait bien, non ? Nous la sentons très très *touchy* sur le sujet, mais je ne lâche rien et enchaîne : alors, c'est quoi, le plan ? Elle a trouvé un homme avec qui elle s'entend bien, il est hétéro et il a mille qualités, grand, baraqué, le beau bébé quoi, mais également cultivé, CSP+, et il accepte à la fois les procédures de l'insémination – pas question d'un rapport en live pour l'instant - et sa fonction de père.

— C'est-à-dire ?

— Il verra l'enfant régulièrement, sera la figure paternelle, incarnera l'autorité, tout le tintouin. Il envisage même de prendre un appartement pas trop loin de chez moi. Vous en pensez quoi ?

La bande étudie de près le CV, émet toutes les objections – c'est exactement ce que Rocksanna attend de nous. Si nous donnons notre feu vert, illico presto elle se fera inséminer. Le Baron Charlus pose, l'air de rien, une dernière question : il y trouve son compte, ton hétéro ?

Rocksanna s'étonne. Et pourquoi pas ? Lui non plus n'a pas envie de s'engager dans une relation stable, mais à quarante ans a envie d'un enfant.

Je la contre :

— Mais pourquoi pas un enfant avec une femme qu'il aimerait ? Ou un homme ? Il est peut-être gay, certainement bi.

Rocksanna répond que je suis fantaisiste dans mes bouquins et réac dans la vie. Si elle veut… Elle enchaîne sans ciller que deux mamans et deux papas, elle le sent, c'est pas bon pour l'enfant. Un papa et une maman, c'est encore ce qui se fait de mieux. Le groupe est très partagé. La plupart des goudous lui disent que la réac, c'est elle. Si elle veut un papa et une maman, qu'elle y aille à fond et se fasse empapaouter par le futur papa hétéro à qui elle trouve tant de qualités, tant qu'elle y est !

— Et pourquoi pas ? Une fois, comme ça, pour la bonne cause, ça n'engage à rien…

Sur ce, elle rougit violemment. Je connais ma Rocksanna : elle n'aime que les femmes, le clame tout haut, mais quand elle aura bu plusieurs bouteilles de Champagne, ce qui lui arrive fréquemment, elle se confiera. Eh oui, les mecs, rien qu'en fantasme, ça l'excite. Je considère donc qu'elle est bi, et peut-être même plus hétéro qu'homo, mais que les circonstances de la vie l'ont conduite à éprouver de la répulsion pour les hommes, répulsion qui n'est pas loin de la fascination.

— Fascination, Nat, tu galèjes… Objecte Marie-Lys qui a une position anti-bi définitive, hélas, inguérissable. Alors que, quand je l'ai connue, elle fantasmait sur un minet dont elle me rebattait les oreilles, le petit Jean-Paul qu'elle croyait aimer à la folie…

— Si, si, fascination, c'est possible, je confirme, intervient Mauricette, l'amie de Henriette, qui s'est glissée dans la conversation même si elle n'est pas un membre actif du club des intellos. Je peux vous en raconter une ?

Le groupe, en chœur : mais vas-y donc ! (La blonde Mauricette peut en sortir des énormes.)

Bon, avec Henriette, je n'ai que des orgasmes clitoridiens, vous voyez, c'est une manuelle, quoi, une experte, une déesse…

— On a compris, interviens-je, allons au fait : ta possible fascination.

Le groupe me foudroie du regard. On allait avoir des révélations, dedieu !

— Ben, jamais j'ai pu avoir un bon gros orgasme vaginal avec Henriette. Elle peut sortir tout le matos, mettre le paquet et y aller profond, rien ne marche. On a tout essayé, parce que ça la chagrine. Toutes les positions, toutes les thérapies (ah oui, quand même, se marre la Gazelle) : aucun résultat.

— T'es sûre que tu es gouine ? intervient Catherine, qui a l'air de bien s'amuser.

— Mais ABSOLUMENT, les filles ! Je ne suis attirée que par les femmes, vous le savez bien. Vous voulez des détails de ce que ça me fait ?

En chœur : Oui !

Mauricette y va, détaille, j'abrège car ce n'est pas le sujet.

— En revanche, il m'est arrivé un truc, mais un truc ! Oh putain…

— Accouche, tranche Claire.

— Dans le métro, un homme, pas beau, pas propre…

— Il puait ? voudrait savoir Rocksanna.

— Limite, oui, confirme Mauricette, qui ajoute, toute rose : Ben, à un moment, il s'est approché, y'avait un monde fou, l'heure de pointe, quoi, et il s'est collé à moi, genre, la zézette au garde-à-vous contre ma jambe.

— Le sa-lo-pard ! rugit de plaisir Rocksanna, qui en redemande. Et après ?

— Je vais à l'autre bout du wagon, je lui lance des regards furibards, vous voyez la scène ? Je suis à deux doigts de tirer sur la sonnette d'alarme, de crier au viol…

— Tu tergiverses, protesté-je.

— Il se rapproche, me touche les fesses, glisse sa main sous ma jupe, et au moment où il monte, monte, monte et touche ma cuisse, juste ma cuisse, tu vois… au moment donc où sa grosse main poilue effleure ma chair…

— Tu le mords ? suggère Marie-Lys.

— J'ai un orgasme total. VAGINAL. Vous le croyez ???

— Ça ne m'étonne pas trop de toi, avoue Rocksanna.

— Un orgasme gigantesque comme jamais, quoi, j'en tremble encore, un kiff qui m'empêche presque de marcher. Sans pénétration, sans masturbation, rien. Que ça : la main du mec sur la peau de ma cuisse. C'est *space*, non ?

— T'es tarée, diagnostique Marie-Lys.

— Dégueulasse, confirme Catherine.

— Du tout, du tout, j'interviens, car j'ai devant moi un exemple parfait pour ma démonstration pro-bi. C'est limpide : Mauricette aime de cœur les femmes, elle aime leur faire l'amour et qu'elles lui rendent la pareille, elle obtient avec elles un fort plaisir clitoridien, mais ce sont les hommes qui lui donnent l'autre plaisir, dans des conditions où elle subit une agression. Elle déteste pourtant les hommes, n'est-ce pas, Mauricette ?

— Je les hais. Peux pas les sentir, les poils, le zizi, l'odeur… à gerber.

— Elle est *borderline*, comme toutes les gouinasses, glisse à mon oreille le Baron Charlus, la lesbienne la plus lesbophobe de Paris.

— Chut, intimé-je, puis à l'assemblée : Nous avons là un formidable exemple de bisexualité. Un cas particulier, certes, mais avéré. Il y en a des dizaines : des femmes presque totalement homos mais qui ont des fantasmes maousses avec les mecs, d'autres qui s'en envoient un quand elles ont un *crush* et puis ne s'attardent pas, d'autres qui sont plutôt hétéros et aiment passer du temps avec les femmes, au lit surtout mais pas seulement…

Le chœur des antis : pfffff…

J'avance dans ma démonstration :

— Et puis, il y a toutes les bi comme moi, qui peuvent aimer, successivement ou simultanément, différemment mais tout aussi intensément, des hommes et des femmes.

À quoi, comme d'hab', le Baron Charlus répond : « CONNERIE. »

Je savais que j'avais un problème avec les femmes : mes goudous idéologues me prouvent que j'ai aussi un problème parce que je refuse de choisir. Je refuse l'ordre hétéronormé et j'emmerde tout autant leur ordre homonormé. Je veux pouvoir aimer qui me plaît, et à ma guise un homme ou une femme, ou les deux en même temps, et ne pas être condamnée, unanimement, par mes seules amies : les lesbiennes.

Car je ne m'inscris dans aucun récit, j'invente des récits, j'invente ma vie, je choisis ce que je veux, je change, je vis.

Mais vivant ainsi hors la loi, selon mon cœur, je me condamne à être exclue par celles dont je goûte tant la compagnie : les lesbiennes.

— Tu ne vas pas chouiner, encore ? râle en me lisant Marie-Lys, pour qui les bi sont des profiteuses, doublées de nanas sans courage que « ça rassure d'avoir un mec ». Le comble.

Ce qui me conduit à exposer ici publiquement ce que j'ai souvent évoqué en privé avec mes contradictrices préférées : la grande blague.

LGBT, ou La Grande Blague de la Tolérance

Que ce soit clair et net, la communauté LGBT, c'est un bel enfumage. Elle n'existe pas. Ou plutôt si, elle existe bel et bien, mais pour les deux premières lettres et les catégories qu'elles désignent : les lesbiennes et les gays. La communauté LG, je veux bien, mais les B, mais les T ? Un impensé, des impensables, deux bizarreries qu'on a greffées aux LG, les branches maîtresses, pour faire nombre et donner l'illusion d'une vaste et belle communauté ouverte à celles et ceux qui ne se reconnaissent pas dans la norme sexuelle dominante. Celle qui est dictée par l'ordre patriarcal.

La seule communauté que je connaisse, donc, depuis que je sais que j'aime les femmes, que je « l'assume », selon la formule, que je le vis en continuant à aimer un homme, et pas platoniquement, que donc je suis bi, la seule communauté que j'aie rencontrée, c'est la légitime : celle des LG. T'es lesbienne, t'es gay, t'es estampillé homo-pour-de-vrai. T'es du bon côté. T'as choisi ton camp. T'es peinard, accepté par le milieu (en dehors, c'est une autre histoire, on est d'accord).

Mais alors les BT… Les bi et les trans ! Vous croyez vraiment qu'ils font partie de cette merveilleuse fraternité qui s'épanouit à l'écart du monde hétéronormé ? Du tout, du tout, ami.e.s lecteur.rice.s – tous et toutes, gay-friendly, curieux, gays, lesbiens, bi, ex-*straight*, *queer*, *fluid*, cuir, SM (et bientôt je ne sais quoi car que ne ferait-on pas pour grossir les troupes), vous qui m'avez lue jusqu'à ces lignes.

Qu'on se le dise : le bi est louche, on s'en méfie et l'exclut, le trans est un pauvre mec ou une nana qui a pris des hormones qui lui ont fait pousser des poils, ignominie.

Excepté pour la jeune génération, il me semble. Chez les Millenials, la fluidité du genre est beaucoup moins problématique. Pour les trans, ils ou elles peuvent même être admirés. Si je suis MtF, si je suis FtM, je prends des hormones et des risques, respect. Ellen Page, icône lesbienne, devient Elliot Page. Pas mal d'artistes font leur transition. D'ailleurs, on ne dit plus « transsexuel », mais « transgenre » : on comprend que leur démarche ne se limite pas à un changement de parties génitales. Beaucoup de jeunes avec qui je parle ont enfin compris qu'on n'est pas assigné à une identité. Et que nier ce qu'on ressent profondément est pure folie, la voie directe vers la dépression ou le suicide. Qu'interdire à l'autre d'être qui il ou elle veut est une torture que rien, hormis des préjugés vite démontés, ne justifie.

Globalement, cette ouverture d'esprit qui caractérise la jeune génération envers les bi et les trans n'est que théorique, très théorique dans le reste de la communauté. Pour les hommes et femmes de plus de quarante ans qui ne sont pas *absolument* gays ou lesbiennes, enfer et damnation. Aucune fluidité chez leurs amies ou amis LG : bien au contraire, une extrême rigidité. Rigolarde, mais bien cassante. Si bien que j'enrage de voir s'allonger les sigles, de voir les LGBT devenir LGBTQIA+ ou même LGBTTQQIAAP. Poudre aux yeux, je le répète, et, dirais-je même, supercherie : on gonfle le sigle pour donner à voir une communauté de plus en plus large, formidablement unie dans sa « fierté » et dans ses infinies variantes. À l'écoute de tous les particularismes. Acquise à la liberté des désirs, cette liberté du désir pour laquelle les homos femmes et hommes ont tant lutté. Concrètement les bi et les trans sont des sous-communautés subsistant sous l'égide (et le jugement) de la grande communauté Gay et Lesbienne. Comme toutes les minorités, elles sont stigmatisées. Elles ont trinqué, trinquent et trinqueront.

Pour la minorité qui me concerne directement, on me fera remarquer que les bi ont la cote toutes générations confondues, surtout les filles et tout particulièrement les jeunes et jolies qui finalement, donnant leur cœur et surtout leur corps indistinctement des deux côtés, excitent ces messieurs dans les pubs, les magazines ou les pornos, tous les tenants du patriarcat. Ces salauds de mâles aux fantasmes mal placés dont elles font le jeu, ces coquines, ces malignes (chez mes amies gouines, ça donne plutôt « ces chiennes dont les jeux saphiques réveillent la libido du mâle bandeur mou ou obsédé sexuel »). Mais les vraies bi, celles qui, tenez, au hasard, moi par exemple, aiment vraiment un homme ET une femme ?

Elles sont infréquentables, qui qu'elles soient. Considérées comme un piège.

Si elles sont artistes, disons, au hasard, romancières, et qu'elles évoquent ouvertement leur goût pour les hommes et les femmes, eh bien… Ça sert leur promotion, pardi ! Elles se font de la pub sur le dos des vraies homos, elles font leurs intéressantes. Elles ne voudraient pas qu'on les plaigne, en plus, ces salopes, ces vendues ?

Les bi sont les caca-boudins des LGBT et du reste de la société. Hommes et femmes. Les bi sont ceux qui ne choisissent pas, quand tout le monde leur ordonne : décide-toi, et tais-toi ! Adhère ! Assimile-toi ! Choisis ton camp, t'as pas compris qu'on est toujours en guerre ? Pour les LG, les bi ne sont ni plus ni moins que des traitres. Que font-ils, ces canaillous, à lutiner voile et vapeur au lieu de soutenir les gayZetlesbiennes qui se battent pour faire avancer la Cause ? Faire reculer les discriminations ? Lutter contre les hétéros ces fachos ?

T'es un mec et t'es bi ? C'est que t'es un gros méchant calculateur, tu vois ? Un salopard qui utilise une femme pour cacher ton attirance pour les mecs. C'est pas beau à voir, honte à toi.

T'es une femme et t'es bi ? En fait, t'aimes les hommes, et tu te distrais avec les nanas, tu fais des expériences, tu t'amuses te donnes des frissons fais du touche-pipi avant de revenir pépère mémère dans ton petit couple à la noix. Passe ton chemin.

Vous ne trouvez pas bizarre que mâle ou femelle, quand t'es bi, on te démontre par A + B qu'en fait, tu préfères les mecs ?

T'es un homme bi, t'aime la bite mais reste tranquillou dans ton placard. T'es une femme bi, t'aime la bite et va ne draguer les brouteuses que pour de furtifs émois.

Faut vraiment que les meufs, y compris dans la communauté gay et lesbienne, soient particulièrement sous-évaluées pour qu'on en arrive à une logique pareille, non ?

En tout cas, tu es prévenu. T'es bi, t'es mal barré. T'es pas vraiment du bon côté, du côté des vrais, de ceux qui en ont bavé pour avoir leur place au soleil.

Toi, non, tu déranges. Cache-toi.

T'es bi, t'es binaire, t'es pas bien.

Reste dans ton coin.

Ta gueule.

XI

MASQUES

ARRACHER LE MASQUE

École des petits. J'ai deux, trois ans. Dans la cour, une fillette me tire fort les cheveux. Une fois, deux fois, trois. Je reste toute raide, en larmes. Les autres gamines se moquent de moi. Je ne dis rien, mon corps est tétanisé. Le soir, Maman me gronde : elle a tout vu depuis la fenêtre, elle me rapporte ce qui s'est passé, l'air idiot que j'ai eu. Pourquoi me suis-je laissée faire ? Les enfants sont cruels, elle ne peut pas toujours être là pour me défendre, je dois m'aguerrir.

Je me le tiens pour dit. Plus jamais je ne pleurerai.

Maman pleure, mais je ne dois pas pleurer.

Je dois me dresser. La famille déclare unanimement, à mon endroit, que je suis « maladivement sensible ». À l'école de Montagnac, les maîtresses m'appellent « Jean qui rit, Jean qui pleure ». Mon naturel me pousse vers des enthousiasmes et des détresses : un rien suffit à m'émerveiller ou à m'abattre, mais ce rien, qui m'est dans l'instant un tout, est indéchiffrable aux adultes. Qui fustigent les élans dans les deux sens… Mais que tu es exubérante, me reproche-t-on quand je saute de joie. Mais quelle pleurnicheuse, dans le cas inverse. Je n'arrive pas à mater l'émerveillement. Les pleurs, je dois pouvoir y arriver.

Plus jamais je ne serai vue en train de pleurer. Les chagrins qui m'emportent, je leur trouverai une cachette.

Et *Viva la commedia* ! Je ne pleure plus, je souris.

Je souris toujours.

Tout le monde croit que je suis une enfant heureuse.

Une adolescente heureuse.

Une adulte heureuse.

Une mère heureuse, une prof heureuse, une romancière heureuse.

Sourire, et le tour est joué.

J'écris des livres ? Des comédies, bien sûr. Je souris, je ris, tout va toujours bien.

Et si cet éternel sourire était l'une des causes de ce « problème avec les femmes » pointé par Mme Michelangeli ? À me voir ainsi radieuse, ne se figurent-elles pas que j'ai une chance insolente ?

Que parce que je suis heureuse en mariage, c'est que je suis tombée sur le bon numéro ? Que parce que je m'entends bien avec mes élèves, c'est que je suis démago ? Que si je parviens à être publiée, c'est parce que j'ai couché ?

Que si je souris, c'est que tout me sourit, que tout tombe tout cuit ?

Imaginent-elles le boulot derrière tout cela, les nuits blanches, les angoisses ? La solitude ?

Imaginons donc que j'arrache le masque, que je montre ce que dissimulent l'éternel sourire, la bonne humeur, l'humour, le moral d'acier… ma fragilité me rendrait-elle moins agaçante ? J'en doute. Je repense à ma sorcière, cette reine du polar évoquée plus haut. N'est-ce pas parce qu'elle avait flairé une bonne grosse faille qu'elle m'a saccagée ?

Du reste, lorsque parfois j'avoue que je vais mal, vraiment mal, lorsque ça sort malgré moi – à une amie, une connaissance… –, on ne m'entend pas. Pas vraiment. On glisse. La confidence gêne, peut-être ? J'insiste un peu. Je voudrais vraiment que cette amie, si elle en est une, accepte celle que je suis vraiment : quelqu'un qui va souvent mal.

Mais non : elle ne m'entend pas. N'a pas envie de ce genre de déballage. Ou ne sait plus quel rôle jouer, si je change le mien. Je passe à autre chose. Un mot d'humour, l'autre sourit, la comédie continue. La seule pièce qui soit acceptée.

Les livres que j'ai publiés jusqu'ici étaient des comédies. J'ai voulu que cette exploration autobiographique échappe à l'injonction du sourire systématique. Qu'il y ait une place pour autre chose : les peurs, les échecs, les drames et les deuils. Toutes affaires dont personne ne sait rien, pas même mon père, pas même mes filles que je veux plus que tout protéger de ce gouffre de souffrances.

Jusqu'à une dépression sévère, il y a deux ans, l'ultime, ai-je pensé. Insomnie chronique, épuisement, idées suicidaires. J'approchais de l'âge où ma mère avait eu un accident qui avait failli lui coûter la vie. Sa voiture avait percuté de plein fouet un arbre. Seul commentaire de Maman, lorsqu'elle avait pu parler : c'est arrivé très vite. On dit toujours cette formule-là, en cas d'accident. Elle était vivante, personne ne songea à un avertissement. Ce n'est que cinq ans plus tard, après son suicide réussi, puisqu'il s'agit bien de ça, que chacun dans la famille fit le lien : elle avait peut-être déjà tenté d'en finir et, comme tous les vrais suicidaires, n'en avait rien dit.

Vivre m'épuisait. Un chagrin sans fond m'avait emplie toute, qui me clouait au lit. Alors, j'allais faire comme

Maman, en finir pour arrêter de souffrir. Et ne pas me louper la première fois. Inutile donc d'attendre d'avoir passé la soixantaine.

Je n'ai plus pu dissimuler mon état à mes filles, à Olivier. Étrangement, lorsque je me suis redressée grâce à leur aide et à la médication idoine, mon premier désir a été de reprendre le texte que je peaufinais depuis des années : un récit intime centré sur des femmes. Tout y était, les femmes, les zigzags de ma vie, les impasses et les interdits sexuels, tout était écrit mais rien ne fonctionnait. Je donnais à voir le même éternel sourire, j'avançais guillerette dans le récit, prête à amuser mon monde. Amuser au sens de feinter, en somme. Les fictions foutraques déjà publiées seraient donc suivies par une autobiographie dans la même veine rigolarde. Le drame de ma mère était passé sous silence, la malédiction familiale, de femme en femme, tournait à la farce et les histoires d'amour étaient des saynètes joyeuses. J'avais touché le fond : il était temps d'arracher le masque. J'ai tout repris, refondu, débarrassé de l'humour ce qui n'avait pas à être édulcoré. Au risque que cet écrit reçoive le même accueil gêné que les confidences à mes amies, lorsqu'elles découvrent que je ne suis pas que ça : un sympathique pitre femelle.

Mieux que le masque

Retour à l'enfance. Je sais depuis la scène avec la fillette tireuse de cheveux que l'on me surveille. Que lorsque je suis comme une cruche la risée de mes camarades, ma mère me voit. Toute mon enfance se passe dans des écoles où je vais en classe, mais où je vis aussi, où mes parents vivent. À Poussan, Maman, de retour de la clinique, ne travaille pas encore. Elle m'observe. À Saint-Thibéry, les maîtresses, qui sont ses collègues, lui rapportent ce que je fais. « Elle est hypersensible », c'est le mot que me répète Maman. C'est un mot trop long, je ne le comprends pas, je sais juste qu'il sonne comme un reproche.

Je hais les reproches. Feinter, alors. Fixer le masque de la jovialité sur mes tristesses. Fuir et me planquer pour échapper à tout contrôle.

À Montagnac, les maîtresses n'aiment pas trop mes parents : ils sont communistes, elles sont de droite (comment l'ai-je appris, je ne sais : « des réacs », dit-on chez moi, ou encore « la vieille droite »). Donc, les réacs ne disent pas grand-chose sur moi, c'est déjà ça. En revanche, l'immeuble que nous habitons est rempli de profs, amis de mes parents. Et ça cafte, évidemment. Quoi que je fasse, mes parents le voient ou des collègues le leur rapportent. Je suis sous haute surveillance, toujours.

Pour mon salut, j'ai enfin trouvé la clé de la liberté qui ouvre la porte de l'appartement sans chauffage que j'occupe, comme on sait. Ce royaume dont je suis la reine secrète et invisible et où souvent Ange me rejoint, parce qu'elle ne me surveille pas : elle vit. Mais parfois, cela ne suffit pas. Il faut faire mieux, pour échapper définitivement à l'espionnage.

Mieux que le masque : la métamorphose.

C'est mon rêve préféré, je le fais endormie ou éveillée dans le cerveau droit. Je rétrécis, rétrécis, rétrécis. Vient un moment où je suis plus petite qu'un doigt. Un doigt de poupée. Mais cela ne me suffit pas. Je me concentre pour rétrécir encore. Enfin, je suis minuscule, pas plus grande qu'une fourmi, mais je me tiens à la verticale, bestiole étrange, souple, tonique et invisible à tous les mortels. Je gambade, sautille, bondis, escalade les meubles, pirouette, j'agite mes bras d'insecte en tous sens, tourbillonne, je me roule par terre, prends mon élan et m'accroche au lustre sans ampoule que je fais tournoyer de grands coups de mes minuscules pieds : personne ne me voit. Je chante à tue-tête, personne ne m'entend. C'est un tout petit chant inaudible au monde des Grands. Je me sens bien, infiniment bien. Le vrai paradis, ce serait ça. Être vivante, mais si petite que personne, nulle part, ne pourrait me voir ni me surveiller ni me contredire ni me diriger ni me gronder et me demander de sourire quand même. Même si on me donnait des ordres, comme ça, en l'air, même si on me faisait des reproches, mes oreilles seraient si minuscules que les sons ne pourraient pas entrer. Petit doigt ou fourmi, pour être sûre de ne pas être embêtée, la nuit, je me cacherais au fond d'un tiroir, derrière les gommes et les crayons, où je dormirais enfin.

De la nécessité des masques

On ne peut pas rester au fond d'un tiroir : on s'y ferait déloger. On raterait surtout les plaisirs du dehors. Le monde qui effraie et attire.

Alors, l'élan. Vers des ailleurs, la chair des villes et les saisons de l'Auvergne. Vers des amours, d'abord démultipliées, puis uniques, puis duelles. Vers des carrières qui sont autant de falaises à escalader sans piolet ni filet. Parfois des chutes, parfois l'air grisant d'une hauteur où j'ai respiré à tous poumons et d'où j'ai aperçu un autre horizon, qui m'a happée.

À chaque lieu, chaque métier, son masque : affaire de survie.

Car il faut effacer la vie de celle que j'ai été pour devenir celle qui veut se transformer. Parfois, l'énorme trouille d'être démasquée me hante et me gâche mes nuits et mes jours. Je suis tout élan lorsque j'entame une nouvelle étape de ma vie, mais cette énergie est soluble dans l'angoisse que provoque l'anticipation des catastrophes. Lorsque j'arrive à Montreuil où je prends mon premier poste, les élèves (ceux-là mêmes qui avaient envisagé de m'enfermer dans une armoire) m'appellent, malgré toutes mes précautions, madame Galan. Horreur ! Il ne leur sera guère difficile de trouver mon prénom. Et si l'un des parents se souvenait de Nathalie Galan et de ses frasques récentes à la télévision et dans certains magazines ? Mieux vaut éviter les complications : l'école est alors le dernier bastion de la morale dans une société déjà déboussolée. Je dois être irréprochable, en tout cas je m'en suis convaincue. Et tremble et cauchemarde à l'idée d'être débusquée. Je ne voudrais tout simplement pas avoir décroché l'agrégation pour rien. J'en ai trop bavé pour lâcher le morceau.

— Non, non, les enfants. Je suis madame Wassermeyer.

Les élèves me soutiennent le contraire : c'est écrit sur leur emploi du temps qu'ils brandissent, et si c'est écrit, c'est que c'est vrai. Je suis et resterai madame Galan.

Il a dû y avoir une erreur au rectorat, enchaîné-je. Je rassure donc mes quinze 3eB : je vais régler ça avec l'administration. En fait, je vais faire un tour chez la principale, avec qui il avait bien été entendu, avant la rentrée, que, mon mariage datant de l'été, mon nom d'épouse serait utilisé. Wassermeyer, et pas Galan. C'est trop tard, me dit-elle, la secrétaire a oublié. Je dégaine mon répertoire et lui refais le coup de l'inspecteur que je vais appeler fissa. D'ailleurs, obliger une femme mariée à porter le nom de son père revient ni plus ni moins à faire d'elle sa femme, non ? Personnellement, je trouve ça discutable si l'on entend les sous-entendus incestuels de la démarche. Elle ne comprend rien à ma démonstration psychanalytique improvisée, mais saisit que ça ne rigole pas. Je sors de son bureau avec de nouveaux emplois du temps, avec mon nouveau nom, le légitime et légitimant. Je peux désormais être un professeur sans histoire ni passé, si ce n'est celui, imaginaire, d'une enseignante au parcours classique : études de lettres, concours, enseignement.

J'ai toujours pris grand soin d'éviter avec mes collègues toute mention de ma vie d'avant l'Éducation nationale. Ai forgé mille semi-inventions : j'avais été tutrice, pigiste, correctrice, verbicruciste, autres. J'ai surtout appris à déjouer les questions en me fondant dans la masse. Mais vint le temps où Internet et ses moteurs de recherche permirent à quelques curieux d'investiguer et de me prouver qu'on n'échappe pas à son passé. La catastrophe se produisit en Auvergne, où nous nous étions installés, Olivier, les filles et moi, et où nous avons vécu plus de dix ans.

Début des années 2000. Dans un collège perdu de Haute-Loire, le principal, après une rentrée sans anicroches, commença à me tourner salement autour. À s'autoriser des privautés. Des regards appuyés, des sourires en coin, des propos à double entente. Il se prit à faire irruption dans mon cours, sans frapper. À me convoquer dans son bureau pour un oui ou pour un non. Savait-il, pour Collaro, pour *Playboy* ? Il n'en disait rien, mais lâcha un jour lors d'une de ces convocations où il me posait des questions incongrues sur le classicisme ou sur ma conception des « séquences pédagogiques » :

— Ce qui est surprenant, ce qui me sidère pour ainsi dire, madame, c'est qu'une femme comme vous se retrouve ici.

— Mais encore ?

Son regard s'attarda, un sourire se profila. Il enchaîna :

— Oui, dans un établissement comme celui-ci, si modeste en somme, que faites-vous ?

— J'enseigne.

— Hum, hum…

— Un problème ?

— Oh, non. Pas vraiment. Retournez donc « enseigner », comme vous dites. Les 4e vous attendent, non ?

Rien ne fut jamais dit. Mais je n'ignorais pas qu'il avait accès à mon dossier d'enseignante. Il connaissait évidemment mon nom de naissance. Et surfait sans doute sur le Net qui lui offrait un panorama de mon passé, tout particulièrement le dénudé : toutes les photos de *Playboy* étaient depuis quelques années en libre accès.

Que risquais-je ? Je ne savais pas, au juste. A priori, rien, me rassurait Olivier qui pourtant paraissait préoccupé. Avec l'Éducation nationale, un rien pouvait défrayer la chronique. J'étais inquiète (j'euphémise, en réalité j'en perdis le sommeil) et passai des appels à Paris et ailleurs, pour rappeler que le contrat signé à l'époque prévoyait une durée d'exploitation de quatre ans : les sites utilisaient donc illégalement mon image. Au siège de *Playboy*, un inconnu très compréhensif fit tout son possible pour m'aider à effacer ces traces d'un passé devenu compromettant. En vain : d'autres sites avaient acheté des lots de photos et des kyrielles d'actrices, chanteuses ou petites célébrités qui avaient dans les années 80 posé nues en n'imaginant pas à l'époque que les images initialement limitées aux magazines imprimés les poursuivraient et qu'elles seraient exhibées à vie sans pouvoir protester.

Aucun droit à l'oubli.

Le principal faisait planer une menace sourde qui devint insupportable. J'obtins ma mutation, au fin fond du Cantal, jusqu'où Internet était sans doute à peine arrivé, car les investigations sur mes nudités d'antan n'eurent pas lieu. Le proviseur semblait s'intéresser à autre chose qu'au traçage de ses enseignants. Mais lorsque je commençai à publier, je voulus absolument éviter que ce passé ne resurgisse et occupe tout le devant de la scène. Être lue non comme une ancienne chanteuse du *Collaro Show*, mais comme un auteur, une romancière à part entière en quelque sorte. J'avais pu constater, dans ma brève carrière d'actrice, à quel point l'étiquette coco-girl était stigmatisante. J'avais assez payé ma très grande faute : avoir osé m'exposer dans une émission grand public. J'avais été cantonnée aux rôles de bimbo mamelue et décérébrée. Je voulais donner à mes textes toutes les chances d'être lus sans ce filtre folklo au mieux, dévalorisant au pire.

Si bien que lorsque je rencontrai Paul Otchakovsky-Laurens, je me gardai bien d'évoquer cette lointaine époque. Une fois le contrat signé, il me sembla toutefois opportun de l'informer du pot aux roses. Je vois encore son sourire, entre surprise et amusement :

— Vraiment ? Eh bien, c'est parfait.

— Ne le dites à personne, insistai-je, pas sereine.

Il rit carrément :

— Je peux vous le promettre, mais soyez sans inquiétude. Nous n'en parlerons pas, *Rhésus* n'en pas besoin. Et si ça sort… nous verrons comment agir en temps voulu.

— Mais, même si vous craignez d'être reconnue, il me faut quand même une photo de vous, pour la promotion du livre, ajouta-t-il, prévoyant ma réticence.

Je cédai, envoyai une photo floue où j'étais à peine reconnaissable. Un hebdo voué à la culture « rock » consacra ensuite un article à mon roman : une séance de photos était indispensable. Il fallait me montrer, m'expliqua Jean-Paul Hirsch. Allons-y. Et quitte à y aller, autant faire de bonnes photos, non ?

Quelle ne fut pas ensuite la surprise de Jean-Paul lorsque je lui demandai si finalement je ne pouvais pas présenter mon livre dans quelques émissions – radios ou télé.

— Mais on va *vraiment* vous voir. Vous ne le souhaitiez pas, c'était bien clair ?

— Maintenant que je constate qu'on ne massacre pas mon livre, c'est différent.

Jean-Paul fut sans doute dérouté. Il ne pouvait pas imaginer que de tels revirements me sont familiers. Peut-être pensa-t-il à un caprice. Comment aurait-il pu comprendre ? Il ignorait deux points de ma personnalité.

« Imagine le pire », formule maternelle, a formaté ma cervelle et trente-cinq ans après l'enfance, vingt après une psychanalyse, l'injonction restait aussi efficace que lorsque j'avais six ans. Il ne soupçonnait donc pas dans quelles transes d'angoisse me jetait un mois plus tôt la certitude que la coco-girl serait démasquée.

L'autre élément idiosyncrasique que je n'ai pas pu lui exposer est ma propension à faire tout à fond. Je n'y peux rien.

Nous n'entrâmes pas dans les replis de mon cerveau tourmenté. À cette époque pas si lointaine où de nombreuses émissions parlaient de littérature, il se démena pour que je sois invitée. Mais c'est en tremblant que je me rendis sur le plateau de certaines émissions.

Car vingt-cinq ans plus tôt, j'avais été interviewée par ces mêmes journalistes pour un petit livre que j'avais écrit avec une amie coco-girl : un témoignage sur les coulisses de l'émission de Collaro. Nous avions alors été invitées plusieurs fois par PPDA ou Michel Denisot, par exemple – c'était la grande époque festive de Canal+. Aucun des deux ne me reconnut. Le temps avait passé, certes : j'étais désormais une femme mûre, comme on dit. Mais surtout mon statut changeait tout, jusqu'à ce que l'on percevait de moi : je n'étais plus une starlette de la télé *cheap*, mais un auteur publié par un éditeur respecté. Puissance de la littérature ! Le regard sur moi était complètement neuf : nul besoin de masque, mes frasques passées étaient occultées par la respectabilité de la maison d'édition dont j'étais immédiatement parée. Aux plumeaux de la honte avait succédé une plume d'écrivain. Je pouvais respirer et m'adonner sans tapage à mes écritures.

Venise

C'est tout de suite non.

Ce petit visage en triangle, un nez un peu long, des dents de belette… Non, elle n'était pas celle que je cherchais, qui allait remplacer l'autre, la grande la sublime la classieuse, cette Leonora que j'essayais d'oublier mais qui malgré tous mes efforts lacérait mon cœur, hantait mon esprit et colonisait mes souvenirs. Pour toujours, pensais-je. Comme une cicatrice rouverte à chaque tentative d'échapper au souvenir ébloui de ses yeux, de sa dégaine, de sa voix comme un chant. De ses jambes et de son cul.

C'est non, trois fois non, mais peu importait. Pour l'oublier, cette autre, je m'adonnais au *dating*, rencontrant *in real life* quelques-unes repérées sur un site réservé aux femmes qui préfèrent les femmes. J'arrive en retard dans une brasserie place du Châtelet, je cherche l'inconnue du regard, je ne sais pas à quoi elle va ressembler, celle de ce soir-là, car j'en vois trop, donnant ou acceptant des rendez-vous qui n'engagent à rien. Volontariste, toujours : secoue-toi, me disais-je, bouge, fonce. De toute façon, quitte à aller mal, autant voir du monde et pas de l'hétéro. Tout échange avec une fille un peu futée ne peut que me changer les idées. Stratégie thérapeutique, comme pour feinter mon cœur, l'apaiser un peu, puisqu'il est évident que je suis malade d'amour.

Je ne la vois pas ou, plutôt, la vois sans la regarder. Elle s'est levée à mon approche, androgyne, élégante. Mais si petite ! Rédhibitoire, ça. Leonora, celle que je dois oublier, est spectaculairement grande… c'est donc une grande que je cherche aveuglément, affolée, vite, trouvez-moi une splendeur aussi élancée, et aussi blonde, une aussi belle, aussi sexy. Je veux la même en mieux. Pour m'apaiser. Ou me venger ?

Alors, ce petit bout, là… Étrangère à mon désir, elle a été classée par ma machine mentale dans la case des soirées sans suite. Je fais bonne figure, nous prenons un verre poli, échangeons quelques banalités. J'évoque au passage Olivier – je lui avais bien dit que j'étais mariée ? Que notre relation n'est pas platonique, du tout ? En général, la révélation calme toutes les ardeurs. Elle ne bronche pas : non, mais je m'en doutais un peu, sourit-elle.

Je dois paraître hésiter, mon regard fuit vers la sortie et tandis qu'elle meuble le silence le serveur nous tend les menus : il faudrait choisir, mais est-ce que j'ai faim ? Elle se tait.

Le serveur insiste : mon *date* commande un tartare. Je l'imite, lui demande son prénom.

— Venise.

Je ris. Non, votre vrai prénom, pas votre pseudo.

— Venise, s'entête-t-elle, et comme je refuse de la croire, elle sort de son cabas un fatras de cartes bancaires, de clés, de carnets et diverses babioles dont elle extrait une carte d'identité : Venise Verthuy, c'est officiel.

Je lui fais remarquer que sa mère devait avoir un caractère fantaisiste.

— Oh, pas exactement, répond-elle dans un sourire où se glisse une tristesse tremblée, une seconde d'épanchement vite stoppé – plutôt rigide en fait. Le prénom choisi, c'était Denise.

Le bougre à l'état civil était à moitié sourd ou soûl, on n'a jamais trop su, il a dit « Venise, c'est ça ? » à l'heureux père, et ce dernier un peu pressé et s'en tamponnant, ou alors ravi de contrer le conformisme plat de son épouse et de faire prévaloir par l'épiphanie de ce prénom son côté artiste, a déclaré : Venise, c'est bien. C'est casanovesque, c'est parfait.

Mais oui, c'est ravissant, Venise – je souris et la pâleur de l'intéressée se marbre de plaques roses à la naissance du cou. Serait-elle malade, soudain ? Ou timide ? Je la regarde enfin vraiment – et *in petto* : Venise, qui êtes-vous ? Le regard balaie les plaques purpurines qui constellent ce cou qu'elle a joli, souple, et d'où monte une voix qui, d'un coq-à-l'âne quittant les affaires de famille pour s'élever vers des considérations moins personnelles, pérore sur Venise, cette ville qu'elle n'a jamais visitée, comme par défi, alors qu'elle aimerait tant. Les canaux, la lagune, et Véronèse et le Titien, elle aurait aimé prendre le temps, mais non. Et toute causante, mon Dieu qu'elle est bavarde, elle rajuste son écharpe de soie dans le col de sa chemise pour dissimuler les rougeurs qui sans doute la brûlent, manœuvre inutile puisque aussitôt sur les joues s'éparpillent d'autres plaques, plus rougeoyantes que les premières. Je suis surprise, entre l'amusement et l'attendrissement, frappée par l'assurance de ce verbe que contredisent les manifestations intempestives d'un corps qui perd les pédales.

Ensuite, tandis que les tartares arrivent, la conversation se déploie en dehors de tous les stéréotypes de la séduction. Elle ne frime pas, reste réservée sur sa vie professionnelle, considérant sans doute qu'un « je suis en charge de tâches administratives » fera l'affaire, et assez vite elle m'interroge, en copine : et moi, qu'est-ce que je fais ? Si elle veut savoir, je me bats les flancs. J'hésite, puis *what the fuck*, lâchons-nous, je commande un verre de bordeaux, en veut-elle ? Et comment ! Je balance le truc que j'avais plutôt prévu de garder secret. Je suis romancière, disons plutôt que j'ai publié deux trois textes et que le prochain sort dans un gros mois, en janvier. Bravo, bravo, sa tête s'incline, un instant de surprise, un silence. Un roman, alors ? Je dois être folle de joie ?

Je la détrompe. Tout va mal. Par divers biais, elle vainc ma réticence à parler de ce bazar ignoble qu'est la Condition d'Écrivain, et progressivement, je dis. Ce labyrinthe dans lequel je me suis faufilée tel un rat. Maintenant ce rat s'enrage de sa condition et mord les parois qui glissent, alors il mord jusqu'à ses boyaux. Venise paraît surprise par ma véhémence. Elle me questionne, cite des auteurs heureux, convoque des exemples : ses yeux ne voient pas l'écrivain qui souffre, mais l'écrivain tout court, un fantasme en somme. Ils pétillent, son visage a retrouvé un teint uni, rosi par le plaisir de l'échange. Je renonce à détailler ce que je perçois comme une servitude volontaire *absurdissima* et, ne voulant pas accaparer la conversation, lui demande ce qu'elle lit, elle, puisque visiblement le sujet l'intéresse. Mais, tout ! fanfaronne-t-elle.

Pas de bluff, on ne me la fait pas :

— Venise, vous lisez qui ?

Elle évoque quelques classiques, avoue un goût pour Sade, mais aussi pour Beauvoir et Despentes. Elle adore Despentes et n'aime pas Houellebecq, enfin sauf le premier roman dont elle a oublié le titre.

J'ai dû prendre un air sévère, prof sur les bords comme un retour du refoulé, si bien qu'elle enchaîne :

— Et je suis passionnée d'histoire et de philosophie.

Quelques exemples plutôt pertinents, puis elle revient à moi l'air de ne pas y toucher : mais là, tout de même, un livre qui sort, c'est un aboutissement formidable, non ?

– Bof.

Mais voyons ! Est-ce que je me rends compte de la chance que j'ai, d'être publiée, d'être lue ?

Je lui accorde qu'avoir des lecteurs, même rares, est à peu près la seule consolation de cette grande foutraquerie qu'est à mes yeux la vie d'un auteur, mais que cette parution, comme les autres du reste, je la vis mal. Je veux tout et son contraire. Je voudrais que mon livre soit médiatisé, presse, blogs, radios ou télés, tout et si possible beaucoup. Pour que de ce fichu livre que j'ai mis quatre ans à écrire il soit un peu question.

Elle opine, j'enchaîne : mais en même temps, toute interview m'est une torture, et les télés, l'anticipation des télés surtout, provoquent cauchemars et insomnies.

Venise est tout ouïe et veut comprendre :

— Pourquoi, vous êtes timide ? Vous paraissez pourtant assez assurée !

Un soupir, et puis, soudain, des larmes qui montent, que j'arrête à temps, de peu.

— Mais dites-moi ! insiste-t-elle.

— C'est bien simple : imaginons que je sois invitée dans une émission de quelque audience, je vais vivre un compte à rebours, anticiper le pire. Le plantage radical, le lapsus, le trou, le rot, le pet, l'enfoncement des portes ouvertes, la peau qui luit sous le maquillage, peut-être même la sueur qui perlera à la naissance des cheveux, à l'aisselle et j'en passe.

— Ouh là, compatit-elle, et dans un mouvement d'empathie, s'éponge le front avec un Kleenex.

— Et surtout, j'essaie de maigrir, parce que la télé grossit, c'est un fait avéré, et comme je me suis empâtée à coups de tablettes de chocolat pour calmer les angoisses, là je vais faire peur.

— Et le tartare-frites est une étape du régime amaigrissant ?

Son œil sourit tandis que sa bouche reste sérieuse. Elle a tout d'une amie possible, une simplicité dans l'échange, un regard franc. Et surtout, l'art de me faire parler de mes misères sans que je me sente importune. Mais qu'elle tombe bien ! Je n'aime ni me répandre ni gémir, mais ce soir je m'abandonne à la confidence, je me livre sans fard : Venise ne me plaît pas, ne me plaira jamais, et du reste, c'est réciproque. Rien ne filtre de ce qui pourrait être le début d'un intérêt amoureux, aucun signe, aucune équivoque dans le regard. Elle doit préférer les femmes plus jeunes. Comme moi, elle est là pour passer un moment agréable – ses journées sont un calvaire, résume-t-elle, et elle mérite bien de s'en délasser le soir au cours d'un dîner en bonne compagnie.

— Je ne comprends tout simplement pas pourquoi vous subissez tout cela, dit-elle, pensive, en me piquant une frite.

— Je n'ai pas le choix, le même scénario se reproduit à chaque parution.

— Pfff ! Faites-vous aider !

Une coach, il me faut une coach. J'ai peur des télés ? Je n'ai qu'à m'y préparer. Il est même surprenant que les éditeurs n'y songent pas. Après tout, si elle comprend bien, le mien n'est pas plus philanthrope que les autres, et il m'a finalement consenti un à-valoir qui n'est pas insignifiant. Il attend donc un retour sur investissement. Un passage télé impacte notablement les ventes (je souris à tout ce lexique entrepreneurial qui lui vient d'un coup). Au lieu de vous abandonner comme ça, à mariner dans vos trouilles, il devrait vous confier à un coach. Qui vous entraînerait, comme on le fait pour tous ceux qui doivent être à leur top au moment d'affronter une épreuve, sportifs, artistes, hommes politiques. S'exprimer en direct à la télé devant des millions de téléspectateurs (quelques milliers, pour les émissions littéraires, je corrige, mais elle enchaîne), voilà qui n'est en rien naturel. Rester soi malgré la pression, et à l'heure où n'importe quelle bourde peut devenir virale sur les réseaux sociaux, ça ne s'improvise pas. Donc, on s'y entraîne.

Pourquoi pas, après tout. Ça ou l'insomnie… Mais comment trouver le bon coach ? Et avec qui travailler en toute discrétion ?

Venise est concentrée. Elle cherche, puis :

— Je connais quelqu'un de très bien. Une femme que j'ai fait intervenir qui m'a aidée, quand j'étais bloquée, avant un débat. Vous voulez que je vous mette en relation ?

J'accepte, nous échangeons nos numéros. Le serveur nous tourne autour : il va devoir fermer. Nous sommes seules. Il est presque deux heures du matin. Nous sortons en courant, comme deux gamines, pour attraper le dernier métro. Elle va vers le nord, moi vers l'est. Le froid est vif. Un taxi : elle insiste pour me le laisser. J'ouvre la porte et la pousse amicalement à l'intérieur. Elle va loin, m'a-t-elle dit. Je rentrerai à pied.

Le doigt

Venise, habile Venise... Qui en stratège aguerrie a su m'approcher sans m'effrayer, qui a obtenu que je lui livre mes misères, moi qui suis si secrète et ne dis rien de ce que je fais à personne, sauf à Olivier : peur de gêner avec mes soucis, de lasser ou de déconcerter avec mes projets toujours renouvelés de zigzagueuse.

Elle qui m'a aidée quand j'étais seule. Sans calcul : sa générosité était infinie.

Venise qui ne me plaisait vraiment pas... Elle ne me plaisait pas plus lorsque nous nous retrouvions, de loin en loin, pour des soirées Péniche ou Barbiturix où elle me proposait de la rejoindre, pour « relâcher la pression » pendant la promotion du bouquin, promettait-elle.

Venise était providentielle. Ces nuits effaçaient les jours passés à me morfondre. Je me laissais entraîner par cette fêtarde, toujours escortée d'une abondante garde rapprochée, bande d'amies qui riaient à toutes ses saillies et paraissaient la trouver épatante. Vedette de cette horde de femelles, elle parlait peu mais bien, buvait démesurément, dansait avec fougue. Je la regardais, souvent séduite par son énergie, son originalité, sa liberté. Elle paraissait à peine me voir. N'essayait jamais d'engager la conversation.

Un rituel pourtant s'installa qui contredisait le désintérêt affiché : vers la fin de la soirée, disons aux premières heures du jour, alors que nous nous étions fait chasser de plusieurs bars en représailles de quelque comportement inapproprié (elle vidait au goulot une bouteille de champagne, bondissait comme une chevrette de table en table, amorçait un strip-tease, entre autres), Venise se glissait vers moi, m'embrassait fougueusement (et très bien), tandis que d'une main habile elle dézippait mon jean et me doigtait direct. Le baiser devenait passionné, le geste obscène me laissait pantelante. C'était délicieux, inouï, et lorsque nous nous séparions, je me demandais si je n'avais pas moi aussi abusé d'alcool fort. Si je n'avais pas rêvé tout cela.

Le corps

Elle ne me plaît pas, me suis-je convaincue, mais nous nous revoyons chez elle pour fêter le succès relatif de mon livre. Le bouquin a été lu par quelques journalistes qui ont aimé, je viens d'enregistrer une émission où l'on parle vraiment de littérature, et m'en suis correctement tirée : le pire n'est pas arrivé, j'aurai des lecteurs. Que fais-je dans sa cuisine, à ses côtés, à préparer le même tartare que celui que nous avions mangé au Zimmer ? Pourquoi ce creux dans le ventre quand je vois qu'un geste ou un mot tendre de moi ont immanquablement pour effet de recouvrir sa peau de traces rouges ? Elle tait ses sentiments, mais son corps me parle. À mon cœur et pas seulement.

Venise a un corps gracile qui paraît fait pour les jeux de l'amour. Elle s'y livre d'ailleurs avec ivresse et même voracité. On dirait dès la première fois qu'elle me connaît depuis toujours. Tout n'est pas simple pour autant. Venise semble avoir décidé qu'elle a tous les droits sur mon corps. Mon tempérament curieux me porte aux expérimentations : j'accepte ses audaces. J'admire aussi sa ténacité. Au début de notre amour, je ne peux plus jouir. Rien de dramatique, c'est provisoire : je prends des antidépresseurs pour tenir bon pendant la promo de mon roman et j'ai l'habitude de leurs effets collatéraux. Les pilules du bonheur rendent anorgasmique, ce seul mot semble être une maladie. Je ne veux pas en faire toute une histoire. Le plaisir reste possible. C'est ça qui compte, non, mon chou ? Le chou dit « chut… ». Chut, attends. Je n'attends rien, je sais très bien que je suis verrouillée. Le Deroxat est une ceinture de chasteté chimique. D'ailleurs, puisqu'elle insiste, si elle veut vraiment savoir mais elle commence à me porter sur les nerfs, à me pousser à des exposés médicaux moyennement sexy, c'est toute la zone qui est bloquée. Pisser prend aussi du temps, si elle veut des détails. L'urètre est paralysé, le clito endormi, le point G reste de marbre. Comme elle y revient (mais si, tu vas voir, on va y arriver), je m'énerve : marre du diktat de l'orgasme obligatoire. C'est déjà assez frustrant d'être au bord du plaisir et de ne pas parvenir à l'extase, depuis des mois – il n'est pas question que je rajoute sa frustration à la mienne. J'échappe à ses caresses, glisse hors du lit, saute dans mon jean, claque la porte.

Elle me rattrape dans l'ascenseur, torse nu. Se blottit contre moi : on fera comme tu voudras. Viens…

Et je suis revenue.

Et je suis venue.

Comme jamais.

Venise en Espagne

Si tout cela, qui est fini, n'avait été qu'une histoire de sexe... Venise m'enchantait. Elle m'avait convertie à l'espagnol, qu'elle maîtrisait admirablement. Je n'en avais que des résidus de collège et de mauvais souvenirs. Comment me suis-je retrouvée à lui écrire, puis à lui parler dans cette langue délaissée ? *Gatito, mi puerco espin, estoy harta de tus palabras eternas ! Pero te quiero de todo mi corazon...*

Cette langue que je baragouine à ses côtés me prend aux tripes. Je l'avais pourtant prise en grippe : ma mère me l'avait enseignée, et en cours comme en vacances, par une sorte de déformation professionnelle, elle me corrigeait toujours. Tel son était mal prononcé, tel mot imprécis, tel verbe mal conjugué. Où est le plaisir d'une langue étrangère si elle n'est pas la découverte d'un nouveau territoire, d'une géographie mentale et fantasque, colorée et modulée, phonique, sémantique, littéraire, qu'on aborde à tâtons, sans trop savoir où on met les pieds ? Où est le plaisir de la grande découverte si l'on est surveillé dans son vagabondage ? Coincée dans un voyage organisé, censurée comme à l'école ? Infantilisée, bâillonnée ? Venise laissait passer mes approximations, et en quelques jours, cette langue dans laquelle j'étais restée férocement aphasique était reconquise.

Avec la clé de l'espagnol, Venise m'ouvrait son passé secret, celui où elle avait fui pour devenir celle qu'elle était désormais. C'était troublant : lorsque j'avais quitté le Sud vingt-cinq ans plus tôt pour vivre libre à Paris, elle avait fui Paris pour vivre libre à Tarragone. Même esprit : quitter sa famille pour devenir soi, et trajectoires parallèles nord-sud, en sens inverse. Le miracle était de nous retrouver là, riches de nos jeunesses intrépides et d'expériences différentes mais similaires, qui résonnaient en écho dans ce nouveau territoire qu'était notre amour, que nous explorions dans son appartement, par les mots, les silences, les gestes, les danses, les corps, les projets et les rires.

Parmi mille récits, un revenait, car je le sollicitais souvent : l'aventure se déroulait sur une île où elle avait été recueillie par des Guanchos, peuple mi-nu, pacifique, qui se nourrissait de poissons et de fruits, dormait dans des grottes, buvait des alcools très forts et fumait de l'herbe. Pas d'électricité, de l'eau puisée à une source, des outils, et des armes cachées. Je ne savais pas si je devais croire à cette robinsonnade : sur tous les documents que j'ai trouvés, ces Guanchos sont un peuple disparu depuis longtemps. Avait-elle mis en scène dans quelque lecture un récit pittoresque ? Ou avait-elle vraiment vécu seule, à poil, au milieu de mecs velus et drogués et inoffensifs qui avaient adopté la gamine, d'authentiques descendants de cette peuplade semi-mythique auxquels s'étaient mêlés sans doute quelques hors-la-loi en cavale ? Mes seules vraies amours sont faites de chair et de mots. Venise était ravie de pouvoir s'échapper avec moi *en este idioma que nos encataba*. L'amour est un voyage : vers l'inconnu, vers l'ailleurs. J'aimais l'ailleurs castillan et guancho de Venise et m'y embarquai sans retenue.

Mon amour, ma passion

Je la revois. Elle rit, elle chantonne et parle. Tout le temps. Assise au bout du canapé, à bonne distance, elle bondit d'un sujet à l'autre, m'étourdit de démonstrations. D'un ton posé souvent percé par un rire clair, elle remplit l'espace entre nous de mille mots choisis, élégants, parfois inutiles. Elle masque sa peur, elle m'y tromperait presque. Mais son visage qui s'empourpre par plaques me dit : regarde, elle t'aime !

Des sujets sérieux elle passe aux enfantillages. Elle joue, la vie est un théâtre. Elle qui était redoutablement *powerful*, habile à batailler avec les mecs lors de joutes télévisées, était avec la même intensité une enfant. Elle avait su ainsi, par contagion, réveiller en moi l'enfant qui se débattait dans la gangue adulte. Car sans cesse je me crée des obligations, et dans plusieurs directions, qui génèrent des angoisses en ramifications : je m'enferme dans une étrange série de prisons. Avec elle, j'oubliais ce fatras de misères et de détresses. De masques en bergamasques, de métamorphoses en renaissances, la vie devenait légère comme un songe, les soucis qui m'obsédaient étaient dissous dans le rire, les rocamboles de nos avatars, l'accord des cœurs ou l'exaltation des corps heureux.

Elle raffolait des costumes Grand Siècle. Elle me reçoit un soir déguisée en petit marquis. Comme je suis surprise, elle plonge en une grande révérence. Je la regarde, perplexe. Elle met un genou à terre, saisit mes doigts d'une main baguée d'un rubis de pacotille, les mange de baisers et me fait mille hommages dans un langage digne de Marivaux. Je m'improvise Sylvia, elle devient Arlequin. Nous dînons aux chandelles, la comédie est belle, champagne, effronteries, nous nous étourdissons de trouvailles. Grisée par le champ, je lui détaille ma généalogie illustre, et lorsqu'elle découvre que je descends en droite lignée de Charlemagne, enfin peut-être, mais elle n'en doute pas une seconde, elle m'entraîne dans un chahut historique. Nous faisons l'amour sur tous les meubles et à toutes les époques. Lorsque nous nous quittons, le lendemain, elle est Mi Marquès, je suis Su Imperatriz.

Mon amour, nous étions à nous deux tant de personnages… Avec moi tu fus El Marquès de la Pampa, puis Gato, Gatito, Alfonssso, Makro et tant d'autres. Avec toi je fus l'Impératriz, Gatita, Suzon qui zozotait une philozzophie nietzschéenne, Mado la reine des cagoles. Tu étais la seule personne jamais rencontrée qui supportait mon accent du Sud. Lorsque je le reprends, très vite une gêne s'installe : on attend que j'arrête, on a compris la blague, mais on ne veut pas imaginer que je suis cela aussi. Trop vulgaire, sans doute ?

Mais Venise aime cet accent, s'en amuse, l'encourage. Ainsi naît, progressivement, Mado, et c'est tout simplement la femme du Sud censurée par tous qui est enfin autorisée à s'exprimer. Moments merveilleux : je m'avise que, lorsqu'elle m'écoute parler avec cet accent de l'Hérault, je ne dis rien de ce que raconte la femme façonnée pour s'intégrer à Paris. La femme sculptée pour s'intégrer à Paris après l'échec de la prépa. Une autre s'impose, enfouie, enfuie, un temps aphasique, ensuite rééduquée et, croyais-je, définitivement matée. Grâce à Venise, retrouvant la voix bannie, elle devient bavarde et même intarissable. Car, quand je suis Mado dans la chambre de mon Makro, un autre univers envahit l'espace, fait de lumières, de vent, d'odeurs, de rêveries, de souvenirs et de lectures. Je suis le Sud, je suis une cathare, je suis mes ancêtres par dizaines ressuscités. J'habite le monde autrement, parle cash, en fais des tonnes, gesticule et ris fort. Tout un passé coincé dans l'enfance resurgit, le silence bon chic imposé depuis des années explose et donne lieu à un discours bigarré, loufoque, infléchi souvent vers la vulgarité cagolesque, désinhibé et outrancier, mais où résonne, diffracté, reconquis, mon moi tabou. Comme Venise donne la réplique dans le rôle de Makro le roi des maquereaux, macho parisien et véreux, je suis cagoleu et tepu révoltée, je l'enguirlande et avec elle/avec lui tout le Nord qui a voulu me clouer le bec. Mes fureurs de pagnolette la ravissent, elle en rajoute dans la provocation. Nous jouissons autant du discours que du corps.

Comment naquit Alphonse ? Je revois une chambre, encore, la tienne, ma Venise. Je sens monter une énergie, je voudrais tant retracer la naissance du zozo… Quelque chose se dérobe pourtant. Je veux te retrouver, mon amour, t'admirer à l'instant même où tu apparus. Nous étions au lit, j'en jurerais. En action. Voilà, cela se précise. C'était hot, un peu porno. Tu étais sacrément équipée, Venise fripouille. Je protestais… mais pourquoi ?

Je te tiens, mon Alfonso, j'assiste à ta résurrection. Tu t'ingénies à fixer un harnais, mais comme tu es menu des cuisses et des hanches, les lanières pendouillent. Surtout, comme ton ventre s'est arrondi sous l'effet des déjeuners d'affaires où tu accompagnes régulièrement ton boss, ton bedon tout nouveau et absolument charmant, souligné par l'entrelacs des lanières de cuir et le chibre réaliste qui peine à rester en place, valdinguant est-ouest et nord-sud, me paraît formidablement comique. J'ironise. Tu prends un air terrible, tu vas me montrer qui est l'homme, dedieu ! Mais tu es tout occupé à ajuster les lanières pour bien guider ton machin. Je finis par t'encourager : mais fonce, Alphonse ! Alors tu y vas. Fonce et refonce, te dis-je. Tu ne te fais pas prier. Mais défonce-moi donc, Alphonse ! et tu me prouves que tu es le meilleur.

Ahhh, Alphonse… Alphonsssse ! Ton nouveau prénom est délicieux à prononcer… et encore plus si on fait siffler les *s*. Tout devient sensuel et délicieux. Z'adore !

Alphonse fait très XIXe. Tu deviens un riche bourgeois à la Zola, je deviens Nana, mais quelle fantaisie me pousse à zozoter, je ne sais. Peut-être que la volupté à étirer le prénom d'Alphonsssse, associée à d'autres, m'y a poussée. Ou serait-ce le souvenir de Sophie Favier, une coco-girl qui m'avait précédée et dont le zézaiement fascinait – enfin une blonde ultra-blonde, bien sotte ou le prétendant, qui flanquait la gaule à tous les Gaulois ? Ô délices de l'écriture introspective… Ce n'est que maintenant, alors que tout est fini, que l'avènement de Suzon s'éclaire. Autant Mado la Cagole foutait un coup de pied bien placé à ceux qui avaient censuré mes origines méditerranéennes, autant Suzon qui zozotait permettait à la coco-girl dont on s'était moqué de vivre fièrement son essence bombesque. Voilà pourquoi j'en rajoutais… Sophie Favier, avec son cheveu sur la langue, avait provoqué bien des railleries. Mais aussi du désir. Dans tes bras, ma Venise-Alfonso, je redevenais une coco-girl heureuse, fière de l'être. Je revendiquais enfin le kitsch, les outrances et les joies de ma jeunesse bohème, et emmerdais les grincheux de la famille qui rient encore sous cape de ce passé qu'ils voudraient déshonorant. Auquel certains ont cru pouvoir me réduire… Les zzzandouilles…

Mais ces sifflantes en folie, n'étaient-elles pas tout autant un retour du refoulé familial ? L'URSS, l'URSSS, l'URSSSSSS sssoupirait autrefois ma Mamie sssérie. N'offrais-je pas enfin à Laure les frissssssons qu'elle ne ssss'était zamais zautorizzzés ? Ma Suzon n'était-elle pas la résurrection d'une « coco tendance Marx » ? Une communiste oubliant sa respectabilité, ôtant le masque du dragon, et osant enfin aimer les femmes ?

Toujours est-il que Suzon naquit d'une côte d'Alfonso, Ève d'un Adam bedonnant qui possssédait des ssssscieries en SSSSologne et désssssaina la Sssalope qui dormait en moi. Suzon était vénale, s'alanguissssait pour extorquer les biftons du gros rupin, et son esprit en surchauffe forzait un verbiaze oulipien où abondaient les sifflantes, les *s*, les *ch*, les *z*, et les zautres. Les serpents sifflaient sur nos têtes zet nos fesssses. Suzon insssultait le bourzois, était ssssuper vénère ssssur le ssssuzet des zinégalités de sssalaires zet autres, et je me prenais parfois à lutter contre une incroyable migraine, pour faire durer la contrainte d'où naissait le plaisir.

J'avais été Nathalie, Héléna, Maman pour mes filles, Madame pour mes élèves. Différentes facettes de la même personne : désormais, kaléidoscope j'étais, Morphée changeant de forme plusieurs fois par jour, et de voix, et de goûts, et de biographie, un personnage en générant un autre qui le contredisait ou le complétait. Parfois, Venise avait l'initiative, parfois moi. Elle était ma muse comme j'étais la sienne, deux muses qui s'amusant disaient leur secrète vérité.

Tant de personnages, risibles pour tout public et que je ne présenterai pas ici, car destinés à notre seul amour, ma Venise, protagonistes d'un monde carnavalesque que nous inventions jour après jour, nuit après nuit, dans le seul but de nous divertir, croyais-je sottement alors, mais qui permettaient, je le comprends au moment où je termine ce livre, à tous nos moi d'exister d'une vie éphémère et infiniment précieuse. Avec toi, pour toi, ma folle ma douce, j'improvisais des chansons dont les rimes te faisaient pleurer de rire. Le temps d'un chant, puis d'une mise en scène, nous créions le spectacle d'un *theatrum amori* à notre seul usage. Notre amour était devenu une comédie musicale à la Jacques Demy, où le chant surgit pour alléger la trame de la fiction et faire swinguer la vie.

Et nous étions aussi à l'aise dans tous ces Alfonso et ces Suzon (qui parfois dégénérait en Suzette, version machiavélique de son étymon), ces chimères qui étaient nous sans être nous mais qui vivaient une forme exacerbée de nous, une espèce de potentiel qui tout d'un coup s'exprimait librement, heureux. Comme s'il avait été enfermé et que la magie de notre amour l'avait libéré.

Comme si les masques, les déguisements, loin de nous dissimuler, nous révélaient.

Comme si nous avions plus ou moins consciemment compris que le bonheur est là, dans la création éphémère, la complicité ludique, l'accord des âmes, et qu'alors quelques instants suffisent à abolir l'absurdité de l'existence et l'horreur de la finitude.

C'était la vie, c'était mille vies, mon amour.

Toutes, vraiment toutes ?

Mes filles, mes géniales qui m'ont si habilement guidée lorsque j'ai décidé de vous dire, à Noël dernier, que j'allais publier un livre qui évoquait les femmes de ma vie. Je craignais plus que tout que ce livre impudique ne vous blesse. Vous avez trouvé le moyen de contourner l'affaire : d'abord, je ne parlerais pas de vous – au sens d'un portrait, ou d'un récit. Et puis, pour les textes trop olé olé dont la lecture vous aurait gênées, vous m'avez en riant soufflé la solution : faire comme pour le pastiche de *La Disparition* que j'avais retrouvé, après correction, rempli de *e* ! Avec un gros marqueur noir, je devrais rayer tous les passages embarrassants. Ainsi vous pourriez me lire et découvrir ce qu'a été ma vie telle que je la présente ici sans être confrontées à mon intimité,

Et puis toutes celles de mon panthéon secret,

Les belles Américaines, Kristen Stewart, Hilary Swank, Jacqueline Toboni, Katherine Moennig, Leisha Hailey, Megan Rapinoe, gay, ou gay-friendly ou bi : pour toutes les nuits que j'ai passées dans vos bras sans vous en avoir informées,

Et les splendeurs d'antan, Rita ô Rita, reine parmi les sublimes, *Put the Blame on Mame*, fourreau noir, gants interminables et fermeture Éclair dézippée sur scène dans son ivresse et sa colère, Gene Tierney la plus délicate, Norma Jean la plus bouleversante, Marlene et Greta ennemies et amantes, vous que je regardais sur des cassettes VHS à en perdre le sommeil, sans comprendre d'où venait ma fascination puisque vous étiez femmes et moi aussi,

Et les splendeurs Nouvelle Vague, Corinne Marchand dans *Cléo de 5 à 7*, Anna Karina, Jean Seberg, Fanny Ardant, Catherine Deneuve,

Et les beautés singulières, Gena Rowlands, pour tout, puissante et fragile, sur le fil toujours, sexy et intérieure, ce regard qui fixe, sonde, puis part vers le flou, l'intime tumultueux, somptueuse jusqu'au bout, la folle, la « seconde femme » d'*Opening Night*, bouleversante, mon incroyable,

Et les beautés underground, Béa Demi-Mondaine, longue, platine, tatouée, perchée, ultra-gonflée, peur de rien, et sa voix qui vient du ventre et sans doute de plus bas, à ce point de sexy c'est plus possible, Béa se désapant à la Boule noire quand ça la prend, animale et subtile, Béa cassant la baraque sur TF1 à une heure de grande audience en chantant, peur de rien, *Au suivant* ou *Avec le temps, va, tout s'en va*, puis enflammant les Folies Bergère avec Gaultier dans le corset de Madonna, soie couleur chair, seins coniques et bas résille,

Baker aux mille vies, gamine noire et pauvre de Saint-Louis, loucheuse aux grimaces de clown, puis nue à Paris, à se trémousser avec la ceinture de bananes, négresse futée fripouille à se rire du rire sur les nègres, nue de la plus libre des nudités, ambitieuse, épuisante diva, la première star noire, danseuse éblouissante, puis patriote au service de la France, puis espionne, puis mère un peu dingue aux vingt enfants de la tribu arc-en-ciel,

Toutes les nues, les diaphanes de Sandro Botticelli, Vénus (mon émotion quand j'entre dans cette salle des Offices), Daphné et Proserpine, sœurs du palais Borghese raptées dans le marbre du Bernin, beautés alanguies aux yeux noirs, bleus et tristes de Modigliani, beautés pleines et sereines de Matisse,

Les beautés androgynes, et tant pis si vous êtes hétéro, Jean Seberg dans *À bout de souffle*, dans les années 80 Sinéad O'Connor chantant rasée *Nothing Compares 2U*, comment résister et ne pas se laisser gagner par une immense vague de chagrin sentimental quand sur YouTube, à 3:53, coule une larme silencieuse sur ton visage blême, et dans les années 90, Linda Evangelista photographiée en garçonne par Peter Lindbergh, cheveux courts et chemise blanche (ouh là là !), cheveux plaqués et marcel sexy (mamma mia !), et dans les années 2000, Katherine Moennig incarnant Shane dans le *L Word* comme on sait, Shane inaccessible certes, mais relayée dans des dizaines de Shanette dans les bars du Marais, et je les vois comme hier imitant et parfois pas mal ma foi l'idole des femmes, coupe courte et ébouriffée, chemise blanche entrouverte, sans soutien-gorge, veste noire cintrée, jean slim taille basse, make-up charbonneux, attendez voir comme je vais pécho. Et ça marchait,

Les sulfureuses, femmes galantes, maudites et désirées, assez libres et puissantes pour mener leur vie en dépit de l'opprobre, les historiques et les fictionnelles, rêvées et créées par des mecs mais qu'importe, toutes créatures qui sont, je ne sais pourquoi, les héroïnes de mon panthéon intime, courtisanes ou putes affichées, belles de jour ou lisettes, Ninon de Lenclos, Manon Lescaut, Nana, Liane de Pougy, la Merteuil, Mata Hari, Lola à Nantes par Anouck Aimée, Grisélidis à Genève, son humour, son militantisme, son pragmatisme : ses fiches, ses michetons et son bagout,

Les provocantes, Bacall dans la pénombre, adossée près de la porte et prononçant de sa voix grave, hors champ, ces quatre mots magiques, *Anybody got a match ?*, sa silhouette, son regard de défi, ce geste agile de mec qui attrape à la volée le briquet envoyé, puis devant le regard conquis de Bogey juste l'esquisse d'un sourire, et un regard de défi : vois à qui tu as affaire, mec, la clope allumée je t'envoie le briquet, je sors sans un mot, si, juste un *thanks*, et puis rien, et puis t'es à mes pieds,

Claire Bretécher, cigarette et ballon de rouge, andro, cheveux courts, œil perçant, sexy, pas causante, pas commode, et ses doubles, Agrippine ronchon et l'ancêtre Zonzon,

Et vous, Thérèse Clerc, tête de vieille Sioux, toujours au front du féminisme et des libertés, malgré l'âge et la fatigue, merveille d'énergie et de rouerie, de vacherie et de tendresse, prêtresse de l'autogestion et de la liberté des corps, jusqu'au bout, entreprenante, souvent fatiguée et abattue mais n'en disant rien, et ces confidences, parfois – tu sais, être bi, c'est compliqué mais on les emm… !, ou encore, tu peux croire que ceux qui me font le plus de misères, ce sont des femmes, ces vipères ces couillonnes. Mais jusqu'au bout le poing levé, ô ma Thérèse,

Maria-Rosa Puech, Julie-Victorine Bex, Marie Bardoux, Anne Briols, Catherine Bousquet, Jeanne Verbiguyer, Marquise Richard, Jacquette Belleval, Fanny Olive, Pétronille Camp, Catherine Gratacap, foule de mes ancêtres sans gloire, paysannes, couturières, lavandières, fagotières, regrattières, journalières, ramonettes, petit peuple de femmes à jamais oublié, n'ayant laissé nulle trace, ne s'étant unies à aucun empereur mais à qui je dois le miracle de la vie, et mes filles aussi,

Nathalie Sarraute, toute mal à l'aise sur la photo mythique réunissant les sommités du Nouveau Roman devant les Éditions de Minuit, de gauche à droite, Robbe-Grillet qui sourit aux propos de Claude Simon, Claude Mauriac, le roi Lindon, Robert Pinget qui clope, Beckett et sa dégaine éternellement chic et ennuyée, veste en tweed, cravate, visage baissé sur ses pensées, incroyable de beauté et de chic, et vous Nathalie, toute discrète, comme cadenassée, les deux mains planquées dans l'imper trop grand qui descend jusqu'aux chevilles, le petit foulard à motifs géométriques autour du cou, escarpins vernis à tout petits talons, et le regard dans le vide – vous paraissez si seule, vieillotte parmi ces jeunes fous des avant-gardes, pas du tout intégrée, comme une pièce rapportée, et pourtant. De tout le Nouveau Roman, ce sont vos textes que je lis à l'adolescence, tous, je crois, éblouie que je suis alors par vos sous-conversations, le malaise tapi dans le dialogue le plus désinvolte en apparence, le drame dans une simple expression – je ne suis donc pas la seule à être bouleversée par un mot anodin dans la plus paisible et la plus amicale des conversations, et soudain grâce à vous la vie est plus légère, et depuis je vous lis et relis avec admiration,

Ma Sagan, folle et libre, et qui se fout elle aussi, mais d'une autre manière, des avant-gardes comme de la postérité, et vit, aime, flambe, écrit plus ou moins bien mais souvent touche juste et parfois m'enchante,

Et tout pareil avant vous, Colette, trop occupée à faire *sa* littérature pour essayer de rattraper les wagons de la modernité – moderne elle l'était et n'avait pas à s'agréger à ceux qui donnaient le *la*, Colette sur qui tout a été dit, et qui fut mon guide, quand provinciale je rêvais de Paris et de spectacles et de scandale et d'écriture, et d'amours où on veut et avec qui on veut, jeune ou vieux ou vieille, homme ou femme,

Lydie Salvayre, pour votre verve, votre verbe dru, votre rage quand vous écrivez et votre voix timide quand rarement vous parlez, vos enthousiasmes et vos colères, votre courage, vos convictions, votre talent et toutes ses modulations, de la claque à la tendresse, du comique au lyrique, et votre panache, et vos « pas pleurer », vos larmes au Goncourt, j'ai pleuré de bonheur, oui, merci, merci d'écrire avec joie encore et toujours, merci et d'être entièrement vous dans le style qui fouette et foudroie, dans l'inquiétude, l'enthousiasme et le sarcasme,

Virginie Despentes pour « J'écris de chez les moches » et la suite, pour *Baise-moi* le livre puis le film vu le jour de sa sortie dans une salle pourrave à deux pas de ma fac où un gros lard venu se rincer l'œil en a eu pour son argent, braguette ouverte il n'avait pas eu le temps de commencer à s'astiquer que deux ou trois mecs à l'écran s'étaient déjà fait flinguer, émasculer ou assimilé, je le vois encore qui remballait le paquet et gueulait mais c'est pas vrai ! elles sont diiiiingues ! faut les zigouiller ! mais TUEZ-LES CES SALOPES, et merci tout autant pour la Hyène et la lecture de Calaferte à Manosque, pour les interviews dans *Les Couilles sur la table* qu'écoute ma fille Camille, et grâce à vous, Camille ma secrète me parle et nous sommes d'accord sur tout,

Catherine Ringer, putain tu dépotais ma belle, dingue, devant les caméras de Collaro, la première fois sans culotte et la seconde sans cheveux, de la TNT sur pattes, talent et folie, un diamant, une brute et ça continue, tu crains rien, n'arrête jamais, à vingt ans, à quarante, à soixante tu envoies toujours, et crois-moi, des comme toi, j'en veux tous les jours,

Marie et Julie, Cathy et Dominique, merci d'être là et d'être toujours ensemble, qui a dit que le couple était en crise ?

TOUTES, vraiment toutes ? Sauf les secrètes.

Je souhaite remercier tout particulièrement

Alix Penent d'Izarn, mon éditrice, pour son enthousiasme, sa rigueur, ses infatigables relectures, pour ses encouragements et ses conseils si précieux qui ont souvent permis de relancer la machine lorsqu'elle menaçait de se gripper,

et pour son humour,

Emma Saudin, pour son engagement dans la course folle qu'a été l'établissement du texte, pour sa ténacité, sa patience, sa vivacité et sa bonne humeur,

Pierre Astier, mon agent, et Laure Pécher, pour leur fidélité, pour leur calme, pour leur travail en toutes circonstances, pour leur détermination, et pour leurs avis éclairés tous azimuts,

Et du fond du cœur,

Moun païre, mon paternel à qui je dois tant et que je voudrais éternel,

Madame Marie A., pour m'avoir sauvée,

Et je n'ai pas assez de mots pour remercier mon beau rameau d'Olivier, pour son soutien depuis toujours (l'écriture, et le reste, et la vie), pour la véhémence de ses envaïes, pour le sourire dans ses yeux, pour sa modestie et son talent, pour le bonheur à travers les saisons et les âges.

Table

I
LE PROBLÈME

II
DÉLICES

III
CRUAUTÉ

IV
DÉSARROIS

V
COCO TENDANCE GIRL

VI
LES PLAISIRS DE LA DÉCOUVERTE

VII
MALÉDICTIONS

VIII
LITTÉRATURE

IX
GENRE

X
INVISIBILITÉ

XI
MASQUES

Imprimé en France par CPI
en juin 2021

Cet ouvrage a été mis en pages par

<pixellence>

Dépôt légal : août 2021
N° d'édition : L.01ELJN001009.N001
N° d'impression : 163643